国家社科基金后期资助项目

玛乔瑞·帕洛夫诗学批评研究

A Study of Marjorie Perloff's Poetic Criticism

张 鑫　聂珍钊　著

商務印書館
创于1897 The Commercial Press
2015年·北京

图书在版编目(CIP)数据

玛乔瑞·帕洛夫诗学批评研究/张鑫,聂珍钊著.—北京:商务印书馆,2015
(国家社科基金后期资助项目)
ISBN 978-7-100-11155-3

Ⅰ.①玛… Ⅱ.①张…②聂… Ⅲ.①诗歌研究—美国—现代 Ⅳ.①I712.072

中国版本图书馆 CIP 数据核字(2015)第 055303 号

玛乔瑞·帕洛夫诗学批评研究
张 鑫 聂珍钊 著

商 务 印 书 馆 出 版
(北京王府井大街 36 号 邮政编码 100710)
商 务 印 书 馆 发 行
北京市艺辉印刷有限公司印刷
ISBN 978-7-100-11155-3

2015年6月第1版 开本 787×1092 1/16
2015年6月北京第1次印刷 印张 18 1/4
定价: 55.00元

国家社科基金后期资助项目
出版说明

后期资助项目是国家社科基金设立的一类重要项目，旨在鼓励广大社科研究者潜心治学，支持基础研究多出优秀成果。它是经过严格评审，从接近完成的科研成果中遴选立项的。为扩大后期资助项目的影响，更好地推动学术发展，促进成果转化，全国哲学社会科学规划办公室按照“统一设计、统一标识、统一版式、形成系列”的总体要求，组织出版国家社科基金后期资助项目成果。

全国哲学社会科学规划办公室

序

玛乔瑞·帕洛夫(Marjorie Perloff,1931～　)是当今美国最重要的现代诗歌和当代诗歌批评家之一。玛乔瑞,原名加布里埃尔·明茨(Gabriele Mintz),出身于奥地利维也纳中上层犹太家庭。1938 年纳粹德国吞并奥地利之时,年仅六岁半的她随同家人先是逃到慕尼黑,随后辗转抵达美国,在纽约的里佛岱尔区(Riverdale)定居。从此以后就从一个"说德语的加布里埃尔"转变成了"说英语的美国女孩玛乔瑞"。① 玛乔瑞·帕洛夫于 1953 年毕业于纽约巴纳德学院(Barnard College)后,就在位于华盛顿特区的美国天主教大学(The Catholic University of America)进行研究生阶段的学习,并于 1956 年和 1965 年分别获得硕士、博士学位。美国天主教大学也是给帕洛夫提供第一份教职工作的地方,她于 1966 年和 1971 年分别在这里担任助教和副教授。1971 年到马里兰大学(University of Maryland)任全职教授,五年后又来到南加利福尼亚大学(University of Southern California)做了十年的英语与比较文学教授。随后任职于斯坦福大学(Stanford University),并于 1990 年成为该校的人文讲座教授(Sadie Dernham Patek Professor)。目前帕洛夫是南加利福尼亚大学的驻校学者(Scholar-in-Residence)。

自出道以来,帕洛夫一直从一个比较文学批评家的视角出发,长期致力于 20、21 世纪英美诗歌、诗学研究,以及他们与现当代媒介和视觉艺术关系的教学和研究工作。她的早期研究主要以独立个体诗人为主,在围绕 W. B. 叶芝(W. B. Yeats)、罗伯特·洛威尔(Robert Lowell)和弗兰克·奥哈拉(Frank O'Hara)的诗歌解读中帕洛夫出版了三部传诵至今的作品:《叶芝诗歌中的韵律与意义》(*Rhyme and Meaning in the Poetry of Yeats*,1970),《罗伯特·洛威尔的诗歌艺术》(*The Poetic Art of Robert Lowell*,1973)和《弗兰克·奥哈拉:画家中的诗人》(*Frank O'Hara:Poet among*

① Marjorie Perloff, *The Vienna Paradox: A Memoir*, New York: New Directions, 2004, p. xv.

Painters,1977)。20 世纪 80 年代伊始帕洛夫的诗学研究发生了质的变化，在逐步完成 70 年代诗学研究上的“美国化”(Americanization)模式的同时，帕洛夫并未一味倒向当时风靡美国学术研究领域的“解构主流”。此时她的诗学研究在继续突破前期“黑山诗派”(the Black Mountain Poets)、“纽约诗派”(the New York Poets)并在新批评研究方法的基础上，开始着眼于范围更广、题材更深、材料更多的“语言诗派”(the Language Poets)研究。1981 年推出的《不确定诗学：从兰波到凯奇》(*The Poetics of Indeterminacy: Rimbaud to Cage*)是帕洛夫在广义现当代文化背景中置诗歌研究于“艺术领域”之中的第一部综合诗学研究力作，该书影响深远，再版数次。而于 1985 年推出的《智慧之舞：庞德传统诗歌研究》(*The Dance of the Intellect: Studies in the Poetry of the Pound Tradition*)被普遍视为帕洛夫早期诗学研究的传承与创新之作。这部著作由作者在 1981 到 1985 年间为一些特定场合而创作的十篇论文所构成。按照作者自己的说法，《智慧之舞：庞德传统诗歌研究》中的论文都是对《不确定诗学：从兰波到凯奇》中所提出的思想观点的扩展和修订。此后，帕洛夫便展开了对先锋派实验诗歌及其与其他艺术领域的现代主义、后现代主义运动的主要思潮的关系研究。代表作是 1986 年出版的《未来主义：先锋派、战前派及语言的爆裂》(*The Futurist Moment: Avant-garde, Avant-guerre, and the Language of Rupture*)，而于 1996 年推出的现代主义诗学作品《维特根斯坦的梯子：诗歌语言和日常语言的奇特》(*Wittgenstein's Ladder: Poetic Language and the Strangeness of the Ordinary*)则将哲学引入现当代诗学研究领域，形成了一部以维特根斯坦的语言哲学暨诗学观为基础和核心而对先锋派文学进行全面细致研究的典范，并被视为世纪之交美国四大研究维特根斯坦哲学的最佳范本。[1] 帕洛夫的传记体新作《维也纳悖论：回忆录》(*The Vienna Paradox: A Memoir*,2004)论及自己在自然文化上的维也纳血统与诗学研究的关系，在坊间热议不断。帕洛夫在 2004 年还出版了一部很有学术分量的著作《诗歌、诗学和教学辨微》(*Differentials: Poetry, Poetics, Pedagogy*)，并获得了 2005 年度的罗伯特·沃伦奖(Robert Warren Prize)。除了观点出新、新作推介外，帕洛夫还是众多知名刊物文学评论撰稿人中的常

---

① 其余三部分别是：David Edmond and John Eidinow, *Wittgenstein's Poker: The Story of a Ten-minute Argument Between Two Great Philosophers*, London: Faber and Faber Limited, 2001; Martin Cohen, *Wittgenstein's Beetle and Other Classic Thought Experiments*, New Jersey: Wiley-Blackwell, 2004; Susan G. Sterret, *Wittgenstein Flies a Kite: A Story of Models of Wings and Models of the World*, New York: Penguin Group, 2005。

客，还在除了本土之外的大学、科研机构进行学术演讲。由于在诗学研究领域所做的杰出成就，帕洛夫曾获多项荣誉，包括获得古根汉基金奖(Guggenheim Fellowship)、NEH 奖学金(National Endowment for the Humanities Fellowship)和亨廷顿奖学金(Huntington Fellowship)，并担任美国艺术与科学院院士和美国现代语言协会2006届主席。

在现当代英语诗歌研究界，帕洛夫是公认的一流评论家。不同于任何诸如马克思主义或女性主义等意识形态式的解释理论，帕洛夫的诗学研究立场更倾向于结构主义或历史主义。她的诗学批评兴趣存在于对隐藏在系列诗人身后影响的发掘，并在诸多作家之间建构起具有相关性和连续性的谱系关系。当各种"后学"甚嚣尘上、现代性备受冷落之时，帕洛夫却担当起了现代主义诗学的辩护人，并对格特鲁德·斯泰因(Gertrude Stein)和塞缪尔·贝科特(Samuel Beckett)等诗人大加赞扬，即使是像不被看好的小众作曲家约翰·凯奇(John Cage)和实验诗人大卫·安廷(David Antin)也得到了她的青睐。① 帕洛夫以一种近乎修正主义者的立场来研究20世纪英语诗歌的文学史，这恰是她作品中最难能可贵之处。帕洛夫将自己作为一个作家与教师所具有的全部精力与热情都投入到了为他人视为晦涩、边缘和小众的作家塑造一批接受与阅读群体的艰难探索与尝试工作中，而由此结出的累累硕果却通俗易懂、广为传诵。帕洛夫从来都不会将自己的诗学研究洞见寓于语言与修辞都十分艰涩的盔甲里，留待所谓披坚执锐的专业人士去攻破，她永远都是通过形象的类比、鲜活的事例和通俗的解释来向读者阐释并与他们交流。

正值美国学界的后结构主义大潮全神贯注于文艺复兴时期的戏剧和现代小说，并有对抗新批评一代专注诗歌解析之时，帕洛夫却始终以现代和当代诗歌为自己的研究目标。她不但时常助推和延长新批评学派对诸如叶芝、艾兹拉·庞德(Ezra Pound)和 T. S. 艾略特(T. S. Eliot)等主要现代诗人的阅读和研究兴趣，而且对战后美国诗歌从黑山派诗人到语言派诗人的革新发展也十分关注，并著述颇丰。20世纪70年代伊始，帕洛夫开始高度关注在英国、加拿大和欧洲其他国家和地区盛行的先锋诗歌艺术活动，并因此而树立起美国主流评论界卓尔不群的评论家形象。如果没有帕洛夫自80年代早期以来诸多关于先锋派诗歌艺术的那些鲜活、流畅和发人深省的专著与论文的推出，那么当代先锋诗歌在美国学界与商界的成功是无从谈起的。帕洛夫的诗学批评素以宏观、连贯和整体而著称，其多样全面的著作

① 详见本书第二章:"当代美国诗歌的纠偏式解读:《不确定诗学:从兰波到凯奇》"。

反映了她在现代主义、先锋派实验诗歌和外国语言哲学等方面浓厚的兴趣与雄厚的功底。在其首部成熟理论之作《不确定诗学：从兰波到凯奇》中，帕洛夫就涉及了罗兰·巴尔特（Roland Barthes）、茨维坦·托多洛夫（Tzvetan Todoro）和保罗·德里达（Paul Derrida）的哲学与诗学理论，并以独到的视角和精辟的论证，对饱受争议甚至被贬低的几位美国当代诗人进行了纠偏式的重新解读，在以具体文本为解读对象的基础上对凯奇、斯泰因、W. C. 威廉姆斯（W. C. Williams）、庞德、贝科特、约翰·阿什贝利（John Ashbery）和安廷等具有诗学"不确定性"模式（indeterminacy）或"不可判定"模式（undecidability）的诗人进行了非常令人信服的评论。所及理论、文本与作家之多、之丰富令人叹为观止！关于现当代诗人之间的相互影响，帕洛夫更是站在比较诗学与历史主义的立场，进行了客观而有个人洞见的评论。比如在《智慧之舞：庞德传统诗歌研究》中，帕洛夫就列出了自庞德以降美国先锋派诗歌谱系，并逐一分析了庞德的创作对斯泰因、威廉姆斯、贝科特、乔治·奥本（George Oppen）、凯奇和罗伯特·克雷利（Robert Creeley）的影响，①又是一部几近百科全书式的诗歌著作。至于帕洛夫在跨国语言与文化掌故、跨学科专业知识的运用上，《未来主义：先锋派、战前派及语言的爆裂》可作一例。在该书中作者首先对一战前的所谓"未来主义"进行艺术品质刻画，随后在解读英语、法语、意大利语和俄语文本的基础上，借用张臂欢呼"机器时代"的艺术家的文字与视觉素材，分析该派艺术运动对当代作家的影响。② "对帕洛夫来说，未来主义时刻的重要性在于它已经预示和渴盼着当代文化中许多最为重要形式的诞生。"③而《诗的破格：现代主义和后现代主义抒情诗论文集》（*Poetic License: Essays on Modernist and Postmodernist Lyric*，1990）标志着帕洛夫诗学研究又上了一个新台阶。在这样一部率先各个击破继而统合为一的对现代主义诗人的全面论述中，帕洛夫不但研究了从叶芝到庞德，从斯泰因到贝科特等一批经典诗人，还关注了从史迪夫·麦卡弗里（Steve McCaffery）到苏珊·豪（Susan Howe）等在内的被边缘化的"语言诗人"，以及其他像 W. S. 默温（W. S. Merwin）和路易斯·朱科夫斯基（Louis Zukofsky）等在内的非主流现代主义诗人。她还将众多作家进行对应性

---

① Marjorie Perloff, *The Dance of the Intellect: Studies in the Poetry of the Pound Tradition*, Chicago: Northwestern University Press, 1996.

② 详见本书第四章："当代诗歌与未来主义：《未来主义：先锋派、战前派及语言的爆裂》"。

③ Steven Connor, "Review of The Futurist Moment: Avant-garde, Avant-guerre, and the Language of Rupture", *Modern Language Review* (84) 1989, pp. 904～908.

比较研究:默温与弗兰茨·卡夫卡(Franz Kafka)对应、奥哈拉与保罗·布莱克本(Paul Blackburn)对应、豪与罗德利·琼斯(Rodney Jones)对应。[①] 关于诗歌与哲学之间的关系,帕洛夫尤其看重维特根斯坦(Ludwig Wittgenstein)的理论,在《维特根斯坦的梯子:诗歌语言和日常语言的奇特》中她详细论述了这位哲学家的思想对斯泰因、贝克特、英格伯格·巴赫曼(Ingeborg Bachmann)和托马斯·伯恩哈德(Thomas Berhard)创作的影响。

21世纪初期出版的三部作品《21世纪的现代主义:新诗学》(*21st-Century Modernism: The "New" Poetics*,2002)、《维也纳悖论:回忆录》和《诗歌、诗学和教学辨微》则存在明显回眸自照、归结创作生涯的意味。《21世纪的现代主义:新诗学》被学界视为一部及时的为当代诗歌研究正本清源的著作,帕洛夫的研究不但具有示范意义而且具有实际创造上的借鉴意义。整体性与延续性的诗歌认识论、启发性与哲思性的诗歌阅读方法都是该书带给读者的巨大财富。帕洛夫的"回忆录"也在本质上有别于普通意义上的自传体个人历史书写。在这部著作中作者将"文学文本、历史信息、个人逸事、家庭回忆录和批评性的思考都并置"在一起,目的就是为了捕捉到那些能够"带给她自身感受的各种矛盾"。[②] 在《诗歌、诗学和教学辨微》中帕洛夫所提出的"细微阅读活动于细节和更大的文化和历史的决定要素之间"的观点,[③]影响和指导了新世纪英语诗歌的阅读与阐释取向。

帕洛夫的诗学研究之所以能在民间和专业研究者那里备受推崇,主要原因之一就是她的著作总能为人们指明一些诗歌批评的新方向,带来新的体验和前所未有的启示。关于"现代主义"实际上是由"两个既彼此分离又相互交织的部分——象征主义和反象征主义"所构成的论断,[④]被称赞为打开了解读现代与当代诗人作品的新视野。而对于20世纪早期未被重视的"未来主义"运动的再次提及,则为当代英语诗歌研究界提供了极具洞察力的贯通性研究视角。《激进的策略:传媒时代的诗歌创作》(*Radical Artifice: Writing Poetry in the Age of Media*,1991)被视为是研究传媒与诗

① 详见本书第五章:"后现代主义诗歌及其批评方式:《诗的破格:现代主义和后现代主义抒情诗论文集》"。

② Marjorie Perloff, *The Vienna Paradox: A Memoir*, New York: New Directions, 2004, p. xv.

③ Marjorie Perloff, *Differentials: Poetry, Poetics, Pedagogy*, Tuscaloosa: The University of Alabama Press, 2004, p. xvii.

④ Marjorie Perloff, *The Poetics of Indeterminacy: Rimbaud to Cage*, Princeton: Princeton University Press, 1981, p. vii.

歌创作关系的最杰出的原创之一。帕洛夫认为，诗歌已由过去那种以纯文字表达个人思想观点的形式转变成了结构去中心化、词语晦涩化、形式视觉化的新型诗歌，它将以全新的形式出现在受众面前，并深刻影响着传统文学，从而使诗歌在听觉、视觉、形式方面实现完美结合。① 对于她最欣赏和编引最多的哲学家维特根斯坦的语言哲学观，帕洛夫的贡献并不在于简单地重复史上有关哲学与诗学关联的套话，而是以新颖的视角和独到的解读将伦理标准与诗歌研究联系起来。所以《维特根斯坦的梯子：诗歌语言和日常语言的奇特》又被视为一部有新兴政治因素的特殊语言研究的先驱之作。尽管仍有一些批评家对帕洛夫的理论处理方法略有微词，但是她对待当今英语诗歌研究的严谨作风，以及由此产生的具有原创性和启发性的结论，都公认是对现当代英语诗歌研究不可或缺的宝贵财富。

尽管一直以阐释与现代主义主流价值密切相关的实验派和先锋派诗人为己任，但是帕洛夫的诗学批评准则却从未远离历史与传统，甚至可以说是直接或间接地发端于历史与传统的。帕洛夫对诗歌的定义也是基于传统与经典出发的：诗之有别于其他类别的常规与普通话语之处，就在于其拥有的能使语言构成前景化的艺术模式，尤其是诗歌中的复杂性（complexity）、强烈性（intensity）和相关性（relatedness）等诸要素，换言之，“就是亚里士多德所谓的‘适宜’（to prepon），即是现在所谓的得体（fitness）”。② 帕洛夫之所以能被一直视为现当代诗学批评领域的常青树和权威阐释者，最主要的一点就在于她那种兼顾现代性与后现代性、重视诗歌的“相关性”与“得体性”的创新而不排斥传统的作风。在帕洛夫诗学批评的话语里，不言自立、独立于其他文本的诗歌文本的存在只是一个想象神话，在诗歌的文本里，“事实相连，整个诗歌有机体，是由相同与相异的和谐成分共同建构的”。③ 诗歌中那些和谐、令人称颂的因素并非全部源自读者、历史或某些文化介入。诗歌并不是直截了当，步步清晰地解说或推演，而是维特根斯坦《字条集》（*Zettel*，1967）里的诗歌准则：“千万别忘了，一首诗歌——哪怕是用信息语言所创造的——都不是基于传达信息而创设的语言游戏所完成的。”④

---

① Marjorie Perloff, *Radical Artifice: Writing Poetry in the Age of Media*, New York: The University of Chicago Press, 1991.

② Donald Hall, ed. *Professions: Conversations on Future of Literary and Cultural Studies*, Urbana: University of Illinois Press, 2001, p. 88.

③ Marjorie Perloff, "Marjorie Perloff's Interview", *Poetry Salzburg Review*, No. 10, Autumn 2006, pp. 89～102.

④ Ludwig Wittgenstein, *Zettel*, California: The University of California, 1967, p. 106.

如果说任何用来解析诗之所以为诗的准则都不同程度地具有力有未逮之处的话，那么"可再读性"（Re-readability）则不失为亘古而中肯的理据。偶读一次即可汲取精华的诗歌算不上好诗，诗歌应该是历久弥新、回味无穷的。庞德所谓最简单的语言表达最丰富的意义，以及俄国形式主义的陌生化的观念，都部分地指出了真正好诗的上述标准。但在文学批评史上这些概念并不鲜见。在菲利普·西德尼（Philip Sidney）的《诗辩》（*Defense of Poetry*）、塞缪尔·约翰逊（Samuel Johnson）的《莎士比亚戏剧集序言》（*Preface to Shakespeare's Plays*）等文献中都可见如许表述。对深谙西方诗学批评传统的帕洛夫来说，绝佳的诗歌非遵从此类标准而不入正统之流。"最简单的语言表达最丰富的意义"近乎直指视诗歌仅为"优雅"或"可爱"语言之事的陈规，诗歌的终极所指应该以"意义性"为圭臬。"有意义"不但外在于语言，而且应该前在于语言。帕洛夫所坚称的这些好诗的标准为其诗学批评找到了一个稳固而不朽的基座。在问及为何不编一部诗集时，帕洛夫的回答是："眼下我还未能找到一条很好的编辑诗歌之路。学派林立，运动纷陈，砥砺相现，趣味相异，这些都在增加难度。假如我真的编辑诗歌，标准只有一个，那就是价值。我的选编标准只能是那些原创、独特、有趣的诗人的作品。至于性别比例、政治身份等都不是考虑的因素。"①在实际教学与演讲中，帕洛夫提及最多的也是那些她心目中最具"意义性"的诗人和艺术家，如艾略特、庞德、斯泰因、马塞尔·杜尚（Marcel Duchamp）、斯蒂文斯（Wallace Stevens）、托马斯·莫尔（Thomas Moore）、兰波、安庭和威廉姆斯等。"意义性"与"价值观"俨然构成了帕洛夫诗学评判的标准。

专致现当代诗学批评的帕洛夫，对文学理论大行其道的背景下诗学研究与阅读领域的急剧变化看得清清楚楚，悟得入木三分，解析起来更是鞭辟入里。在帕洛夫看来，20 世纪 50 年代诗学解读领域蔚为大统的新批评不但没有与现代主义决裂，相反，它其实是现代主义的有效延续。"垮掉的一代"的扛鼎者艾伦·金斯伯格（Allen Ginsberg）在继承和发扬其先辈诗人庞德和威廉姆斯的传统上更是功不可没。在 50 年后的新世纪里，这个论断变得越加清晰起来。20 世纪 60 年代值得关注的诗歌美学重心应该转移到凯奇、摩斯·康宁汉姆（Merce Cunningham）、贾斯伯·琼斯（Jasper Johns）、莫顿·费尔德曼（Morton Feldman）、杰克逊·麦克劳（Jackson MacLow）、奥哈拉和阿什贝利等诗人那里。在这些诗人的创作生涯中，一股真正的先

① Donald Hall, ed. *Professions: Conversations on Future of Literary and Cultural Studies*, Urbana: University of Illinois Press, 2001, p. 126.

锋意识开始诞生并推演开去。帕洛夫甚至认为，此期的先锋潮流是纽约画派所无法企及的，因为在他们那里，除了像杰克逊·普罗科(Jackson Pollock)和马克·罗萨克(Mark Rothko)这样少有的几个具有革命精神的艺术家外，其他画家几乎在创新和革命意识上是乏善可陈的。帕洛夫的整体诗学批评观表明，20 世纪的诗学发展绝非线性的突飞猛进，而是处于惯常-传统与实验-创新之间的那种辩证进化过程之中。20 世纪伊始，艾略特、威廉姆斯、庞德和莫尔等诗人的出现，为其时代沉闷乏味的诗歌创作带来了缕缕清风。但正值他们的如许革新为时代所接受的时候，一股逆向劲吹的诗风却旋即刮起。所以到 50 年代的时候，诗歌创作领域出现了向传统、新维多利亚诗歌倒转的现象。而 20 世纪下半叶英美诗坛所发生的一切重又应征了"辩证进化"说。传统与实验之间的博弈无所谓胜负，在不同阶段、不同诗人身上所呈现出来的分野与融合才是真正的图景。语言诗派和其他各种实验主义的活跃与激荡人心，都只是此中的冰山一角。

任何一个欲管窥或洞察帕洛夫诗学批评的人，都需要熟悉一对贯穿其诗学批评始终的概念——现代主义与后现代主义。1960 年当唐纳德·阿伦(Donald Allen)推出自己的惊世之作《新美国诗歌》(*The New American Poetry*)的时候，现代主义似乎已经向阿伦及查尔斯·奥尔森(Charles Olson)等一代诗人告别了。对此，詹姆斯·布莱斯林(James E. B. Breslin)曾有精妙的解说："二战后的十年里，文学领域里的现代主义如暮年渐至的福音宗教，已经僵化沦为正教道统。"①现代主义的戛然而止被冠以"新批评"之称的卡尔·夏皮罗(Karl Shapiro)、戴尔默·舒瓦茨(Delmore Schwartz)、理查德·威尔伯(Richard Wilbur)和海登·卡鲁斯(Hayden Carruth)等一再地向外界展示着。20 世纪 50 年代自为一体的象征主义诗歌也渐渐被黑山诗派、纽约诗派和垮掉派诗歌的横空出世所阻绝。他们就是阿伦所谓的"后现代派"。这些新型诗歌以其形式的开放性、语言的对话性或口语色彩、创作的过程转向和即席性等特色而与传统现代主义诗歌的形式主义、保守性、政治色彩迥然相异。正如唐纳德·霍尔(Donald Hall)在《新型英美诗人》(*New Poets of Britian and American*)中所指出的那样，诗坛上的"新型美国人，的确带来了一股清新之风"。② 成名于表演艺术家和艺术批评家的安廷曾从一个实验派诗人的角度出发，对美国诗坛在 70 年代涌现的

---

① Charles Olson, *From Modern to Contemporary*, New York: Grove Press, 1984, p. 38.

② Donald Hall, ed. *New Poets of Britain and America*, New York: The New York, UP, 1957, p. 117.

后现代思潮进行了评述。在冠名“现代主义与后现代主义”的文章里，安廷将舒瓦茨等人的封闭式诗句的现代主义传统进行了根基式的拆解：“我们钟爱已久的‘现代的’已经寿终正寝了，象征主义抒情诗的轮回和拼贴模式的再现，已是不争的事实。”①60年代以降美国诗歌的大发展，在安廷看来即是一批新兴诗人对新现代主义传统封闭式诗句反驳的结果，而这种新兴诗学的转向则是基于自然表述和随意呼吸的更加直接和自然的诗歌创作。由黑山派、纽约派和圣安东尼奥文艺复兴派(Renaissance of San Antonioes)所开创的美国诗歌创作界“新的领域”，已经预示着一种与现代主义模式有所不同的诗歌写作的诞生，那就是后现代模式。在安廷的诗歌话语里，后现代诗学就意味着从庞德、艾略特向业已淡出视野的斯泰因、凯奇、达达主义(Dadism)、超现实主义(Surrealism)和非精英式诗歌(Non-Elite poetry)。

帕洛夫在《21世纪的现代主义：新诗学》以降的著作中则反复证明，若从历史的“后视镜”中来端详这种具有开拓性的诗风的话，新型美国人在诗坛上的开辟新天地之举，与其说是一场革命，不如说更像是一场复辟而已，是对现代主义早期先锋计划的延续，诗歌中的试验与先锋因子都是早期现代主义胚胎期的品质之一，欲接近后现代主义的实质先必须通达现代主义的精神。这个独特的批评视角既与安廷等人的后现代观有某些相似之处，又在有理有据的前提下开辟出了一个令人深思的解读领域。在帕洛夫看来，今天重读安廷的论述会使我们意识到对后现代主义的诸多假设已经产生了天翻地覆的变化。在早期后现代主义的建构模式里，诗学话语不仅仅是简单的立场或位移之争，关键还要看其中的价值与能力——诗歌价值和区别特定诗学价值的能力——之所在。那些被认为是现代派的个体诗人们，如庞德、艾略特等并不比后现代派诗人渺小或低微，而是因为后现代的呈现方式迥异于历史：开放、反精英、反独裁、戏谑、反叛，提倡参与性、弥散性和即兴而作。帕洛夫甚至认为，伯恩斯坦(Charles Bernstein)的“转益与吸收的技巧”(artifice of absorption)离艾略特现代主义诗歌创作的规则更近，而与六七十年代风行一时的“自然之音”、“情感的真挚之声”相去甚远。这也是先锋诗学步高度现代主义诗学之后尘的明证之一。

在1998年推出的诗学专著《文里文外之诗》(*Poetry: On & Off The Page Essays for Emergent Occassion*)中，帕洛夫追溯了自60～90年代以来关于“后现代主义”的嬗变，并铺陈了这个曾经的语言词汇是如何渐渐演

① David Antin,“Modernism and Postmodernism: Approaching the Present in American Poetry”, *Boundary* 2 (1) 1972, pp. 98～133.

变成一个具有挥之不去“污名”术语的历程：常常用来指称资本主义后期颓废传媒的大行其道，且很多人都对之采取远离和疏远的态度。[①] 而关于该词回溯到60年代的系列巨变又使之带上了更具变革意义的“卓尔不群”和“超越”等内涵。当60～70年代后现代主义与先锋思想近乎吻合之时，帕洛夫的诗学批评主要聚焦于奥哈拉、凯奇和琼斯等几位极具“后现代性”和昭示先锋思想的诗人和艺术家身上。而且随着时间推移，帕洛夫发现奥哈拉诗学创作的连续性和呈递性更加明朗清晰起来。他作为一个“画家中的诗人”，[②]非但没有与前期思潮彻底决裂，反而呈现出某种内在联系，尤其是那些在艾略特的“普鲁弗洛克情歌”和庞德的《诗章》(*Cantos*，1972)中所显现的品质。毋庸置疑，奥哈拉的抒情诗与浪漫主义诗学传统存在着很深的渊源，就其对高度情感的召唤而言，奥哈拉也是一位现代主义者。在这一点上阿什贝利也不例外。随着时间洪流的滚滚向前，先锋思想也顺时而动，并在诸如乔安拉·德鲁克(Johanna Drucker)那样的艺术家的作品中与语言诗和实验主义画上了等号。

后现代主义及无数历史、政治事件似乎反复印证了一个越来越不言而明的真相：从不间断的前进和线性的历史只是一个幻想。文学艺术的发展也并不完全意味着不断地“后现代”化或更加“先锋性”。基于这种背景理解和辩证观瞻，帕洛夫在《21世纪的现代主义：新诗学》这样的著作里开始以一种更加宽大的心怀、更加开放的姿态和更加宏观的图景来解读和研习当今的诗歌发展，并提出用现代性演进的观点来批评现当代诗学的主张。帕洛夫对晚期现代主义的迅猛回溯也有精妙的阐释。随着30年代愈加黑暗的政治时局的到来，诗人们要么转向公然的政治倾向创作，要么退居与时局无关的“无为”型创作(non-engaged poetry)，在传递现代主义传统上他们都乏善可陈。而当后来的现代主义诗歌刻意雕琢其现代性的时候，“现代主义”几与高度象征结构相提并论了。充斥着悖论、反讽，但却具有很强自我指涉性的诗歌已经远离了斯蒂文斯和威廉姆斯的传统。而关于现代性的革新与气质问题却一直被误解。人们在盲目迷恋“革新”和先锋的同时，却忽视了其实质与诗学意义。早期先锋派、审美派和所谓的政治派是不能截然割裂的，俄国的先锋派就在政治与审美上都具有革命性，且与前期的诗学运动产生了明显的分野。但是这也并不意味着政治与审美的必然联姻或绝对

① See Marjorie Perloff, *Poetry: On & Off The Page: Essays for Emergent Occasion*, Illinois: Northwestern UP, 1998.

② 详见本书第一章“完美城市诗人的艺术人生：《弗兰克·奥哈拉：画家中的诗人》”。

分道扬镳。这个话题复杂而令人回味。比如20世纪最具先锋思想的艺术家杜尚就是一个与政治近乎绝缘的人，当战事迫在眉睫时他却离开自己的祖国。如众多其他先锋派们一样，斯泰因则是一个政治上的保守主义者。“为实验而实验”的诗歌创作无益于后来诗歌的创新与发展，只有真正基于“价值”或“意义”创生的诗歌创作才能称得上是新诗学，只有具有开放性和参与性的诗学特征才是新时代进步的标志。

目　　录

上编　20世纪70年代末到80年代

中编　20世纪90年代

下编　21 世纪以来

上编　20世纪70年代末到80年代

第一章　完美城市诗人的艺术人生：《弗兰克·奥哈拉：画家中的诗人》

第一节　引言

作为一名享誉世界的诗学评论家和文化研究学者，玛乔瑞·帕洛夫的研究结果并不像人们想象的那样在任何阶段皆是皇皇巨作、宏大叙事。其早期著作无一例外都是从解析独立诗人及其作品开始的。她的那种以小见大、见微知著、循序渐进的诗学评论方法，既构成了其在整个70年代诗学批评的整体，又奠定了她作为新晋现当代文学评论家的地位。纵观帕洛夫在70年代所做的研究，尽管并不像其后期作品那样影响深远，但却为她在当代诗学研究领域树立顶尖评论家形象奠定了基础，也为她职业生涯中享誉世界的系列现当代诗学研究成果的诞生铺平了道路。从1970年出版的《叶芝诗歌中的韵律与意义》，到1973推出的《罗伯特·洛威尔的诗歌艺术》，直至1977年出版的《弗兰克·奥哈拉：画家中的诗人》（以下简称《画家中的诗人》），帕洛夫都以对独立个体诗人的解读而为日后连贯整体批评积蓄能量。这几部初期著述，是作者诗歌研究兴趣中持续不断的"美国化"风格的展现，从某种程度上反映了她拒绝臣服于引领当代文化批评潮流的解构思想的坚定态度。专致纽约派诗人奥哈拉的作品《画家中的诗人》，已经包含着帕洛夫在现当代诗学研究中对整体文化和艺术活动的关注与剖析。

美国当代诗人奥哈拉个人生活的绚丽灿烂与其离世的悲剧性，总能在坊间引起诸多对其人而非其作的巨大兴趣。但是在首部奥哈拉研究专著《画家中的诗人》中，帕洛夫通过对奥哈拉已经出版的作品以及未出版的手稿，包括诗歌、日志、文论、信件等广泛细致的研究，而将他作为二战后具有中心地位的诗人和重要的视觉艺术批评家进行评述，并进而将他的艺术全貌展现在读者面前，以求在其人其作间建立起恰当的平衡。帕洛夫的研究显示，奥哈拉是美国当代最著名的、最有影响的纽约派(The School of New York)诗人之一，他对法国达达主义、超现实主义以及其他当时风靡一时的诗歌流派曾产生过浓厚兴趣、并且由此而尝试过各种体裁的诗歌创作。而他最大的成就在于开创了反矫揉造作的唯美主义的崭新诗风，成就了诗作内在意蕴中诗歌、绘画和音乐的完美融合，并创立了系列新型抒情诗和别具一格的句法结构。在与很多著名画家、作曲家、戏剧家和制片人进行合作的过程中，“奥哈拉不但形成了自己独特的个人风格，而且在艺术批评上也建立了自己的大师地位”。①

当奥哈拉的诗作《画家中的诗人》出版时，他还只是个小圈子里的人物、一个名不见经传的小诗人；从 20 世纪 50 年代中期，他声名鹊起，几乎人人皆知；到了 60 年代早期，他已成为一名文化英雄，虽然他依然被看作“艺术界”的人物，而非严肃的诗人。奥哈拉写作速度很快，他的诗作往往是在博物馆利用午餐的间隙时间写就。他的一生充满了传奇——酗酒、同性恋、抑郁症以及在火岛遇车祸猝死的悲剧，这些都使得人们把兴趣更多地投入到诗人本人而非他的作品上。在奥哈拉死后的十年里，他一直是个颇具争议的人物，而他的文学地位随着时间的流逝不断攀升。直到今天，人们终于将注意力集中到他真正的成就——诗歌上。

通过对奥哈拉的生平和诗作的详细研究，帕洛夫得出结论：到 1995 年由唐拉德·艾伦(Donald Allen)编撰的《诗集》(*The Collected Poems of Frank O'Hara*)再度出版，奥哈拉在美国诗歌史上的地位已不容小觑，要研讨 20 世纪中叶的美国诗歌，就必须将奥哈拉纳入考量之中。作为纽约派杰出诗人的奥哈拉在当代文学中占据着十分重要的地位，他传奇的人生经历，他对诗歌、绘画、音乐的艺术体验，以及他的诗作中所体现的诗、画和音乐的完美融合在当时乃至今日诗坛都产生着积极而又深远的影响。

第二节　诗歌创作的早期准备

奥哈拉 1926 年 6 月 27 日出生在美国马里兰州的巴尔的摩，后随全家搬到马萨诸塞州的格里富顿，并在那里长大成人。年少时，他曾学奏钢琴，梦想成为伟大的钢琴家、作曲家，同时也开始了诗歌的创作。1944 年～

① Richard J. Kelley, “Review of Frank O'Hara: Poet Among Painters”, *Library Journal* (1) 1977, pp. 1022～1028.

1946 年,他在美国海军服役,退役后到哈佛大学学习。对文学的浓厚兴趣使他将专业由音乐改为文学。虽然也作过一些曲子,但奥哈拉写作的热情促使他定期去上哲学和神学课程,以提高自己的理论水平,并在业余时间尝试即兴创作。

1950 年奥哈拉毕业于哈佛大学,接着又在密歇根大学的研究生院深造。在那里,他荣获了霍普伍德(Hopwood)奖,并于 1951 年获得英国文学硕士学位。奥哈拉一生广交朋友,感情丰富,热情待人,有多达数百位的朋友和情人,很多都来自于纽约的艺术和诗歌界。到纽约后不久,他便在现代艺术博物馆前台上班并开始认真地写作。奥哈拉在艺术界非常活跃,为《艺术新闻》(*Art News*)担任评论家。不久他便开始严肃认真地进行诗歌创作工作,并在艺术界广交朋友,涉猎诸多艺术门类。终其短暂的一生,奥哈拉从未离开过诗歌、绘画、音乐、戏剧和舞蹈。

追踪诗人的成长轨迹,帕洛夫发现早在大学学习期间,奥哈拉就是一个不知疲惫的读书狂,涉猎的领域非常广泛。与众不同的是,他所引用最少的作家却是公认为创作出伟大的英国古典主义作品的文学大家——莎士比亚、斯宾塞、密尔顿、华兹华斯、济慈、丁尼生、勃朗宁以及小说家理查逊、奥斯丁、艾略特、狄更斯、詹姆斯和劳伦斯。从一开始,他的文学偏好就很具个性:他欣赏贝奥武甫胜过乔叟;推崇雅各宾剧作家,尤其是韦伯斯特胜过莎士比亚。他喜爱哥特式的罗曼司作品,尤其是查尔斯·罗伯特·马图林(Charles Robert Maturin)的《梅尔摩斯的流浪者》(*Melmoth the Wanderer*,1820);他频繁引用的作家有俄国的陀思妥耶夫斯基(Fyodor Dostoevsky)、瑞典的斯特林堡(August Strindberg)和丹麦的克尔凯郭尔(Soren Aabye Kierkegaard),却闭口不谈文学巨匠——俄国的托尔斯泰(Lev Tolstoy)或契诃夫(Anton Chekhov),甚至不提本国杰出小说家 F. S. 菲茨杰拉德(Francis Scott Fitzgerald),并且轻视诺贝尔文学奖得主——海明威。他在哈佛学习时的日志中赫然写道:“我从海明威那里学不到东西。”①

“尽管他也偏爱上述列出的一些作家,但是可以毫不夸张地说奥哈拉的内心世界最初就属于法国。波德莱尔和兰波是他早期的最爱;他还在日志中热情评价司汤达(Stendhal)的《红与黑》(*The Red And The Black*,1830)。”②可是从一开始,奥哈拉就是一个不落俗套的诗人,富有自己强烈

① Marjorie Perloff,*Frank O'Hara:Poet Among Painters*,Chicago: The University of Chicago Press,1998,p. 33.

② Ibid.

的个人喜好。他是带着一种完全不同的观点开始他的写作生涯的。在哈佛大学读书时(1948年10月～1949年1月),奥哈拉写道:“不管怎么说,我浪漫与感伤得足以希望能为人生,为这个世界的美作出贡献……只是活着不能算作生存的理由,因为生命只是地球表面的姿态,死亡只是一种回归,终有一日,有人会发现这姿态是多么的优美!”①由此可见,青春萌动时期的诗人对人生、对生命之美充满着期待并且怀有一腔热血、踌躇满志,更有笑傲死亡、喜迎未来的浪漫情怀。

对人生的热爱,使得朝气蓬勃的奥哈拉拥有了一圈子令人亢奋的艺术界朋友,除了后来成为他终生的朋友和艺术批评伙伴,并饱含深情地评述奥哈拉诗篇的阿什贝利,还有费尔费尔德·波特(Fairfield Porter)、简·弗瑞里切(Jane Freilicher)和拉里·瑞沃斯(Larry Rivers),他们都在他的人生和诗歌方面起着重要的作用。紧随战后的几年,像每位历史学家所注意到的那样,是美国诗歌贫瘠的年代,能够值得大书特书的诗人寥若晨星,于是诗坛成为“外来入侵的阵地”,大批的外国文学流派、文学思潮、艺术流派纷纷涌入:20世纪初期在西方流行的一种虚无主义的、完全抛弃传统,靠幻觉、抽象等方法进行创作的文艺流派——法国达达主义;第一次和第二次世界大战之间兴起于欧洲的视觉艺术与文学运动,因反对“理性主义”而发展起来的、主要成就凸显在绘画领域的超现实主义;不描绘客观现实,而描绘事物所唤起的主观感情、通过对形体的扭曲和夸张以及应用生动或狂暴的色彩而达到这一目的表现主义;强调自由的情绪表达,运用技巧和手法自由挥洒,以一种统一、没有明显差别的底色、网络或在非结构空间存在的其他意象来显示的抽象主义以及当时的美国诗歌界盛行的基于T. S. 艾略特诗歌传统上的“新象征主义”诗歌,其最大的特点是奉行唯美主义的诗风。这些流派都或多或少对奥哈拉和其同时代的诗人、小说家、评论家、音乐家、舞蹈家以及画家产生过一定的影响,如:抽象派的画作都画在巨大的画布上,既加强了视觉效果,也凸显其宏伟的气魄。在20世纪50年代,此项运动对美国和欧洲的艺术界产生巨大的冲击,也象征着绘画艺术从巴黎转移到纽约;与新象征主义诗风的特点相反,奥哈拉的诗则采用口语和对话形式,在语调、语气和诗歌内容上也比较随意、自由,由此彰显其诗风与新象征主义的背离。

奥哈拉写作的激情促使他尝试过写多种体裁的诗,如:十四行诗、歌曲、民谣、牧歌以及挽歌。从1949年起,他由模仿转向独创的写作风格,写出了

---

① Marjorie Perloff, *Frank O'Hara: Poet Among Painters*, 33.

诸如超现实主义模式的名篇《橘黄色:田园诗 12 首》(*Oranges*: *12 Pastorals*,1953)(以下简称《橘黄色》)。在密歇根大学,奥哈拉写下了大量的诗篇,但这些诗仅仅巩固了他的诗歌风格而非十分明显的诗歌改革。奥哈拉一生都相信诗歌根本不可能加以规范的理论化,摄影、纪念碑、静态的记忆在诗人的世界里没有一席之地。相比之下,奥哈拉更偏爱电影、动作画派(现代美国画派,以狂放的动作作画,表现作者自发的冲动,使画布展示出强烈的动作效果)和所有形式的舞蹈。

如同华兹华斯需要英国湖区,梭罗(Henry David Thoreau)需要瓦尔登湖,凡·高(Vincent Willem van Goge)需要普罗旺斯的风景作为灵感的源头一样,奥哈拉也需要这样一个创作氛围,而纽约对他来说是再合适不过的了。作为世界最繁杂的大都市,纽约之大、之繁杂连奥哈拉都表白说他甚至无法欣赏一根草的叶片,除非他知道身边就有地铁。当别人旅行至喜马拉雅山脉,至日本京都或至摩洛哥港市丹吉尔时,奥哈拉却更喜欢漫步在纽约的曼哈顿街头。那里有哥特式建筑的神秘,那里有上下班高峰期的狂乱,有互相扎堆的出租车,有西格拉姆大厦,还有广场阵阵喷发的喷泉。显然,这里是给奥哈拉带来素材和灵感的福地,并由此翻开了奥哈拉艺术人生之崭新的一页。奥哈里在短暂而绚丽的人生中,从来就不会为缺乏创作素材而担忧,也从未有过"江郎才尽"之忧。艺术、人生与诗歌对他来说从未分离过,而艺术创作和文坛挚友也从未离开过他。他曾这样写道:"至伟之纯洁乃是快乐之感受,快乐的日子岂能错过,他们总是不能持久。"①

第三节 画家中的诗人

在纪念瑞沃斯的文章里,奥哈拉描绘了"那些日子的境况",并且认为只有画家才是诗歌的慷慨的读者,并由此展开了诗人与画家的合作。奥哈拉在同时代的艺术家中受欢迎的程度越来越高并且逐渐变得具有传奇色彩,当时的现代艺术博物馆馆长认为,弗兰克对艺术作品有着自己独特而又很自信的看法, 他充满着友善,有着发自内心的正直感。由于他的存在,很多人都得以能够学会更好地观察事物。但同时,也有人认为,视觉艺术占据了奥哈拉太多的时间,以至于他无暇顾及他真正的职业——诗歌。阿什贝

① Donald Allen, *The Collected Poems of Frank O'Hara*, Berkeley and Los Angles: University of California Press, 1995, p. 244.

利就曾经评论道："我有时真希望他不要如此成功地卷入博物馆的事务和艺术界。尽管他是一个享有国际声誉的诗人，但写诗却养不活他自己，这就意味着他只能把极其有限的时间投入诗歌的写作中。"①但是，在某些情况下，当奥哈拉与某个具体的画家一起创作时，他的诗彻底吸收了绘画的精神，把诗歌与绘画巧妙地结合在一起，却又有自己独立的风格，有如他为瑞沃斯的画作《华盛顿穿越特拉华河》(*Washington Crossing the Delaware*，1955)所配的诗。尽管奥哈拉结合瑞沃斯的绘画所写的诗歌特别的妙趣横生，但是作为有关美国历史重大事件的文学、美术的混合作品，他的诗却又可以十分独立地被解读。对于画中"祖国的亲爱的父亲"的形象的讽刺也溢于言表。

关于瑞沃斯绘画的诗意的反响，帕洛夫认为这是一种具有抒情颂扬的杰作，表明了诗人比较于抽象的概念更擅长给至少有一些图案装饰的绘画进行诗意的表述。绘画给予他灵性的火花，而诗歌便是这灵性火花所点燃的美妙诗行。诗人和画家的合作主要是20世纪的现象。所谓"诗与画"无非是艺术家和诗人共同合作的产物。往往是画家先作画，再由诗人写上一些解说词作为其视觉感觉的一部分，或者反过来，是一首用配图来解释的诗。其中视觉形象隶属于词汇的含义。"诗与画"有着巨大的潜力。如同歌剧、芭蕾、化装舞会或动画片一样，它也可以通过似乎不相关的媒介的相互作用造成非同寻常的快感。但是这还不是真正意义上的"诗与画"的模式。奥哈拉与画家甚至音乐家的合作产生了一个更为贴切的模式，它出现在达达主义和超现实主义的艺术中。

在一篇非常有趣的名叫《石头中的生命》(*Life Among Stones*，1963)的作品中，瑞沃斯描绘了平版印刷画的起源与形成。他回忆认为，这要归功于搭提亚娜·格罗斯曼(Tatyyana Grossman)。1957年，她正热衷于出版平版印刷画，想在石块上印制平版印刷品方面让他与某位诗人合作。她有诚意、有出版物，而且她愿意把作品都印刷出来。搭提亚娜在长岛的期刊印刷工作室现在已举世闻名。她选择奥哈拉作为瑞沃斯的合作者是由一系列幸运而又巧合的事件促成的。令瑞沃斯更为高兴的是，她不只是把某个画家和某个诗人撮合在一起，而是把两个彼此对对方作品和人生都真正了解的人结合在一起，两个人都有着明确的创作方向。对奥哈拉和瑞沃斯来说，在石板上进行创作是一个新的挑战，他们将自己看作是在发扬毕加索(Pablo

---

① John Ashbery, *Introduction to Frank O'Hara Poet Among Painters*, ed. Donald Allen, New York: Alfred A. Knopf, 1971, p. 28.

Picasso)、马蒂斯(Henri Matisse)、阿波里耐(Guillelmus Apollinaris)等人的传统,瑞沃斯在陈述他们所遇到的困难时这样写道:"我们的无知和热情促使我们毫不犹豫地跳入细节和困难之中。"①于是,为了跨越道道难关,他们合作得越加默契。

在对瑞沃斯"我为什么要这样画画"("Why I Paint As I Do",1956)的主题采访中,奥哈拉所问的问题简短而尖锐。他显然充分理解了对方的画作,但并不急于炫耀他敏锐的目光。这次采访还体现了所谓的"个人主义"的教义,两者之间的对话直截了当,诗人和画家真的"合二为一"了。② 瑞沃斯出身于一个贫穷的犹太家庭,在布朗克斯区(美国纽约市行政区名)的大街小巷中长大。虽然他们的出身背景不同,但瑞沃斯的审美观却与奥哈拉惊人的相似。瑞沃斯认为,一幅画的最好定义是"可辨认清楚的物体的大杂烩"(a smorgasbord of the recognizable)。和奥哈拉一样,瑞沃斯也不安分、易冲动,他不能容忍将视觉艺术和他其他的两大爱好——爵士乐和诗歌——分隔开来的审美观点。这种态度与奥哈拉的如出一辙,在这一点上,两位艺术家真可谓"英雄所见略同"。

然而,真正的艺术合作必然会涉及诗歌发展史上的"同步"思潮(Simultaneity)。"同步主义"(Simultaneism)是由亨利·马丁·芭松(Henry Martin Barzun)所倡导和践行的一种诗歌运动,其主要目的就是取得文字的声像同步效果。无疑,在这一点上,奥哈拉和瑞沃斯在随后的作品中已经基本做到了。

奥哈拉的文学批评表明他的观点与他一生崇拜的英雄——法国超现实主义的先驱、诗人阿波里耐有着惊人的相似。所以以阿波里耐作为奥哈拉文学评论的背景对我们理解他的见解有着特别的意义,可以帮助我们理解他的评论、论文和博物馆展品评论中我们所无法理解的观点。其早期的论文"自然和新绘画"("Nature and the New Painting",1954)大量篇幅含有对瑞沃斯和格蕾丝·哈提根(Grace Hartigan)等人作品具体的描绘,对于他们的艺术特点,奥哈拉的点评一直是十分到位的。对于超现实主义,奥哈拉曾宣称:"超现实主义责令作家的职责在于自由地说出所要表达的含义,说出想要说的话,但又不是信口开河。"③奥哈拉其实是在暗示超现实主义比

---

① Marjorie Perloff, *Frank O'Hara: Poet Among Painters*, p. 101.

② Frank O'Hara, "Why I Paint As I Do: An Interview with Larry Rivers". *Art Chronicles* 11, 1956, pp. 46～56.

③ Ibid.

其他艺术流派多多少少更看重字面意义，而超现实主义者自己则认为他们的作品恰恰相反：梦的展现、幻觉、无意识的思维，都体现了自由联想艺术和隐匿的性爱含义。帕洛夫坚持认为，奥哈拉作为评论家的重要性并不在于他正规的论文，而在于他为博物馆展品所写的介绍中。这些非正规的论作，对于个人的展品充满着精妙绝伦的概括。当时的年代是揭示当代绘画和雕塑深刻内涵的时代，此时的奥哈拉已达到其诗意的最高境界。尽管他依旧写得更随意、更自然优美，但是，他也写得更严肃、更认真了。他对于某些特定绘画的评论常常迫使读者重新审视画布，重新认识他的作品。

第四节　诗-画-音乐的艺术人生

1954年，奥哈拉已近而立之年。在随后七年生机勃勃、动荡不安的岁月里，他写出了一生最好的作品和最恰如其分的艺术评论，从而进入他人生和创作的黄金时期。“到了50年代末，奥哈拉已成为艺术家圈子里的中心人物。”①据帕洛夫的介绍，“这时的圈子里不仅包括之前所讨论到的画家，而且包括阿什贝利、金斯伯格等诗人，墨斯·柯尼汉姆（Merce Cunningham）、耐德·罗洛姆（Ned Rorem）、本·韦伯（Ben Weber）等作曲家，保罗·泰勒（Paul Taylor）等舞蹈家。”②与这些当时顶尖艺术家的相识和合作使奥哈拉的才华得到充分体现，而多样性更是他特有的天赋。诗人与乔·勒苏尔（Joe LeSueur）最亲密的个人友谊发生于1955～1965这十年间；作为他最温柔的爱情诗所书写的对象——温森特·华伦（Vincent Warren）与他的爱情以及与其他友人的最亲密无间的友谊也发生在这一时间段。尽管，他已是现代博物馆的副馆长，要组织重要的展览，但他繁忙的工作并没有妨碍他将大部分时间用于看电影，听音乐会和歌剧，观看芭蕾舞，深夜欣赏雪松，在城镇里到处参加派对，周末去英格兰汉普郡的一个城市——南安普敦参加聚会，他的生活始终没有离开过诗歌、绘画及音乐。

1960年，奥哈拉和诺曼·布鲁姆（Norman Bluhm）的合作进入到一个更为热情奔放、精妙轻盈的世界。布鲁姆为这个美妙的世界添加了音乐的元素，他自孩提时代就渴望成为一个歌剧演员；而奥哈拉也如前所说，一直渴望成为一个音乐会上的钢琴家。对这两个志趣相投的艺术家而言，音乐

---

① Marjorie Perloff, *Frank O'Hara: Poet Among Painters*, p. 113.

② Ibid, pp. 113～114.

精妙无比,是他们合作的又一驱动力量。在他们眼里,诗与画的合作再添加音乐的渲染是一件十分美好的事情、一种愉悦自我的方式。由此,奥哈拉生活中的又一重要角色——音乐也逐渐介入,其诗歌中的音乐元素在悄悄生根,并终将开花结果。

奥哈拉写作的目的显然不是为了沽名钓誉,他很不情愿出版他的作品或把它们编辑成册。《紧急时分的沉思录》(*Meditation in Emergency*,1957)中所选入的诗多半是詹姆斯·斯裘勒(James Schuyler)和克雷斯·考祺(Kenneth Koch)的功劳。后来,当奥哈拉应邀为《城市之光集》(*City Light Book*)写"午餐诗"(Lunch Poems)时,编辑者不断提醒他:"午餐怎么样啦?我可饿啦!"对此,奥哈拉会说:"正在烹饪"或类似的幽默回答。这个"午餐诗工程"早在1959年就已启动,到1964年完工。这一时期的重要诗作如:《在火岛与太阳的真实谈话》(*A True Account of Talking to the Sun at Fire Island*,1958)在奥哈拉生前从未发表,而有些诗作的出版、印刷也实属偶然。他仿佛是那种"只管耕耘,不管收获"之人,所写诗作东放西放,写写丢丢,以至于他自己也常常不知写好的诗究竟搁在哪里。他的好友猜测,已经大量出版的奥哈拉的作品只不过是其实际创作的作品中的约三分之一而已。乔·勒苏尔回忆说:"据我所知,写诗只是他业余时间的事情,他并非以诗来大作交易,当他受写作激情的驱动时,他就会坐下来写。"①

奥哈拉写作不需要很多时间,因为他通常一稿完事,而且自始至终,他从未强迫自己写诗、出版。和著名的美国诗人威廉姆斯一样,他写作主要是为了"眼睛"而非"耳朵",视觉的重要性超过声音。像威廉姆斯,他特别强调速度和自发的冲动,要修改个一字半句实属罕见。但是,这绝不意味着说,他没有十分认真地写诗,自由和随意的背后是天赋的促成,灵感的闪现。奥哈拉认为诗与人生同为一体,它们一样重要,每一瞬间都可能是他人生的终结,因此,他迫使自己不休不眠,这样就不会错过一分一秒。1956年,奥哈拉在一首诗中曾说过:"感到快乐是最崇高纯洁的,但是你不可错过每一个快乐的日子,因为它不会持久。"②他的快乐来自于他和许多人密切的交往,他对自己所写的诗从不分高下,因为每一首诗都可以使他想起某个特定的人或事,使他倍感自然和亲切,人际关系是他最佳诗作所产生的肥沃土壤。

---

① Joe LeSueur, *Digressions on Some Poems by Frank O'Hara: A Memoir*, New York: Farrar, Straus & Giroux 2004, p. 189.

② Marjorie Perloff, *Frank O'Hara: Poet Among Painters*, p. 117.

在整个60年代，尽管他本人很少写诗，而把大量时间用来做其他事情，但是，奥哈拉依旧把诗歌当作他的至爱，因为自始至终，他都坚信“诗是最高艺术”(poetry is the highest art)。① 到了大约1964年，奥哈拉的诗歌风格开始显露令人瞩目的影响，他甚至统治着挽诗诗坛。然而不幸的是，1966年7月24日清晨，奥哈拉在火岛去世，享年仅40岁。他的“忠诚的、醉醺醺的崇拜者”(faithful drunken adorers)把他作为“爱闲聊的先知”(chatty prophet)加以哀悼。正是他们最初意识到奥哈拉“引起新的共鸣”(had struck a new chord)，即一种新诗正在脱颖而出。1966年他逝世后，这个圈子就失去了中心。文学界对奥哈拉的去世所做出的反响令人惊愕不已，几乎在他死后的一刹那，为奥哈拉所写的挽诗漫天飞舞，在大约五年的时间里，为他所写的诗可以编辑成一整本诗册。今天，奥哈拉像60年代早期就已出名的金斯伯格一样，其影响已超越了学派和地理范畴，可以说奥哈拉给了整整一代新的诗人写诗的自由，那便是：一切皆可以成为诗的内容，而且可以在灵感中随意写就。

在奥哈拉的时代，艺术的中心从欧洲转移到纽约。多种流派的诗作、绘画、雕塑、无调性的音乐和当代电影融合在一起，而奥哈拉就生活在纽约这样的文学、绘画、音乐的氛围里。在他短暂的40年历程中，只要有时间，他都会用来勤奋写作。每当灵感闪现，他就会受激情驱动而即兴赋诗，其情状往往是洋洋洒洒，酣畅淋漓，一泻千里。凭着自己过人的天赋和参透力，他敏锐地捕捉到诗歌与绘画是与生俱来的孪生兄弟；他努力提高自己对美术作品的领悟与鉴赏能力并且与画家密切合作，从而进入诗中有画，画中有诗的美妙境界。从孩提时代就已具备的音乐素养以及同音乐家、舞蹈家的共鸣与合作又使他的诗作上升到一个更高的艺术层面——那动人心弦的音乐也成功地踏进了诗歌的殿堂并由此产生了一种崭新的诗艺。纵观奥哈拉非凡的历程，他的人生亦步亦趋，然而又是坚定有力地迈向这种崭新的诗艺，最终与诗歌、绘画、音乐融为一体。奥哈拉坚持认为，诗、画、音乐都是同谱中密不可分的一部分，因为艺术不能容忍分割，它们相映成辉，相辅相成，相互融合，从而创造了诗-画-音乐水乳交融的奇迹。为了共同美好的艺术追求，诗人奥哈拉和画家、雕塑家、音乐家、舞蹈家亲密交往，切磋技艺，开创了一代崭新诗风的先河。他凭借诗-画-音乐相融的艺术所创作的美妙诗行就是他传奇人生的真实写照。

---

① Marjorie Perloff, *Frank O'Hara: Poet Among Painters*, p. 18.

第五节　诗-画相融的作品

在诗歌创作中融入绘画因素是奥哈拉诗歌的重大特色。他所生活的那个年代,艺术流派纷至沓来。在诗歌人才奇缺的国内诗坛,奥哈拉在纽约艺术圈里逐渐被接受、被爱戴。而他从一个长期被忽略的小诗人最终成长成为一代崭新诗风的开拓者,走过了不寻常的创作历程。与几乎所有的诗人一样,奥哈拉最初的诗作也不乏模仿的影子,但是从 23 岁起,他模仿的特征便不复存在,转为独特的写作风格,写出了诸如超现实主义模式的名篇《橘黄色:田园诗 12 首》。这是由一系列的散文诗组成的,他终于以一个诗人的面貌出现在人们的面前。① 在其创作于 1956 年的著名诗篇《我为何不是画家》(*Why I Am Not A Painter*)中,诗人写道:"我是个真正的诗人/我的诗写完了/可我只字未提橘黄色/诗共十二首/我叫它橘黄色/一天我在一个画展瞧见迈克的画/题名叫:沙丁鱼。"②绘画不可避免地融入奥哈拉的诗歌,使得他的诗歌创作深深打上了绘画艺术的烙印。

《我为何不是画家》一诗源自一个真实的故事,反映了奥哈拉写作《橘黄色》与他的朋友、画家迈克·哥尔德伯格(Mike Goldberg)在创作其绘画作品"沙丁鱼"时的整个过程。诗中,奥哈拉自己以第一人称的视角进行讲述,介绍有一天奥哈拉顺道去看望他的朋友哥尔德伯格,当时,后者正开始创作一幅画。在描述了哥尔德伯格创作"沙丁鱼"的过程之后,奥哈拉反思了自己创作《橘黄色》一诗的过程。无论是哥尔德伯格的"沙丁鱼"还是奥哈拉的《橘黄色》都有着不同寻常的起始阶段:作为画家的哥尔德伯格却从诗人的角度在画布上写下"沙丁鱼"几个字,而作为诗人的奥哈拉则从一个画家的思路先思考橘黄色这种颜色。然而最后他们完成的作品却丝毫没有与先前激发他们创作时想法一致的内容:奥哈拉的诗只字未提"橘黄色",而哥尔德伯格的画作"沙丁鱼"到最后连"沙丁鱼"几个字也消失了,只剩下几个字母。更有趣的是,在叙述过程中,奥哈拉并未提及他的诗与他朋友的画作的题目,一直到诗的结尾才交代诗歌与画作的题目分别是:《橘黄色》和"沙丁鱼"。这种画家心中有诗、诗人心中有画的创作过程便是诗画相融的奥哈拉诗歌特色的雏形。

《黄色的礼仪》(*Les Etiquettes Jaunes*)是一首吸引人的小诗,但我们已

① Frank O'Hara, *Oranges: 12 Pastorals*, New York: Tibor de Nagy Gallery Editions, 1953.

② Frank O'Hara, *The Collected Poems of Frank O'Hara*, p. 109.

经可以清楚地看到诗人自己的美学观点。诗中作者暗示即使是一片落叶飘零，也是值得注意的并且告知世人："今天，我从人行道上拣起一片树叶/这似乎很幼稚/树叶！你好大/你怎样变换色彩，然后又落下/仿佛完整不存在一样/你不屑回答我/我也不敢坚持问/树叶！不要神经过敏/像小小的变色蜥蜴一样。"①

短小的诗就好像一幅风景画面：一片叶子如同蜥蜴改变了颜色，飘然而下，落在人行道上，它的一生由此终结，它的斑斓消散了。而人生又何尝不是这样？在《拉里，诗歌属于我，绘画属于你》(*Poetry Belongs to me, Larry and Paintings to You*)中奥哈拉写道："天下着轻柔的雨，/我们坐在台阶上。"②简短而直白的诗行给读者展现了一幅彼此亲密无间，感情极为融洽的美好画面。对于儿童的描述，浪漫主义作家把他看作是受到上帝保佑的世界的观察者，而奥哈拉与华兹华斯笔下的儿童大相径庭，是一个可怜的、不适合环境的小小的人儿，不被爱，无人要，也不友善。在《文学传记》(*Autobiographia Literaria*)中，诗人写道："当我还是个孩子/我自己玩耍/在校园的一个角落/完全孤单/我恨玩偶/恨游戏，动物们/也不友好/而鸟都飞走了。/如果有人找我/我就藏在一棵树后/叫道'我是孤儿'。/而我在这里/在所有美丽的中心！/写这些诗！/想象！"③这首简洁活泼的小诗所营造的立体感使人不由自主地联想到毕加索的绘画，用帕洛夫的观点来分析，那就是奥哈拉的诗含有大量的层层叠加的"立体派的句法"(Cubist Syntax)。④ 在校园角落里静静地独自玩耍的小孩是一个层面、窜来窜去的小动物、飞走的鸟构成第二个层面、当躲在树后的小不点儿会大叫："我是孤儿！"时，又构成了声音的层面。这三个层面都是为了烘托出在美丽中心的恨东恨西的小孩，最后，诗人用幽默的笔触使这个孤单的小孩长大后变成了一个诗人，使得画面显得生动有趣，引人遐想。再如他的超现实主义佳作《简在家里》(*Chez Jane*)，诗中超现实主义和达达主义的创作手法取得了极强的艺术表现力："白色的巧克力罐中满是花瓣/在此刻四点钟和未来时间的/一只不安的眼睛中晃动。老虎，/条纹美丽，易怒，跃上/桌子，没有扰乱一丝/ 花的屏息凝视……。"⑤

---

① Frank O'Hara, *The Collected Poems of Frank O'Hara*, p. 78.

② Ibid, p. 211.

③ Ibid, p. 138.

④ Eric Selling, *The Esthetics of Ambiguity: Reverdy's Use of Syntactic Simultaneity*, Detroit, MI: Wayne State University Press, 1974, p. 112.

⑤ Frank O'Hara, *The Collected Poems of Frank O'Hara*, p. 189.

诗歌运用通感的表现手法、描写幻觉,突破有机的完整的现实的画面,进入梦境或疯狂的幻想中,这就是超现实主义的实质内容。在这内容中,我们看到了诗中包含生动的画面:白色的巧克力罐、花瓣、一只不安的眼睛、一只条纹美丽的老虎、桌子都是这画中的景物。老虎跃上桌子;花的屏息凝视,一动、一静,仿佛是电影的蒙太奇。这首诗堪称纽约派的经典之作。这一诗歌流派,其发源地是纽约市。这个世界文明、繁杂的大都会造就了一批典型的城市诗人。一般公认的优秀纽约派诗人即奥哈拉和其挚友阿什贝利,围绕在他们周围的还有考祺等人。这些诗人一般脱离大众现实生活,在诗中常常罗列一些刺激因素,促使感官产生奇异的联想。他们的诗歌使人感到像在观看某些现代派画家在画布上胡乱泼洒颜料的油画一样,五彩缤纷,光怪陆离,令人目不暇接。因此,诗中有画,画中有诗便是这类画派的特质。丹尼尔·霍夫曼(Daniel Hoffman)对纽约派诗歌特色的描述非常具有代表性:“一种不同的超现实主义——更具讽刺性、荒诞性、滑稽模仿、自我沉思和远离外界现实,它通过一群受过法国诗歌和绘画影响的诗人的作品进入了美国当代诗歌的主流。”①由此可见,这个流派中的诗人和画家的合作有着深刻的渊源。

《第二大道》(*Second Avenue*,1960)是奥哈拉的另一部伟大作品,是对哈提根绘画的精准诠释。奥哈拉诗歌中所包含的多种多样的意象和句法的变位是在“模仿”绘画自身的制作步骤,哈提根对之赞不绝口,认为是弗兰克最伟大的诗,是我们这个时代最伟大的史诗之一,它“拥有一切艺术应有的元素;拥有生动的意象、感情丰富的内容、想象的跳动;取代了时间的来来回回;闪现出现代生活的画面;且拥有内在的情感。”②从很多方面而言,《第二大道》代表着一种真正的风格和文体上的改进,它所闪现的现代生活的画面正是诗中有画的如实写照。

《爱》(*Love*)这幅画是一系列平版印刷作品中最好的一部,以相当不同的方式将语言和绘画糅合在一起。据瑞沃斯的回忆,要做一块表达“爱”的石板,在其表面,瑞沃斯分别画了一个男性、一个女性形象,并且画了几个生殖器来显示它的“性”。奥哈拉在画的内容之间和表面上写了几行诗,绝口不提男人和女人、身体或性:“爱就要失去/星星出来了/一把破碎的椅子在黑暗中呈现红色/一种模糊的欲望在搅动/一如起皱的雨中的一棵植物。”③由

---

① 引文见:http://blog.sina.com.cn/s/blog 492198ef0100gdlc.html。

② Robert S. Mattison, *Grace Hartigan: A Painter's World*, New York: Hudson Hills Press, 1990, p. 130.

③ Frank O'Hara, *The Collected Poems of Frank O'Hara*, p. 209.

此可见，奥哈拉插入的诗行的基调完全消除了原有的视觉印象，这种画中有诗的现象颇为新颖。

瑞沃斯的另一幅画《忧郁的早餐》(*Melancholy Breakfast*)含有半抽象的、依稀可辨别的早餐情状的图像，如：鸡蛋、烤箱、烤面包、汽油炉、大孔筛和一张桌子。这些图像都是扭曲的，仿佛是一个人在酗酒或吸毒的宿醉中所看到的景象。奥哈拉的配诗写道："静静的鸡蛋在思考/烤箱的电耳在等待。"[①]作品的底部一行写道："清晨，怀疑的元素很浓烈。"画中的图像互不相关，而配诗也彰显相似特征，诗人和画家配合得轻松有趣。

奥哈拉的《欢乐颂》(*Ode to Joy*)颂扬性爱、性的狂喜，以藐视死亡。这一主题本该是浪漫的，可奥哈拉诗中的意象却常常是超现实主义的："大街上满是奔跑的形体/谋杀者和自恋者以及电影明星的照片/从墙上和冒着蒸汽的房间里活着的书本中鼓突出来/挤压我们燃烧着的肉体……爱的坟墓临近的地方，不再有死亡。"[②]简短的几行诗意象密集，动态的、静态的画面相互交融，凸显出爱情的主题：爱的坟墓临近的地方，不再有死亡。

《纪念我的情感》(*In Memory of My Feelings*)不仅是奥哈拉最好的自传诗，而且是我们这个时代最伟大的诗篇之一。它的中心思想、内在自我的崩溃和重新统一，显然是人们所熟知的浪漫主义的思路，但是，奥哈拉把自传体的传统彻底加以颠覆，在一幅拼贴画中融入了奇思异想和现实主义元素，探索了艺术家如何保护"裸露的自我"而不被外界混乱所埋没；怎样想法做到生活有序；如何消除焦虑；而当生活与艺术合二为一的时候，幸福的画面也就近在眼前。[③]

然而诗人并没有等来自己的幸福，和文森特的分手、失眠、酗酒、同性恋使得诗人在其短暂人生的最后五年，几乎没写几首诗。繁杂的工作占据了他大量的时间和精力。1961～1963两年间，诗人间歇性地发作精神抑郁症。空虚、绝望和死亡现在已成为其频繁的主题："黑暗和白发/一切都空空然/那里除了念想什么也没有/至于外形实在可怕/整日地坐在窗户里/只看到往昔的时光/毒蛇盘绕她三次/她已消亡……。"[④]有些诗涉及到自杀，对此奥哈拉常带有为自我辩解的幽默："我可以借你的45年吗/我只需要一颗银光闪亮的子弹/如果你做不到令人觉得有趣/你起码可以成为一个传

---

① Frank O'Hara, *The Collected Poems of Frank O'Hara*, p. 125.

② Ibid, p. 356.

③ Frank O'Hara, *In Memory of My Feelings*. Ed. Bill Berkson, New York: The Museum of Modern Art, 1967.

④ Frank O'Hara, *The Collected Poems of Frank O'Hara*, p. 91.

奇……我现身在何处/我甚至找不到一个小池子/可以在那里不惹人注目地惘水身亡……。"①或许,这些"黑色诗歌"中最辛酸的要数《云彩轻柔地飘去》(*The Clouds Go Soft*)。这首经苦思冥想后所创作的抒情诗柔和、减缓的基调立即使之有别于诗人其他的大部分作品:"云朵轻柔地飘去/变换着色彩/如此之多种类的云朵喷着蒸汽移动/散去了,沉入大海。"②

帕洛夫以具体细微分析为经,以主题综述为纬,理据齐全地指出,奥哈拉的这些诗虽然曲调悲凉,但依旧延续着诗中有画的写作格调。虽然诗中有画,画中有诗并非奥哈拉的首创,但是,古往今来还没有哪位诗人能够写出如此之多的情态各异的诗-画作品,毋庸置疑,在这一点上,奥哈拉是无与伦比的。

第六节　诗-画-音乐的完美融合

诗中有画、画中有诗尚不能穷尽奥哈拉的诗歌艺术风格和艺术成就,诗-画-音乐融合的作品才是他在当代诗坛卓尔不群的原因所在。通过多年的实践,奥哈拉已初步确立了自己崭新的诗风,"其诗歌中的独一无二的句子结构、模棱两可的词汇定位、奇数诗行元音所发生的割裂以及一致的跨行,造成读者一种绷紧的感觉和极快的速度感,这种极富动感的画面与当时风靡的电影音像艺术如出一辙,电影的背景音乐和主题曲被注入诗歌之中,从而在诗画融合的基础上又渗入音乐的元素,为其早期的诗作呈现出有别于传统诗作的崭新风貌。"③总之,奥哈拉的创作接受了时间的检验。读者对他诗歌中所涵盖的范围、他的勇敢精神、他的热衷于试验和他的频繁的成功都感到无比惊讶和崇敬。

《复活节》(*Easter*,1952)是一首美妙的,充满活力的,相当诲淫的诗,也是一篇充满超现实主义色彩的优秀诗作。奥哈拉写此诗时可谓一挥而就,一气呵成。对话和心理活动被直接写入诗中,不刻意修饰而是自由发挥。的确,奥哈拉的诗歌虽然形式自由,有时松散,拉杂,但他过人的幽默感和新鲜的理念使得他写的诗始终不乏精彩的诗行和诗意。帕洛夫对该诗的中心内容曾有以下评述:"(1)诗歌中电影技术的应用一目了然;(2)脱离于传统语境漂亮词汇的运用而把它们植入新奇的美国语境中。"④纵观奥哈

① Frank O'Hara, *The Collected Poems of Frank O'Hara*, p. 172.

② Ibid, p. 334.

③ Marjorie Perloff, *Frank O'Hara: Poet Among Painters*, p. 67.

④ Ibid, p. 73.

拉当时创作的氛围，这种写作方式实际上是对传统文本和行文方式的挑战，尤其值得一提的是“电影技术”的运用，它意味着文字、画面、声音的和谐、统一，这样的诗势必成为诗、画、音乐的融合的作品，令人耳目一新，刮目相看。

《1950年阵亡将士纪念日》(*Memorial Day*)是奥哈拉早期最伟大的作品之一。该诗的成功之处在于作者注入了口语体、自然的语言节奏、达达主义和超现实主义的众多元素于其诗歌内容中。尤其是诗歌的语言是动态的、即刻的，且闪现着一个个生动有趣的画面，仿佛在欣赏一部电影。诗的开端写道：“毕加索令我紧张、快速/世界瞬间如悬铃木被砍倒在地/我的窗外是一帮造物主/一旦毕加索挥舞起斧头/人人也跟着愤怒/清理最后的泥沟和堆积的污垢”。① 显然，诗人梦境中的毕加索像是个外科医生，用斧头砍去了已无生气的死亡艺术的残骸，就好像他是人间的剃须刀，割去了诗人窗外的悬铃木。和《复活节》一样，短暂诗行即显出画面动感十足，生动、逼真，如梦如幻，从而成为奥哈拉诗歌类似于电影的最初期的极富代表性的作品之一，是一首充满活力和快乐的诗篇，它巧妙而又幽默地评估在一个怀疑艺术的世界，使自我成为一个艺术家的深刻内涵。和《复活节》一样，诗所表现出的电影特质即意味着诗、画、音乐已融合在一起，产生了互通、融合的效应。因为这一前所没有的写作模式，1951年，奥哈拉赢得了创造性写作的霍普伍德奖。

1955年，奥哈拉创作的《收音机》(*Rdiao*)颇具个性特色并由此开始了他一生中一段最辉煌灿烂的诗歌生涯。音乐教会他成为绘画的知音，并充分展示音乐在诗歌、绘画中的无限感染力。这种前人没有企及的艺术是一种互融的诗歌写作形式，因为视觉的、听觉的、语汇的元素是彼此互相依赖、互为支撑点的。的确，“音乐”是奥哈拉创作中不可或缺的重要支撑点，他的现实主义和超现实主义的诗作的改革和创新始终没有脱离音乐的渲染力。

在奥哈拉的主要诗歌中，即使是最漫不经心的读者也会发现，第一人称是无处不在的。在《音乐》(*Music*)中，代词“I”(我)和它的同根词在二十一行的空间中出现十次，然而，《音乐》并没有去探求说话人的过去以断定是什么造就了现在的“他”；并非因此而“自白”或“揭示”它(即“I”)内在的精神生活。“I”(我)的作用是对事物作出反响而非自我坦白，是要去观察事物，去注视事物，去创作出与音乐主题相关的诗作。奥哈拉常常去布鲁姆的画室一起边听音乐，边作画、写诗，《音乐》便是在这样的氛围中诞生的。音乐和

① Frank O'Hara, *The Collected Poems of Frank O'Hara*, p. 127.

电影是奥哈拉的挚爱,他曾在一首名为《致危机中的电影业》(*To the Film Industry in Crisis*)中写道:“在危机时期,我们必须一次又一次决定我们爱谁/并公正地赞美它:/不是赞美天主教堂/它充其量是对普通娱乐过于严肃的介绍/不是赞美美国军团,它恨每个人/而是赞美你,光荣的银幕,魔幻的特异彩片,多情的电影界/延伸回忆的镜头和惊人的立体声/你所有神圣的维度,回声和偶像!”①透过诗人的表白,我们可以清楚地看到,诗人对电影的挚爱已经达到了如痴如醉的程度,他甚至把电影的地位排在天主教堂之上,对之顶礼膜拜。正是这“光荣的银幕”、“惊人的立体声”成就了奥哈拉创造性的诗风,也启发我们更好地领会诗、画、音乐何以会在他的诗作中达到完美融合的。

奥哈拉的名篇《距离他们一步之遥》(*A Step away from Them*)最能体现诗-画-音乐互融的特征。这首不分诗节的挽诗是奥哈拉为纪念表现主义大师杰克逊·珀勒克(Jackson Pollock)的去世而写的一首“午餐诗”,同时也是其诗集《午餐诗》的名字。这首诗不仅是典型的纽约派诗作而且是奥哈拉诗风的代表作品。诗中处处显示随意自适的写作风格,口语被大量使用,生动描绘了大都市的生活片断,把“城市诗人”的面貌清新而又成熟地展现在读者面前:工人群聚吃午餐,闪亮身躯充满着性的暗示,黄色头盔神秘而醒目,危险的砖块随时会从高处掉落,高跟鞋上裙摆飘舞,令读者不禁想起玛丽莲·梦露性感十足的招牌动作。烈日当头,出租车哼哼作响,猫在锯末屑中耍玩,画面丰富、生动,充分再现了诗中有画的写作风格。这首诗中的时代广场是另一大街景,仿佛是电影蒙太奇,更是诗歌、绘画和音乐的交融:云雾飘过头顶,人工瀑布哗啦啦地喷涌而下,黑人和白人女孩在调情。那女孩的身份很重要,因为她是合唱队队员,预示着一场广场音乐会即将拉开序幕。所以,诗人在此亮出了他独特的诗艺——音乐与诗画的相互融合。挽诗中,虽然死亡的阴影不散,但诗人更珍惜活着的美好。木瓜汁在当时的纽约市不仅是异国风味而且与美式汉堡和可口可乐形成对照,富有浓郁的文化色彩;诗人的心跳入口袋也暗指一部外国作品。由此可见,奥哈拉也深受异域文化、艺术的影响,既增添了其诗歌的深刻意蕴,又脱离了本土原有的思维框架,创作出无与伦比、独具匠心的诗、画、音乐相融的诗歌作品,成为一代文化先锋。作品《距离他们一步之遥》也因此成为奥哈拉诗风的集大成者,标志着其诗、画、音乐相融的诗艺已日臻完善。

---

① Frank O'Hara, *The Collected Poems of Frank O'Hara*, p. 285.

第七节　结语

《画家中的诗人》甫一推出旋即在业界产生巨大反响，并被公认为一部最严肃认真的研究现代诗人之作。本着严谨求实的精神和有理有据的态度，帕洛夫不但揭开了蒙在奥哈拉脸上长期以来被人们视为无法穿透的那层面纱，而且以其一贯的专业眼光挑选了可资用来剖析的具体作品进行阐释。尽管在关乎奥哈拉与第二代抽象表现主义画家的关系上，帕洛夫的说辞与事实略有出入，但这并不妨碍她对诗人与画家之间的相互影响进行深入探究并得出令人信服的结论。[①] 帕洛夫的援引和论证也有些许从个人好恶出发的嫌疑。同样是第二代抽象表现主义画家的哈提根被帕洛夫提到了不下二十次，而且关于她的引用更是连篇累牍。关于诗配画的《橘黄色》也被详尽地多重分析。但对于像《画家中的诗人》这样的论现代主义诗歌的扛鼎之作而言，如此瑕疵难掩其作为佳作之美，其整体选择、局部规划与细节运用依然归属上乘之作的行列。

正如帕洛夫所言，作品《距离他们一步之遥》可谓奥哈拉诗风的集大成者，也标志着其诗、画、音乐相融的诗艺已日臻完善。纵观其整个创作历程，我们不难看出，诗人付出了一生的追求和努力，成就了独特的诗歌创作艺术。从画家心中有诗、诗人心中有画、诗画相融的雏形到简短而直白的诗歌所营造的生动美好的立体画面，到超现实主义和达达主义的创作手法所取得的超强的艺术表现力，到纽约派诗人崇尚与画家合作的渊源，到口语体与自然的语言节奏被植入美国语境，到电影技术将诗画融合又渗入音乐的元素，到新颖的诗风和奇特的诗歌形式所赢得的创造性写作的霍普伍德奖，到诗、画、音乐融合的作品达到日趋完满，无不凝集着诗人非凡的才情和功力，无不渗透着诗人毕生的求索和心血，从而以其辉煌的诗歌成就为人类浩瀚的文学宝库献上了一朵璀璨夺目的奇葩。

帕洛夫以凿凿证据让人非常信服地相信，在奥哈拉的一生中，他始终排斥传统感，更无意出版他的作品赢得奖项。酗酒、同性恋和精神疾病对奥哈拉的个人形象起了负面影响，使之成为一个颇具争议的人物，也使他的作品久久得不到应有的重视，甚至他不幸出车祸而意外丧生也被猜忌为自杀身

---

① 帕洛夫认为奥哈拉与莱斯利(Alfred Leslie，1927～　)始终保持着强烈而持久的友谊，并对其作品一直兴趣盎然。但事情的真相是：奥哈拉对莱斯利的早期作品的确推崇备至，而对他的后期所谓的卡拉瓦乔风格(Caravaggio)相当排斥。

亡。但是他对生活所富有的燃烧的激情,对友谊和爱情的执着,对诗歌、绘画、音乐的挚爱和特立独行的诗人气质,都使他成为一个极具个人魅力的诗人。作为视觉艺术的重要批评家、理论家、一代崭新诗风的开拓者,他的诗歌如果以单一的方式去欣赏或许算不得精品佳作,但是,当读者深入其内涵,将诗歌、绘画、音乐融合在一起,把文字、视觉和听觉都调动起来再加以鉴赏时,就会有完全不同的看法和评价,他的优秀作品完全可以被看作是诗歌-绘画-音乐的完美融合。的确,奥哈拉——现已享誉世界文坛的美国"纽约派"诗人——正是通过诗中有画、画中有诗,其间还伴随着音乐的渲染的方式,拓展了他的作品的深度、广度、新颖度以及多样性。他汲取其他流派的养分却又独树一帜并以其特有的风格影响了一代又一代的诗人和文学爱好者,最后成为20世纪中期美国乃至全球文学界不可或缺的卓越的诗人。在奥哈拉离世十一年后,当全世界的目光仍然停留在他放荡不羁的生活方式、不入正统的人生理想和不落窠臼的创作思想时,《画家中的诗人》的推出无疑促使如许观念产生重大转变。帕洛夫的本意并非为奥哈拉在俗世中立传,因为他的地位和贡献自有后世评说。她不过是再次向世人展示奥哈拉作为一位具有超前意识和开创性思想的"真正诗人"对当代诗坛所做的贡献,提醒人们在关注他传奇人生的同时不要忘记传奇的真正内核应该在他的诗歌上。奥哈拉一直被视为重要的诗坛革新者之一。但是其诗歌创作的根基却牢固地深扎于传统的土壤之中,尤其是浪漫主义传统。当抽象的视觉艺术与诗歌并置时,人们往往只关注能带来强烈视觉冲击的前者,而视后者为无物。但是帕洛夫诗学研究视域中的奥哈拉却给这个不成文的定律打上了一个大大的问号。毋宁说《画家中的诗人》也在昭示着诗人-画家的和谐共存。

第二章　当代美国诗歌的纠偏式解读：《不确定诗学：从兰波到凯奇》

第一节　引言

凭借《画家中的诗人》等20世纪70年代三部研究个体诗人著作的付梓，帕洛夫逐步建立了自己在现当代诗学评论界杰出学者的地位，也基本上逐渐完成了自己诗学研究上的“美国化”模式，同时也显示了她拒绝向当代美国学术研究领域“解构主流”臣服的态度。作为一名百科全书式、具有高瞻远瞩眼光的学者，帕洛夫在全面和审慎地诗学研究中培养了一种独立、批判、新颖和质疑的风格。随着研究的深入和解析的推进，帕洛夫挑战传统的思想和作为独立知识分子的个性渐渐显露。70年代小范围、个体诗人研究之后的时间里，帕洛夫的诗学研究在继续突破前期“黑山诗派”、“纽约诗派”和新批评研究方法的基础上，开始着眼于范围更广、题材更深、材料更多的语言诗派研究。1981年帕洛夫推出了自己的第一部在广义现当代文化背景中置诗歌研究于“艺术领域”之中的综合诗学研究力作《不确定诗学：从兰波到凯奇》（以下简称《不确定诗学》）。该书是帕洛夫在文化语境中对当代诗歌进行的讯息完备、话语诙谐的一部研究巨著，也是坊间公认的帕洛夫诗学评论的“成熟理论”之作。该书的推出既是美国现当代诗学研究上的一个里程碑，又是帕洛夫诗学研究上的转折点。它是帕洛夫的第一部综合全面诗歌研究，也是她首次关注并重视作为音乐家、文化理论家的诗人凯奇的作品。在这部关于现当代诗歌美学的著作中，帕洛夫指出，英美诗歌中被人们非常松散地称之为“现代主义”的东西，实际上是由“两个既彼此分离又相互交织的部分——象征主义和反象征主义”所构成。① 反

① Marjorie Perloff, *The Poetics of Indeterminacy: Rimbaud to Cage*, Princeton: Princeton University Press, 1981, p. vii.

象征主义诗学又称“不确定性”模式或“不可判定”模式,它的第一真正践行者就是阿尔蒂尔·兰波(Arthur Rimbaud),尤以他的《灵光集》(*Illuminations*,1886)为最。帕洛夫指出,“兰波是第一个真正触动‘不可判定性’琴弦的人。而这种诗歌特质可以在斯泰因、庞德和威廉姆斯的诗歌中,在贝科特后期的散文中找到明显痕迹,并在随后几十年的诗歌创造中表现尤为突出。”①

帕洛夫的这部杰作就是以反象征主义或不确定诗学为主题的。在这部代表其“成熟理论”的著作中,②帕洛夫抛弃对后结构主义和解构主义的轻信和盲从,而将论述主要建立在巴尔特、托多洛夫和德里达的理论之上,以独到的视角和精辟的论证,对饱受争议、甚至贬低的几位美国当代诗人进行了纠偏式的重新解读。帕洛夫认为现代诗学的中心传统是“两个既彼此分离又相互交织的部分——象征主义和反象征主义”,③并以时间先后为顺序,主要讨论了斯泰因、威廉姆斯、庞德、贝科特、阿什贝利、凯奇和安廷。全书的八章中有六章曾以论文形式先期发表过。

第二节　“不确定性”解析

在第一章里,作者并未针对某一特定诗人发表评论,而是进行一场简明扼要、名副其实的“理论批评”。当读者带着极大的兴趣和热情在全书中寻找一个宽泛而有说服力的关于“不确定性”的定义时,帕洛夫就提醒他们必须时刻谨防将“不确定性”与“随意性”(randomness)和“复义性”(ambiguity)混淆的危险。在此帕洛夫尤其关注的是,当代作者寻找“所指意义”的欲望遇到障碍后,是如何转向其他更加常规性的作品的。她同时引用了很多“不确定性”文本来向读者展示,人们的日常阅读是如何被阻隔的。这一理论的不同凡响之处在于其独特的传统意识,当作者向外界展示艾略特、奥登和斯蒂文斯的标准阅读时,读者已经准备用全新视角来阅读当代诗人了。在这一章里,帕洛夫将阿什贝利、艾略特、斯蒂文斯、贝科特、奥登等并列排在同一个层次。其中在阿什贝利的《那些湖中之城》(*These Lacustrine Cit-*

① Marjorie Perloff, *The Poetics of Indeterminacy: Rimbaud to Cage*, p. 4.

② Luo, Lianggong, “Poetics, Poetry, Language Poetry: An Interview with Professor Marjorie Perloff”, *Foreign Literature Studies* 3 (2007), pp. 1～8.

③ Marjorie Perloff, *The Poetics of Indeterminacy: Rimbaud to Cage*, p. vii.

ies)一诗中,因为那些所有词语背后可资解释意义的指称都被隐藏起来,“所有的风景呈现出口头话语性质,所有的意象都是片断式的”,“阿什贝利的人物影影绰绰、难以确定”,①所以它就占据了本章讨论的一极。艾略特的《荒原》(*The Waste Land*,1922)一诗因为字里行间充斥着对意义的直接佐证,而且还有很多具有确定意义的象征性表达穿行其间,所以它就构成该章讨论的另一个方向。虽然史蒂文斯的《秋天的极光》(*The Auroras of Autumn*)的第二部分的风景描述从表面上看“与艾略特的具有混响效果的回声之室相差甚远”,②但是这部分基本上可以看作是“一曲想象之力的挽歌”。尤其该诗中的意象“变成了斯蒂文斯情感状态的象征性化身”,③所以与艾略特诗歌的方向极其接近。奥登的《湖泊》(*Lakes*)一诗也是如此。在该诗中,奥登采用的策略是“首先收集一系列具有象征性质的物质,然后将整个制造象征的过程进行压缩”。④ 像艾略特一样,斯蒂文斯首先使用的是字面指称词语。虽然在诗歌中并不存在一个具体的湖泊充当客观关联物的作用,但是斯蒂文斯依然使用湖泊作为一系列急速进入视野的公共意象的导火索,而这些意象又成了诗人表达个人欲说还休心理状态的象征符号。如果说斯蒂文斯放弃了浪漫主义的介入自然与超自然、现实与超验世界的二元论的话,他却依然坚持使用另一个更加具有浪漫主义气质和象征主义精神的二元论,那就是介入我与他、自我与世界之间的二元论。正如希利斯·米勒(Hillis Miller)所说,“主观与客观的对话是斯蒂文斯的中心议题。”⑤他诗歌中看上去相互对立意象之间的完美协调也是浪漫主义传统的一部分。帕洛夫指出,对贝科特的作品进行文本细读可以发现,他与阿什贝利在诗歌创作属于同一类型。在贝科特的作品中,语言的价值倾向是合成性的而不是指示性的,而且他的写作重心也从词语的明确含义向意义的所指转变。在粗略地将以上诗歌创作层次进行归类后,帕洛夫就非常明确地指出,由兰波首开其端的诗歌创作的“反象征主义”模式是如何大行其道、备受推崇的。

在绪论的结束部分,帕洛夫谈到了罗杰·卡丁诺(Roger Cardinal)在

---

① Marjorie Perloff, *The Poetics of Indeterminacy: Rimbaud to Cage*, p. 12.

② Ibid, p. 19.

③ Ibid, p. 22.

④ Ibid, p. 24.

⑤ J. Hillis Miller, “Wallace Stevens”, *Poets of Reality, Six Twentieth-Century Writers*. New York: Atheneum, 1969, p. 228.

其一篇叫《谜》(*Enigma*)的文章中所勾勒的过去150年诗歌的“三阶段”发展论。[①] 在第一阶段中,艺术开始关注与处理神秘性,所以它自己也变得神秘起来。在第二个阶段中,因为诗歌在第一阶段所处理的关于神秘的主题需要提防免遭亵渎,所以它就主动选择神秘倾向。在第三阶段中,“神秘”开始让位于“情感”。帕洛夫认为,卡丁诺的《谜》是一篇介于“理性与非理性”之间的作品。他所划分的诗歌发展的三个循环阶段虽然看上去只是一种诗歌历史变更的简单化模式,但是它在诸多方面依然有所裨益。卡丁诺认为,首先所谓的“新诗”应该是19世纪转折时期诗歌变革的自然结果。其次他认为,现代主义与象征主义诗歌与第三阶段的后现代主义诗歌有实质上的差异。帕洛夫发现了卡丁诺关于诗歌发展三阶段的意义,并指出当下英美评论界对他所指现代与后现代诗学差异的忽视。而帕洛夫自己的“不确定诗学”的提出,也是与“现代主义”、“象征主义”和“后现代主义”与“反象征主义”密不可分的。在说明为什么只选取从兰波到凯奇的一共八位诗人时,帕洛夫指出她的遴选并无囊括所有“不确定诗学”创作者之意,但是所有将要讨论的诗人都是不确定诗学的典范。帕洛夫还指出,探究20世纪诗歌中的“不确定性模式”并无意指责伟大的象征主义运动。如此研究反倒证明当下所出现的众多诗歌不仅源头泛滥,而且可作各种不同的推测与假设,诗学最值得用自己的方式来解读。

第三节 不确定性诗学鼻祖:兰波

可作不确定诗学典范的诗人为数不多,而且涉及具体创作形态与诗艺特征时此派诗人也不尽相同。对他们诗学概貌的剖析具微、归结共性首先必须从不确定诗性的鼻祖兰波入手,并上接斯泰因,跨越庞德,直抵安廷,方显此派诗学之外端内情。谈及兰波与不确定诗学创作之源时,罗伯特·萨巴缔叶(Robert Sabatieer)特别提到了《灵光集》,并评论说:“《灵光集》是作者经验的集大成者。在他的生命之树上,他嫁接了假想的感觉和阅读变态的反射孤独与百感交集的流动。”[②]帕洛夫对兰波不确定诗学的解读也是从《灵光集》开始的。基于事实、论之以理,帕洛夫不但向读者证明兰波所提倡

① See Roger Cardinal,“Enigma”, *20th Century Studies* 12 (1974), pp. 41～44.

② Robert Sabatieer, *Mortal Landscape*, trans. by X. J. Kenne, New York: New York UP, 1966, p. 137.

的可奉为诗学圭臬的原则，其实与阿什贝利后来致力探求的并无二异；她还同时指出《灵光集》中名为《城市》(*Villes*)的散文诗由于被十分巧妙地进行了分裂组合，所以没有任何具有指示性的连贯阅读可以生成：关于时间与地点的概念飘忽不定，声音与动作相互抵牾。在如此充满幻象般的都市里，“水晶木屋和丛林沿着铁轨和无形的滑轮缓缓移动。被巨兽与铜棕榈包围的古老的火山口在烈焰中发出有节奏的轰鸣。爱情的节日在悬挂于木屋后的小河上喧响。狩猎的钟声在狭谷中回荡。高大的歌手穿行于服装和彩旗之间，好像山顶的阳光。深谷平台上，骑士们正标榜着各自的英勇。而在深渊的浮桥与客栈屋顶，火云给桅杆挂上了彩旗。神像倒塌，牵动了高空的原野，仙人们在雪崩中沦落天涯。”①与艾略特的“虚无之城”(“Unreal City”)②相比，兰波的“城市”呈现出许多特异的色彩。在现代主义大师艾略特的眼里，伦敦正是十足的“虚无之城”，充斥着喧嚣的都市之音。而在兰波的《城市》里，艾氏典型的城市风景的深度不见了，取而代之的是非常浅显的“表面”现象、毫无深度的视屏而已，“酒神的女祭司在荒郊呜咽，月亮燃烧并嚎叫。维纳斯走进铁匠与隐士的山洞。一座座钟楼发出人民的呼声。建在尸骨之上的城堡奏出新奇的乐章”。③ 在它上面那些纵横交错的提喻意象、缺乏整体感的部分形象纷至沓来，竞相叠加，但彼此毫不相关，或显示出彼此关联的性质。兰波的城市众声喧哗，所有关乎声音的意象——或可人，或神秘，似耳语，似雷声，时而轻悦，时而刺耳，时而高亢，时而低沉——都显示出与和谐平静格格不入的内涵色彩。而所有的动作意象也与声音有异曲同工之处。④ 帕洛夫认为，兰波的风景以突然迸发的行动与极速流转的视角为特色，所以是一个千变万化的魔幻风景。它就像是舞台上的场景与道具布置一样，将所有准备好的背景布幕运用到了极致。

通过文本细读与横向比较，帕洛夫指出，兰波在《城市》一诗里向外界展示了一系列简洁但极富启发性的图景。每一个场景都似乎具有实体触摸之感而有形象鲜明，但是当读者试图从这些意象中找到一个具有关联性的原则时却发现那不过是一场徒劳。托多洛夫曾说，“《灵光集》以非连续性作为

---

① 阿尔蒂尔·兰波：《兰波作品全集》，王以培译，作家出版社2012年版，第231页。

② 语出：T. S. Eliot, *The Waste Land* 第一部分“The Burial of the Land ”第60行、第三部分“The Fire Sermon”第207行。赵萝蕤译为“并无实体的城”。见胡家峦编著，《英国名诗详注》，外语教学与研究出版社2003年版，第587、592页。查良铮译为“不真实的城”。见王佐良著：《英国诗史》，译林出版社1997年版，第403页。

③ 阿尔蒂尔·兰波：《兰波作品全集》，第231页。

④ Riese Hubert, “The Use of Reversals in Rimbaud's Illuminations”, *L'Esprit Creareur* 1 (1969), pp. 9～17.

它的基本原则,兰波以组织的缺失作为统领全文的基本组织原则。"①帕洛夫在第一章就曾经指出,象征主义的诗歌是多声部、充满相互关联意义的诗歌,而艾略特的"虚无之城"则直指那个人群摩肩接踵、空气压抑窒息的现代伦敦,在这个"虚无之城"的上空回响着但丁的地狱与波德莱尔的巴黎的回音。总之这些象征主义诗歌的风景是关乎心智的。到了兰波这里,所有象征主义都市风景的深度消失了,呈现在外面的只是一层浅浅的薄幕(shallow screen),②毫无关联的提喻意象层层叠加,"新的幽灵"飘向"我们的绿荫,我们的夏夜",而"新的复仇女神出现在我的村舍,我的故园,我的心灵之中"。在那个看似心灵田园之地,"无泪的死亡、我们活跃的女儿和女仆、绝望的爱情"与泥泞道路上美丽的罪恶混合着弥漫开去。③ 巴尔特认为《灵光集》中的词汇变成了"彼此独立的符号"。④ 所有的词语都与正常的互指联系相分离。"城市"中场景也都远离了物化成因。兰波的音乐意象和色彩意象与艾略特的那种可以象征某种价值的特殊组合截然不同,意义的复杂化被一种奇特的新文学主义所取代。在这一部分的对比研究中帕洛夫显示出高超的洞察力与杰出的鉴赏力。她认为兰波在其作品中通过故意使用不规则的素材与意象而达到与立体主义和超现实主义的结盟。像《城市》这样的一首诗,不管从哪一个方面来说都是对"连续性实验的挑战"。⑤

除了意象、词语与音效外,帕洛夫认为兰波的句法规则与象征主义诗学也是大相径庭的。象征主义诗歌的句法多为晦涩的回环式,其词语通常被外力蛮拧得超出正常上下文之外以获得哗众取宠的效果。被誉为"象征主义之象征"的斯蒂芬·马拉美(Stéphane Mallarmé)的诗歌句法就极其晦涩难懂,读他的诗歌非多次停留揣摩而不得要意。而兰波的句法特色则与此明显不同。兰波在使用了非常简洁的感叹式开头后,⑥立刻使用了一系列具有主谓结构的句法进行直言不讳的陈述,绝无任何修饰与从属结构掺杂

---

① Tzvetan Todorov, *Symbolism and Interpretation*, trans. Catherine Porter, Ithaca: Cornell University Press, 1982, p. 148.

② Marjorie Perloff, *The Poetics of Indeterminacy: Rimbaud to Cage*, p. 55.

③ 阿尔蒂尔·兰波:《兰波作品全集》,第 231 页。

④ Roland Barthes, *Writing Degree Zero*, translation from the French by Annette Lavers & Colin Smith, London: Jonathan Cape, Ltd., 1953, p. 70.

⑤ Jean-Louis Baudry, "The Text of Rimbaud", *Tel Quel* 36 (1969); pp. 46～63.

⑥ 《城市(ii)》的首句便是:"看这一座座城市! 正是为了这里的人民,梦中的阿勒格尼山和黎巴嫩的山峦才奋然崛起!"(What cities! What a people this is for whom these Alleghenies and these Lebanons of dream have arisen!)参见:阿尔蒂尔·兰波:《兰波作品全集》,第 231 页。Marjorie Perloff, *The Poetics of Inderterminacy: Rimbaud to Cage*, p. 49。

其间。兰波的陈述句式安排得非常有序，看上去就像一个个静止的叙事系列。[①] 读者——不管是否有阅读经验——都可以毫不费力地将每一个字归于一个恰当位置，但是这个位置往往呈现出空白色彩。《灵光集》中人物与地点的不确定也是帕洛夫分析兰波反象征主义诗学的一个杰出方面。帕洛夫指出，由于兰波使用了非常特殊的指示代词与定冠词，并反复指向一些事物，好像在认定一个事实：读者对这些人物与地点是相当确定的。这其实是兰波诗学不确定性的一个独特手段而已，他通过自己对这些看似明确的代词与冠词的独特依赖而将诗歌的梦想逻辑自然化了。读者对诗歌中反复出现的诸如铜棕榈树和骨头城堡等事物欣然接受，好像天下所有的城市都无不包含此类现象一样。

对兰波诗歌中的"我"("I")的位置处理与意义理解也是帕洛夫别于常人的见解之一。首先像兰波的大多数散文诗一样，《城市》中的"我"也是以第三人称出现的。诗歌在以一系列描述与看似客观陈述的句式之后，突然在第二十一行首次出现人称代词，并且将前面的惯常行动给彻底打破。那种经常出现在叶芝或艾略特诗歌中的主观与客观的浪漫主义二分法在兰波的诗歌中彻底消失了。叶芝的诗句"为此我远渡重洋/来到拜占庭这神圣之邦"，[②]或者艾略特的诗句"这就是我，干旱岁月里一个老头/听着书童替我读报，等待雨水降临"[③]之类的表达在兰波的诗歌中再也看不见了。兰波自己曾说浪漫主义者"只发现了'自我'的错误含义而已"。在他看来诗歌是绝对不能带有忏悔倾向的，诗人不但要对人类负责，还应该向动物负责。他必须能够使自己的创造物有所感知。

被尊为现代主义诗歌之父的兰波已不再对象征的功效深信不疑，因此在诗歌创作中他便弃绝了所有关于深度的表征，并首次解决了象征主义二元论的问题，正是在这一点上显示了他与波德莱尔的彻底决裂。他作品中所有的视像都只在一面浅浅的屏幕上自我显现，薄似油膜却又牢不可破，因为在他们身后无物存在——没有深渊、没有浅滩、没有虚无、没有上帝、没有无际。在抛弃波德莱尔式的深度的同时，兰波转向了其他看上去不具"艺术

---

① 《城市(iii)》的末节就是这种句式的绝佳体现："郊区和巴黎漂亮的街道一样幽雅，可以享受到光彩夺目的空气；民主的元素就是数百个灵魂。在那里，房屋互不相连；郊区奇怪地与乡村浑然一体；"公爵领地"，那些森林和神奇的庄稼遍布永恒的西方，在那里，野性的贵族们在他们自己创造的光芒里捕猎自身的传奇。"参见：阿尔蒂尔·兰波：《兰波作品全集》，第235页。

② 原文是："And therefore I have sailed the seas and come/ To the holy city of Byzantium."参见 W. B. Yeats,"Sailing to Byzantium". *The Collected Poems*, New York: Macmillan, 1956, p. 191。

③ 原文是："Here I am, an old man in a dry month/ Being read to by a boy, waiting for rain".参见 T. S. Eliot,"Gerontion". *Colleted Poems 1919～1962*, New York: Harcourt Brace, 1970, p. 29。

性”的新艺术形式。在《地狱一季》(*Une Saison en Enfer*)中兰波直言不讳地说:“我喜欢笨拙的绘画、门贴、墙上的装饰、街头艺人的画布、招牌、民间彩图、过时的文学、教堂里的拉丁文、满纸错别字的淫书、祖先的小说、童话、小人书、古老的歌剧、天真的小曲、单纯的节奏。”①这是一种“反艺术”的杂糅形式,与波德莱尔式辞藻华美的抒情诗相去甚远。虽然早期现代主义诗人们对以《灵光集》为典型的不确定模式持抵抗态度,但对于斯泰因来说,兰波及其他类似诗人的直接影响已十分深远。这种影响与动力不仅来自具有不确定特制的反象征主义诗人,而且还深受其他诸如立体主义和达达画派等视觉艺术的影响。

第四节　作为词语体系的诗歌:斯泰因的艺术

对斯泰因的深度阅读与其诗歌中的不确定性指称,并不与其主题探讨丝丝入扣,但却构成了对开篇观点的绝佳佐证。对于斯泰因在诗艺创造上的巨大贡献,帕洛夫给出了非凡的肯定。在对历史感进行纠偏时,帕洛夫主要从纠正人们的现实感入手的。所以她用了大量篇幅为新诗正名,并指出如果诗歌阅读确实需要一种方式的话,绝不应该是某种积久之习。斯泰因的闺中密友、诗歌同道伊迪丝·西特韦尔(Edith Sitwell)曾经写道:“斯泰因女士曾经有意或无意地受兰波强烈的视觉活动、解析与重组能力的影响。在她那部最与众不同、优美异常的作品《地理与戏剧》(*Geography and Plays*,1922)中,我们发现很多章节在措辞、意义、思想和意象上完全具有原创性。但依我之见,他们大多是兰波通过联想而创造更新奇、更深刻现实的进一步发展而已。”②从这段评论中我们不难看出,兰波对斯泰因精神上的影响。虽然斯泰因并未与兰波谋面,但在与兰波忠实的追随者们交往的过程中,斯泰因所受到的间接或潜意识的影响是非常明显的。

关于斯泰因的诗歌艺术,帕洛夫首先从斯泰因如何创作足已摒弃乏味文学气的文学形象入手。对斯泰因来说,在塑造文学人物方面可资效仿的大师有很多。叶芝笔下的毛德·冈(Maud Gonne),庞德笔下的伦敦人,艾略特笔下的普鲁夫鲁克等不朽的文学人物形象都是她可以借鉴的范例。但

---

① 阿尔蒂尔·兰波:《兰波作品全集》,第189页。

② Edith Sitwell, *Prose Poems from Illuminations of Arthur Rimbaud*, trans. Helen Roothan, London: Faber and Faber, 1932, p. 39.

在斯泰因看来，在这些大师的笔下人物的整体行动都是从特殊到一般或原型式的。这种创造象征式的人物对斯泰因来说是十分陌生的，因为她所塑造的真实人物形象都具有用词语表达其个性的欲望。斯泰因在解释这样做的原因时说，“我所做的一切与电影并无二异。”①帕洛夫在此解释说，我们可以通过记录一个人一系列的言行举止来描绘他，但决不可能洞察到一个人的全部，这就是斯泰因从毕加索的立体主义绘画中学到的要义。帕洛夫坦言，虽然将斯泰因的文字艺术与立体主义绘画进行对比研究的尝试众多，但真正切中要害、言之有物的并不多见。② 在讨论斯泰因的立体主义时，批评家们曾反复提及“抽象”与“非表现”艺术、“平整表面”、“移动视角”，以及“交叉平面”等特质。但这些标签都是飘忽不定、无关本质。瓦西里·康定斯基(Wassily Kandinsky)是20世纪少有的“非表现派”画家之一，但他并非属于立体主义者。“平整表面”曾是东方艺术的中心特色，但它与错觉艺术并不相干。毕加索与巴洛克风格也只是在某种特殊意义上才被称为是“抽象”的。

《苏茜·阿萨朵》(*Susie Asado*，1910)是斯泰因的早期作品，但帕洛夫却从中看到了立体主义的句法特征。正是诗中指涉与合成游戏之间的张力，或者说是指示系统与自我排序系统之间的张力使该诗与立体主义的话语特征相接近。全诗的词汇极其普通，苏茜也未与她终日厮守的空间有什么显著不同。读者在诗歌中所发现的是那些由话语组成的平面，它们层层叠叠构成了毕加索油画中那种几何般奇异的效果。斯泰因的句法风格与立体主义的不稳定、不确定和非连贯性等非常相似。在她的描述中，女人物角色是藏而不见的，她的存在只是简单地再生出一些可能的情节与意象而已。像毕加索的肢解层面结构一样，《苏茜·阿萨朵》也没有一个固定的中心，该诗给读者的第一个感觉就是它更像一曲不可能性的颂歌。在斯泰因的诗歌中可作立体主义句法特征代表作的还有《阿尔萨斯腔调》(*Accents in Alsace*)。在这首诗里斯泰因展示了高超的简洁叙事的技巧。在这首比《苏茜·阿萨朵》更加有趣并具有浓厚抒情意味的诗歌中，斯泰因的叙事简洁而风趣，措辞总是点到为止，不留雕琢之痕，但如同立体主义绘画一样，留给读者茗评的空间却是十分丰富。

如果说以上两点仅是斯泰因在创作过程中与不确定诗学的某些特质不

---

① Gertrude Stein, *Writing and Lectures 1919～1945*, ed. Patricia Meyerowitz, Baltimore: Penguin Books, 1974, p. 106.

② Marjorie Perloff, *The Poetics of Indeterminacy: Rimbaud to Cage*, p. 70.

谋而合的话,那么她在早期——也是她最富创新精神的时期——的诗歌创作中又将立体主义风格和不确定诗学发扬光大,而且使其日臻成熟。第一种风格就是重复,即"反复重新开始"。第二种就是达达派模式。在一篇名为"创作就是阐释"("Composition as Explanation")的演讲中,斯泰因指出创作包含三件事情:"反复重新开始","一个持续的当下存在","使用一切"①。威廉·加丝(William Gass)曾对斯泰因创作的重复技巧作过精彩评论:"生命就是重复,斯泰因用多种方式对此进行了阐释。……,生命就是重新组织,斯泰因用多种方式对此进行了阐释。斯泰因几乎是在一瞬间意识到了,语言本身就是一套完整的经验类集,它由众多但有限数量的固定词汇构成。词语的是否出现本身并不重要,至关重要的是它的反复出现"②。加丝的评论其实正是斯泰因在其早期创作生涯中所习得的宝贵经验,尤其是正当她创作小说《Q. E. D.》(*Q. E. D*,1950)和《梅兰克沙》(*Melanctha*,1909)之时。因为在她看来"获得安全的欲望——那种寻找一个思考的方式而不用后怕会坠入情感的深渊——就是斯泰因作品中抽象与简洁的创作冲动之源,这与很多现代绘画非常相似,也正是斯泰因立即与之亲和的原因"③。

"含糊其词"虽然是斯泰因高度风格化和极其简洁性叙事的来源,但是她的重复技巧或"反复重新开始"模式,才是她的"人物塑造不再意义重大"信仰的源泉。她曾这样评论现实主义小说中的人物塑造:"19 世纪小说中的人物以一种十分奇特的方式生活着。也就是说人们的生老病死全与这些人物息息相关,并对他们几近痴迷之态:狄更斯的人物、乔治·艾略特的人物、梅瑞迪斯的人物。对普通人来说,这些虚构的角色甚至比他们所熟悉的人物还要真实。19 世纪末这种现象终于寿终正寝了,20 世纪的小说再也不会如法炮制了。"④斯泰因在早期对现实主义小说的拒绝也是她移居巴黎之后对那里的艺术世界理解的反映。是时,她主要接触的对象多为画家而不是小说家,这就更加容易解释她为何对技巧与抽象非常青睐了。在斯泰因看来创作的关键不在人物塑造,叙事的本质也不是相反两极间的冲突再现。她在散文里所寻求的是如何归整变化的节奏,如何表现人们之间相同或相

① Gertrude Stein,"Composition as Explanation",*Writing and Lectures 1919～1945*,ed. Patricia Meyerowitz,pp. 25～26.

② William Gass,*The Geographical History of America*,New York: Vintage,1973,p. 24.

③ William Gass,*Fictions and the Figures of Life*,New York: Alfred A. Knopf,1971,p. 89.

④ Robert Haas,ed.,"A Transatlantic Interview 1946",*A Prime for the Gradual Understanding of Gertrude Stein*,Santa Barbara: Black Sparrow Press,1976,pp. 21～25.

异关系，所以重复就显得至关重要。创作必须不停地从头开始，同样的词汇、同样的句子以极其微小的变动反复出现。斯泰因在她的很多作品，如《梅兰克沙》、《毛小姐与皮女士》(*Miss Furr & Miss Skeen*，1922)、《美国人的成长》(*The Making of Americans*，1925)等，都通过重复、变体、相似与相异等创作手法而形成的不确定性来形成自己创作上的语言特色。斯泰因通过自己作品中具有重复特色的句法构造而勾勒出一幅幅人类意识渐趋变化的现状，并将情感与思想的不稳定性展露给外界。

斯泰因的《软纽扣》(*Tender Buttons*，1914)一诗又充分展示了诗人对超现实主义艺术——尤其是达达主义——的借鉴与应用。作品中典型的直观化和可见性的运用，不仅展示了作者对于重复的探究，而且是作为诗歌在具有明显吐纳(inhalation and exhalation)意象的双重结构中所蕴涵无限不确定意义的创作技巧。以帕洛夫之见，这部作品不仅反映了杜尚所谓的达达主义绘画上的"简约"原则(reduction)，而且从该诗的主题上就可以看出它与超现实主义的联系和不确定诗学所倡导的宗旨。"纽扣"从定义与质地上来讲不应该是软的，而是一种兼具开-关、离-合与内-外品质的双重性能物。一枚纽扣/按钮可以将门打开，也可以将一件衣服扣上。所以"Tender"一词不但是具有双重喻意特征，而且在整个诗歌的结构与深层意义刻画上带来了帕洛夫所谓的"不确定性"。正如作者本人所言，纽扣的内-外与开-关喻意在诗歌中创造出了具有呼吸意象的双重活动，并贯行于诗歌始终："外部有存储，内部有歇息；清晨蕴涵意义，黄昏产生情感；情感寓于黄昏，情感寓于万物。在情思中万物既动又止，既隐又现。所有的圆圈都循环不息。"①

在这里斯泰因的意图应是暗指主题具有的"变形"功能：干硬的物体变得柔软，潮湿的物体变得干燥，人变成了物，纽扣也可以发芽。从这个意义上来讲，斯泰因的词语"静物"式写作与超现实主义艺术创作有异曲同工之妙。《软纽扣》中所有的物体——雨伞、手帕、邮票、玻璃瓶——不仅仅是非常零碎地随意铺陈，而且像立体主义绘画一样被分割得支离破碎。它们的存在常常将读者的注意力引入歧途，迫使读者不停地思虑命名的真谛。在这种颇具不确定性特色的诗歌创作方式中，达达主义的类比方法贡献不菲。如杜尚等人的绘画一样，斯泰因的诗歌标题也具有谜一般的不确定性，它的变形与随物赋形的特质首先将诗歌的多维立体感呈现给读者。其次斯泰因

---

① Gertrude Stein, *Tender Buttons*. *Selected Writings of Gertrude Stein*, New York: The Modern Library, 1962, p. 477.

还向外界展示了一系列提喻式意象,从而产生了新的诗歌包装形式。再者诗歌中变与不变、同与异之间的张力也十分明显,使读者无法从一面直接看透另一面。斯泰因的这种创作方法意在阻止读者轻易看透诗歌中的意象形装束,使各个部分仍然处于未明确交代的整体之中。

洛奇(David Lodge)曾说,"《软纽扣》是一场'解创'(decreation)的盛宴。普通话语惯常的审美疲倦被震撼的词语所破坏。这的确使人感觉爽快,但如此激越的创作将人们的耐心荡涤无遗。"①如果读者在阅读斯泰因的诗歌时意欲发现题目所指之物的真实描写,那他不仅要大失所望而且觉得十分无趣。但是斯泰因的诗歌决不是意象主义(Imagism)的。她给读者所提供的是无数条引领他们穿越于语言迷宫里的线索。这些线索从来不会将读者带向迷宫的另一边,但永远为他们创造发现的机会。斯泰因诗歌中去与留、放与收之间的张力,表达了读者在阅读它们时所体验到的困难与挣扎。而种种解读时所遭遇到的不确定性也再一次说明阅读可感语言与体会深层内容之间的不可分割性。而"作为语言体系的诗歌"在斯泰因的创作中则显示为她对传统模式的摒弃,对语言与思想寓为一体方式的探求。这种带有明显不确定性的创作风格与史上诸多在语言、性别和身体上存在具有等级差异的模式分庭抗礼的同时,还指向了一种更为开放式的新风格。

第五节　威廉姆斯与庞德的"法国时代"

关于威廉姆斯和庞德的两章,完全是对当下人们操持的某种自以为是的"现代时期"知识的否定。本着自己秉持的"其他传统"(other tradition)和"法国联系"(French connection)的立场,帕洛夫十分肯定两位诗人的地位。帕洛夫认为与其说《诗章》与象征主义的回响室(echo chamber)相似,不如说它更像立体主义的拼贴画(collage)。将焦点从使威廉姆斯成名的后期作品转向其更著争议的早期作品如《春天和一切》(*Spring and All*, 1923)及《地狱中的科拉》(*Kora in Hell*, 1920)上,是帕洛夫评论的另一独特之处。帕洛夫首先讨论了威廉姆斯在诗歌创作上与斯泰因和兰波的亲和,并以威廉姆斯早期诗歌为例论证他诗歌创作上的不确定性。

《春天和一切》是一部由二十七首诗组成的诗集。谈到它的不确定特色

---

① David Lodge, *The Modes of Modern Writing: Metaphor, Metonymy, and the Typology of Literature*, London: Edward Arnold, 1977, p. 154.

时，帕洛夫非常概括而又独到地指出，这是威廉姆斯最具“法国特色”的创作，它不但带有法国诗人纪尧姆·阿波利奈尔(Guillaume Apollinaire)的美学印记，而且有达达主义的即席创作风格；不但有斯泰因诗歌、小说的某些痕迹，而且有兰波《灵光集》的意韵。最后帕洛夫指出，《春天和一切》是威廉姆斯诗歌系列中最为杰出但却常被忽视的一部。威廉姆斯不但从阿波利奈尔和超现实主义绘画那里受益匪浅，而且从具有不确定性创作倾向的诗人，尤其是斯泰因和兰波那里学到很多。威廉姆斯认为，诗人的目标就应该是使其语词以一种全新的形式出现。但他同时又指出对诗人和立体绘画来说单纯的抽象写作是不够的，原始的象征主义因为将情感与自然现象相连所以缺乏新意。在这种反象征主义立场里暗含的是威廉姆斯对象征主义的牵强附会关联的否定，所以如同斯泰因一样，他也开始了使用一些表面上并不面目可憎的字词与短语，然后在变动的上下文里不停地重复这些语词，以致意义总处于不停的微妙变动之中。

在《春天和一切》里，威廉姆斯将所有关联性都从描述的事物上剔除，坚持创作与象征性相分离的细节，最终形成了自己独具特色的具有立体主义色彩的意象。正如立体主义绘画一样，威廉姆斯的诗歌中有一种为拒绝一切连贯性尝试而勾勒出来的矛盾色彩，并且几乎所有该诗集中的诗歌都具有立体主义的流动性与不确定性。诸如风、花朵、农民、各种色彩等各种自然意象都清澈可见，展示了大自然蓬勃的生殖能力和生命的活力。这些意象同处于一个肤浅的平面上，并无深度，却创造出形态各异的完美布局。米勒曾说兰波的《灵光集》就是《春天和一切》的前文本①。在情感的有意识随机描写上，在自由想象上，威廉姆斯都与兰波相接近。除此之外，《春天和一切》中的“破坏-创造”神话和众多意象的使用都可以在兰波的《灵光集》找到近乎相同的回响。在语言结构的营造上威廉姆斯又与另一个不确定诗学的典范斯泰因非常相似。他的场景塑造并未出现任何现实主义或印象主义特色，他只是从平常话语中将需要的词语拉出放在另一个全新的关联环境中。威廉姆斯诗歌的空间形式也与斯泰因的极为相似。看似凌乱无序的物体随意堆放在各个角落，但它们却同时共享一个空间，就像超现实主义绘画中的静物处理。

对威廉姆斯来说《春天和一切》的重要性是无论如何强调都不过分的。它几乎奠定了威廉姆斯后来十数年诗歌创作的基本模式。后期的作品基本

① Hillis Miller, "Williams' Spring and All and the Progress of Poetry", *Daedalus* 99 (1970), pp. 415～418.

承递了《春天和一切》中那种结构的不连续性和凭借系列意象的回响而产生意义的特色。威廉姆斯诗歌中那些与立体主义绘画一样的流动性与不确定性，是他继承不确定诗学鼻祖兰波衣钵的明证。诗歌中的意象与语言结构也与斯泰因的创作和反象征主义的实践一脉相承。但是威廉姆斯的不确定诗歌的创作过程并不只是简单地模仿与习得，它主要还是一个发现之旅。诗歌创作本身就是一次创造，记录了创作者的意识以及他对世界和诗歌的双重忠诚，而这种忠诚又使他不停地回头审视已走的路。

尽管叶芝对庞德皇皇巨作《诗章》的评论“阻止了人们阅读《诗章》的兴趣”，①但他未曾料到的是，不管自己的评论如何消极都无法阻止后辈诗人对《诗章》的热捧。被叶芝视为诗歌创作之鸡肋的那些具有庞德特色的技巧却被当代诗人们心安理得地接受了。威廉姆斯也曾注意到了庞德《诗章》中那些不同于象征主义的创作方式，并指出任何对庞德诗歌创作的评论都必须关注庞德创作中的一个重要转向——从作为象征的词语向作为事实的词语的转变。所以帕洛夫在这一章里主要以庞德的这个从象征主义向蒙太奇艺术、向着零散碎片并置的纪录片式的表面转变为中心，着意探讨庞德诗歌创作和诗学思想的不确定性。

庞德的不确定诗学特征之显现，首先表现在他对兰波的敬重与翻译后者作品时所表现出的认同与亲和上。在推崇和效仿兰波的“直抒胸臆”主张的背景下，庞德在1957年用口语式和简洁化的英语翻译了兰波的一些诗歌，并完全将原文具有逸事性的具体与直接感表露无遗。早在1913年庞德就曾发表过自己对象征主义诗歌创作的不满，尤其对叶芝的诗学原则提出质疑。他指出叶芝一向以主观性见长，深信词汇的魅力相关性，所以叶芝与法国象征主义并无二异。虽一向被认为是意象派的代言人，但庞德的意象主义并不是后期象征主义的地方版本，而是它的一个非常不同的替换物。庞德坚持认为，艺术的试金石应该是精确度，意象主义决不是象征主义，因为象征主义处理的是各种暗指甚至是寓言中的联想，它使用的技巧像玉米糊一样含混不清，而且过度使用象征或意象都会导致抽象或腐朽概念与意义的产生。在创作《诗章》的过程中，庞德就有意用他自己所称的“陈述式方法”或“事实汇集法”来代替象征主义诗歌中具有多义的话语，特别重视实际事物的直接处理。因此他十分反对使用代表性或典型性的话语来创造诗歌的完整与对生活的体现。他曾说“如果我有精力拿起画笔的话，我一定要开创一种全新的绘画流派，它必须是非表现性的，只以颜色的安排来表达内容

① Marjorie Perloff, *The Poetics of Indeterminacy: Rimbaud to Cage*, p. 155.

的不同”。[①] 1916年庞德又提出一种反模仿艺术的新方法，他自己命名为“漩涡主义”(Vorticism)。庞德解释说意象并非一个思想，而是一个发光的结节，一个漩涡，很多思想不断地从其中升起，或沉入其中，或穿过它。漩涡主义下的意象应该是个人的意象，既不是寓言也不是象征，更不是表达抽象意义的工具材料。这种意象有别于集体与传统意象，是对个人感受的直接传达。它们具有新颖独特的新鲜性和个人体验的独特感，能够将瞬间的个人体验表达出来。所以庞德抗拒任何先验的给定意义和事先赋予的意义结构，提倡用简洁而不加评论性词语来表达内心情感。他的这种对意象特殊功能的全新理解，推动了现代诗歌结构的巨大变化，也将不确定诗学的思想向前推进了一大步。也正是在这种反象征主义精神的指引下庞德编辑了他的1918年版法国诗人选注。

《诗章》的结构几乎是兰波诗歌的一个有意识的版本。其中对现实的指涉被降到一种对连续性和空间性的关注，这种安排也使读者参与到对诗歌整体行动的构造与理解中来。随着创作的深入和实践的加强，庞德后来也意识到在《诗章》前三章所建立起来的形式已不太适合自己篇幅较长的漩涡主义诗篇了。在接下来的创作中他便开始将使用较多的第一人称代词剔除，不简练的片段压缩，过渡与转折之类的话语尽可能地省略，这些都是庞德诗歌创作中具有不确定性倾向的具体表现。这一系列写作技巧与创作转向在后期作品中有明显地体现，尤其是在《休·赛尔温·毛伯利》(*Hugh Selwyn Mauberley*，1920)中。该诗在庞德的整个诗学体系中占有非常重要的地位，在整个20～30年代曾被誉为庞德不可或缺的杰作之一。艾略特曾赞之为“一份划时代的纪录”，[②]列维斯也称该诗为“一首伟大的诗歌，比叶芝的任何一首独立作品都更有分量杰作”。[③] 帕洛夫指出，近年来随着对《诗章》重要性认识的日益提高，《休·赛尔温·毛伯利》的昔日流行性开始让位于对《诗章》整体性的赞扬。但是该诗作为孕育庞德日后作品的写作技巧与主题地位的伟大性依然没有动摇。毛伯利是庞德创造出来的一个虚构角色，一个维多利亚的人物，标准的中产阶级，满脑子不合时宜。全诗虽然是从毛伯利的口中道出，但批评的却是诗人自己。我们可以说庞德创造了一个人物，再用那个人物来描写他自己。从毛伯利的口中，读者知道庞德来自没有文化的沙漠小镇，追求艺术的精美，语言的革新，并以奥德修斯自况。

---

① Ezra Pound,“The Approach to Paris”. *The New Age* 13 (1913), pp. 648～669.

② T. S. Eliot,“Introduction to Ezra Pound: Selected Poems”. *Ezra Pound: A Critical Anthology*. Ed. J. P. Sullivan, Baltimore: Penguin Books, 1970, pp. 108～112.

③ F. R. Leavis, *New Bearings in English Poetry*, London: Chatto and Windus, 1954, p. 235.

然而,他奋斗了三十多年,到头来却一无所成。

作为对英国文艺界整体生活的一个评论和剖析,《休·赛尔温·毛伯利》的腔调是坦诚、苦涩和自嘲相混合的,内容从不断变幻的环境与人物到个人心目中的所谓文学价值与文学生涯,还有与艺术生活格格不入的市侩气息和短浅目光。全诗偶尔穿插诗人对战争和民主问题的看法。在写作技巧上庞德摒弃了象征主义的关联与整体性,意象构成与应用也从整体体验转向了个人感受。在角度、环境和人物的不停转换中尽量节省了很多起、承、转、合等过渡词语,而使过渡与转折看上去十分突然而迅捷。典故与暗语不局限于一种语言和一种文化,庞德坚持从多种遗言文化中借用了很多人们熟悉的典故。文段与人称之间也没有必然的联系。全诗充满了创作与理解上的"不确定性",但产生的结果却出人意料地突出。在发人深省的同时,该诗还为许多现代诗歌创作定立了反象征主义传统。

20年代早期当庞德将他青少年时代还十分景仰的象征主义大师们置之脑后时,他不但实践着反象征主义创作,还对漩涡主义身体力行,并将兰波与斯泰因诗歌中出现的不确定创作风格应用到自己的作品中。与此同时他还表达了对达达主义的由衷赞美,并尝试将其创作风格与原则要义与自己的写作实践联系起来。庞德曾对达达派诗人的桀骜不驯和锐意创新精神赞叹有加,"这些青年才俊们对视艺术为交易的虚假崇高态度进行了无情揭露与驳斥"。① 庞德对兰波向来是赞不绝口。尽管法国诗歌与美国诗歌在想象上有所不同,但庞德从不否认兰波式的法国诗人对美国一代的影响。他还在兰波直觉风格习惯的基础上建立自己的系统美学。在后来总结自己的诗歌创作生涯时庞德就认为自己的诗学就是系统化后的兰波诗学,不过他同时也承认用英语创造兰波式诗歌是不可能的。但他同时希望自己的诗歌语言能成为与兰波相提并论的东西。

帕洛夫将庞德归于不确定诗学之列,并不仅仅在于庞德诗歌创作中那些与兰波和斯泰因相似的成分。她非常郑重地指出,《诗章》的基本策略就是要创造一个与立体主义和达达主义抽象拼贴画相同的平整表面,在它上面来自于不同上下文的语言成分、碎片意象和掐头去尾的叙事等并置同陈处于一个相互冲撞的时空之中。如同不确定诗学的鼻祖兰波创造了都市风景一样,庞德也使用拼贴画诗歌的脱位语言而创造了一幅新的语言风景。所以庞德的诗行并不传达信息,而是将事实裹挟而下从不同的语言角度展示出来。事实(fact)被频繁地转化为虚构(fiction),这种语言的不确定性构

① Ezra Pound,"Island of Paris",*The Dial* 69 (1920),pp. 407～409.

成了《诗章》的主要写作特色。除此之外庞德还使用了一些足以吸引读者注意力的写作技巧，如凝缩(condensation)和蒙太奇(montage)。庞德的蒙太奇手法在忠实于文学事件的同时，通过将历史教训转化成一种漩涡而使读者与文学事件保持接触。在这个漩涡的不断旋转下，各种思想不断地从其中升起，或沉入其中，或穿过它。语言运用与操作的动力来源于历史本身。

庞德的语言运用纵横捭阖，从正式华丽的诗歌措辞到随意松散的对话体。所使用过的词汇从法语到意大利语，甚至中文词汇。庞德诗歌中作为个体的词语与意象一直都是具有幻觉色彩的，而且这些具有幻觉色彩的文学意象相互影响，仿佛在提醒读者，诗歌的世界并非是真实的世界。《诗章》是一部质疑并挑战个人情感向心性观念的现代诗作，它的平整纪录片式的层面与象征主义的有机诗体构成相对的两极。庞德的系列不确定诗学写作特色在《诗章》中完美呈现，迫使人们开始调整自己的阅读习惯。它不但挑战了我们对于诗歌阅读的积久之习，而且对于内在化和深度性探索阅读的准则提出质疑。这些质疑与挑战依然是现当代读者依然尝试的方法。

第六节 贝科特与缺席诗歌

长期以来贝科特如果不是最被忽视的作家，但却称得上是最容易被遗忘的韵文家，他在人们的印象中只是一个出色的小说家和戏剧家而已；而传统阅读倾向于把他看作一个“候补”角色，一个福楼拜(Gustave Flaubert)或乔伊斯(James Joyce)的门徒。在对贝科特翻译兰波的《醉舟》(*La Bateau Lvre*，1871)进行研究后，帕洛夫指出了他与立体主义绘画之间的联系，并将其视为现代诗歌领域里一股新的天才力量。帕洛夫在对贝科特的系列散文诗 *Fizzles* 进行仔细解读后指出，①贝科特的创作中既没有情景的连续性又没有各个元素的决定性评价，这是一些像谜一样的文本。贝科特还讽刺了波德莱尔智性象征主义(intellectual symbolism)，还有波氏文本中那些严格被定义所限制而又从不超越定义范围一步的众多对应关联。主要在分析

---

① 贝科特用“Fizzle”(气体释放时的嘶嘶声)这个词来描述他在1973～1975年所写的八篇散文诗，很多诗歌并无名称只是以编号或前几个词来识别。这八篇散文诗分别是：*Fizzle 1*：“He is barehead”，*Fizzle 2*：“Horn came always”，*Fizzle 3*：“Afar a Bird”，*Fizzle 4*：“I gave up before birth”，*Fizzle 5*：“Closed place”，*Fizzle 6*：“Old earth”，*Fizzle 7*：“Still”，*Fizzle 8*：“For to end yet again”。除了 *Fizzle* 7 之外其他七首都是先用法语创作然后翻译成英语的，所有 *Fizzles* 组诗都收录在贝科特的诗歌全集中。

Fizzle 5 文本 和《醉舟》翻译的基础上,帕洛夫最终指出了贝科特与不确定诗学的紧密联系和诗学创作中所呈现出的那些与兰波、斯泰因和普鲁斯特(Marcel Proust)相近的特质。

贝科特词语创作的不确定性首先表现在指涉的即时宽泛而又狭窄上。他笔下的人物不以群分,也不以类聚。所有的名称都近乎相似别无特色,所有的人物都居住在一个个不确定的场所或开阔的空地。在贝科特的世界里,并不是那些从不同环境里抽出的相临项目产生语义,而是由脆弱的词语本身塑造了一个个充满玄机的意义单位,所有词语的意义却不断地处于侵蚀和变形之中。*Fizzle 5* 的文本是一个“封闭场所”(closed place),再现类节奏都被非常细心地置于显著位置。而意义与声音之间存在着明显的分裂。贝科特的阈限风景难以具体化或概念化。叙事者的优越地位或有利视角总是无法固定,因此那些指示性标志、数字或衡量手段都处于持续变动之中。观察者首先处于一个视觉性场所的外围,可以将所有场景尽收眼底。片刻之后他则将视线从边缘收回,看到的都是一些小如啮齿般动物的人行,“封闭场所”变成了存在之物神秘感的典型范式。在句式安排上,贝科特使用了与斯泰因相同的方式。他首先创设了一整套重复与置换系统,并尽力使用简单的陈述句和名词短语。所有的句子看上去都符合语法规范,然而在整洁的句法结构中读者希望抓住所有意义的愿望却要落空。阅读贝科特时读者基本上按照细读法的程序亦步亦趋,并有自我感觉良好的心态。但是阅读后的深思却告诉他们整齐的句法不过是一个幻想而已,某些重要成分的缺席始终是读者心中挥之不去的感受,这也是贝科特作品被称为“缺席诗歌”的一个原因。

贝科特诗歌之缺席因素还存在于其“封闭场所”中没有人的影子,那里只是一个物的世界,而创造物的人则不见了。即使是诗歌中的物体也是以被解剖的形式出现,他们不属于某个独立存在物的一部分而是像拼贴画一样出现在诗歌中。无论是人的肢体各部分,还是物体的分解组合都不像他们的真实存在,而是像贝科特所说的那样“除了言说别无他物”。木杖上沾着的身体部件、指示身体的镜子意象与词语、隐约暗示身体形状的抽象结构等都是贝科特不可捉摸的话语风景的视觉类比。在这种“真实之物”缺席的状态下,贝科特的诗歌创造了一种敢于挑战和诘问所谓真实特性的结构模式。

20 年代以后贝科特与象征主义的决裂还表现在他对普鲁斯特的研究与借鉴上。在否定波德莱尔象征主义的同时,贝科特表达了自己对普鲁斯特的崇尚和赞扬:“普鲁斯特十足的情感因素永远不会令波德莱尔的智性象征主义满意。波氏的统一只是一种来源于庞杂之物的抽象统一，波氏文本中那些严格被定义所限制而又从不超越定义范围一步的众多对应关联”。① 贝科特认为普鲁斯特并不仅仅在其作品处理概念，他所追求的是理想与具体现实。普鲁斯特的客观事物可能也是某个象征之物，但它却是一个活生生的自在之物。波德莱尔的象征主义在普鲁斯特那里变成了“自动象征主义”(Autosymbolism)。贝科特所谓的“自动象征主义”其实指的是普鲁斯特人物塑造的不确定性，即所有活跃的、所有囿于时空之中的东西都具有一种抽象、理想和绝对的无法渗透性，纷繁杂芜的方方面面并不会形成任何有积极意义的假设。在贝科特看来，波德莱尔式象征主义诗歌的语义结构暴露太多，并且有过度陈述之嫌。相反贝科特所追求是对灵活性的尊重和被想象事物的自动处理。他认为，人们不应回避混乱与无序，革新的唯一途径就是睁开双眼正视混乱，发现与形式并驾齐驱的混乱才是艺术家的责任。

贝科特与兰波不确定诗学的亲和还表现在他对后者《醉舟》的翻译和评论上。贝科特对此诗的英译出现在1932年。诗里的“我”既是船的自称，亦是诗人的自况。原诗中高度具体而又变动不居像谜一样的“醉舟”意象曾令众多翻译者心驰神往。但在贝科特的版本中，流动的不确定性依然作为主要特色而被传达。原诗中以船自喻的“我”在贝科特看来并不是简单地在海洋之诗的表面呼吸或浮沉，“自我”再也不会对身份将在何方终止的问题有所洞察，而是与周围的环境融为一体。贝科特在翻译时改变了原诗的词语顺序，但依然保持了原作的语气。诗中的一切都如银河之星渐渐显露，但神秘与不确定性始终保留。兰波原著的词汇悠忽难懂、意义难以捉摸，贝科特的翻译则没有刻意保留原著的声音意象和兰波正规的声音模式，其中的再创痕迹明显多于亦步亦趋式的直译。对意象的处理也凸显贝科特式不确定诗学倾向。所有原著中那些或炫目、或震撼、或激越、或灿烂、或戏剧化的众多意象在贝科特的译文里基本都褪去了它们豪华的本色，所有关乎原著的那些异国情调的东西都被脱去光彩的外衣，而只留下统一性极强、似简而繁的意犹未尽意象。在他心目中，兰波的“醉舟之旅”与其说是一次向着理想虚幻之境的胜利大逃亡，不如说是从空无状态中的彻底抽身。

在翻译与体会兰波《醉舟》的过程中贝科特向现代诗歌界推出了颇具个人特色的“逃避成分”，就是他自己所谓的“代理存在”或“缺席状态”(being absent)。兰波的狂喜在贝科特的语言里成了片刻惊魂，兰波的天佑我辈之感在贝科特的译本里蒸腾消失了，兰波无比鲜美的果蔬在贝科特的风景里

---

① Samuel Beckett, *Proust*, New York: Grove Press, 1957, p. 60.

无立身之地。之所以说贝科特的译诗总体价值观中存在一种"缺席"因素,不仅是以上各特色使然。在贝科特进入"他者"异域领域的过程中,一种比兰波诗学更加忧郁和捉摸不定的成分悄然进入其中。不仅如此他还将兰波的含混又向前推进了一步,诸如浪漫主义诗学中的那种现实与梦幻泾渭分明的界限消失了。贝科特的《醉舟》中强烈的虚幻色彩减弱了,兰波原著中那些情感强烈的渐升句式也被贝科特式的无声的痛楚所替代。

逃离主题不仅局限于贝科特的翻译作品中,在他本人的诗歌创作中该主题也是一个中心议题。在他的巴黎诗集《回声之骨》(*Echo's Bones*,1935)和小说《如此情况》(*How It Is*,1965)中,读者不仅能发现如同译本《醉舟》中相同的逃离主题,更能深刻感觉到贝科特运用该主题创作的高超技巧。贝科特研究专家哈维(David Harvey)曾潜心研读《回声之骨》,并指出了其中文学与哲学上的双重典故,以及其中的主题指涉。[①] 但是帕洛夫却指出哈维的研究忽视了一个重要方面,那就是《回声之骨》与法国诗歌,尤其是与兰波诗歌之间的联系。首先贝科特采用了法国诗歌中经常出现的旅行结构作为自己诗歌的主要模式。这种模式的特色是思想的不连续性,唯一的贯穿一首诗歌始终的统一性设计便是不确定因素的使用。该诗集的节奏、意象、措辞和句法结构与另一位法国诗人阿波利奈尔的风格极为相似,而后者的句法风格也一直是贝科特研习与实践的对象。当然《回声之骨》与兰波诗歌的亲和是该诗集中的最显著特色。贝科特不仅使用了《醉舟》中的典故,兰波式的句法结构与话语姿态在《回声之骨》中同样清晰可见。

从严格意义上来讲《如此情况》并不属于"小说"或"故事"类题材。在这部所谓的"诗性小说"中,贝科特保留了一些叙事成分,但这些成分因为都被人为地掐头去尾或秩序颠倒而带有与传统的叙事成分极不协调的特色。帕洛夫认为《如此情况》是贝科特的一部"具普鲁斯特风格的作品",[②]甚至是一部压缩或截肢式的普鲁斯特版本。尤其是叙事者更像是对普鲁斯特人物角色的戏仿。朝向皮姆的那段假设旅程与兰波《醉舟》中的旅程极为相似,基本上都是一种面向自我的下降之旅。在这部小说里,贝科特式的"缺席诗学"风格也有明显体现。在构成该小说的主体部分中,关键动词与定冠词全都省略了,标点符号和大写字母也全部取消了。读者尽管能够区分贝科特残片式词语之间的界限,但如此高度浓缩的文本在他们面前依然是个谜。

---

① Lawrence Harvey, *Samuel Beckett, Poet & Critic*. (N. J.: Princeton University Press, 1970), p. 158.

② Marjorie Perloff, *The Poetics of Indeterminacy: Rimbaud to Cage*, p, 229.

小说结构上清晰具体的三部分结构其实只是一个空壳，片刻凝聚的碎片瞬间散开形成新的结构。杰拉德·彭斯(Gerald Burns)认为这是一种“没有叙事行为的叙事”，[①]因为这里既没有逻辑也没有顺序，与其把它作为一部小说来读还不如把它当作一部梦幻想象。时空关系四分五裂，过去现在界限模糊，不确定因素异常明显。此外普鲁斯特式的语气和主题处理都在这部小说里清晰可见。随着情节的不断发展和故事的不断延续，原先那些略带戏剧效果的连续场面逐渐滑向快餐进行式的闹剧仪式，传奇本身总与讽刺和戏仿风格相伴而行。众多成分的缺失都明显指向自我的不在，支离破碎的语言片段和梦幻意象又使意义与自我的缺失和神秘感进一步加强。

贝科特作为不确定诗学的一个典范，主要原因在于他的缺席诗歌创作，而这种创作除了具体表现在以上诸种特色与技巧上之外，最重要的是所有这些方法都指向一个目标，那就是创立一个缺席的自我。运用不确定诗歌创作的语言、结构、语气与修辞都可以为缺席自我的创立服务。而对活人洞悉他者的死去想象也是贝科特创建缺席自我的独特之举动。叙事着冷眼旁观风云变幻，而文本却曲折零散一如既往地保持其谜语般的特色。意象不但悠忽脆弱，而且极其含糊，象征也是形在外而意难猜。

第七节 “结构的神秘”：阿什贝利的梦幻之歌

在论及这位当今美国诗坛最负盛名的诗人时，帕洛夫首先从奥登(W. H. Auden)对他的评论入手。奥登对阿什贝利的诗歌极为景仰，并对后者与法国诗歌，尤其是兰波诗歌之间的内政联系有非常精当的认识：“自兰波以降到阿什贝利先生，一派重要的现代诗人开始关注对梦幻和白日梦的发现，对个体执拗地依靠古老的魔幻观念而我行我素地过着想象生活的发现。这派诗歌的世界充满了神圣的意象和各种仪式行为。”[②]奥登所观察到的阿什贝利与兰波和法国诗歌的亲和关系，只是阿什贝利作为典型不确定诗歌创作者的一个方面。在对一首名为《另外的传统》(*The Other Tradition*)的诗歌解读的基础上，帕洛夫详细论证了阿什贝利不确定诗学的主

---

① Gerald Burns, *Modern Poetry and the Idea of Language*, New Haven: Yale University Press, 1974, p. 183.

② W. H. Auden, “Foreword to Some Tress”, *Yale Series of Younger Poets*, New Haven: Yale University Press, 1956, p. 13.

要特色。帕洛夫认为他依然是位备受尊重的诗坛精英,对他的评论也中肯且见解深厚。

"文如其人"这句话用在阿什贝利身上非常贴切。他是一个优点和弱点都十分鲜明的诗人,而且常常游走在赞誉与诋毁之间。坊间评论多倾向于把阿什贝利看作是一个学院派作家,并认为他机智幽默、抽象深邃,其创作更是用词费解、意象纷乱,诗歌内容通常远离人们所熟悉的生活。在此积久之识的误读下,人们很容易得出阿什贝利的诗歌缺乏连贯性之结论。罗伯特·博耶斯(Robert Boyers)曾针对这种情况评论道,"如果意义指的是言者与听者平等参与共享话语的可能性的话,那么阿什贝利则是一个在其创作的生涯的多数时间里不为获得任何特殊强度而置意义于度外的诗人。阿什贝利的诗歌里意义常常被遗漏"。① 在面对如此丧失传统意义的职责时,阿什贝利则提出了自己关于意义的独到见解。他认为产生意义还有其他方法,并在《船屋的日子》(*Houseboat Days*,1977)中进行了实践。帕洛夫通过分析此诗集中的一首名为《另外的传统》的小诗后论证了阿什贝利诗歌的不确定特色和他关于诗歌意义的认识。

在《另外的传统》这首诗中,阿什贝利通过一系列捉摸不定的叙事而创造了纷呈复杂的迷幻场景。阿什贝利典型的松散无韵诗句都由冗长笨拙的句子组成,行段之间充斥着复杂的从属分句和限定词。其中关于"每个行吟诗人都有事情要说"②这个句子单位占据了该诗中间很大的一个空间,绵延运行达九个诗行之长。阿什贝利诗歌的语意层次中诸如戏仿和非连续手法也是常见的运作模式,《另外的传统》还向外界"展示了一系列引人注目的视觉意象"。③ 希望在阿什贝利的诗歌里找到统一的逻辑性和连续性的读者注定要失望的,因为阿什贝利一如既往地运用各种代词而创造了许多阻隔逻辑性和连续性的混乱。阿什贝利曾说诗歌的"你"既可以指"他"、"她"或"我们"。对于自我身份认同他也并不十分在意,在代词上从一个人物滑向另一个人物是件十分容易的事。所以在阿什贝利不确定诗歌的字里行间满是流动不居、呈碎片状的身份认同,而处于变动之中的人称代词也显得并不令人烦恼不已。因为诗歌的作者既是参与者又是旁观者,他能"入乎其内,出乎其外"地洞察过去、现在和未来的一切。这就是阿什贝利所谓的"复

① Robert Boyers,"A Quest without an Object",*Times Literary Supplement*. 1 (1978),pp. 960～963.

② 约翰·阿什贝利:《约翰·阿什贝利诗选》。马永波译,河北教育出版社 2003 年版,第 450 页。

③ Marjorie Perloff,*The Poetics of Indeterminacy*:*Rimbaud to Cage*,p. 257.

调”。如同兰波等不确定诗学先辈的创造一样，《另外的传统》的逻辑也是与梦幻几无二异的。搞清楚正在发生事情的努力是徒劳的，而如何发生的途径却安排得细致入微。关于诗歌应该写什么的问题阿什贝利也有不同于他人的见解。长期以来统治诗坛的以“历史事实”或“真实发生的事”作为诗歌内容的观点，被阿什贝利的《另外的传统》给颠覆了。他认为诗歌的主题应该是其他某些互不相干但却可以构成一系列奇异反思的东西，不是真正发生过的而是可能要发生的。因此他观察事物的角度犹如画家一样，把焦点放在模糊不清现象的有生机的一面。所以在《另外的传统》中阿什贝利创造了一个读者们可以自行对号入座的梦幻情节。

《另外的传统》中的叙事者从他的过去中重新经历一个个魂牵梦绕类似转折点的事迹，这与普鲁斯特式的记忆诗歌非常接近。阿什贝利的诗歌语言永远处于对秘密和潜在含义的揭示之间。开头与结尾似简而繁的模式、揭示与掩盖、即时话语与隐藏手段等的混合使用构成了阿什贝利诗歌结构的主要形式。与象征主义诗歌的连续性和清晰的视觉意象相比，阿什贝利诗歌中的意象没有针对任何可辨别性的事物，而是一些具有神秘感、似隐似现的诱人意象。潜行在文本表面的意象让读者时刻张大眼睛，但即刻欲求其意义而不可得，这种将文本世界与读者隔绝的方法在阿什贝利的后期诗歌中非常普遍。这就构成了一种看似直截了当而又可辨可信的诗歌风格：诗歌语气是平静的，诗歌语言是纯正而缓和的，内容也有渐次滑向抽象之势。阿什贝利诗歌的章节段落也有一种表面的连续性。但是帕洛夫指出所有这两点都有欲擒故纵式的欺骗性。那些看似真实的来源于诗人生活中具有特殊意义的回顾，却在每一个关键的转折点被分解得支离破碎，使读者对深入梦境的写作之道深信不疑。刺激与反应之间的联系是间断的，系列叙事和意象的真正含义是无从知晓的，在缺乏因果关系的上下文中，日常生活中熟知的事物变得陌生起来。在这些后期诗歌中，阿什贝利的欲望风景越来越以一种被评论界称为“迷人的障眼法”(charming artifice)展现给外界。① 帕洛夫最后指出，阿什贝利作为不确定诗歌的典范主要在于其诗歌结构的神秘性与梦幻性。而诗歌中的基于日常生活的时空与心灵之旅、叙事可能性的开放空间以及与兰波《地狱一季》中相同的话语结构等，都更加突出了阿什贝利与不确定诗歌创作大师们在诗歌结构、主题、语言和语气等方面的一致性。

---

① Donald Allen, *Standing Still and Walking in New York*, Bolinas: Grey Fox Press, 1975, p. 157.

第八节　凯奇、安廷与表演诗歌

在这部首论不确定诗学的扛鼎之作的结尾,帕洛夫一扫此类专著厚重表面下的狗尾续貂之嫌,以系列引证和深度讨论来驳斥那种认为凯奇和安廷的作品读上去除了比较怪异另类之外别无他味的种种偏见和误读。在此帕洛夫并未采用任何诗歌细读方法,对两位诗人的作品也未发表太多主观见解,而是为它们能被展开阅读创造了一个文脉环境,来反驳贬低两位诗人的观点是何等的苍白无力和自相矛盾。除了指出二者与其他不确定诗学典范诗人如兰波和斯泰因的相似之处外,帕洛夫主要以凯奇和安廷的诗歌主张与实践来说明他们的反象征主义特性和不确定诗学的特色。凯奇和安廷都深信,既然生活中事物都是不言自明地存在着,那么象征还有什么存在意义呢?所以安廷的"谈话诗"(talk poems)并不只是依赖其所指的事物而存在,而是存在于由整个形式所言说的姿态之中。这两位的诗歌创作风格与主张将读者带向不确定诗学的外层空间,并使那些曾经被视为基本文学要素之圭臬的成分——如轻柔悦耳的声音模式、吟诵调、叙事性说明、概念性要点安排等——重新展现在读者眼前,并使他们亲炙有着如许特色的诗歌的美妙。

长期以来,当代批评界对凯奇的"讲座诗"(lecture poetry)和安廷的"谈话诗"要么持模棱两可的莫衷一是态度,要么持彻头彻尾的敌视态度。很多杂志主编或业界评论者都曾对安廷"谈话诗"的意义、价值,甚至是整个诗歌理念持怀疑态度。加拿大诗人罗伯特·克罗奇(Robert Kroetsch)就曾指出很多安廷"谈话诗"的所谓弊端:提倡写作即是创造的观点忽视想象、逃避关于形式问题、立场的幼稚性等。所有这些诘问总结成一点就是说安廷的谈话诗没有形式,它不但缺乏格律,而且没有组织结构,就像率性而为的谈话在不同主题间来回跳跃。相同的指责和批评也发生在对凯奇的诗歌评论上。甚至有出版商和评论家认为凯奇根本算不上一个重要的诗人。针对这些贬低和指责,帕洛夫指出他们过度高昂的热情"其实是一种误读"。[①] 安廷与凯奇的诗歌并不为探讨俗成老套形式而作,他们的诗歌创作不但为70年代的即席模式奠定了基础,而且对诗歌创作回归基本文学元素贡献颇多。

安廷一向以一个非凡的演说家、即兴诗人和表演性艺术家而闻名。他的那些演说片段有"喜剧说唱、寓言故事和正式演讲"的诸多特色。[②] 安廷

① Marjorie Perloff, *The Poetics of Indeterminacy: Rimbaud to Cage*, p. 291.

② Michael Davidson, *What it Meant to be Avant-garde*, New York: New Directions, 1993, p. 73.

经常被人与兰尼·布鲁斯（Lenny Bruce）和斯帕丁·格雷（Spalding Gray）相提并论。① 正如帕洛夫所言，安廷本人也坚持躬身于“说”而非“写”。在一篇名为《在此何为？》（“What Am I Doing Here?”，1973）的文章中安廷曾写道：“如果罗伯特·洛威尔是诗人的话，我就不希望是诗人；如果佛罗斯特（Robert Frost）是诗人的话，我也不希望是；如果苏格拉底是诗人的话，我才会去考虑。”②苏格拉底致力于安廷所执着的“说”的方式，并将所有能囊括思辨性的语言融入诗歌之中，从而达到了安廷所企求的目标。

安廷的诗歌经典从60年代早期的谜语诗，历经其后数十年的谈话诗、艺术评论散文和文学批评，直到2001的《与安廷对话》（*A Conversation with Antin*）等不一而足。真正称得上安廷诗歌创作分水岭的事件莫过于其《谈话》（*Talking*，1972 ）的出版。③ 该作品起于维特根斯坦式的意义建构操练，经由沉思冥想式诗学的酝酿，到达“谈话诗”脱口秀式的诗学的形成，并使安廷本人处于此类诗歌创作的中心位置而誉满诗坛，同时也颇受争议。主流批评界旋即发出“此非诗歌”的论断，而在大洋两岸的先锋领域内，新老读者则对此“非诗”作品欣喜若狂。以“演出艺术”（performance）而出名的安廷，在“谈话诗”的实验创作上又实现了一大突破。他对诗歌原有的“口传”与“即兴”传统进行跨时代的试验。他那种半带演出式即席对着听众作诗的脱口秀“表演”，使用的是纯口语与即兴词汇，其内容往往是当今美国最日常生活的琐事。在“演出”之后，诗人再将其内容录为口述的诗篇。和伯恩斯坦一样，他晚近的实验方向，也是综合媒体，制造了许多诗的短片电影。

安廷的早期诗歌翻译以阿什贝利为楷模，以法国诗歌为蓝本，并采用了斯泰因式的句法结构。这只是他不确定诗歌创作的起步和初步尝试。后来，如阿什贝利一样，他不但区分了“意象”与“象征”间不容忽视的差异，而且以一个反象征主义者的身份研读了兰波的诗歌并为其辩护。他以兰波为例指出，意象诗歌并非简单的言此而及彼，它正如电影一样是一门表现艺术，事物之间联系的缺失可以造就必要的展现空间。安廷与象征主义的决裂和与反象征主义的亲和还表现在他与超现实主义的紧密联系上，尤其是与超现实主义的“类比散文”（analogical prose）风格的联系。这种散文体与传统的散文诗不同，“它虽具有短篇小说的层面，但它却并不建立在严格的

---

① 布鲁斯全名为 Leonard Alfred Schneider，Lenny Bruce 是他的艺名，他是美国著名的编剧、喜剧演员、导演及社会批评家。格雷是美国知名导演、剧作家兼演员。

② David Antin，“What Am I Doing Here?”，*Talking at the Boundaries*，New York：New Directions，1976，p. 48.

③ David Antin，*Talking*，Illinois：Dalkey Archive Press，1972.

叙事顺序上，它超越时空仅与词语或意象联想相一致，以类比的形式讨论事物、事件、和存在方式”。① 安廷在借鉴超现实主义的类比散文风格的时候，并没有刻意照搬它的意象模式，而是采纳了那种将日常事务和事件陌生化和产生新的叙事动因的策略。无论是在翻译法国诗歌时，还是创造英语诗歌时，安廷都能将类比诗歌模式发挥到极致，其中过去与现在、现时与梦幻相互交织；词语运用与情感处理都有超现时主义类比散文的痕迹。在一首《给门迪的定义》(*Definitions for Mendy*)的诗歌中，安廷在面对挚友的离世时，并未承袭传统挽歌式的倾泻个人悲哀和抱怨上帝不公的方式，而是通过对“失去”(loss)下定义的方法开始了一段看上去并不像悼文的哀思。诗歌中振振有词的形式中充满了似是而非和时断时续的言论，本真的言辞却被残缺的形式所释放。诗歌传递的信号是，门迪之死是无法理解的，任何以极富意义的方式而处理门迪死亡的努力都是徒劳的。此外该诗还采用了安廷式的随意重复结构，但是在安廷看来这种结构是架在现实的裂缝上的一道桥梁。

当为数颇多的传统抒情诗人和此类读者们竞相攻击安廷的脱口秀诗歌缺乏情感时，帕洛夫则公正地站在客观理性的批评一方，并以事实证明如此论调完全是证据不足的“臆测”或略带边角废料的过度阐释，是没有接近诸如《伦敦三月》(*The London March*)那样感人至深的安廷诗歌的结果。这首诗几乎就是柯尔律治(S. T. Coleridge)《午夜寒霜》(*Frost at Midnight*)的滑稽戏谑版。其中的交谈者们依靠回忆儿时最佳读物和无敌青春的大胆举动而聊以自慰。诗歌典型的沉思-讲述模式借以缓慢的叙事而凸显其意义。至于诗歌中的世界观或世人眼中的世界，安廷基本上是循着维特根斯坦的方向前进的。他曾据此评论道：“沉思-写作与维特根斯坦自己的沉思-讲述同出一处。不管维特根斯坦曾经如何被归类，也不论他是否是在与同事、朋友和讲座中学生，抑或是创作时的自己交流，他本质上都是一个即兴讲述型的哲学家。他的讲座是超凡的，他对即兴艺术的贡献是独一无二的。”②

作为20世纪美国最负盛名的作曲家、批评家和作家，凯奇不仅享受着与安廷同样的美誉，也承受着同样的职责，值得一提的是，凯奇还为安廷的创作提供了很多可资利用的方法和技巧。凯奇在具有很强先锋艺术的创作

---

① Anna Balakian, *Andre Breton, Magus of Surrealism*, New York: Praeger, 1971, p. 61.

② David Antin, “Wittgenstein among the Poets”, *Modernism/Modernity* 5. 1 (1998), pp. 149～166.

过程中，力图打破简单的节奏结构，而音乐能够在一无所有的状态下，坦然地拥抱所有最纯粹的、自然发生的音调，让所有在空旷的结构框架内产生的声音，包括无声，都可以成为音乐的一部分。20 世纪 70 年代凯奇开始创作系列“嵌字法”(mesostics)诗歌和“表演作品”。而在这些类别的创作中凯奇所使用的“道具”和介质都非常单一——人的声音和语言而已。比如他在“重写金斯伯格的‘嗥叫’”一诗中，就充分发挥了“嵌字法”的艺术技巧，通过在诗行里一次嵌入大写的 ALLEN GINSBERG 以成小诗节，使整首诗歌不但自成一体，而且将主体对象的名字巧妙地内嵌于诗行之中：

mAdness
coLd-water
f Lats

thE
braiNs
throuGh
wIth
aNd
academieS
Burning
monEy

maRijuana
niGht

After
endLess
cLoud
thE
motioNless
Green
joyrIde

suN

aShcan

Brain
drainEd of
bRilliance

niGht[①]

凯奇的这种高度实验性和先锋性创作的目的即是为了打破传统诗学创作的所谓“必然性”和统一性,从而最终获得有如《易经》中的那种偶然互迭而成诸卦般的不确定性。

凯奇的《寂静》(*Silence*,1973)更是为安廷等“不确定”诗学的创作者提供了词语-声像写作模式,以及即席创作的无缝焊接方法。在该著作的前言中凯奇声称:“我早期的许多文章和演讲都是形式新颖的,因为我在其中运用了音乐领域的一些方法。后期我基本上按斯泰因的重复与不连续的方式来写的。”[②]独特的形式不仅构成凯奇作品的一大特色,它同时影响了安廷对反象征主义的认识和借鉴。凯奇的诗歌深受斯泰因式重复的影响,并在句法结构上带有阿什贝利松散无韵诗句的影子,并反过来又影响了后者在60年代的创作。安廷曾说,“在凯奇的过程式作品中,再现体系(system of representation)被范本体系(system of exemplification)所替代,而表现方式则成了意义源发的一个模式”。[③] 像安廷一样,凯奇也是一个注重推理过程的诗人。凯奇的文本和安廷的谈话诗都是高度概念化的艺术形式。他们作品的声音、意象和叙事都有与兰波、斯泰因、阿什贝利等不确定诗学大师们相同的特质,所以这种创作方式不断地挑战着积习已久的阅读与思维定式。不确定诗学发展到安廷与凯奇这个阶段时,已经达到了它的最外层领域。他们再一次通过革新式的创作与实践,不断地将那些诸如催眠式的悦耳声音模式、吟唱、叙事性陈述、概念性规划等基本的文学因素带回阅读视线,“在未来的诗歌里我们将会发现对这些因素的高度重视”。[④]

---

① John Cage,“Writing through Howl”, *John Cage, Writer: Selected Texts*, New York: Cooper Square Press, 2000, p. 137.

② John Cage, *Silence: Lectures and Writings*, Ohio: Wesleyan University Press, 1973, p. 10.

③ David Antin,“Some Questions about Modernism”, *Occident* 8 (1974), pp. 25～32.

④ Marjorie Perloff, *The Poetics of Indeterminacy: Rimbaud to Cage*, p. 338.

第九节 结语

《不确定诗学》主要定位于美国诗人，但是帕洛夫还对法国文学和现代艺术进行了大量评论。作者对当代法国批评的洞悉，使她能够做出许多重要的甄别和判断，并克服了许多语言上的假象。尤其值得关注的是，作者并未将讨论重点放在无休止的理论训导上，而是专注于阐述和分析。帕洛夫在书中所展现的对现代诗歌非凡的洞察力，也同样适用于其他艺术形式。她从"不确定性诗学"鼻祖兰波入手，深入考察了这一理念在几位当代诗人作品中变化发展的过程，并在讨论中引征了众多文学体裁：从斯泰因的即席之作《软纽扣》到史诗巨著《佩特森》(*Paterson*，1963)；从一些短小精悍的抒情诗到新近出现的表现派诗歌；从兰波作品的翻译到现代文学中的都市；更有凯奇和安廷诗歌中那些引人入胜的素材。

"不确定性"是理解现代主义和后现代主义的一个关键词。作为法国文学艺术上的一个即定规则，"不确定性"在英美文学上的重要性也是不容小觑的。与其相对的是介乎象征主义和随后的一些运动，如立体主义、达达主义和超现实主义。作者指出，在后象征主义的诗歌里，"内在矛盾性与不确定性取代了复义性与复杂性，借代与提喻代替了隐喻和象征，叙事可能性的广阔天地代替了'精致的瓮'，布局神秘性代替了意象的连贯结构"。[①] 在理解现代主义的运动过程中，帕洛夫的这些理性分析和独到见解，对揭示深奥文本的神秘性至关重要。帕洛夫还指出，虽然不确定性诗学主要是借代性的，但读者在解读特定作品时依然面临如何处理互相矛盾的现象。因为在复义性象征主义的概念里允许多种意义同时并存。但在不确定性诗学里，不可能存在单一强加性的解读，任何一种现存的解释都有在系统中被另一种解释颠覆的可能。所以读者面临的永远是一个有持续可能性的文本。这种语义上的杂乱与干涉有多种呈现形式，而每种窘境的解决都与"过程"密切相关。诗歌的最终状态并不比其发展进化过程更重要，一件作品的意义存在于其创造性的过程之中，"个体诗行或片段不管多么开放，意象的联合主要产生了情感上的精准之音，而不是围绕某一特定主题塑造连贯性的叙事"。[②] 所以结构连贯性的缺失就由身临其境的生动性来弥补。不确定诗学认为凡事皆有可能，有争议的解读是容许出现的。在不确定性的概念里，

---

① Marjorie Perloff, *The Poetics of Indeterminacy: Rimbaud to Cage*, p. 197.

② Ibid, p. 259.

个人记忆是靠不住的,诗人只能在特定的时间和固定地点向隅自言。

作为一部成熟的理论之作,帕洛夫高超的写作技巧也在本书中显露无遗。首先在选择诗人方面,帕洛夫并未有任何穷尽之举,所论诗人“都是不确定模式中的典范”。① 这样就为读者自我阐发式阅读留有余地。若论在创作上最接近兰波特色,并同凯奇和安廷一样同属表现派诗人的当属鲍勃·迪兰(Bob Dylan),而且迪兰的作品中有明显音乐与词汇结合以表达清晰明了含义的特色,这正是帕洛夫所要讨论的主题之一。但她在选择类比时却抛弃了迪兰与音乐,而是采用了绘画。在这种微妙的取舍上,帕洛夫显示出其睿智与独特的一面。因为绘画类比虽富有争议,但它在历史重要性和措辞严谨性上都优于音乐类比。在本书讨论的所有诗人中,有几位是公认的晦涩派。在讨论他们时,帕洛夫的风格虽谈不上是轻快,但却始终如一的简洁、清晰而不失风趣,同时具有经院学者般的准确。帕洛夫尤其注重评论过程本身,正像她说的那样,“就寻珍探宝而言,结果不是最重要的,重要的在于过程”。②

最后帕洛夫对“不确定诗学”的未来作了一个合乎逻辑的展望:“当不确定诗学或反象征主义诗学发展到其外围极限时,就有重返诸如催眠式声音模式、吟唱、叙事性陈述和概念规划等文学基本要素的大势。在未来的诗歌里,我们将有可能看到对这些成分的加倍重视。所谓的‘迟到诗歌’会重现其价值”。③ 在出版初期,此书曾被贬为一部替既无意义又缺价值的当代诗歌辩护之作。但随着后期研究的深入和对当代美国诗歌认识的强化,《不确定诗学》终于凭借其独到的视角、成熟的理论和无可辩驳的论证而在美国文论界赢得普遍好评,也令对当代诗歌和美学感兴趣的读者爱不释手。它那摆脱游离于宏大理论边缘而回归解决问题式的讨论之道,也在经院学派和教育界博得了巨大声誉。《不确定诗学》的重要意义不仅在于它是作者独特、深邃诗学批评风格形成中不可或缺的里程碑,它更加指明了作者今后诗学解析的道路,预示着更多、更全面现当代诗学批评著作的诞生。它还反映了在世纪之交,作者对如何走出传统历时性研究的套路而开辟全新研究道路的思考。帕洛夫在接下来的80年代推出的诗学批评著作全面印证了这种转变及其结果。

---

① Marjorie Perloff, *The Poetics of Indeterminacy: Rimbaud to Cage*, p. 44.

② Ibid, p. 208.

③ Ibid, p. 339.

第三章　结构与历史的交融、碎片与异质的同构：论《智慧之舞：庞德传统诗歌研究》

第一节　引言

在相继推出《画家中的诗人》等 70 年代三部研究个体诗人著作之后，帕洛夫也稳步建立了自己在现当代诗学评论界杰出学者的地位，基本上逐渐完成了自己诗学研究上的"美国化"模式，同时也向欧美诗学批评界显示了她拒绝向当代美国学术研究领域"解构主流"臣服的态度。作为一名百科全书式、具有高瞻远瞩眼光的学者，帕洛夫在全面和审慎的诗学研究中培养了一种独立、批判、新颖和质疑的风格。随着后续诗学研究的深入和相关理论解析与实践运用的推进，帕洛夫挑战传统的思想和作为独立知识分子的个性也渐渐显露出来。在 70 年代小范围、个体诗人研究之后的时间里，帕洛夫的诗学研究在继续突破前期"黑山诗派"、"纽约诗派"和新批评研究方法的基础上，开始着眼于范围更广、题材更深、材料更多的语言诗派研究。

1981 年推出的《不确定诗学》是帕洛夫的第一部在广义现当代文化背景中置诗歌研究于"艺术领域"之中的综合诗学研究力作，也是作者在文化语境中对当代诗歌进行的讯息完备、话语诙谐的一部研究巨著。该书的推出既是美国现当代诗学研究上的一个里程碑，又标志着帕洛夫完成了自己在当代诗学研究上的一次重大转折。该书是作者的第一部综合性全面化的诗歌研究，也是她首次关注并重视作为音乐家、文化理论家的诗人凯奇的作品。在这部关于现当代诗歌美学的著作中，帕洛夫指出，英美诗歌中被人们非常松散地称之为"现代主义"的东西，实际上是由"两个既彼此分离又相互交织的部分——象征主义和反象征主义"所构成。在这部代表其"成熟理论"的著作中，[1]帕洛夫抛弃对后结构主义和解构主义的轻信和盲从，而将论述主要建立在以巴尔特、托多洛夫和德里达的理论之上，以独到的视角和精辟的论证，对饱受争议、甚至贬低的几位美国当代诗人进行了纠偏式的重新解读。而于1985年推出的《智慧之舞：庞德传统诗歌研究》(*The Dance of the Intellect*: *Studies in the Poetry of the Pound Tradition*)(以下简称《智慧之舞》)则是帕洛夫先期诗学研究的承递与创新之作。这部著作由十篇作者在1981～1985年间为某些特定场合而创作的论文所构成。按照帕洛夫的说法，《智慧之舞》中的论文都是"对《不确定诗学》中所提出的思想观点的扩展和修订"。[2] 同时该书也被视为帕洛夫诗学研究思想中"庞德传统"的进一步深化。如果说这两部姊妹篇的上部聚焦于20世纪诗歌及象征与反象征主义意义阐释的话，那么下部则主要关注诗歌中的结构、形式和题材，尤其探讨庞德在《诗章》中所展现的"精妙而奇异的碎片"。[3]《智慧之舞》中的十篇论文基本上以创作先后顺序为排列准则，在主要论点的归类上可以分为三组。第一组重点围绕庞德自己的诗学特质——庞德传统——来展开，主要阐释庞德与自己的当代诗人斯蒂文斯和乔伊斯诗学之间的关系，以及庞德传统与视觉艺术和意大利未来主义之间的关系。第二组着重探讨散文与诗歌的一些写作技巧，诸如威廉姆斯的特殊自由散文体风格、奥本对威廉姆斯模式的采纳与修正、贝科特的关联性独白及其对阿什贝利诗歌创作的影响等。第三组则由四篇主题更宽泛、时间更贴近当代的论文组成。作者的关注视点尤其聚焦于当代诗歌的叙事之上，并对新浪漫主义的高度主观中心论进行质询，对新晋出现的语言诗派进行推介和重估。

在《智慧之舞》中，始终倡导对现当代美国诗歌进行纠偏式解读的帕洛夫再次向外界展示了一个令人兴致盎然的诗学回归。像伯恩斯坦、西利曼(Ron Silliman)、何吉尼安(Lyn Hejinian)等语言诗人作品中所折射出的所谓另类而"无诗意化"的情愫、高度形式化的语音模式、诗化措辞和对政治主题的前景化等都是帕洛夫在基于《不确定诗学》之上而需在本书中论证的。全书——即使是那些并未明确提及庞德的章节——自始至终都被一种存在

① Luo, Lianggong, "Poetics, Poetry, Language Poetry: An Interview with Professor Marjorie Perloff", *Foreign Literature Studies*(3)2007, *pp*. 1～8.

② Marjorie Perloff, *The Dance of the Intellect*: *Studies in the Poetry of the Pound Tradition* (Illious: Northwest University Press, 1985), p. 8.

③ Ezra Pound, "Preface to Discrete Series", *Paideuma* 10 (Spring 1981): Special Issue, pp. 19～31.

所引领，那就是庞德诗学传统。而这种基于结构、语言、形式和题材的传统论证又都是与《不确定诗学》中的诗学思想和观点密不可分的，在这个意义上来说《智慧之舞》正是《不确定诗学》的承递与创新。

第二节　庞德诗学的“诗章结构”

庞德在1931年发表的一篇名为“如何阅读”的文章中将诗歌分为四类，并分别以自己创造的希腊文名字来称呼之。有些诗歌——尤其是希腊和普罗旺斯抒情诗——因为具有“音象”(Melopoeia)特征而可归于“音乐类”；有些诗歌——尤其是中国古诗和意象诗——因为具有“形象”(Phanopoeia)特征而可归于“意象类”；还有一些诗歌——比如像拉丁诗人卡图卢斯(Catullus)、普罗佩提乌斯(Propertius)和法国象征主义诗人的作品——因具有“意象”(Logopoeia)性而可归于“智性类”。而这第三类诗歌——主要以对反讽和机智的运用而出色——正是帕洛夫所孜孜以求的种类。她对“Logopoeia”的阐释则更多的集中在任何一种诗歌中所呈现的词汇游戏(verbal play)上。本书的名称毫无疑问直接来源于庞德关于诗歌类型的三分说，而本书的所有内容也一直围绕庞德的这个新型诗学归类上，通过对斯温伯恩(Algernon Charles Swinburne)、叶芝、斯蒂文斯、凯奇、庞德和其他诗人作品的深入解读，帕洛夫以期觅得一条后现代诗歌发展中具有明显庞德传统的道路。

帕洛夫发现，被叶芝视为敝帚的现代主义诗歌中频繁出现的片段性，却对后继诗人的诗意演练和经典形成起着举足轻重的作用。这些所谓的“片段性”主要包括庞德诗歌——尤以《诗章》为最——中的那些与传统诗学大相径庭的节奏和视觉印象、理论化的概念，以及在浪漫主义和现代主义时期被诗家各派视为圭臬的个性化向作者自我弃绝的转变等。如此冠以“庞德传统”的诗歌艺术的发展以及其他诸种如意大利未来主义的文化影响，共同促进了现当代诗歌的全新蜕变。何为“庞德传统”之问题的解答必然导向何为诗歌中的现代主义之澄清，或者“更为紧迫地讲，何为当代伟大诗歌标准之确立”。① 善于后发制人、以辞激辩的帕洛夫并未急于在《智慧之舞》的首篇就陈列自己对“庞德传统”的如许艰涩的定义，而是从细微阅读庞德与斯

---

① Marjorie Perloff, *The Dance of the Intellect: Studies in the Poetry of the Pound Tradition*, p. 21.

蒂文斯开始，步步导向当今诗坛的“时代”归属讨论，最终让读者接受她所提出的现代诗歌中不可或缺的“庞德传统”之念。在“庞德/斯蒂文斯：谁的时代？”一章中，帕洛夫就从比较两位现代诗坛巨匠入手，以期回答上述问题，并最终形成自己“庞德传统”的正统性与普世性。

斯蒂文斯本人确信：“文学中的现代主义并未消逝，20世纪最好的诗歌依然传承着强劲的浪漫性和预言性。”①而斯蒂文斯人文主义的这种诗歌传统视抒情范围为正统，在竭力避免任何与通俗散文语言有瓜葛的同时，努力构造一种象征结构与有机整体间的平衡。在追随浪漫主义模式的过程中，斯蒂文斯诗歌的“我/自我”变化为一个孤独的歌者，其声音飘渺、语调低沉，而听者依然是诗人自己。对斯蒂文斯来说，“诗歌与诗之物（poetry and materia poetica）是一对可以互换的语词”。② 所以他的重点就落在了对“超级虚构”——诗人的自我卷入意识——的创造上。而庞德的诗歌艺术和创造理念则与斯蒂文斯有所不同。与斯蒂文斯派认为现代诗歌是浪漫主义的传承之说相左，持庞德传统的诗人们认为现代诗歌是浪漫主义的断裂。庞德的时代是一个象征主义抒情诗歌依然受宠、诗歌与散文叙事联姻而不失其身份与魅力的时代。按帕洛夫的说法，这一点可以从庞德与斯蒂文斯的批评散文中找到对应的证据。庞德的批评作品——从《戈迪尔·布热津斯卡》（*Gaudier-Brzeska*）到《文化指南》（*Guide to Kulchur*）——都是与他的诗歌肌理机构相一致的，都充满了拼贴、片段和并置。庞德后期的书信也都对前期的诸多奇异的风格——如语音拼写、外来语插用、记录式文献、双关与谐语、不相关意象的并置——采取了认同和赞许的态度。“回顾”式的斯蒂文斯时代主要对诗歌中的“何为”（what）感兴趣，而庞德时代则更关注诗歌中的“为何”（how）。所以对现当代诗人来说诗歌上的庞德传统更具有现实意义和研习价值，关注内容之外的形式革新更是刻不容缓的事情。“如果诗歌能教会我们如何自我交流，那并不是因为它提供了一个现实的幻象，而是因为它具有我们认知外部世界的那种程序。”③在美国诗歌史上，从历时的角度来看，庞德的诗歌结构具有本质上的现代性。从共时的角度看，庞德传统的提出又具有一些超乎时代界限的新奇性和吸引力。在论及庞德的《戈迪尔·布热津斯卡》以及凯奇的“斜体”文本时，帕洛夫将统率全书的现当代诗

① Wallace Stevens, *Letters of Wallace Stevens*. Ed. Holly Stevens, New York: New York University Press, 1956, p. 238.

② Wallace Stevens, *Poems of Our Climate*, New York: Cornell University Press, 1977, p. 375.

③ Marjorie Perloff, *The Dance of the Intellect: Studies in the Poetry of the Pound Tradition*, p. 22.

歌的风格与内容之形式主义界定展现得淋漓尽致。

《戈迪尔·布热津斯卡》是庞德写的一部关于法国雕刻家亨利·戈迪尔·布热津斯卡（Henry Gaudier-Brzeska）的回忆录。此书发表初期曾遭评论界诸多毒舌贬斥，《纽约时报》上刊登的专文也是抑多扬少："庞德先生在其回忆录里填充了太多个人对雕刻主题和普遍艺术的皇皇大论，从而使该书作为回忆录的价值大打折扣。书中有太多庞德的影子而缺乏对戈迪尔·布热津斯卡的应有重视。"①但是近期诸多庞德学者们的观点则刚好与此相左：书中的庞德因素甚少，只有开篇的些许关于漩涡主义的论说；布热津斯卡的影子则无处不在，基本上都是他关于雕刻艺术的展示。庞德从布热津斯卡的雕刻艺术中所获得的感悟都是其诗歌创作和庞德传统建立过程中所凸显的重要特质，正是这种艺术形式与诗歌内容的联袂造就了影响几代人的现当代诗歌传统——庞德传统。庞德所观察与领悟到的布热津斯卡的艺术精髓存在于雕刻家对模仿艺术的弃绝和对能反映时代精神艺术形式的创新。而这也正是庞德传统所传达给后世的精神。有论者指出，庞德诗歌区别于其散文的突出特质在于后者具有明显的不连贯性，②这种特性既是《戈迪尔·布热津斯卡》一书的写作特色，也是该书主题的绝佳体现，是庞德有意而为的结果。像偶发性、遮蔽感、拼贴法与异质性等常常将传统上艺术与生活之间的间隔所打破的诸多因素，也出现在庞德分析布热津斯卡的视觉艺术中。帕洛夫坚持现当代以来的新型批评的有机整体形式之原则，在文学评论和诗歌创作中透出一种存在主义的形式观：文本的杂乱无章恰恰反映了现代社会的无序。

凯奇是帕洛夫在《不确定诗学》中蔚为彪赞的诗人之一。在英美诗歌研究界，凯奇的"讲座诗"曾处于一种长期备受争议的状态。诗评家们对凯奇新颖的创作方法要么持模棱两可的莫衷一是态度，要么持彻头彻尾的敌视态度。但是现代主义诗歌的发展史再一次证明"不确定诗学发展到安廷与凯奇这个阶段时，已经达到了它的最外层领域。他们再一次通过革新式的创作与实践，不断地将那些诸如催眠式的悦耳声音模式、吟唱、叙事性陈述、概念性规划等基本的文学因素带回阅读视线"。③ 当庞德与凯奇被相提并论时，帕洛夫则以事实为依据指出了一条庞德传统中"布热津斯卡"风格的

---

① *The New York Times Review of Books*，13 August 1916，pp. 310～317.

② Donald Davie，*Ezra Pound*：*Poet as Sculptor*，New York：Oxford University Press，1962，p. 54.

③ 张鑫：《论〈不确定诗学：从兰波到凯奇〉中玛乔瑞·帕洛夫的当代美国诗学批评观》，载《外国文学研究》，2010 年第 5 期，第 22～29 页。

传承与发展,尤其是在后者的作品《寂静》中,独特的形式又构成凯奇作品的一大特色,并同时影响了安廷对反象征主义的认识和借鉴。因为凯奇的诗歌与评论作品中时常以斜体而不是以加引号的方式引用诸如勋伯格(Arnold Schoenberg)的话语或书信,所以便构成了著名的凯奇式“斜体方法”(italic method)。追根溯源,这种创作方式本身首先来源于凯奇对庞德传统的研究与运用,尤其是具有庞德标志的拼贴、片段和偶发性等方法。帕洛夫指出,这种创作方式也不断地挑战着积习已久的阅读与思维定式。论及文学创作的现代性而不提及乔伊斯是一件令人无法想象而又证据不凿的事情。帕洛夫在第一部分“庞德传统”论的末尾以简明扼要的笔触对两位现代主义文学大师作了比较。尽管《芬尼根守灵夜》(*Finnegans Wake*,1935)像是《诗章》的一面镜子,但是两位作者在现代主义文学中还是扮演着两种不同的重要象征身份:形式主义与审美主义。对乔伊斯来说,艺术与单纯的生活是永远不会相混淆的,艺术值得尊重,应该视为圭臬。对庞德来说,艺术并非需要孤立处理和孑然独立的。“乔伊斯将艺术作品植入手书信笺的普通文本之中,庞德则颠覆了普通文本的惯常性,从而使手书信笺本身也变成了一件艺术品。”①

第三节 诗歌与散文传统

在主题为诗歌与散文传统的中间部分,帕洛夫以威廉姆斯、奥本和贝科特为主要研究对象,纵论庞德传统下从威廉姆斯对战后视觉艺术的解读中所发明的自由诗体的特殊形式,到奥本对威廉姆斯模式的修编和采纳,再到贝科特作为自由散文体作家为后世诗学所确立的关联性独白的创立等系列现当代美国文坛上的承递与革新、结构与历史现象。

《威廉姆斯与诗歌的可视化》一文(“To give a design: Williams and the visualization of poetry”)的焦点在威廉姆斯的可视化诗歌艺术及其与庞德传统的联系上。帕洛夫以大量诗歌形体分析为例,深度探析了威廉姆斯在诗歌结构上的革新和他对庞德诗歌传统的扬弃。帕洛夫尤其强调了他们在现代视觉艺术的启发下所采用的结构主义与拼贴技术,以及他们对传统结构、模式和种类概念的颠覆。威廉姆斯早期的自由式诗歌结构以其缓慢的

① Marjorie Perloff, *The Dance of the Intellect: Studies in the Poetry of the Pound Tradition*, p. 86.

短语式节奏、频繁的中段暂停、句段与行段的衔接、押头韵、开放式原音等著称。而这些正是庞德早期自由诗行的典型特征。试看下例：

Williams：　Let there be gold of tarnished masonry
Pound：　Let us build here an exquite friendship
Williams：　Temples soothed by sun to ruin
Pound：　Gods of the winged shoe
Williams：　Ripples at Philae, in and out
Pound：　Algae reach up and out, beneath
Williams：　And lips ‖ my Lesbian
Pound：　My City, ‖ my beloved

对庞德来说，作为单位的诗行是“用连续性的音乐语汇，而不用连续的节拍器节奏”创造出来的。[①] 他的诗行不仅可闻而且可见，他的节奏高度声态化，反复在相邻诗行中以精妙的变体形式出现。威廉姆斯的视觉化诗歌策略常常是将词语之间的关联衔接打断而不是用有节奏的平衡句式组接。在他的这种诗歌中，没有任何两个诗行的重音节律是相同的，但是其中的关键词都以押头韵的方式非常讲究地彼此照应，还有可称为“视觉辅音”的韵律。在《情歌》(*Love*)一诗中这种特质就有非常完美的展现：

the stain of love
is upon the world!
Yellow, yellow, yellow
it eats into the leaves,
smears with saffron
the horned branches that lean
heavily
against a smooth purple sky!
There is no light
only a honey-thick stain
that drips from leaf to leaf

① Ezra Pound, "A Retrospect", in T. S. Eliot *Literary Essays of Ezra Pound*, New York: New Directions Publishing, 1918, p. 5.

and limb to limb
spoiling the colors
of the whole world—

you far off there under
the wine-red selvage of the west![1]

“smears with saffron”、“horned heavily”、“smooth sky”等押头韵系列，“world/ yellow”、“lean/ heavily”等视觉辅音系列都较好地将视觉化诗歌形式运用到了十分圆熟的地步。威廉姆斯从毕卡比亚(Francis Picabia)的立体主义绘画中所吸取的视觉艺术精髓，大有从毕加索的拼贴艺术中得到的灵感的相似性，其中的语词与视觉相得益彰形成互补之功效。其作品中的每一个词语都具有生命力，而视觉化的作品带有词语篇章一样的层面。这些威廉姆斯从斯泰因那里所吸收的“句子之中具有前关联的非联系词语”[2]技巧，也开始运用到他的《良宵》(*Good Night*，1912)等诗歌中。威廉姆斯诗歌中的读音重复非常普遍，但是这些视觉化音素所构造的“回声结构”却远比读音本身引人注目。

对威廉姆斯而言，“诗歌就是语词的机器”。[3] 词语文本之所被见应该像其之所被闻一样突出。在借鉴毕卡比亚的立体绘画和阿尔弗雷德·斯蒂格利茨(Alfred Steiglitz)的摄影等视觉艺术门类的基础上，威廉姆斯创建了自己独具特色、具有庞德传统的视觉化诗歌。所以他的形体讲究的诗行“并不是一个率性而为的副产品、某种诗歌形体的亚结构”，[4]而是其诗歌话语的基本事实。

在关于奥本和贝科特与庞德传统的章节里，帕洛夫的视点开始有所改变。不确定性的原则又再次浮出水面，并进入到诗歌“传统”的定义中来，所据文本及理据分析也进一步扩大到奥登和纽约派诗人的作品中去。帕洛夫认为，奥本的《离散序列》(*Discrete Series*，1934)一诗呈现的是与前期意象

---

① Williams Carlos Williams, *The Collected Earlier Poems of William Carlos Williams*, New York: New Directions, 1951, p. 174.

② Gertrude Stein, *The Work of Gertrude Stein*, New York: New Directions, 1931, p. 116.

③ William Carlos Williams, *Selected Essays of William Carlos Williams*, New York: New Directions, 1954, p. 256.

④ Marjorie Perloff, *The Dance of the Intellect: Studies in the Poetry of the Pound Tradition*, p. 105.

派诗歌的形式与内容关注有所不同的层面，该诗所高度关注的是形式建构。庞德曾经以其敏锐的观察力和精准的洞察力对威廉姆斯和奥本之间的著述作过比对："奥本与威廉姆斯两位先生创作间的差异我颇为熟悉。但是我并不希望有很多读者去关注这一点。他们或许，不，他们势必关注甚至聚焦于相似性上。"①在二人创作的初始阶段，"相似性"一直是坊间所津津乐道的主题。但是奥本却在后来对此提出了不同的看法。在1968年的一次专访中，奥本曾说："有人认为我与威廉姆斯很相像，但我却认为事实恰恰相反。庞德在《离散序列》的前言中曾就所谓我模仿威廉姆斯的指控进行了无助的辩驳。无论如何我与威廉姆斯都是观点极其相异的人。"②奥本急欲摆脱他所谓的威廉姆斯的意象主义美学，并不是布鲁姆所谓的"影响的焦虑"使然。他的诗歌在初步印象上颇有威廉姆斯抒情诗的风格：简朴、粗粝、结构自由。但是奥本的诗歌韵律、语言、句法都是与威廉姆斯所不同的。奥本曾从朱科夫斯基那里领会和借鉴了与新浪漫主义风格和意象主义观念有所不同的诗歌风格，并在如何构建恰当的诗歌形式上练功颇多。帕洛夫认为，比较奥本与威廉姆斯诗行分类和句法模式的过程就是加深对客观主义思想理解的过程。威廉姆斯曾在奥本客观主义出版社上发表过一首名为《楠塔基特》(*Nantucket*)的小诗：

Flowers through the window
lavender and yellow

changed by white curtains —
Smell of cleanliness —

Sunshine of late afternoon —
On the glass tray
a glass pitcher, the tumbler
turned down, by which

---

① Ezra Pound, "Preface to Discrete Series", *Paideuma* 10 (Spring 1981): Special Issue.

② L. S. Dembo, "George Oppen" (Interview conducted on 25 April 1968). *Contemporary Literature* 10 (Spring 1969), pp. 159～177.

a key is lying—And the
immaculate white bed. ①

该诗无论从节奏还是从视觉形体上来看都具有高度结构模式的稳定性。虽然间或有些音节上的微小差异(分别为：6～6；5～5；7～4；7～6)，但是除了第十行以外其他所有双行诗节都包含相同的三个重音、两个非重音诗行模式，这样所形成的闭合式结尾就比较明显了。正如米勒所言："在威廉姆斯的诗行里，每一个词汇都会将自身的气势伸展到其他当下看上去似乎确实的词汇上。诗行结尾处的连词、介词和形容词如拉满之弓将力量迅速传导到其他词汇上。"②而这种力量与气势与奥本所追求的那种"携带着姻缘因果关系的韵律学"遥相呼应。其实《离散系列》具有作者强烈的自我意识，是一部向早期意象主义靠近而非远离的作品。出于意象主义的政治与诗学愿望，《离散序列》的确为树立远离早期先锋派诗歌形式的客观主义诗学奠定了基础。

在贝科特的所有作品里，对诗歌与散文之间看似不言自明差异的挑战也许是最令人印象深刻的部分之一。这也是帕洛夫在《智慧之舞》的第六章所专司讨论的主题。她以贝科特于1981出版的短篇小说《看不清道不明》(*Ill Seen Ill Said*)为例，探讨了其相关性独白是如何为后期诗学主体建立标准和影响现当代诗学模式的。《看不清道不明》首次是在1981年以法语发表的，1982年又被作者翻译成英语发表在《纽约客》(*New Yorker*)上。同一版面上还有一幅典型的纽约客卡通和一首布罗德奇(Harold Brodkey)的诗歌《海声》(*Sea Noises*，1981)。帕洛夫开篇便指出了在这个看似对比鲜明、题材迥异的版面中贝科特短篇小说的难以自适性和题材的可转换性。在她看来《看不清道不明》与其说是一个短篇小说还不如说它是像《海声》那样的一首诗歌——尽管《纽约客》按形式把它归为此类，使读者一眼就能或可能分辨出布罗德奇是诗人，而贝科特是小说家。可是"它既不与短篇小说也不与中篇小说有多少相似性"。③ 在帕洛夫看来《纽约客》的"这种分类值得探究，因为它所坚持的只不过是我们的主流文学课本和文学史的所谓正统性，以及大多数英美课堂所一贯传讲的正史事实：贝科特正如年轻时的乔伊斯和福克纳，在其懵懂的青春年代初创过些许微不足道的抒情诗，而其真

① William Carlos Williams, *The Collected Earlier Poems of William Carlos Williams*, p. 348.

② Hillis Miller, "Wallace Stevens". *Poets of Reality: Six Twentieth-Century Writers*, p. 289.

③ Marjorie Perloff, *The Dance of the Intellect: Studies in the Poetry of the Pound Tradition*, p. 136.

正谈得上文学作品的依然是戏剧和小说。”①

帕洛夫的观点似乎有些激进，但的确在持“正统性”标准读者的心中造成了震动，使他们不得不反思贝科特小说与诗歌的边界性，以及贝科特在新诗歌运动中的巨大贡献。《看不清道不明》中的话语声音一改作者往昔作品中主人公的独立自我而呈现出“我们所有人的声调”的态势。② 而这种具有关联性的独白和话语混联充斥小说的每个角落。这种具有中心感应的韵律模式、独一无二的喃喃自语、时而连续时而断裂的错位与膨胀，都反映了人物的某种不间断的努力、期盼与想象。读者在这里所听到的贝科特所谓的小说关联抒情与弗莱(Northrop Frye)的相关性节奏(associative rhythm)有异曲同工之妙，而“相关性节奏所要展示的正是将观念思想转化成话语的过程”。③ 在惠特曼以前的时代里，诗歌中的相关性节奏是不会对音步造成喧宾夺主现象的。在诗歌创作中，受句子影响而不是被其控制的相关性节奏就是弗莱所谓的“自由散文体”。《看不清道不明》明显地将提涉、暗指、新词和派生短语全部植入关联性独白之中。而这里的“关联性”并非仅仅指对话性，《看不清道不明》中的话语具有高度的形式感。在这种意义上来说，贝科特的自由散文体与其自由诗歌体非常接近。

第四节 当代诗歌中的叙事

《智慧之舞》属于帕洛夫“开放式”诗学研究的典范之一。结尾中愈加宽泛的讨论话题和愈加新颖的当代诗歌叙事内容这一特色尤其表现在其“开放式”上。在构成结尾章节的四篇论文里，帕洛夫纵论奥哈拉、阿什贝利和多恩(Eward Dorn)等多位诗人作品中的叙事结构，并对极度主体性新浪漫主义诗歌中的中心性提出质疑。在以“后现代主义与抒情诗的绝境”(Post-modernism and the impasse of lyric)为主的各节评论中，帕洛夫引入了又一种与庞德传统相联而有别的美国后现代主义诗歌叙事发展新方向。

在分析自叶芝的《塔楼》(*The Tower*)、洛威尔的《生活研究》(*Life Studies*)、里奇(Adrienne Rich)的《儿媳快照》(*Snapshot of a Daughter-in-*

---

① Marjorie Perloff, *The Dance of the Intellect: Studies in the Poetry of the Pound Tradition*, p. 138.

② Samuel Beckett, *How It Is*, New York: Grove Press, 1964: p. 138.

③ Northrop Frye, *The Well-Tempered Critic*, Bloomington: Indiana University Press, 1963, p. 99.

law)等作品的过程中，帕洛夫提出了高度现代主义与自传性叙事的观点。在这些作品中孤独无依的“自我”在反顾式回忆过程中，从记忆深处释放出一种与众不同的情势或系列连环事件，以此与当下达成统一。现代主义诗人也会在诗歌中运用叙事，但是他们鲜用第三人称或讲述故事(story)。因为故事只不过是对人物行动(action)的模仿而已。帕洛夫的初期诗学研读还呈现出另外一种诗歌中的故事图景模式。虽然 20 世纪初的诗人对“故事”无甚热情，但是因为有像叶芝和斯蒂文斯那样对由系统情节结构所暗示的“秩序”的质疑，使得故事本身并未彻底退出诗歌创作之维。相反，现代主义诗歌对“诗学”(poetry)——个人情感的诗意表达——与“散文”(prose)—— 小说类的语言表达——之间的差异有更多清晰的展示。帕洛夫所谓再现于后现代主义诗歌中的“故事”“已不再是亚里士多德的‘米索斯’(mythos)，而是一种暗指方式、一种源泉、指引之点或者是多恩诗歌中的戏仿。”①故事之讲述犹如对他人世界之认知。阿什贝利的《所梦唯美国而已》(*The Dream only of America*)堪称此方面的典范。该诗给人以时间的穿越和轮回之感，但是却无法具体说出所梦为何。与其说阿什贝利对事件本身感兴趣，不如说他对事件的发生方式更着迷。

自庞德以降，有关现代主义(先锋文化)的创新和承递问题渐成困扰时代的主旋律。而帕洛夫的诗学研究生涯基本上从未远离这场运动。关乎立体主义、达达主义和未来主义等新话题都曾为帕洛夫诗学研究的关键论题。在帕洛夫看来，浪漫主义(现代主义)诗学向后现代主义诗学转变过程中的关键人物非庞德莫属。布鲁姆所追溯的存在于爱默生(Ralph W. Emerson)、斯蒂文斯、埃蒙斯和斯坦德诗歌中的新浪漫主义，似与庞德传统所强调的现代、后现代性相悖。尤其是新浪漫主义抒情诗中的自我指称、有机形式和人文话语也看似与庞德传统有所不同，但他们却并不与庞德传统中诗学语言的表征力量和新柏拉图灵视经验的现实性相分离。

在《不确定诗学》及其他著作中，帕洛夫对凯奇的诗歌创作进行了发人深省的解读，提出了许多具有指导性的诗学批评观点。《智慧之舞》的最后两章就是针对松散地积聚在“语言诗派”名下以凯奇为代表的青年诗人的专论。凯奇诗歌美学中含有“明空一体”(unimpededness)与“相互贯通”(interpenetration)。凯奇的诗歌创作中节奏、音步与措辞的互依与共存论与他的音乐创作中的音调的内联性关系和作为普联性音调的音乐构成理论密

① Marjorie Perloff, *The Dance of the Intellect: Studies in the Poetry of the Pound Tradition*, p. 161.

切相关。而这些理论付诸于诗歌创作之前，凯奇已经在探索与东方佛教教法和“法界”有关的诗歌创作美学了，尤其是他那关于声音、人类和事物的“明空一体”与“相互贯通”理论。在佛教教法中，“明空一体”指的是佛性的一种面向，即超越个人惯有受限感的能力。具有“明空一体”感的人能够实现用心体验万事万物的自主能力。而“相互贯通”则与佛教法界中对世界认知的最高层“无碍法界”相对应，也就是能达到称性通融，一多相即，大小互融，重重无尽的境界。

谙熟东方宗教教义尤其是佛教教义与法界的凯奇，曾在其音乐创作中运用过这两种由抽象理论向具体实践转化的方法。凯奇的诗歌创作方法就是“将互不相干的个体事件进行拼贴，并且煞有介事地给事物命名、给事件的发生制定日期。这种方法与禅宗所谓时空所存之事物间的机缘巧合向人们展示的就是大千世界的‘明空一体’与‘相互贯通’非常一致。”[①]凯奇的叙事者几乎全部具有自传性，并会推己及人地浮想联翩。禅宗教义中的“永不解释、只有暗示”的概念也被凯奇移植到了诗歌美学中。其作品中的人物都是有名可依的——卡洛琳（Carolyn）、里奇、雷米（Remy）、拉塞尔（Carroll Russell）、哈伯（Meg-Harper）、卡拉米米（Kamalini）——但这些名字又都是不透明，他们不指向任何真实，也不表明任何概念事实。凯奇指出，西方传统思维长于斟酌、筛选和分类，而东方思维则精于刻画当下，最细微的无足轻重的细节都是观察感知时刻的一部分。[②] 在凯奇的讲座诗歌和拼贴式散文中，这类“最细微的无足轻重的细节”随处可见。他作品中的场景设置完全为了引领读者环游“地球村”，而这个“村”中的叙事却缺乏固定的中心，梦境则弥漫到每一个角落。主人公的认知重构（cognitive restructuring）和心理建构（mental constructing）呈现出明显的“明空一体”或“相互贯通”趋势。对凯奇来说，艺术的重要性并不在于艺术品的制造，而在于与媒介、观众和表演者有紧密动态联系的意义的生成。所以他所留诸后世的作品都是可以再生产、无限解读的东西。

第五节　结语

《智慧之舞》不仅是一部向庞德致敬的著作，而且是对庞德传统的穿透

---

① John Cage, *Silence*, *Lectures and Writings*, Middletown, Conn: Wesleyan University Press, 1961, p. 46.

② John Cage, *A Year from Monday*, *New Lectures and Writings*, Middletown: Conn: Wesleyan University Press, 1967, p. 102.

力和世纪影响的总结性回顾。此书上呈《不确定诗学》,下接作者中后期系列诗学著述,对庞德传统中独具魅力的诗学评论、创作理论和通信话语提供了一个全新的研读方法。庞德传统在帕洛夫诗学研究中的地位不止于断片式或断代式的典型解析,而在于它在纵轴上的延续性和横轴上的绵延性。庞德与威廉姆斯之关系犹如斯泰因与艾略特那样构成了现代主义诗歌上具有"相对性"的两极,这也是帕洛夫在此提出的新观点。发端于拼贴式文本的《诗章》、文友间往来的书信和回忆录的庞德传统,已经渐趋渗入威廉姆斯、奥本、朱科夫斯基、斯泰因、贝科特、奥登和克雷利的创作中去。帕洛夫的精彩论述使人意识到,在后现代主义的美国诗学世界里,庞德依然是一个重要的角色。他的影响和示范作用会随着诗歌创作革新的加深而日益凸显出来。帕洛夫极力想为庞德传统勾勒出一条明晰可辨的线索,但是她的定义却略显飘忽或看上去有些记录风格。瑕不掩瑜,《智慧之舞》中的论文可谓篇篇鲜活、生动、适时而可读。虽然作者着重于论题的结构论述,但亦不忘其在历史中的演绎和传承。庞德传统的碎片性和异质感也没有出现平行而进的态势,而是在帕洛夫极具说服力的讨论中渐行渐近。始于庞德时代与庞德传统的现当代美国诗学研究,最终在"明空一体"和"相互贯通"的理论与实践的同一中结束,这不仅体现了作者谋篇的独具匠心,而且展现了论题智慧的圆润之舞。

第四章　当代诗歌与未来主义：《未来主义：先锋派、战前派及语言的爆裂》

第一节　引言

如果说《画家中的诗人》基本奠定了帕洛夫诗学批评上“美国化”的基础，为其后期的更加全面而深入的批评拓宽了道路，指明了方向的话，那么《不确定诗学》则标志着帕洛夫解读当代美国诗歌新模式的到来。以纠偏为目的，帕洛夫也真正实现了她在世纪之交诗学批评上一个华丽的转身。但是从时间上来看，《不确定诗学》仍然属于一部历时性诗学研究佳作。如何突破时间局限、纵论诗学发展洪流是帕洛夫接下来需要考虑的重大议题。正如人们所料，帕洛夫这一次也未让学界失望。1986 年她便用《未来主义：先锋派、战前派及语言的爆裂》（以下简称《未来主义》）的横空出世为自己在第一阶段的诗学批评画上了一个圆满的句号。这部作品可以看作是另一部共时性诗学研究互补力作。前者以时间先后顺序聚焦上世纪英美不确定诗学的历史发展，而后者并不像其书名所显示的那样，只是一部纯粹讨论未来主义的作品，它从广义上阐释了“未来主义”所包含的各种各样不同的体验，还在一战前十多年的横截面上，以国际主义的眼光考察了虽短命但影响深远的先锋美学、极端政治和流行文化之间短暂而显著的融合。

早在 20 世纪 70 年代当帕洛夫正致力完成《罗伯特·洛威尔的诗歌艺术》时，她已经觉察洛威尔从波德莱尔和艾略特那里所继承的象征主义与兰波《灵光集》中所出现的不确定的反象征主义之间的巨大差异了。而当她的又一部独立个体诗人批评著作《画家中的诗人》诞生时，帕洛夫实际上已经在挖掘另外一种与洛威尔诗歌艺术截然不同的诗歌批评论了。不过此时的讨论中还是隐约可见诸如“编造”、“野蛮”、“文明”和“原始”等主观意图较强的字眼。而到 80 年代的系列作品面世时，她的修辞用语变得愈加精确、科学和具有原创性了,而“在历史中的演绎和传承”上又有了新的发展。在《画家中的诗人》里,“拼贴”已经出现,在《智慧之舞》里“拼贴”则成了一个举足轻重的概念。而到《未来主义》诞生时,“拼贴”已然占据了全著讨论的首要章节。这个时期早些时候的“其他传统”之探讨不再是零星细碎式的出现,它与“未来主义”、先锋艺术的结盟开始将帕洛夫的诗学批评向更加纵深的方向引领。

“先锋”与“未来”结邻而居常常带来无数新奇而令人费解的周章。“未来主义”至少在词根与字面意义上还能带来些许联想读解,而相较之下“先锋”一词则显得颇为令人费解,为此帕洛夫在数篇批评中都对“先锋”作了深入浅出的论述。① 虽然凭借《不确定诗学》、《智慧之舞》和《未来主义》三部作品帕洛夫确立并稳固了自己作为当代诗学评论界核心人物的地位,但是在 80 年代的这一系列诗学专著中,《未来主义》享有更高的声誉、吸引了更多的关注。它不仅是一部非凡的诗学批评著作,在澄清现代主义、后现代主义和未来主义等传统与创新的发展历程上也提供了颇具说服力的独到见解。帕洛夫非常客观地指出,上世纪早期的未来主义的发凡,比现在所谓的诸种“主义”的系统性与结局要求都要模糊和宽泛得多。昔日的未来主义犹如一个急速旋转的大漩涡,形式繁多、名目各异的国际先锋主义都在它的周遭转动。城市主义、工业主义和全球时代交流的到来,无不对审美与文学勘查提出了新的要求。而未来主义的相应反应则是打破等级观念和题材分野,以实现原创性和文学创作与读解活力的复归。在对“拼贴”和“宣言”的论述中,帕洛夫展示其极高的学术素养和令人刮目相看的学术洞察力。至于后现代主义再次以一种冷峻而略带嘲讽的方式对未来主义的实质进行了精妙呈现的结论,又是帕洛夫明察秋毫式批评的典范。

《未来主义》的标题取材于意大利先锋理论家雷纳托·波基奥里(Renato Poggioli)的《先锋艺术理论》(*Theory of the Avant-Garde*,1981),它是在整个欧洲大背景下对文学艺术上的最新发展进行的一次“前卫”探察。因此这里的“未来主义”是对各异经验的一次广泛研究,并对 20 世纪 20 年代前的先锋运动作了详尽的总结。帕洛夫对当时文学和艺术,以及近代的批评理论,特别是对当代社会的了解使她能够以一种有趣而令人信服的方式将美学和文化结合,并以跨学科比较的研究方法将未来主义艺术家与近现

---

① See Marjorie Perloff,“The Great War and the European Avant-Garde”. In *HFF* (September) 2004,pp. 20～32;“Avant-Garde Tradition and Individual Talent: The Case of Language Poetry”. *Revue française d'études américaines*,No. 103 (FÉVRIER 2005),pp. 117～141.

代的漩涡派（The Vorticists）画家、庞德、巴尔特、罗伯特·史密森（Robert Smithson）等进行比较。

帕洛夫认为，一战前的未来主义对现代艺术发展意义非凡，但因为意大利的未来主义与法西斯主义之间的一些干系而使其屡遭忽视。于是在未来主义与拼贴、宣言、声音诗歌、印刷排版术、句法错位等诸多革新之间的联系也被后来的批评家们所忽略。另外一个导致未来主义屡被忽视的原因就在于除了帕洛夫的这部著作外，其他有洞察有实据的英语、意大利语、法语和俄语等方面的优秀作品太鲜见了。再者，语言和政治信仰之间的巨大障碍也是导致关于未来主义运动的诸多论述无法在国际上互通的原因之一。马里内蒂（Filipo T. Marinetti）在 1909 年推出自己的未来主义宣言时并不是在意大利而是在巴黎，而阿波利奈尔在发表《反传统的未来主义》（*L'Antitradition Futuriste*，1913）时，即采用全新的印刷排版艺术，并号召对一成不变的诗歌句法、符号、词句等进行彻底的压制。但是此书并不是在巴黎出版而是在米兰率先用双语的形式与读者见面。

《未来主义》的各章节以不同的线索相联系，但该书的主要关注点仍然在断裂的语言上。“如果拼贴艺术及其同类（蒙太奇，组合艺术，构成派雕塑品）质疑符号的代表性，”帕洛夫宣称，“那么一些相关的模式如宣言，艺术家的作品及表现则会质疑体裁，个体媒介以及艺术家和观众之间障碍的稳定性。”①这也解释了吸引这一时代的艺术家和作家的改革热情，他们只寻求推翻已有的秩序，不管是政治的还是美学的。

作者在讨论中也舍弃了一些困扰先锋派研究多年的话题。比如，作者反复指出将意大利未来主义与法西斯主义相等同是一种令人失望的过简化。如果墨索里尼没有掌权，文学史家们就永远不会做出这种联系。的确，乔万尼·里斯塔（Giovanni Lysta）曾指出，未来主义在运动的最初阶段对左翼抱有极大的政治同情。在这一点上他们与俄国未来主义相似。里斯塔的深入研究显示即使在意大利动荡的法西斯时期这一点也未曾改变。在希特勒-斯大林的互不侵犯条约的情况下，帕洛夫推翻了瓦尔特·本雅明（Walter Benjamin）对法西斯主义和共产主义所做的区分，②尽管这个区分常常被人们所引用。虽然“美学化政治”（法西斯主义）和“政治化美学”（共产主义）的区分似乎很贴切，但这一区分基本是毫无意义的。帕洛夫还否定

① Marjorie Perloff, *The Futurist Moment: Avant-garde, Avant-guerre, and the Language of Rupture*, Chicago: The University of Chicago, 2003, p. 18.

② Ibid, pp. 34～35.

了第一次世界大战是一场灾难的想法,并列举了众多的诗人和画家的观点,直到 1915 年他们都一直认为这是一场伟大的冒险。另外,帕洛夫发现庞德的信徒愿意承认漩涡派画家得益于意大利未来主义,[①]这是令人耳目一新的观点;尽管他们愤怒地否认这一点,但如果没有马里内蒂作为榜样,漩涡派是不可能存在的。

纵观整部作品,帕洛夫的讨论不仅深入,而且完整,其深度和广度都堪称同类作品之典范。作者以大量的新材料和卓越的分析技巧重现了在批评史上相对被较少关注的一个关键时期。作者所要完成的两大使命——为现代主义重书一部修正史、为当代实验创作呼吁更多关注——都在本著的行将结尾处得到了理想的实现。在深入浅出的论述中,帕洛夫还发现了存在于现代主义之中的一些未来主义的关键革新,如散文-诗歌之间严格分类的瓦解、符号可表达性的无法确定性等。帕洛夫的《未来主义》表明,当发明与革新替代了再现与展示的时候,那些高度现代主义的诸多一成不变的框架就被彻底打破了,真正具有未来意义与先锋思想的诗歌艺术的诞生便成了水到渠成的事情。因此,维纳德·波恩(Willard Bohn)认为"本书不仅是已出版的早期先锋派研究作品中最好的作品,也是有史以来有关这个主题最好的著作"[②]。

第二节　深奥的今天

该节的标题采用诗人布莱兹·桑德拉斯(Blaisé Cendrars)1917 年独自一人在巴黎时所写的一首诗的题目。[③] 它对战前技术成就饱含着激情的描绘:万物都富有活力,都在不断运动,不断变化;手指碰触之处都是创造、发明、神秘;宏观与微观融为一体了;相互渗透、同时性、速度、颜色、不断运动,世界似乎变成了一个超现实的世界。同时,诗人也意识到自我在新的技术世界面前的缺失,人及其情感都在逐渐被物化。[④]

---

① Marjorie Perloff, *The Futurist Moment: Avant-garde, Avant-guerre, and the Language of Rupture*, pp. 171～177.

② Willard Bohn, "Review of The Futurist Moment: Avant-garde, Avant-guerre, and the Language of Rupture". *Comparative Literature* (12) 2002, pp. 200～202.

③ 诗歌的标题为:*Profound Aujourd'Hui*,意为"深奥的今天"或"复杂的今天"。

④ Blaisé Cendrars, *Blaisé Cendrars: Complete Poems*. Trans. Ron Padgett, Berkeley: University of California Press, 1992.

正是要借用这首诗所表现的现代性特征，帕洛夫从多个层面剖析了桑德拉斯与画家索尼娅·德洛内(Sonia Delaunay)合作完成的“文字-视觉”(verbal-visual)作品《与法国的小杰汉尼为伴的跨西伯利亚旅行散文诗》(*La Prose du Transsiberien et de la petite Jehanne de France*,1913)(以下简称《散文诗》),又被称作《关于同时性的第一本书》(*Le Premier livre simultane*),认为它让我们可以从更宽泛的角度来界定未来主义范式，特别适合用来作为未来主义的标志或象征，也切合了安东尼奥·葛兰西(Antonio Gramsci)的理解，即未来主义是第一个以艺术的形式来表达现时代工业化过程中紧张而喧嚣的城市生活的艺术运动。

首先，布莱兹·桑德拉斯和索尼娅·德洛内的名字就代表着“不规则(anomaly)”,而这也是未来主义运动的特征。从弗雷德里克·索萨(Frederic Sauser)到布莱兹·桑德拉斯，从索尼娅·德克(Sonia Terk)到德洛内夫人(Mrs. Delaunay)的角色转换就显现出民族主义与国际主义之间的神奇张力，而国际主义则是战前意识的中心。

布莱兹·桑德拉斯是1913年巴黎唯一的诗人，严格来说，他可以和阿波利奈尔相提并论;但他的名字特征却极具讽刺意味。出生于瑞典的桑德拉斯受到德国及当时拉丁文化的双重影响，特别是德国的表现主义和意大利的未来主义。他的原名“弗雷迪-布莱兹”就具有双语(德语和法语)内涵;17岁他离开家乡，1904～1907年在圣彼得堡的三年让他接受了俄罗斯文化的熏陶;1911～1912年在纽约期间又受到英语文化的影响。随后他去了巴黎直到1914年8月一战的爆发，这期间他不断接受国际文化的熏陶。

德洛内夫人出身于乌克兰一个犹太家庭，她被列在“绘画诗”(poem-painting)的首页上。她在法国先锋派中的地位因其俄国籍贯及与德国表现主义之间的联系而变得复杂。德洛内的“抽象概念”与原始的俄罗斯木块(lubki-woodblock)及她同时代的俄国立体-未来主义的“拼贴”有极深的关系。她也与当时住在慕尼黑的瓦西里·康丁斯基(Wassily Kandinsky)保持联系。然而，尽管德洛内夫妇获得了欧美知名艺术家和诗人的地位，但她的余生一直待在法国，多次拒绝去美国讲学。

其次，帕洛夫认为《散文诗》是一首“同时性”(simultaneous)作品，因为不仅其副标题就是“关于同时性的第一本书”,而且读者可以同时感知德洛内的色彩和桑德拉斯的文本，可以同时理解其文本和意象。“同时”这里指的是空间和时间上的失真，就像读者可以从作品中感知到，其主要特点就是颠覆了现在与过去、俄罗斯东方的城市和西伯利亚大草原与巴黎这座铁塔之城、绞架之城及车轮之城之间的关系。

而“同时性”则是未来主义的核心词汇。在翁贝托·波吉奥尼(Umberto Boccioni)和他的同行画家们看来,“同时性”就是“人的记忆与视觉效果的综合”,是对一系列线性运动状态的可能呈现。他在1912年的宣言中指出“追求艺术作品的同时性心境是我们未来主义艺术的最高境界”。类似地,俄国未来主义画家米哈伊尔·拉里欧诺夫(Mikhail Larionov)、纳塔亚·冈察洛娃(Natalia Goncharova)所提倡的“辐射主义”也希望能对“同时性运动、活力及速度”作出描绘。

在1914年6月15日发表的文章中,阿波利奈尔称赞道:“桑德拉斯和德洛内关于‘同时性’的实验是一项无与伦比的创举,以对比的颜色创作,让读者一眼就可以阅读整首诗,就像乐队的指挥一眼就可以了解乐谱上的音符一样。”①

更值得一提的是,在1909～1914年期间,科学技术高速发展,人类完成了首次北极和南极探险,首次尝试了持续的飞机飞行实验,首次飞越英吉利海峡和阿尔卑斯山。随着电报和电话的逐渐普及,汽车的倍增,人们觉得可以随时到达世界的任何地方了。可以毫不夸张地说,几乎在差不多的同时存在于两个地方已经变成可能。在这种语境下,“同时性”成为战前时代的中心主题,成为一种形式和结构规则就毫不奇怪。

再次,诗歌文本叙事的变形、摇摆不定和拼贴手法使其具有典型的未来主义诗歌的特征。

在叙事过程中,桑德拉斯的话语就在不断地打破旅行框架:诗歌不停地使用照相机快门,如“克里姆林宫就像是一个巨大的塔塔尔人的蛋糕”、“戴着蓝色眼镜的男人紧张地在火车走廊上来回走动”;叙事中夹杂着对现实旅程的描述,给人以时空错位之感。这种持续的错位和变形(the erasing of contours),不管是叙述层面的,还是想象或句法层面的,都使得桑德拉斯所描述的“旅程”充满了十足的现代气息。

诗的标题也颠覆读者的期待视野。在写给朋友的信中,桑德拉斯解释说:“我选用‘prose’这个词,在本诗中的含义相当于粗俗的拉丁语词‘prosa’或‘dictu’,‘poem’显得太做作、太封闭,而‘prose’则更开放、更流行。”②从表面形式上看,《散文诗》是以惠特曼式的自由诗体写成的,但其选词有许

---

① Blaise Cendrars,“Simultaneisme-Librettisme”. *Les Soirees de Paris* 25 (15 June 1914), pp. 323～324.

② Blaise Cendrars, *Prose of the Trans-Siberian and of Little Jehanne of France*. Trans. Ron Padgett. (Berkeley: University of California Press, 1992), p. 217.

多口语化的痕迹，由此可以看出，该作在诗歌与散文之间、在西伯利亚与巴黎之间、在“法国的小杰汉尼”（蒙马特的小妓女，即现代版的圣女贞德）与跨西伯利亚的铁路之间摇摆不定。

在该诗的标题下面，作者标有“该作献给音乐家们”。该献词没有明确目标，让人摸不着边际，可以理解为是献给艾里克·萨蒂（Eric Sadi），或者是斯特拉文斯基（Stravinsky），或者是对所有的作曲家和音乐家表示崇敬，还可以是诗人希望在诗行中捕捉到的火车节奏。如果说先锋派艺术是展示断裂艺术的时代，即传统文类、诗歌形式、整体传媒的断裂的话，那么正是桑德拉斯的诗的标题和献词为这一过程奠定了基础。

从诗人写的自由体长诗行来看，它与惠特曼的风格十分类似，但读者所听到的声音与惠特曼笔下那个聪明、兴高采烈的我的声音完全不同。桑德拉斯的声音在自信（self-assertion）和悲观（self-deflation）之间不断摇摆；他认为自己是与世隔绝的，也不信任他人。因此，诗人过分夸张的“兴高采烈（exuberance）”的情绪很快就被“抑制（refrain）”的情绪所代替，从“我的心……像艾菲索斯的神殿和莫斯科的红场那样闪闪发亮”、“我的眼睛正为古人照亮前进的道路”迅速转向“我已经是一个如此蹩脚的诗人/蹩脚得不能再蹩脚了”。

诗的尾声部分“哦，巴黎”与前面的叙述之间没有过渡，显得很突兀，就像电影的蒙太奇，这两个小节简单地链接在一起。“哦，巴黎”重起一行，只是以加粗的红色字体作为标记。其实，当诗人宣布他想到“The Lapin Agile”（蒙马特一家著名的艺术酒吧）去喝酒以纪念小杰汉尼时，我们就意识到，跨西伯利亚旅程，虽然其描写符合地理逻辑，但是否真实无从考证。事实也许是，这次旅程从未发生，只是作者的想象。换一句话说，叙事不会也不能记录过去“发生的一切”。对于桑德拉斯来说，他自己的小资过去随着名字的更改（他原名弗雷德里克·索萨）而消失了。从叙事上讲，他不再需要面对那个隐藏的自我了；因此，诗人不停地使用夸张，所思念的不只是莫斯科那“一千零三个塔楼”，还渴望“整天喝酒，咖啡馆里所有的女人，所有的酒”，他需要的速度是超过所有的火车，等等。活着就是要扎到这个漩涡中去，就要用激情去滋养自己，就是要和莫斯科红场的鸽子一道飞翔，或就是要飞过千湖的大陆。因此从某种意义来说，《散文诗》继续在讨论波德莱尔《旅程》（*Journey*，1974）中的主题。但波德莱尔简练的交错配列词（chiasmus）在桑德拉斯的诗中变成了一系列的碎片，正如他用拼贴结构来代替过去与现在的差别，而拼贴结构意外组合与拆分让读者很难参与到诗人所描绘的旅程中去。

另外,《散文诗》所表现的暴力、能量、革命等主题与阿波利奈尔们所追求的“未来主义速度”是相互切合的。

虽然桑德拉斯和德洛内都认为自己不是未来主义者,但其文学主张:“新诗的作用就是将其财富抛出窗外,抛到人民中去,抛给群众,抛给生活”,“Poem 对我来说显得太做作,太封闭,而 prose 则更开放,更流行”,“文学是生活的一部分”等使他们成为新的、典型的、完完全全的未来主义者。①

最后,帕洛夫从考察美学与政治的关系,以及俄国未来主义的特征着手重新对未来主义做出了中肯的评价。在她看来,“政治的美学化”与“美学的政治化”是一个问题的两个方面。简单地将法国的早期革命与“未来主义造反”(revolt)相提并论是不准确的,将意大利未来主义与后来的法西斯主义等同是一种简单化的处理。

未来主义应该是早期现代主义一个非常短暂的乌托邦时期。期间艺术家们在世纪之交比以前任何时期都感觉更兴奋,更有希望,更令人鼓舞。意大利和俄罗斯未来主义都立足于经历过快速工业化的经济基础较好的国家、信仰活力和资本主义早期的民族扩张。在战前的一段时间,政治和美学的一些主张似乎都与大规模的艺术生产保持同步,不管持续的时间是多么的短暂。

未来主义的特征就表现在它多元化的艺术倾向和回答了什么不是艺术上。它代表了先锋派艺术大众化的短暂时期。就这一点而论,最让读者感兴趣的就是其爆裂的高潮,其间手段,风格,诸如散文与诗歌、特别是艺术与生活等类别的整体性遭到质疑。也是在这一时期,“拼贴”开始出现,再就是政治的宣言美学化,而美学的范畴,如绘画、诗歌、戏剧等被政治化。媒介的话语、视觉、音乐等元素越来越多地被融合在一起:未来主义是表演艺术、所谓的有声诗歌和艺术家的著作的时代。它有一种分解(decomposition)的动力,有一种打破旧容器使之变新的动力,但在这种动力的背后却存在令人担心的脆弱和不连贯。当革新与发明逐渐代替再现与展示时,科技时代的手段也使人类的经验、外部世界的诸多要素和飞机、汽车、电报、打字机等物体都产生了位移或穿越。而对于诗歌-绘画的融合、多种艺术的连接,都显示了帕洛夫所谓的未来主义中艺术形式——以及艺术家自身——的“断裂”之辨。出生于瑞典的桑德拉斯经由纽约到巴黎,乌克兰犹太人德洛内则与一个法国人联姻,这些又何尝不是他们自身国际主义的象征?

---

① Quoted in Marjorie Perloff, *The Futurist Moment: Avant-garde, Avant-guerre, and the Language of Rupture*, 105.

第三节 拼贴的发明

在第二部分，帕洛夫对未来主义代表作品中拼贴手法的使用进行了深入剖析，评述了未来主义对拼贴这一艺术手法的历史传承和发展脉络，强调了未来主义与立体主义既藕断丝连又特立独行的关系。

尽管普遍认为，现代拼贴技术源自法国，但这一"20世纪艺术表现史上唯一的、最革命化的创新之举"①对意大利、俄国等国的文学艺术带来了剧烈的冲击，尤其成为意大利未来主义最富表现力和生命力的表现手法之一。1913年，意大利未来主义创始人之一、著名画家吉诺·塞维尼（Gino Severini）将墙纸、司法公告、扑克牌、玻璃和沥青等并置在一起，创作了《向父辈致敬》(*Salute to Fathers*)一画，构成了未来主义宣言的一部分。半个世纪后，他再度回忆起拼贴的历史渊源："所谓拼贴画，我可以准确地告诉你们：它们起源于1912年蒙马特地区。阿波利奈尔曾向毕加索提及此概念，后者立即画了一幅静物画，并在上面贴上了一小张蜡纸，后来阿波利奈尔向我介绍了这一概念……接着我又见到了布拉克(George Braque)的一幅拼贴画——也许是他的第一幅拼贴画，由似乎是木头的某种材料和一大张白纸构成，白纸上用黑色蜡笔勾勒一条曲线。1912年我回到意大利，向波吉奥尼提及这一技术。"②

塞维尼所指的画，就是1912年毕加索的《有藤椅的景物》(*Still Life With Chair Caning*)和布拉克的《水果盘》(*Fruit Dish*)。未来主义立即将这一立体主义的形式引入为自己的目的服务。帕洛夫指出，尽管拼贴历史悠久，但是法国、意大利、俄国等拼贴不同于之前日本、墨西哥等国的粘贴(pasteups)，因为物质性质在不同语境下发生了变化。她以毕加索的名画《小提琴和水果的静物》(*Still Life of Violin and Fruit*)为例，分析了画中的线条、图案、光影色彩以及对塞尚、莫奈等其他画家的隐喻，指出拼贴模糊了画面上形与基的界限，任何指代都是高度结构化和模糊化，拼贴即"异化的系统戏仿"。③

在该章节的第一部分中，帕洛夫从法国立体主义与意大利未来主义对

① Marjorie Perloff, *The Futurist Moment: Avant-garde, Avant-guerre, and the Language of Rupture*, p. 47.

② Ibid, p. 45.

③ Ibid, p. 51.

于拼贴技巧的分歧和共识谈起,评述了拼贴在意大利未来主义画家、雕塑家和文学家手中的传承和变革。法国立体主义者同意大利未来主义者多年来纷争不断。意大利的波吉奥尼等认为未来主义者和立体主义者是绝对对立的,因为立体主义画家总是关注静止的、僵滞的、自然界静态的一面;而法国的阿波利奈尔等则认为"未来主义是意大利画家对最近在法国先后盛行的两种画风——野兽派和立体主义的模仿而已……他们没有充分理解立体主义,这种片面理解的结果使他们在意大利创造了一种碎片化的、浮华的艺术形式。"[①]帕洛夫认为,尽管存在这种分歧,实际上波吉奥尼等人的艺术主张与立体主义有着千丝万缕难以割舍的关系。在创作方法上,立体主义坚持"对物体的错位和肢解、细节的发散和融合、逻辑的淡化以及彼此的释放和独立"。[②] 在《未来主义雕塑的技术宣言》(*A Technical Manifestation of Futurism*)中,波吉奥尼倡导雕塑的基础是建筑,而并非材料的组合,雕塑体应该与周围环境的建筑因素融为一体。在材料上,他主张为了达到"有张力的运动感",雕塑可以使用任何材料:"玻璃、木材、纸板、铁、水泥、毛发、皮革、布料、镜片、电线",该主张与阿波利奈尔不谋而合:我们可以用喜欢的任何材料作画:烟斗、邮票、明信片、扑克牌、烛台、油布、衣领等。

帕洛夫认为在早期实践创造中,波吉奥尼并未达到自己倡导的高度,其作品中的个体并未做到有意义地彼此穿透,只是单纯的累计而非自然的合成,但他的雕塑始终坚持并体现这种"分解和解构"的理念和追求。由于未来主义对机器、速度、动力、能量的执着,其作品更注重互相穿透,对材料的处理更注重作品的隐喻意义而非本意,他们将观察者置于作品的中心,将拼贴看做是轰炸各种感官的宣传艺术。波吉奥尼的青铜雕《瓶子的空间发展》(*Development of a Bottle in Space*,1912)正体现了这种理念。这座雕塑是一系列的瓶子底壳构筑,这些互相交错和旋转的底壳充满了不定性,组构和结合取代了传统雕塑的加和减。尽管它只用一种材料构成,不是严格意义上的拼贴,但其创作理念完全符合拼贴——即不考虑彼此的关联度将不同个体并置,以流动性的多点透视,融合抽象的技法,来描绘物象的动力特性,将运动物体的最大潜能推到极致。

同年,马里内蒂发表《未来主义文学的技术宣言》(*A Literary Manifestation of Futurism*),对文学话语的拼贴审美做了详尽的阐述。以马里内

---

① Marjorie Perloff, *The Futurist Moment: Avant-garde, Avant-gureer, and the Language of Rupture*, p. 52.

② Ibid.

蒂为首的未来主义文学运动首要目标之一就是发掘文字的各种可能性，并利用文字弹性、柔软的一面来表现图像、声音、动作与记忆，目标在于将文学与崭新的机械世界以及紧凑嘈杂的现代生活经验相结合。马里内蒂最为人所知晓的作品首推以1913年发生在巴尔干半岛上的战争为题的《藏塔卜塔姆》(*Zang Tumb Tuuum*)。在这本书中，传统的文法结构被彻底破坏，他摒弃形容词和副词，以及动词的词尾变化甚至标点，改用一连串的名词和原形动词。马里内蒂喜爱以大小不一、形式各异、方向分歧的印刷字体来表现其诗意，并因拟声字造成强调的效果。帕洛夫从中选取一个片断，分析了诗句的词法句法、字形排印、数学符号(如＋、－、×、÷、＝)的插入等，指出整体视觉效果和整体意义的推演和变化。

1914年夏天，卡拉创作了《干涉主义者宣言》(*Interventionist Manifesto*)。作品看似一幅充满动感和色彩的广告海报，但其主旨是未来主义绘画之刻意表现的"基本主题——现代生活的漩涡"。[①] 作品利用了拼贴的技法，借由纷乱生动的色块制造出节庆的气氛。卡拉将词和意象融为一体，以同心圆的形式构图，借由"forme geometriche"(几何形状)、"STRADA"(街道)、"Piazza"(广场)等文字，表现出现代城市(citta moderne)的场景。左上方"SOLE SCROTO"代表炙热的太阳发出光与热。而人的存在也由各种不同的声音表达出来，例如噪音、政治宣言口号、对话、回音等等。对大多数观者而言，对于此作的第一印象可能是一团混乱，画面中充满支离破碎、难以辨识的片断，但这正是未来主义拼贴的理念，即画面永远不是一个连贯的意象。帕洛夫认为这种安排巧妙地将观者置于"读者"的位置，激发观者的智力参与。

在第二部分中，帕洛夫评述了未来主义在俄国的传播和影响。1914年，马里内蒂来到俄国并朗诵了自己的代表作《藏塔卜塔姆》，引起了俄国艺术家们的争论。以本尼迪特·列维舍兹(Benedikt Livshits)为首的艺术家们宣称马里内蒂的作品不过是旧瓶装新酒，马里内蒂则反驳说意大利的艺术家正在创造一种全新的艺术形式。尽管两者在创作理念上存在鸿沟，但列维舍兹坦承"我们和意大利艺术家们有一些共识：我们宣扬相同的技术和形式策略，实践相似的艺术。"[②]

在这一部分中，帕洛夫重点介绍了俄国画家卡西米尔·马列维奇(Kazimir Severinovich Malevich)和弗拉基米尔·塔特林(Vladimin Tatlin)。

---

① Marjorie Perloff, *The Futurist Moment: Avant-garde, Avant-gureer, and the Language of Rupture*, p. 62.

② Ibid, p. 64.

在列维舍兹看来,马列维奇是"俄国唯一一位接受马里内蒂并担当未来主义代表的艺术家",①也可以说马列维奇为俄国艺术向抽象派转型奠定了基础。尽管马列维奇对毕加索等立体主义画家推崇之至,并多次撰文肯定立体主义的创新之处,但他也认为立体主义过于强调画面的合成,正是这种刻意追求的"对立的和谐"造成了立体主义的瘀伤。而未来主义以对"动态"的追求,彰显了画面中每一个体独特的个性,形成了"真正的张力"。在毕加索的拼贴画中,每一个体似乎都暗含双关之意,小提琴的轮廓看似女性的身躯,报纸上的玻璃酒杯暗示着一个读报纸的男人等等,而马列维奇拒绝这种不同特性的合成,在他的拼贴中,所有个体都保持起固有的性质和意义,这就是他所声称的"艺术家与物质性的对话"。②

这一时期马列维奇的艺术主张和创作为俄国达达主义和至上主义(Supermatism)的出现做了铺垫。他对物质性以及拼贴作品与外部环境的关联等的关注,启发了现代雕塑装置和环境艺术。在这一方面作出最大贡献的当属他的竞争对手塔特林。1913年塔特林来到巴黎,怀着仰慕之情拜访了毕加索。毕加索以铁皮、木板、纸片等实物材料所作的拼贴作品,给他留下了极深刻的印象。他曾向毕加索暗示,愿意留下来做其助手,可毕加索无动于衷。于是他回到莫斯科,创作了一批他称作"绘画浮雕"的作品,塔特林的"绘画浮雕"是从毕加索那里得到启发的,不过,他比毕加索走得更远。毕加索的拼贴作品中,个体的内在性质让位于画面合成整体需要的角色和作用,但对塔特林而言,"构成"取代了"合成",他更重视和强调材料的质感。他用自己最喜欢的材料:金属、木头和玻璃来创作,真实的物体被安排在真实的空间里。每种材料都清晰地显示着各自的质感。塔特林的"构成"作品彻底抛弃了客观物象,完全以抽象形式出现。这些"真实空间中的真实材料",在这里成为绘画浮雕的构成要素。在他的代表作《边角浮雕》(*Relief of Corner*)中,整个作品呈失重的状态,就像一件移动的物体,飘浮在未定的空间中。正如夏洛特·道格拉斯(Charlotte Douglas)评论道:"塔特林将他的材料精心组合达到巧妙的平衡,以至于我们都忽略了他们的重量,而仅仅关注其质感和结构的和谐。"③不同材料组合在一起,彼此呼应和联系,产生节奏和意味,构成了一个与客观自然毫无瓜葛的独立的艺术世界。在此,

---

① Marjorie Perloff, *The Futurist Moment: Avant-garde, Avant-gureer, and the Language of Rupture*, p. 65.

② Quoted in Marjorie Perloff, *The Futurist Moment: Avant-grade, Avant-guerre, and the Language of Rupture*, p. 67.

③ Ibid, p. 71.

塔特林以其全新的艺术语言，创造出空间中形体的新秩序。

帕洛夫声称，先锋派艺术家将拼贴的要旨看作是对拼装世界的出自本能的理解。她在第三部分中进一步阐明未来主义对拼贴艺术的延伸和深化。瓦尔特·本雅明曾如此评述："这种复制技术，将被复制的物体从传统的桎梏中解脱出来。通过多重复制，单一的存在形式为大量的版本所取代。复制过程与观者或听者的个体境遇交织碰撞，激活了被复制物体。"①本雅明在此处没有明确使用拼贴这一术语，但这种"解脱"和"激活"的过程无疑即先锋派画家和诗人所理解的拼贴过程。本雅明认为在大众媒体普及的当下，欧洲人可以轻易找到发表自身观点和情绪的渠道，作者和大众之间的差距正在失去其原有的特性，读者随时可以变为作者。而未来主义拼贴倡导的正是消除"作者和大众"的差距。

拼贴的另一特点是降低作者的权威性，即去中心化。斯泰因研究毕加索时说过："这种组合不再是许多人围绕着一个处于中心的人，而是一种没有起点也没有终点、一个角落同其他各个角落同等重要的立体主义的组合。"②塔特林等艺术家追求的正是这种"一个角落同其他各个角落同等重要"的模型重构，而非对可感知世界的单纯模仿。未来主义者对重现外部世界提出了挑战，拼贴以并置取代主从，以自身语言取代元语言，影响着多部现代著作，其中就包括雅克·德里达(Jacque Derrida)的《丧钟》(*Glas*, 1974)。德里达说过："每个符号，无论是言说还是写作，无论是大单位还是小单位，都可以被引用，被放置在引号之间，正是这样它才能突破固有的语境，产生无限可能的无穷尽的新语境意义。"③这种引用的风格被德里达本人称为"一种戏仿，拼贴和并置"。《丧钟》就是这样一种印刷拼贴，充满了引用、延异和替补的痕迹。"我们修复的意识不允许我们将人看作宇宙的中心，人类的痛苦同一个电灯的痛苦同样引起我们的关注。"④尽管帕洛夫觉得波吉奥尼这一陈述太过极端，但她承认其意义深远。在技术时代，未来主义用拼贴和引用将外部世界为"我"所用，以极富冲击力的形式拼装和展现世界。这方面的大师当属德国的库特·施威特斯(Kurt Schwitters)。他

---

① Marjorie perloff, *The Futurist Moment: Avant-garde, Avant-gureer, and the Language of Rupture*, p. 73.

② Gertrude Stein, *Gertrude Stein, Writings 1932～1946*, New York: Library of America, 1998, p. 216.

③ Quoted in Marjorie Perloff, *The Futurist Moment: Avant-garde, Avant-guerre, and the Language of Rupture*, p. 76.

④ Ibid.

从1918年开始常常以废弃物为媒材,创作结合艺术与非艺术媒材的“Merz”拼贴、组合艺术。1923年起他持续在他汉诺威家中的二楼进行“Merzbau”空间的长期创作,作品将纸板、铁块、木头、破旧家具、印刷品、火车票、扑克牌等“零碎垃圾”并置拼贴在一起,抹除了墙壁与地板、拼贴与雕塑的界限,将画与真实世界的界限彻底消除,成为装置艺术的祖师,远远超越了平面绘画与立体雕塑的局限性。虽然最终他的住所不幸毁于第二次世界大战的战火,但是各种相片和著作对这一作品的介绍,向世人展示着机械物质组成的世界可以用这样的形式被拼装在一起,并继续影响着后现代艺术。

第四节　暴力与精确——作为艺术形式的宣言

1913年秋,即当宣言席卷一战前的欧洲达到鼎盛的时候,基诺·塞弗里尼(Gino Severini)把一份宣言的手稿寄给在米兰的马里内蒂,该手稿受到同辈未来主义画家的影响,塞弗里尼明显想加入未来主义这一新的文艺运动。马里内蒂在回信中明确告诉他其作品明显不具备“暴力与精确”的特点,不具备大众需要的前卫、晦涩、反资产阶级的特征。未来主义把传统上讲的一种政治宣言变成了一种文艺的准诗歌的形式。

《牛津英语词典》对“宣言”一词是这样定义的:一种声明或宣称,通常是在君主或国家的认可之下由个人或团体发表的,具有重要的社会意义,旨在使过去的行为被世人知晓,或解释将要发生的行为的动机或目的。该定义的时间是1847年。到了1848年,马克思和恩格斯匿名发表了《共产党宣言》(*Manifesto of the Communist Party*),定义中“得到君主或国家认可”已经风马牛不相及,甚至成了讽刺。在法国大革命时期,宣言成了表达愤慨的方式,成了反对国王,或教皇,或统治阶级,甚至是反对时局的声音。正是这种愤慨给马里内蒂所谓的艺术宣言提供了舞台。正是《共产党宣言》的行文措辞,正是那具有散文风格的导言,把诗歌的要素融入了政治文献,给未来主义以及后来的达达主义和超现实主义的宣言奠定了基础。“一个幽灵,一个共产主义的幽灵,在欧洲徘徊”——宣言的开头,令人激动而颤抖——未来主义借鉴过来,加以改造,并用它来达到自己的目的。

马里内蒂的《未来主义宣言》(*Manifesto of Futurism*)发表在1909年2月20日的巴黎《费加罗报》(*Le Figaro*)的头版,文前的“编者按”是这样写的:马里内蒂,年轻的意大利和法国诗人,因其非凡的才能而名震拉丁语国家，并拥有一大批热情的追随者。他刚刚建立起未来主义，这个艺术理论大胆而创新，超过了过去所有的和当代艺术派别……。这段神话创造奠定了舆论宣传的基调。之所以说“神话创造”，是因为马里内蒂不是在未来主义宣言发表之前就鼎鼎大名，刚好是宣言的发表让他成了公众瞩目的人物。

一年之内，在《未来主义绘画：技术宣言》(*A Technial Manifestation in Drawing of Futurism*，1910)中，波吉奥尼和他的同行艺术家们猛烈抨击了“绘画中的裸体主义”，认为这跟“文学中的通奸一样令人作呕、无聊”。他们宣称，“艺术家们迷恋暴露他们情妇的身体，把沙龙变成了肉体的陈列馆”。① 1909年的宣言反映了马里内蒂对未来主义的理论思考而不是自己诗歌创作的实践。作为一位抒情诗人，他是个很平庸的象征主义者；作为一位思想家，他的思想几乎全部来自于他人，我们很容易在他的理论思想当中找到尼采(Friedrich Nietzsche)和亨利·柏格森(Henry Bergson)、阿尔弗雷德·贾里(Alfred Jali)和乔治斯·索雷尔(Georges Eugène Sorel)的影子。但作为一位观念艺术家，马里内蒂是无与伦比的，他的宣言所用的策略、艺术表现等都把原本是政治的宣言转变成了抒情戏剧。如果我们把1909年宣言跟其他宣言相比较，我们就明显地看得到这种转变。这些宣言预示了马里内蒂作品当中的主题。圣-乔治·波希利尔(Saint-George de Bouhelier)宣称自己是象征主义的敌人，他反对为艺术而艺术、精英主义、超验主义和刻意的晦涩，他同时宣称要转向平民主义、国家主义、力量和暴力。“未来主义的作品必须是英雄主义的。更有甚者，我们形成了对世界的新观念。对军队或武力的陶醉变成了一种力量的狂热。我们赞美英雄。”②一种新的城市艺术，即英雄的暴力和国家主义，挑衅地割断了跟传统的联系。

传统的宣言一般开头都谈艺术的主张，但1909年马里内蒂的宣言的开头却迥然不同，没有艺术主张的阐述，相反却是一段叙事：这个发明创造是马里内蒂的经典之笔。他的11条原则镶嵌在叙事当中，其“有效性”自然就建立起来了。马里内蒂讲了在米兰的一个晚上，跟朋友们通宵达旦，为光荣的未来谋划。清晨，大家不是被鸟声，也不是被月光吸引，而是被“轰隆隆而过的电车的噪音吸引，那声音就像假日的村庄被潮水袭击，拖着，越过谷地，

---

① Umberto Boccioni, *Umberto Boccioni Papers*: *1899～1916*, California: California University Press, 1954, p. 231.

② Saint-George de Bouhelier, *Les Elments d'une Renaissance Francaise*, South Carolina: Bibliolife, 2009, p. 207.

归入大海”。暴力和精确——马里内蒂把它付诸了行动。马里内蒂的叙事包含了大量有意的滑稽。所有的东西都用最极端的词汇陈述出来,如火车像美丽的鲨鱼,“用力量巨大的鱼鳍快速跑向前”,“方向盘像铡刀对着我的胸口”等。

1909 年宣言的特点是不受个人感情因素的影响。在各种宣言中,个人心理和感情方面的问题总是从属于语篇的感伤性观点,马里内蒂因此用了提问、训诫、重复、离题、比喻、修辞等技巧来把观众引入他的语篇当中。让我们看看马里内蒂提出的主要观点,下面是前四个观点:(1)我们大声讴歌对危险的热爱,对力量和无所畏惧的习惯;(2)勇气、大胆、反叛是我们诗歌的最本质的特点;(3)到目前为止,文学高度赞扬忧郁的泰然,狂喜和睡眠。我们则讴歌侵略性行为,火热的失眠症,竞技者的昂首阔步,不顾身死的跳跃,重锤和敲打;(4)我们声明一种新的美丽使世界更伟大:即速度之美。赛车装了巨大的排气管,就像大口吐气的巨蛇,向前行驶的轰鸣声比胜利女神萨莫色雷(Samothrace)的凯旋更美丽。①

马里内蒂对力量、进攻性、暴力和英雄主义的狂热跟其他宣言作家如波希利尔等人不一样。在马里内蒂的宣言中,这些东西在叙述行动过程中就已经被列举出来了。对这些未来主义者,我们说理论先于实践是不太合适的,就像马里内蒂的宣言,理论本身就是实践。从 1909 年到意大利卷入一战前,所发表的 50 多个艺术宣言中,谈艺术跟艺术实践是一致的、同步的。未来主义质疑传统的文体,公开反抗区分抒情诗和小说,甚至是区分诗歌和绘画。音乐与噪音,戏剧与动作,叙事与说明的融合常常被认为是新达达主义的表现形式,并成为现代主义的重要组成部分;而在帕洛夫看来,这一切都来源于未来主义。

《未来主义绘画:技术宣言》在 1910 年 2 月 11 日以传单的形式发表,它是由波吉奥尼和卢梭在一天内完成的,并由马里内蒂作了最后的润色。几周后,宣言在一个有大约有 3000 名艺术家、学生和工人的剧场被宣读,口号是“献给年轻的意大利艺术家!”,采用了政治宣言的暴力性辞藻:同志们,我们可以告诉你们科学的进步给人性带来了深远的影响,这种变化剁碎了过去温顺奴隶的传统,高扬了我们自由的现代人,对美好未来满怀信心。轰鸣的机器不仅仅是宣言的主题,他们也给宣言作家提供一种新的排版的格式,这种格式来源于广告和报纸,很快就进入了那一时期的文学。在宣言里面,

① Quoted in Marjorie Perloff, *The Futurist Moment: Avant-garde, Avant-guerre, and the Language of Rupture*, p. 87.

一整页代替了作为印刷单位的诗节或段落，用在诗歌上，就是要质疑诗行的完整性。这种对整页的强调手法最早见于 1912 年康丁斯基和马克（Franz Marc）的年鉴《蓝色的骑士》（*Der Blaue Reiter*）之中。马克在“精神宝库”的宣言中用了一种新的艺术形式，一篇短短 4 页的文章当中就有 6 幅插画。《蓝色的骑士》因此很有独创性，让读者把原始的和现代的元素结合起来。印刷格式倒是很传统，主体插图跟其他部分分开，还用了版垫。标题用了黑体字，大写的字母，用了数字和格言，跟正文相去甚远，这种做法可以追溯到马克思和恩格斯的许多共产主义的宣言和小册子，但更具未来主义特点的页面设计倒是 19 世纪后期的广告语言。

马里内蒂认为，标题必须具体，具有煽动性，要能引人注目。其他未来主义者也紧随其后。副标题也扮演重要的角色。副标题一般用斜体字或粗黑体，跟报纸栏目一样。列举作为一种政治宣言的手段，是引起读者注意的主要方式。未来主义者的宣言中多给原则或目标编号，表明作者是说真的，要实现的目标也是可操作的、具体的。在马里内蒂的《剧场多样性》（*Variety of Theater*）中，他甚至用不同的印刷字体、大的字体、数字、加号、等号等，有时中间用连接词，有时用拟声词。这里马里内蒂想给我们呈现一幅表明他的观点的排版形象。版面中包括广告似的口号，模拟救护车报警器的声音等。

在《未来主义绘画和雕刻》（“The Drawing and Sculpture of Futurism”）一文中，波吉奥尼宣称，“对我们来说，绘画不再是一个外部场景，一个描写事实的舞台。一幅绘画不是一幅熠熠生辉的建筑结构，这种绘画当中艺术家是中心，而不是绘画描写的对象本身是中心。我们认为是这种能激起强烈感情的建筑性的情景创造出了轰动，彻底把观众融入进去…… ”。这种效果在未来主义的宣言中借助一些戏剧性策略，最重要的就是把艺术家看成是即兴创作，也就是当时所谓的“看不见的语篇”。即兴创作重要的就是开头，因为即兴意味着开始就不能二次思考，不能回头，不能更改，是深思熟虑的，但同时又不是深思熟虑的。说它是深思熟虑的，因为成功的即兴创作以智慧取胜，打乱了读者的期盼。换言之，即兴创作是一门艺术，不依赖于修改而使得各部分连成一个整体，但创作前的从容不迫给偶然性和创造惊奇留下了空间。马里内蒂这样评价《未来主义美学的诞生》（*The Birth of Futurist Aasthetics*）：“对一栋建好的房子，我们宁愿要它的框架，大梁是危险的颜色，是停机坪，它的手臂抓星星和彗星。一个东西因为它是即兴创作出来的，所以才有价值”。对没有完成的东西，尝试性的东西，潜在的东西的偏爱是未来主义宣言的形式特征和思想意识的特点。

在《反对过去人们喜欢的威尼斯》("Against Past-Loving Venice")一文中,有这样的声明:我们宣布跟过去的威尼斯决裂,跟那个因为世俗的奢侈而衰落的威尼斯决裂,尽管我们过去曾一度在怀旧的美梦中那么地热爱它。我们要治愈这个腐烂的城市,治愈这个过去的大痛疮。我们要让威尼斯人高兴起来,高贵起来,从过去的富丽堂皇中摔下来。我们要准备威尼斯的工业化的、军事化的新生,彻底征服亚得里亚海这个意大利内湖。这段文字句法上的对比是骗人的,因为在宣布事实的范围内,马里内蒂用了一系列的骇人听闻的比喻和夸张,如威尼斯作为一座城市像患了麻风病,是一座被粉碎的宫殿等。1910 年的威尼斯,人们接待来自于欧洲北边富庶国家的游客,难道威尼斯人就不想威尼斯成为曾经一度的亚德里亚帝国的首都那样繁荣吗?这个传单散发后紧接着是一份即兴的"未来主义对威尼斯人的讲演",怂恿发动一场战争。在表述过程中,他在过去艳丽、沉湎声色的城市生活和威尼斯未来工业之都的信念之间划清了界限。马里内蒂用了合乎道德规范的论点:他是人,他受了折磨,他就在那里。我们必须注意到行文的笔调还是冷淡的,不掺和任何感情。诗人的个人生活没有敞开,相反,他的角色是为所有的人或整体代言,"我们"和"你们"融为一体。即兴创作过程中,马里内蒂不知道下一句他该说什么,这也不重要。他可以重复、强调,逗乐、自问自答、惊呼和夸张等。这个模式可以一直进行下去,只要能吸引听众的注意力。

当马里内蒂告诉亨利·麦森(Henry Maassen)宣言艺术的公式是"暴力和精确时",他应该加上第三个他和他的同行宣言作家拥有的特征,即智慧。我们已经看到"威尼斯的传统主义者"(Contro Venezia passatista)当中喜剧性夸张带来的效果。这是即兴创作,以智取人的一个很好的例子。很多读者会认为 *Down with the Tango and Parsifal* 有很强的修辞方面的聪明才智,实在漂亮。但据现代主义的美学标准,这种戏剧性,还是值得怀疑的。尽管到目前为止,它还自封为艺术。正是这种情景美学贯穿了马里内蒂的"制作海报的艺术"。情景在未来主义宣言中有实际的目的:鼓动读者或观众投入行动,或至少在一定的情景下同意 1910 年的威尼斯是过时的威尼斯。宣言是情景化的,因为它存在于真实的时间和空间之中。

莫希尔·安替比林(Monsieur Antipyrine)是个幻灭的和平主义者,他反对未来主义的那种尖锐刺耳的国际主义的口号。他对传统价值的冷淡由他的句法体现出来:同格的名称短语用在一起,压根就没有任何联系;刺刀成了无结果,本来应该是德国敌人的成了德国婴儿。这些矛盾的说法跟马里内蒂所宣扬的已相去甚远。

第五节 文字解放:俄国未来主义作品中的文本和意象

在第四部分,帕洛夫深刻地剖析了未来主义作品中文本和意象间的关系,指出俄国先锋画家马列维奇的书《从立体主义和未来主义到至上主义》(*From Cubism and Futurism to Suprematism*)不再拘泥于文字本身,并体现了一种新的口头和视觉结合的特点。

马列维奇在书中的宣言本身就是一个典范,其作为一个文本的修辞功能远远大于它的论证功能。它的基本论点是主张艺术不再模仿自然,而是从现实生活中创作。因此,马列维奇认为即使一个断裂的五角形或六角形的创作都要比维纳斯、丘比特之类的画好得多,而这正与波吉奥尼在《未来主义雕塑的技术宣言》中倡导的相似。主张打破文字的束缚,从文字这个固定的圈子中跳出来。它的主题就是破坏与重新创造。对于马列维奇而言,破坏旧的不仅包括拒绝绘画中所有的代表,而且包括物体的整体性、连贯性和纯粹的艺术性的完美安排。也就是一个文章不是线性结构的,每个构成部分不是为了整个衔接。那么,相应的,这个宣言文本充满了重复,而不是单一的开始、中间、结束。在马列维奇看来,立体主义不能逃脱物体本身的束缚,未来主义得到的只是动态的东西,至上主义(则不仅仅是种新生)的"主义"。他要表达的是完全消除物体而达到他称之为的第四维空间。

在该章的第一部分中,帕洛夫梳理了文字和意象的关系,以及它们在未来主义者书中结合使用产生了一种新的含义。她先以诗人阿列克谢·克鲁切尼斯赫(Alexei Kruchenythh)的一首诗《如此之词》(*The Word as Such*)为例,提出一种新的语言——超理性语言(transrational language)。她指出语言低估或者忽视了一个既定单词的传统含义,而是这个单词的发音来产生新的含义或形式,即一个词语的发音形成了其内容。克鲁切尼斯赫的一首诗《爱为何物》(*Dyr bul shcryl*)被米哈伊尔·拉里奥洛夫(Mikhail Larionov)用一幅画表示出来,而这首诗字母的形状与图画中的形状相呼应。所以,这幅图宣告诗歌可以用另一种方式来解读,那就是诗的视觉表现,是它的文字或书写(ecriture)的一个重要部分。①

与其说这种超理性语言是一种严肃的互文性实验,不如说它创造出一

① Marjorie Perloff, *The Futurist Moment: Avant-grade, Avant-guerre, and the Language of Rupture*, p. 123.

种新的话语方式来更好地适应现代科技社会。帕洛夫进而指出,超理性语言其实是一种陌生化的方式,把读者所熟悉的东西用一种陌生的方式表达出来。诗人或者加速或放缓诗歌的陌生化,能够使我们忘记或放弃以前所熟识的诗歌,从而认识一种新的诗歌形式。帕洛夫指出,过去的诗歌正如马列维奇过去的画一样都应该被废弃。另外,帕洛夫认为,像克鲁切尼斯赫这种形式的诗要比普希金他们写的诗歌更具有俄国精神,因普希金他们的诗歌似乎更适合用来作为装饰。与其说对于能表达自身的词语的呼吁是提倡纯粹声音的"zaum",不如说是希望诗歌不像象征主义者的爱情诗歌那样陈词滥调,竭力表达人内心的情感和灵魂。克鲁切尼斯赫和赫列勃尼科夫(Velimir Khlebnikov)所倡导的文字不是单一的,而是不同的书写方式能产生不同的意思。

这种突出诗歌话语中的视觉因素,强调文字的排版不可避免地违背了19世纪诗歌的概念,其诗歌的解读方式不会随着视觉效果的不同而改变。这种新的诗歌文本方式体现在很多艺术家的书中。帕洛夫指出,几乎所有早期的俄国未来主义诗人都从事过绘画,或者有的兼而有之,也就是说他们多多少少都与绘画有点关系。因此可以看出,在一些艺术家身上话语和视觉有着密切关系的,有些未来主义诗人都倾向于在他们的作品中使用绘画的术语。她还指出,俄国的先锋派艺术家,无论是诗人还是画家都来自于中下阶级甚至贫穷家庭,这一点与他们的象征主义前辈恰恰相反。

未来主义者认为艺术应该融入到生活中来,这种主张可以被理解为一个阶级反抗前辈的审美和现代的"绅士"文化,但是又与同样来自下层阶级的意大利未来主义者不同,俄国艺术家的"数学-神秘模式(mathematical-mystical bent)"赋予了作品不同的欣赏角度。

立体主义者第四维空间的理论基础是逻辑数学,这种理论认为物体在空间里以片段或部分的形式存在。而俄国先锋派则把一次能从各个方面看清事物的能力看做理想认识的基础,P. D. 乌宾斯基(P. D. Ouspensky)称之为第四维空间。在《第三工具》(*Tertium Organum*,1922)这本书中,乌宾斯基提出了第四维空间,他认为空间是无限的,除了三维空间的存在,还有第四维空间,只是我们可能无法看到或触摸到而已。乌宾斯基还举出来很多几何学的证据来证明第四维空间的存在。他还指出,我们必须改正传统的时空观念。我们通常认为过去不再存在,未来还没到来,现在只是从过去到未来的短暂转化。但假设时间有较少的限制,过去和未来同样不可确定,而且充满了各种可能性的话,那么过去和未来就可以同时与现在并存。我们认为的时间是指一段距离(distance)把事件按顺序分开或组合成不同的整体。这个距离存在于一个方向,并不包含在三维空间里。如我们认为时间存在于空间里的话,那么它将是一种空间的延伸。既然时间的延伸就是延伸到一个未知的空间,那么就可以说时间就是第四维空间。[①] 这样一来,时间变成了空间,引用查尔斯·辛顿(Charles Sinton)的话说就是"露面",即两个物体之间的关系。

帕洛夫认为重要的是,在这些方面,如艺术家、非因果关系、非逻辑关系以及似乎没有关系的口头和视觉时间却同时存在于一个表面,这就解释了为什么马列维奇为克鲁切尼斯赫做的第一个平板印刷品是"一个人在飞机和火车上的同时死亡"。同时,克鲁切尼斯赫自己也开始实验字母、词语和印象与视觉的关系,这几者的结合能否产生新的含义。由于艺术家书中这样的结合,拼贴审美在立体主义艺术中开始有了新的转折点。

在该章的第三小节中,帕洛夫列举出多幅绘画和诗歌,形象地介绍了文本和意象之间的关系,并说明即使没有文字,图片也可以表达出一幅画或是一首诗。20 世纪第一个十年中,俄国出现了一批丰富的绘画作品,新文学也随之诞生。帕洛夫认为,虽然《法官的陷阱》(*A Trap for Judges*)被认为是第一部主要的未来主义诗集,但这部作品还是没有违背媒介分隔的原则。而 1912 年 10 月份出版的《旧时的爱》(*Old-Time Love*)则预示了新美学的到来。此书不再是平版印刷,而是自制平版印刷,即原稿是由作者手绘在纸上,再由专业印刷出来。其中的诗歌也故意错印或遗漏冒号、句号或间距不定,总之看起来乱七八糟。帕洛夫以拉里奥洛夫的封面设计"斯塔里那亚·柳波夫"(Starinnaya lyubov)来评述这种新的文字和绘画的紧密关系。这个设计是基于一系列连锁的三角形、钻石形状和几何图形来表述画的内容,其中字母是画,画又是由字母组成,因此很难把文字和图片区分开来。在这种方式下,文字和图像、字母和画笔贯穿了整本书,有时文字和图片出现在同一页,有时则分开来表现,但是所传递出来的概念则很明显,图片可以表示文字。帕洛夫接下来以克鲁切尼斯赫的一首诗为例,来说明这种文字和意象的关系。

在《光射主义绘画》(*Light Painting*)的宣言中,拉里奥洛夫宣称绘画是可以自给自足的;光射主义所涉及的是空间形式,而这种空间形式是由艺

① P. D. Ouspensky, *Tertium Organum*. Trans. Claude Bragdon, New York: Book Jungle, 1922, p. 201.

术家选择的不同物品和形式所产生的光线交叉而形成的。帕洛夫指出,拉里奥洛夫认为绘画的自给自足并不完全是抽象的,而是一个光射主义术语:印象主义的光线,立体主义的几何碎片和意大利未来主义的线条,这三者的交叉使用来表达动态的世界。拉里奥洛夫又继续解释光线如何交叉,并总结图画可以传达出空间感,这可以被称作第四维空间,马列维奇认为它是解放绘画的开始。帕洛夫认为拉里奥洛夫的画虽然有突破,但不能算是革命性的。在与克鲁切尼斯赫和赫列勃尼科夫合著的另一部作品中,拉里奥洛夫找到了他自己的方向。帕洛夫具体地介绍了该书的封面及其中的诗歌和绘画,进而指出,诗歌是可以视觉化的,即使画中包含有字符。在决定诗歌的内容是什么之前,可以把诗当作视觉外形(visual configuration),因为诗歌的含义在一定的框架内并不连贯,语法的平行也不等于语义平等,也就是说它的文字解放了,成为一种口头存在。

帕洛夫接着评述了一篇名为《克尔切尼赫的环球旅行》("Kurchenykh Journey across the Whole World")的文章及和这篇文章配对的绘画。指出了该诗主要是语言学上的,如新词、重复、前后不连贯的推断和省略号等的使用,以及抽象的拼贴画与文字的对应。帕洛夫认为正是这首诗是未来主义解放文字的动力的典型代表,是消除包括诗歌和散文在内的传统流派的界限。如果把这本书作为新流派的代表的话,那么它就是一种拼贴文本;封面上的拼贴叶成为书内容的标记:它宣告了一个名为"书页本身"(page-as-such)的新概念的诞生,用俄国未来主义的话来说,就是四维空间。帕洛夫进而指出,马列维奇绘画中对空间的分解和重组正是诗人对于语言的呼吁,他们期望语言能够摆脱逻辑、因果关系、俗事和句法,能够有强烈的自指性。

在拒绝无用的因果关系时,赫列勃尼科夫的叙述变得有自我意识了。帕洛夫又给出了一个例子评述这种自我意识。名为《从撒哈拉到美国》(*From Sahara to America*)的这首诗能轻易地从散文转化为诗篇,从句子形成轮廓。在这首诗中,自由体诗被自由的文字取代。帕洛夫认为这首诗是诗人进入另一个语言的旅程,在新旅程中,文字选择和语句表达成为了主题,也就是马列维奇所说的跳出语言的束缚。正如赫列勃尼科夫的语言特征是无因果性,重复的改变通俗的用词结构,马列维奇的几何图形带给我们的是熟悉的物品,却呈现出碎片、分解的形象。可以说赫列勃尼科夫的语言和马列维奇的视觉图像正印证了雅克布森所谓的语言与图像的结合不是基于逻辑的需要,而是根据形式的需要、相似或相反。

在第三小节中,帕洛夫又以舞台剧的表现方式来分析文本和意象的关系。玛雅可夫斯基(Vladimir Mayakovsky)的《玛雅可夫斯基:一个悲剧》(*Vladimir Mayakovsky*: *A Tragedy*,1913)可以说符合了前面马列维奇的"破坏的目的"。该剧先是在剧院演出,随后出版为书,并附有伯卢克(David Vladimir Burliuk)的释图。帕洛夫指出其舞台设计并不像是戏剧演出,更不用说是悲剧了。玛雅可夫斯基亲自创作、指导这部戏,并担任主角。他把他的戏剧变成了未来主义事件,融合了芭蕾的元素和超理性语言,即没有特殊含义的语调和自创,但有节奏的身体活动。反过来,声音和动作也能很好地反映舞台的视觉效果。这个戏剧带给我们一个崭新的世界,这个世界消除了主体与客体、自我和世界的界限。这种表现形式可以说是为了革命而毁灭所有现存的传统。帕洛夫接着分析了该剧的诗歌和戏剧表现形式,认为现代的戏剧似乎是文字和诗人的压迫者,因此要解放文字,"名称本身"(the name as such)便成为一种避免压迫的革命。

这本书排版上有创新,图文配合,可以看出非常明显的文字和图像之间的关系。帕洛夫又分析了这本书其中的一页图文并茂的文本,指出"字母本身"(letter as such)的信条在这本书中被付诸于实践,这一整本书中都贯穿着这一原则:单个的单词和字母都被用来产生视觉图片效果,如线条、圆圈、梯形、烟囱、轮胎、屋顶等。帕洛夫最后又列举了两个例子,说明在俄国的未来主义书中,图片可以和文字交相辉映,无论是语言、单词还是字母都可以产生意象,而文字就得到了解放。

第六节　庞德与诗歌中的散文传统

伦敦也有类似俄国未来主义的作品,而且还是一个大开本,这本有着鲜艳粉红色封面的杂志名为《风暴》(*Blast*)。在做了大量的前期宣传工作之后,《风暴》第一次发行于1914年6月。如同俄国同时期的未来主义作品一样,《风暴》是一次联袂探奇,其公开的宣言虽然最初是由温德姆·路易斯(Wyndham Lewis)在庞德的协助下撰写而成的,落款却有11个人的签名。宣言包含了一些短篇故事、一些有关美学问题的散文和一些可谓抽象或半抽象的艺术作品的复制品。

庞德的贡献是宣言《漩涡·庞德》(*Vortex* · *Pounel*)和一系列讽刺短诗与警句。宣言曾在1916年的《戈迪埃——布尔泽斯卡》(*Gaudier-Brzeska*)中再版,其中一些讽刺短诗和警句在1916年的《大祓集》(*Lustra*)中也有重现。毫无疑问,《风暴》诗集以庞德的标准来看是有着非常核心的艺术地位的。虽然《风暴》与1915年庞德的第一部毋庸置疑的伟大作品——中国古诗英译本《中国》(*Cathay*)比较显得黯然失色,然而《风暴》和《戈迪埃——布尔译斯卡》对于庞德来说代表的是一个转折点,即:走出美学,从正式的、分节式的自由诗体(这是20世纪10年代早期庞德和他的意象主义者们创作的诗歌形式,这种自由诗体基于法国象征主义的自由诗体)向散文和诗歌的集合体转变。《风暴》在印刷、句法上的创新是惊人而最具创新意味的。就此而言,《风暴》的封面设计成为了伯卢克和玛雅可夫斯基1915年期刊《图克:未来主义之鼓》(*VZYAL*:*Baraban Futuristov*)的典范。

大家普遍认同,庞德对于韵律学的实践旨在打破传统的英语标准,这是为打破五步格诗传统的首次壮举。但是,打破五步格诗仅是这次非常激进的艺术之争发展的其中一步,即打破诗歌和散文之间的对立。这两个术语在世纪之交才为人所理解。然而,在1913年至1914年之间,在英美国家,甚至是享有声望的高级杂志《自我主义者》(*The Egoist*)和《小评论》(*The Little Review*)都会发表一些仅仅从名义上说是脱离爱德华七世时代的标准节奏形式的诗歌。所以庞德如同几年后的D. H. 劳伦斯,不得不扮演起了敌对的角色,和阿波利奈尔和玛雅可夫斯基一样,不仅是针对文化的创建,更与所谓的“新诗”敌对。就此而言,《风暴》其实是在帮助新的诗学韵律秩序的创立扫清道路。

由于自由诗体这一概念于1914年在伦敦被诠释过,所以诗歌的新秩序并不能简单的等同于自由诗体。1912年意象主义者宣言制定了第三条原则:至于韵律,应根据音符的秩序而不是节拍的秩序来创作。这不算是一条特别激进的原则,这是庞德和意象派们从法国象征派尤其是古斯塔夫·卡恩(Gustave Kahn)那里获得的,而到90年代中期卡恩已经为自由诗编撰了规则。在1912年8月的《诗歌评论》(*Poetry Review*)中,佛灵特(F. S. Flint)发表了名为《当代法国诗歌》(*Contemporary French Poetry*)的长篇文章,文章把象征派自由诗定义为“栩栩如生的语言”,自由诗由非传统形式的诗节构成,诗节不受外部法则的影响。但是佛灵特强调,“这种自由诗其实一点也不自由;它必须严格遵循诗人的情感和创作的构想,因此是最难的诗歌形式。”[①]他在文章中称赞了当代诗歌中诗节精致的押韵和短语的重复,并宣称象征派的语言乐谱已经发展得如此的丰富,就像是让只知道全音阶的民族发现了原来还有半音阶的存在。

---

① F. S. Flint,“Contemporary French Poetry”,*Poetry Review* (3) 1912,pp. 12～27.

或者，用庞德的话来说，创作诗歌应该根据音符的秩序而不是节拍的秩序。1912年初，庞德阅读了雷·德·古尔蒙(Remy de Gourmont)的散文诗后，对于象征派诗歌的兴趣之火被点燃了。庞德曾声称："英国诗歌的辉煌历史是巧妙而成功地从法国诗歌中汲取精华的历史。"他称赞古尔蒙，说他比其他任何一个现世的诗人都要更懂诗歌韵律，至少他为诗节的发展做出了最珍贵的贡献。古尔蒙的散文让庞德觉得赏心悦目的地方是："更大幅度的节奏、更为精妙的和谐"；精妙的短语重复、分句重复和"节奏的波长"；以及对希腊诗歌艺术的缅怀。庞德认为，韵律单位并不是说一定要像古尔蒙散文的韵律单位那样始终保持类似和对称，但是，如果不对称的话，它们就必须遵循音乐创作的规则才能产生美与和谐。①

但是，1913年庞德自己的诗歌却奇怪地反复背离古尔蒙对称韵律单位的风格。在像《哀悼》(*Lamentation*)这样的诗歌中大家读到的是一种生硬的、不连贯的韵律。就是这种生硬的、不连贯的韵律在《风暴》中崭露头角，就是这种韵律迅速遭到其他诗人和评论家们的严厉批评。诗人、评论家尤妮斯·蒂金斯(Eunice Tietjens)曾说，"庞德早期的作品轮廓鲜明、栩栩如生，其中一些非常美妙，我们不能把这种如此丑恶可耻的心理上和生理上的堕落归咎于自由诗。幸好不是所有的人都像庞德那样，仍然会有诗人可以理智地意识到这种危险，在天才的手里，自由诗会变成绝妙的工具。"②

这种散文韵律不仅在引用的文献中出现，在《诗章》中也很是常见，而且在诗人对历史、经济和他自己经历的反思中也有体现。至于韵律，我们所谓的庞德特色：看似随意的言谈，它被中国文字学、希腊及拉丁韵律的嵌入所打破，或被现成艺术品(文献、信、引语)的嵌入所打破，然后结合成紧密的抑扬格、扬扬格、抑扬抑格的形式，最后在重音中达到高潮，或更为典型的，在弱音中达到高潮。庞德诗歌的特点几乎与"不变与变的对比"没什么关系。想必是考虑到自己创作的诗歌，艾略特认为就是这种"不变与变的对比"造就了成功的自由诗。蒂金斯的沮丧肯定是受到了一种类似的韵文概念的影响，这就是庞德《诗章》的结构即兰达尔·贾雷尔(Randal Jarrell)所谓的这里的诗歌的韵律是很有趣的，而散文是一种极端古怪的、好用俚语

---

① Ezra Pound, *Ezra Pound and Music: The Complete Criticism*, New York: New Directions, 1977, p. 103.

② Eunice Tietjens, *Inventory of the Eunice Tietjens Papers, 1898～1944*, Chicago: The University of Chicago Press, 2003, p. 231.

的、无逻辑句子片段的笔记形式;这种不停地对信件、文本、日记的引用无异于它们原本的体裁。

在否定庞德作诗法的同时,贾雷尔逃避了一个本该是很明显的问题。为什么一个掌握了深奥的韵律的诗人,不论是希腊语、普罗旺斯语、意大利语、或古英语的韵律,一个对英语、欧洲诗节形式和新的自由诗体掌握透彻的诗人会去写这样一种极端古怪、充斥俚语、没有逻辑的句子片段、笔记式的散文。是什么使得1912年意象主义的庞德变成了1914年《风暴》中的言行肆无忌惮的人?说得更为广义些,散文到底给予了前卫派诗人怎样的吸引力?

在1914年名为《诗歌中的散文传统》("Prose Tradition of Poetry")一文中,庞德对于他的朋友福特·马多克斯·福特(Ford Madox Ford)的观点表示了赞同。福特教育诗人们:"尽管散文的拼贴特点非常突出,但它和诗歌一样宝贵,如诗歌一样值得追求。"福特对庞德的影响是我们所熟悉的,正是福特介绍庞德阅读了司汤达和福楼拜的小说。这两位小说家还有乔伊斯深深地影响了庞德对于《诗章》的创造。在1913～1914年的文章中,庞德时常告诫他的读者:"要敬畏抽象主义作品,不要把好的散文里出现过的东西再在平庸的诗歌中重述。当你试图把作品拆分成行以此逃避好的散文这一不可言喻的难度艺术中所有的困难时,不要以为这种逃避可以欺骗到任何有才智的人。或者,不要认为在散文中显得枯燥无味的东西,在诗歌中就可以大行其道。并且,我相信如果一个诗人连司汤达和福楼拜都不了解,那么他就不可能创作出好的诗歌"。①

散文、小说和诗歌对于《诗章》的影响,如伯恩斯坦所说:"一百年来,庞德第一次表明了,诗歌实际上是可以结合散文的。现代诗歌的发展史就是吸纳大量事实资料的历史"。② 但这不仅仅是简单的诗歌加散文,不是A与B的简单相加。严格来说,《诗章》独特的韵律其实也不是散文。页面形象化的特点在司汤达和福楼拜的小说中没有起到什么作用,但这一特点却成为了《诗章》更是《风暴》显著的特点。确实,参差不齐的诗行、生硬的拼凑、令人吃惊的并列,这种庞氏语言是与各种未来派作品中的自由词有着非常紧密的联系。

漩涡派和意大利未来派之间的关系尚未被完全了解,主要是因为英美

---

① Ezra Pound, *Ezra Pound and Music*: *The Complete Criticism*, p. 103.

② Michael A. Bernstein, *Foregone Conclusions*: *Against Apocalyptic History*, California: University of California Press, 1994, p. 157.

评论家，对于刘易斯和庞德对未来派做出的敌对评述，也往往会做出表面的论断。较之于前卫派的侵略性民族主义（一种影响了庞德对法国现代派、先驱派和刘易斯对毕加索看法的民族主义），这种敌对的评述与实际的未来主义美学没有多大关系。无论刘易斯、庞德或者他们的艺术家朋友们提出怎样的抗议，研究《风暴》和相关书籍以及 1914 年的期刊就可以看出，没有未来派作为典范，就不可能产生漩涡派。

庞德就处在我们所说的未来派漩涡的中心位置。无论他对于马里内蒂的观点、马里内蒂对于机械主义的痴迷、新技术和未来主义对于传统过于单纯化的摈弃多么恼怒，然而他却吸收了更为具体的未来主义的美学原理。1909 年宣言的第一格言便是："我们要高歌热爱冒险的精神，高歌充满力量和无畏的习惯"。《漩涡·庞德》的开篇语写道，"漩涡是极限活力点"。在《严肃的艺术家》（"The Serious Artist"）一文中更为强调了这一极限活力点，"我们开始相信在艺术中重要的是一种力量，一种或多或少像是电流或是辐射线的东西，一种渗透性的力量、一种熔接的力量、一种一体化的力量。"①

力量、感染力、活力是庞德诗学的关键。另一关键是同步，即并列，在同一结构下，无论是直观的还是用语言表达的，或是不同时间范围的同步。在 1912 年萨克维尔画廊目录中，波吉奥尼和他的同行画师们写道："在这种艺术作品中，心境的同步性是我们艺术所要追求的终极目标。"这种同步是通过对事物的变位和拆分，对细节的分散和融合，不受公认的逻辑的束缚而达到的。这种结构主义的每一个事物都会影响毗邻它的事物的原则被马里内蒂带入语言领域中。如同意象主义宣言一样，这是第一次对"自由诗的死亡"这一章节进行的辩护。

"自由不羁的语言"较之"自由诗"指的是：避免华丽的辞藻和陈词滥调，赞同简单的意象，对抗的比拟，在两个、三个、四个、五个不同的韵律中游走。为获得这种韵律，必须删除性状形容词，因为形容词捕捉了直觉，详细界定了名词。或者用庞德的话来说，不要用多余的词，不要用形容词，形容词并不能表达什么。

在宣言的最后一个部分，马里内蒂号召"印刷革命"，旨在推翻布局和谐的页面风格，推崇与之截然相反的、迸发式、跳跃式的页面风格。为表达这种迸发与跳跃，页面可以运用三种或四种颜色的油墨印刷，还可用各种各样的字体。马里内蒂反对马拉美装饰性的、矫揉造作的美学标准以及他对生

---

① Ezra Pound, *Ezra Pound and Music: The Complete Criticism*, p. 128.

僻词汇的探求,所谓的“生僻词汇”就是那些不可或缺的、优雅的、引起联想的、精致的形容词。马拉美这种缺乏活力的静态模式肯定会被马里内蒂多行式抒情诗体所取代,这是一种把文学语言中的“我”系统地删掉,读者只能意会其义的抒情诗体。

实际上,这些系统的阐述意思是说:在庞德意象主义的诗歌中,他开始质疑怎样才足以成为一种本质上是静态的、修饰性的、书法式的诗歌形式。因为虽然庞德在福特的指导下,大量谈论散文训练的必要性,但此种训练并未在英诗中付诸实践。在一篇对福特诗集进行评论的文章中,庞德承认:“(福特)先生被一观点所纠缠,即诗歌的语言不应该是一门死的语言,他却忘了诗歌的语言必须是现时的语言,且比现时的口语更优雅、更热烈、更有活力”。① 确实,福特诗集中的诗歌完全是传统的诗歌形式——即英雄偶句诗、八音步民谣体诗节、无韵诗等。

未来派对于自由不羁的语言的理解,对于作为力量的漩涡的理解,说明了把实际散文节奏插入抒情作品以获得一种新的动力的可能性。庞德认为,早期意象派宣传的不足不是在于误述,而是不完全陈述。假如你无法想象意象派或静止的图像或移动的图像,你就不得不做一个不必要的划分,划分稳定的意象和实践或行动。这里庞德就意象作了一区分,当然也可以就韵律、分行和排印进行区分。

具讽刺意味的是,庞德的“自由文字”(parole in liberta)的对等词不仅第一次出现在诗歌中,也出现在诗人的散文作品中。《在波希米亚的红树林》(*Bohemia Redwoods*)发表于 1912 年 10 月门罗(Harold Monro)的《诗歌评论》(*Poetry Review*)。在诗歌部分的批注里,门罗自夸其审美的“宽容性”——“我们需要的是真正的新的作品”——并赞扬了生僻词及生僻词组成短语的娴熟技巧,这种娴熟使作品达到了一种非常显著的,几乎可以说是惊人的效果。这种惊人的效果给予庞德的印象莫过于就是节拍器打出的节奏。

在《风暴》发表的前四年,在庞德的第一部散文集《罗曼司精神》(*The Spirit of Romance*,1910)里,一种破旧立新的冲动仍被深深地压抑控制着,尽管这种冲动后来还是很快地显露出来了。在第二章开头里,我们可以读到少许讽刺、嘲弄的意味。这后来成为庞德作品的一个显著特征——独自打岔以表示对表述的内容提出疑问。三年之内,庞德创作了一种完全不同形式的散文。在 1913 年庞德创作的《帕特里亚・米娅》(*Patria Mia*)的

① Ezra Pound, *Ezra Pound and Music*: *The Complete Criticism*, p. 217.

其中一段中，作者暗讽马里内蒂，作品本身是马里内蒂风格和庞德自己的风格的延续。原来"罗曼司精神"中说明性的、"标准的"散文风格在这部作品中被一连串粗俗的表述、粗俗的问题、粗俗的感叹句、句子片段和音标所取代。主韵律是不连续的、重复的、带有浓重口音节奏的。语言单位不是散文句子而是短语或感叹词。庞德的语篇特点不同于马里内蒂的语篇特点，庞德的文章具有诗歌化的特点，它的韵律和措辞预示着庞德未来几年诗歌创作的风格。在《帕特里亚·米娅》中，庞德提出，在美国，散文大可以优于诗歌，因为散文与美国人生来就是行动主义者和美国人"图利"的本能有关。尤其是，他引用作为一种"表现性的散文"形式的"广告的创作"，这种创作中关注的是一种栩栩如生的、给人留下深刻印象的效果。下一步就是把这种"表现性的散文"、广告的语言带入艺术的王国。①

威廉·威斯(William Wees)曾写道："当《风暴》处处嘲讽地、间接地提到未来派对机器滔滔不绝的赞扬时，里面的插图和文本都表明了这些都是旨在探索"机械形式"的潜力。说得更具体点，这是对印刷页面功能的重新思考，除了页面，还有对书的理念的重新思考。"②《风暴》宣言给予我们很直观的、栩栩如生的页面版式，这种格式不同于我们平时从上到下或从左到右进行阅读的一般页面版式，这种版式让我们想到广告海报和广告牌。这种新式的页面版式不以编号为序，因为它不一定按顺序接承前面一页。它由几乎不是句子的韵律单位组成。

至于《漩涡·庞德》，其充满活力的语言似乎已经摒弃了正式的散文文雅的风格。弗莱写道："在一般的语言中，读者可以看到一个韵律单位，一个含有中心词和主题概念的短语，但大体上无句法。比散文更具重复性，因为它正处于想法产生的过程中，重复主要是填补节奏。"③我们在《漩涡·庞德》里读到的就是这种"组合的节奏"——简短的格言似的句子或是句子片段，在稍微改动的语境下，重复同样的词语——"energy"，"efficiency"，"emotion"，"experience" 当然还有"Vortox"。这些简单的气息音单位在段落中出现不到三行。这些段落被加上标题，以加黑字体印刷以方便阅读。庞德在 1939 年 2 月的一封信中指出："全部排版布局、词语在页面的位置都是为了便于读者阅读。"缩写词的运用亦是如此。

---

① Ezra Pound, *Ezra Pound and Music*: *The Complete Criticism*, p. 251.

② William Wees, *Vorticism and the English Avant-Garde*, New York: New York University Press, 1972, p. 114.

③ Northrop Frye, *Frye on Culture and Literature*: *A Collection of Review Essays*. Edited and with an introduction by Robert D. Denham, Chicago: Chicago University press, 1978, p. 219.

更进一步地说,尽管庞德坚持:"汉语文字是诗歌创作的媒介";"动词必须是本质的基本事实";"理想的句子是及物的";"从我们使用系动词的那一刻起,诗歌就消失了";"我们应该避免使用系动词,而应该用大量被我们忽略的行为动词";"动词所占的优势地位和它抹掉话语所有其他部分的能力为我们给出了一种简洁而完善的文风典范"。[①] 但是,在庞德的散文或是《诗章》的诗句中,他的这种韵律单位往往是延长了音韵的名词短语。当有谓语的时候,系动词比及物动词使用得频繁得多,性状形容词很少使用。传统的力量是强大的。庞德创作《诗章》原本的目标是承袭荷马和但丁的传统,而运用布朗宁(Robert Browning)的风格书写一部韵律史诗。因此,当涉及长诗的时候,诗人想把《中国》中的表意符号和自由的言语运用到他的漩涡主义作品创作中去就遇到了困难。解决这种困难的办法其实早在散文创作的初期和在《风暴》中就慢慢地形成,这种解决办法首先是以翻译的形式形成或者说是以《效忠塞克斯图斯·普罗佩提乌斯》(*Homage to Sextus Propertivs*)中"模仿"的形式形成。《诗章》的后面部分,韵律单位变得更为不完整,词语的并列更为惊人和突兀,更强调"文献"要素。这显然不是艾略特和象征主义者们的自由诗体,这简直就是被切段成行、东拉西扯、相当普通的散文。

亨利·梅肖尼克(Henry Meschonnic)在他 1982 年的不朽之作《韵律评论》(*Critique du Rythme*)中提出,诗歌和散文永远也不是固定单位或属于稳定的范畴,相反,两者的对立与其出现的特殊的历史、文化、语言环境是分不开的。从历史的、韵文的、语言学的角度来看,二者的不同在于范畴而非性质。至于诗歌和韵文能否等同的问题,导致人们给散文下了一个消极的定义,即散文是一种非韵律的语言。梅肖尼克指出,在 9 世纪的欧洲,散文这个词被用于标明一个有节奏的、礼拜仪式的序列(这种继叙诗基于半谐音 a)以延长"哈利路亚"(allelulia)音的洪亮度。这是一种半谐音的序列诗还是散文?在把一种"自由诵读的歌曲"或者说宣叙调引入到圣诗的吟唱后,这一问题变得更为复杂。这种引入导致了对立的关键变为歌曲与歌词,而不是诗歌和散文。或者说,17 世纪的擅用辞藻的散文结构是如此紧凑而有韵律的,以至于 20 世纪像保尔·克洛岱尔(Paul Claudel)这样的诗人都认为,他的诗艺是从波斯维特(Bossuet)的布道里学来的。但即使是那些现在承认诗歌不能等同于韵文的理论研究者们也间接地在继续通过把韵文和诗行二词等同起来以识别诗歌和韵文。查尔斯·哈特曼(Charles O. Hart-

① Ezra Pound, *Ezra Pound and Music: The Complete Criticism*, p. 301.

man)这样描述如此等同:“韵文是排列成行的语言,这一特点使其区分于散文。这确实不是一个令人满意的区别,但就现状而言,这是唯一一个行得通的区分。这是我们眼观并能分辨韵文和散文区别的不争事实”。①

常识告诉我们,这个定义是非常简单的。梅肖尼克指出,分行成为韵文必不可少的要素,导致了要创作诗歌就要对任何语段进行分行这一消极的概念。但这就使得排印成为诗歌的唯一特殊性,而不管韵律、音型和句法。梅肖尼克说,这种单一的关注排版使得一个给定的文本只能是读者的诗歌而并不一定是诗人的诗歌。而且,这是像哈特曼这样的自由诗理论研究者们所忽视的一点,因为越来越多的印刷文本如:报刊广告、贺卡、广告牌、电视广告都被分行。读者不再把这个“行”等同于诗歌。换言之,读者在阅读时所产生的想法是与他所处的历史背景密切相关的。

第三个错误的等同包含在类语叠用中。弗莱在他的《稳练的批评家》(*The Well-Tempered Critic*,1968)中也关注了这个问题。梅肖尼克认为只有茹尔丹(Monsieur Jourdain)的观点才是对的,口语语篇是传统写作的另一种模式。或者,如同弗莱所说,一般言语的不规则韵律可以有两种格式。一种是嵌入重复的模式,另一种是嵌入有逻辑和语义的句子模式。当词语的排列受到重复的韵律和音素的支配时,韵文就产生了;当词语的排列受到主语和谓语的句法关系的支配时,散文就应运而生了。弗莱所谓的“组合韵律”或“第三韵律”在不同的历史阶段、不同文化的文学作品中都有出现。但是在自由诗和弗莱所谓的 20 世纪的自由散文中,这种韵律已经变得如此引人注目以至于我们冒险地创出“二元对立韵文或散文”,这与梅肖尼克所说的散文远不同于口语语篇大致相同。一旦我们明白了散文如同诗歌一样,是一种模式化的语言,我们就能够理清未来主义“词语解放”的复杂性。就像立体派和未来派拼贴艺术那样摒弃“模仿”那样,“新诗”,无论是元音诗、画诗,还是庞德引入的表意符号,或是《诗章》中韵文结构的文本,都对迷信以逻辑为中心的主题,即一体化的诗歌主题表示质疑。“parole in liberta,slovo kak takovo,wirless imagination”,所有这些名称无论从视觉还是听觉的角度,都重新强调了诗歌的重要性。

梅肖尼克预言,现代诗歌不仅动摇了韵文和散文的对立,而且摧毁了诗歌客体。也许情况就是这样,因为诗歌客体最终不能容纳由前卫派的科学与技术革命所创造的漩涡,诗歌最终不能容纳力量、速度、活力、同步所创

---

① Charles O. Hartman, *Jazz Text: Voice and Improvisation in Poetry, Jazz, and Song*, New Jersey: Princeton University Press, 1991, p. 169.

造的漩涡,这种力量、速度、活力、同步与飞机、汽车、平面媒体、收音机和电影的发明是相关联的。产品让位于制作过程:拼贴艺术和蒙太奇手法强调创作的动力,即对一个作品的创作过程而不是作品本身。就这一点而言,自由诗和散文诗都称不上是激进之文类。艾略特认为,自由诗本质上是一种连续、连贯的形式。从这个标准上来说,《普鲁弗洛克的情歌》(*The Love Song of J. Alfred Prufrock*)和《枯叟》(*Gerontion*)都不违背句法规范或是介绍了我们在《诗章》中发现的一种格格不入的材料。基于19世纪法国典型的散文诗最初被认为是有着浓厚象征主义色彩的抒情诗的一种变体、一种文本,也就是在散文诗中,韵文密度向整齐的韵律密度靠近,而避开首语重复对韵律结构的束缚。

未来派一方面强调孤立的词语甚至孤立的语音的地位;另一方面将之嵌入到“一般”散文中,如信、图表、档案等。这可以被看做是为了唤起读者对“能指”的重视,从而降低了语言的清晰度。在文本中运用视觉手段亦是如此。如:放弃左边距、玩转排版、使用表意符号。为了使诗歌形象化,就要坚持语言不仅把外在的事物指向形而上学的实体,语言在“representational reference”和创作之间变化。此外,视觉韵律结构质疑韵脚、行、节的中心性甚至整首诗,并取代诗歌文本,取代诗歌页面的基本单位。但是,至少在庞德的作品中,也许最重要的是韵文、散文和组合韵律之间的摇摆,这种摇摆使其不可能跟随任何给定的路径而得出结论。在诗歌的文本中,庞德不像他的前辈们那样把韵文和散文隔离开来,他的“拼贴”诗法成为一种对于漩涡进行再创作的方法。在《风暴》中,这种手法还是尝试性的。

50多岁时,庞德开始被奉为诗韵大师。贝里曼(John Berryman)认为庞德是这样一位天才诗人:他听一个人说话,然后就可以把这些话组织成行,并能有韵律地吟诵,既不违反人之常情,也不是歇斯底里的幻想,也不像节拍器那样只是机械地重复。在《风暴》面世的那段时间,庞德的尝试只是让典型的英国或美国评论家感到迷惑而已。前卫派的大多数诗作,其实并不能算是创造了一个新的诗歌领域,也不是一种活力的释放。如同阿波利奈尔所总结的那样:迄今为止,文学还受限于狭窄的领域里,我们要么创作散文要么创作诗歌。在散文里,语法规则造就了形式。自由诗加速了抒情诗体的发展。但这只是探索的一个阶段,而且这种探索只是形式范围内的探索。创新精神与富于冒险的文学尝试并行不悖。允许“更为冒险的文学尝试”,允许押韵的短诗远非抒情诗。就是这种决裂、这种接下来诗歌领域里必然的重组使得“未来派运动”影响深远。

第七节　机器万应之神——未来主义的文化遗产

帕洛夫对后现代主义的关注、对未来主义的探索，离不开对人类——尤其是西方——文化遗产的深思。当该书行文到它即将结束的时候，帕洛夫将研究中心转向了后现代语境下的技术与艺术之思。她以纪念碑式的人类文明开始、以埃菲尔铁塔为例，深入检视了未来主义遗产的精神所在。对埃菲尔铁塔抒情的阐述，以及对突兀高耸和飞机直飞云霄技术的仰慕，并非来源于未来主义的先驱意大利的马里内蒂、俄国的马雅可夫斯基或法国的阿波利奈尔，而是在未来主义宣言诞生后的半个世纪由巴尔特完成的。未来主义提出后的数十年来，艺术家和诗人们通过各种艺术形式来表达他们视现代技术为残酷之举、视机器为人类灵魂之宿敌的思想。而这二者在早期社会可能被视为科幻的世界，却孕育了众多“神话”的种子。

当然，复兴意味着有差异的重复。在解读埃菲尔铁塔上，当我们把巴尔特与布莱兹·桑德拉斯带有未来主义色彩的解读方式相对比时，我们发现，即使前者与后者在主题方面英雄所见略同，但巴尔特还是对其进行了嘲讽和发难。从另外一个角度上看，这其实是战前的艺术风格与当代艺术的冲突，当代艺术消融了艺术与科学，文学与理论，独立的流派和媒介之间的界限，后者可能可以被称作消融或冷却的未来主义。

在后现代语境下，冷却意味着未来主义此刻的激情和活力丧失。1913年桑德拉斯在一文中表达了对法国画家罗伯特·德洛内(Robert Delaunay)的敬意。这位年轻的诗人把埃菲尔铁塔戏称为“天赐的声音线路”、“闪耀着光芒的无线电发射塔”。桑德拉斯、巴尔特和阿波利奈尔三人都写过漫游铁塔的诗。阿波利奈尔在《图像诗》(*Visual Poetry*)中将诗歌写成图画的形式，在《字母海洋》(*Letter Ocean*)这首诗歌中，埃菲尔铁塔以其位置和高度为中心，向四周传递着一行行文字，形成一个像无线电发射塔式的圆圈。同年，他又在《被刺杀的诗人》(“Assasinated Poet”)一文中写道，值此万国博览会举办之年，刚刚诞生的埃菲尔铁塔以它那雄起的英姿向他小说中的主人公的诞生表示致敬。吉姆·戴恩(Jim Dine)1968年在其作品中以一张拼凑图片对此作了阐释，该图片截取于一幅巴黎导游地图，并置于铁塔照片侧面的上面，从某个角度来讲，这意味着铁塔不堪城市之重而倒塌。正如巴尔特从另外一个侧面指出，该塔轻如鸿毛，因为内部空空如也。

然而，帕洛夫开始反问道，这座铁塔对于巴尔特以及当代艺术家有什么纪念意义呢？在1967年出版的一本照片集锦评论《新泽西帕塞伊克纪念游》(*New Jersey Passaic Memoricl Day Parade*)一书中,行动派地景艺术家史密森指出,当代社会就像一个空旷的场景,所有的遗迹都似乎被颠倒,所有新的建筑最终会建立起;这与所谓的浪漫主义遗址是不同的,因为这些建筑不是埋没于废墟当中,而是矗立于废墟当中。这些反浪漫主义的情景有其自有的"愉悦文本",例如,西帕塞伊克河畔有许多细微的纪念物,像一些水泥拱石托起一条新建的高速公路。他感叹到,帕塞伊克会不会代替罗马成为一个不朽之城。如果世界上所有城市按规模大小排列,以罗马为起点,帕塞伊克会排到什么位置。这样,每个城市都将是一个三维棱镜,反射出下一个即将存在的城市,这种对于生命的限制似乎有点邪恶。史密森对于城市的幻想可以解读为一个带讽刺意味的未来主义梦想:罗马像一个三维棱镜,反射出新泽西帕塞伊克的诞生。

埃菲尔铁塔的诞生从某种意义上来说有两种含义。首先是作为工业化的纪念碑,是1889年法国巴黎万国博览会的一道亮丽景色。仅仅二十多年后,它又成为未来主义美学的象征。古斯塔夫·埃菲尔(Gustave Eiffel),这位维多利亚时代伟大的工程师,在竞争中轻而易举地获得了铁塔的设计权。在设计目的上,他说道,"是为了歌誉现代科学的伟大,是法国工业的莫大荣誉,是胜利的拱门,就像先辈们为征服者树立的拱门(凯旋门)一样。"①同时代的历史学家阿尔弗莱德·皮卡德(Alfred Pickard)对它也大加赞誉。在万国博览会官方记录中写道:这个庞然大物是法国工业水平的象征,是钢筑艺术的巨大进步,也是市政工程史无前例的进步,吸引着众多游客前来参观,是法国1789年革命胜利的和平纪念碑。

但是,80年代末期同时代的艺术界却有另外的看法。一封写有当时名人像莫泊桑(Guy de Maupassant)、勒贡特·德·列尔(Leconte de Lisle)、小仲马(Alexandre Dumas)和查尔斯·加尼尔(Charles Garnier)等签名的抗议书于1887年被呈到法国公共建设部部长那里,该抗议书代表文艺界对此突兀之物进行了驳斥,说什么不该在首都中心建立这无用的似魔鬼之物。公众甚至把它嘲讽为巴比塔,来参观万国博览会的外国游客把巴黎嘲讽为埃菲尔先生的巴黎,但具有讽刺意味的是,在接下来新的世纪里,诗人和艺术家们却在颂扬"埃菲尔先生的巴黎"。这座魔鬼似的铁塔当时还被看做是"巨大的黑色工厂烟囱"。抗议书中还提到该铁塔的倒影像墨水一样覆盖了这座城市,对塔身的颜色也提出了异议。该铁塔用当时著名美学家卡尔·

---

① Quoted in Marjorie Perloff's *The Futurist Moment: Avant-garde, Avant-guerre, and the Language of Rupture*, p. 237.

海斯曼(Karl Hessmann)的话说,就是钢铁贩子的愚蠢之行,塔底的颜色看上去就像把一个建筑物浸泡在凝固的肉汁里一样。这位美学家渴望让艺术免受现代工业的侵蚀,而工业化就意味着粗俗和大众化,这种渴望一直伴随着从铁塔诞生迄今的各种艺术作品。战前文艺流派发起了首场文艺运动试图解决工业化带来的问题,试图打破高雅和低俗的隔阂,而这些艺术作品正是区分了"象牙塔"和"埃菲尔铁塔"这种高雅和低俗之间的特点。

帕洛夫注意到,工业化带来的科学技术发展使人们关注到了艺术的潜能。艺术不再仅仅是产生美,而且是制作,或是一种发明。她发现,在海斯曼的眼里,埃菲尔仅仅是一个粗俗的工程师,对美学、结构和颜色一无所知。但是,在诗人桑德拉斯眼中,铁塔的魅力是其所扮演的角色的不协调性,就如阿波利奈尔把它颂为"惊奇"。桑德拉斯在有关铁塔的文中回忆到他在埃菲尔 75 岁生日的时候对他的一次拜访,这位老人对铁塔给巴黎带来的败誉感到深深的抱歉,他未能领悟到铁塔的魅力。这对桑德拉斯本人来说不啻于是一种讽刺。实际上,铁塔的魅力之处就在于它本身并不号称是传统意义上的艺术作品,相反它是一种大众文化。埃菲尔设计之初的考虑主要是出于工程建筑问题方面,但其结构和功能遭到了众多非议,正如巴尔特所说,它不是出于理性和实用的角度。因此埃菲尔认真地描绘了铁塔未来用途,像战略用途、气象观测、天文观测、科学实验等。虽然在这些方面铁塔后来派上了用场,但令埃菲尔本人没有预料到的是,铁塔作为巨大的试验场的功能,在其作为整个巴黎象征的光环下黯然失色。这座千尺高的铁建筑物在战前文艺流派的诗人和画家面前很明显已没有任何实际用途了。实际上,铁塔的虚无存在激起了未来主义对它的幻想及比喻,甚至也激发了像巴尔特这样的后现代主义作家的灵感。他曾写道,"铁塔的无用,使得它成为一本诗集,以其钢筋铁骨,在时空中概括了所有的运输传递模式,所有的征战讨伐。"①

上述诸论可以导向如下一个似是而非的论断:一是埃菲尔铁塔是由工程师而非建筑师设计的纪念碑。但同时,它又是基于毫无实际用途的艺术作品。它对于巴尔特、桑德拉斯、德洛内来说,是一个虚无存在的象征。对桑德拉斯而言,铁塔是一个比喻,就像一个工业活动庞大的中心,覆盖着整个地表。它的作用在于它就像一块磁铁一样,吸引着异国的情侣和年轻人前来参观。就算在战时,它成为飞机盘绕的中心,双方争战中,它也没成为一个战略目标而仍然是一个城市的象征。巴尔特认为"铁塔是爆破式的耸

---

① Roland Barthes, *Critical Essays*, Evanston, IL: Northwestern University Press, 1972, p. 101.

立”,是“颠覆的象征”,是“通过现在对过去的否决,标志着现代化”。[①]

实际上,铁塔也被看做是对艺术家意志力的一种考验。正如马里内蒂的未来主义宣言一样,桑德拉斯的文本中也有尼采的痕迹。德劳内力图用作品表征铁塔,被认为是一个难以忘怀的戏剧化过程:艺术家非常努力,但还是不知如何捕捉新生的事物,最终不得已,只得屈服。虽然德劳内在这方面还算得上成功,但桑德拉斯却强调事物的不可驾驭性,认为不可能表征画框外的事物,不可能产生连贯的视觉图像。所以他认为,不管远看还是近观,当时没有哪一种艺术形式能诠释埃菲尔铁塔。如桑德拉斯一样,巴尔特把铁塔开放的形状看成是一个“无穷的编码”,并赋予它性别的双重性,远看像男性生殖器,近观则恰恰相反。但二者还是有不同之处的,桑德拉斯关注的是战前文化背景下的新技术美学特征,而巴尔特根据他所处的时代,是根据符号学和诠释学来定义美学特征的。巴尔特以桑德拉斯论述为前提,耐心地解读了隐含在后者文本中的概念。对二者而言,铁塔是一幅征服的布景。权力、财富和征服,虽然本身并无意义,但激发了我们无穷的幻想。对于巴尔特,铁塔意味着三种权力神话,一是钢铁的神话,人类对于自然无情的胜利的征服;二是飞行的神话,用他的话说就是没有任何其他纪念碑像铁塔一样高挑;三是开放的神话,抹杀了外部与内部的界限。所有这些权力都归于一种梦想,那就是超越从未触及的陌生事物。通过铁塔,人们发挥了其想象力,这是他们的自由,不管历史曾经有多黑暗,这种自由都是不可被剥夺的。

巴尔特在1975年接受采访时说道,目前,文学文本不再符合整个知识领域。因为当今整个世界作为一个地球村,我们所知道的迅速为他人所知,但我们接受的是大量的碎片化、被控制的信息。[②] 整个世界的知识不再被筛选过滤,所以很难与文学相融洽;整个世界充满着惊奇,有太多不可预料性;知识曾与科学有关联,但如今科学呈多样性。所以文学艺术现如今还有没有用呢?巴尔特解释道,文本如今已变成一种符号,不再是内容,而是借助于符号绕道而行了。对于史密森而言,写作,在知识爆炸的社会,已呈现出拼贴组合的模式,包括一层层照片、图片、插图、蓝图、图表、注文、叙事以及索引。与巴尔特和桑德拉斯关于埃菲尔铁塔文章相对应的是,史密森关于铁塔的一文是1967年出版的《新泽西帕塞伊克纪念游》,该文是缅怀俄国的未来主义宣言,尤其是缅怀马列维奇的作品。他把从纽约中心车站到帕

---

① Roland Barthes, *Critical Essays*, Evanston, IL: Northwestern University Press, 1972; p. 126.

② Roland Barthes, *The Grain of the Voice: Interviews 1962～1980*, Jonathan Cape: London, 1985, p. 63.

塞伊克的旅途描述为如同到达另外一个星球的科幻旅行。如同巴尔特和桑德拉斯所说,没有一个巴黎人可以逃离铁塔,为了不看到它,人们只得进去。与之相对的是,史密森所谓的纪念碑是人们为了进去,但首先必须得去看的东西。他指出,对待艺术要像对待完全脱离我们实际生活的事物一样,就像其他未来主义者,他认为艺术是不断地戏剧化。作为一个概念艺术家,史密森向来以其横空出世的神秘而伟健的拔地意象构造而出名。而他那包含显著未来主义文本特质的"游记叙事"(travel narrative)更是将先锋思想发挥到了极致。在他的作品中,史密森使用了拼贴和宣言式成分,对纪念碑式的建筑物进行了批驳,认为新的纪念碑不再像旧的纪念碑那样能用来让人去缅怀过去,它们不再是为时代而建而是为颠覆时代而建。从史密森的《纪念碑》(*Monument*)里,我们可以看出明显的未来主义新气象——从虚无的纪念碑到反纪念碑。史密森的反讽并未含半点愤世嫉俗抑或远离现实之意,其辛辣的评论背后暗藏的是对真正现实的渴望,以及对现实世界中审美满足的可能性挖掘。联系到未来主义,史密森的尝试并不是对客体的意义解读,而是在一个全新的视角下进行的启示挖掘。

第八节　结语

就内容之翔实、论述之全面、论证之鞭辟、启发之深刻等方面来讲,《未来主义》堪称一部杰出著作。兴趣相异、国族不同的读者都可以从中领略到关于未来主义的诸多洞见。视觉冲击效应上该书已经与众不同了。充满全文的黑白图画的重印,近70幅插图绘画的展示,都给读者以抽象文本之外的感性认知和兴趣提升。毋庸置疑,这种新型编排与创作方式将会给书籍印刷出版业带来新的商机。帕洛夫的研究本身不但雄心至伟,而且在诸多美学、文学和哲学研究上取得了成功。帕洛夫研究的理论意义与现实意义并重,令专业评论家和业余读者都受益无穷。《未来主义》涉及作家诗人人数众多,谈论主题范围甚众,但是却并不令人感觉晦涩与诧异。因为针对所引述材料,帕洛夫都高屋建瓴地进行了恰如其分的解释。其中的批评术语不但恰如其分,而且环环相扣,并有生动活泼、佐证翔实的材料为它们作铺陈演绎。而帕洛夫的分析也一如既往地建立在比较阅读与跨学科的基础上,所得结论既合情合理又给读者留有较大的咀嚼空间。她以一个时代亲历者和事件阐释者的身份,对所论主题均有文学艺术上的全面掌故,而且对当下文学批评理论也不拒之门外。

帕洛夫本人对当代社会的全面浸淫与思考使她完全能够将相关文学、美学批评以一种令人信服而又兴趣盎然的方式融入实际运用中。各个章节虽然以不尽相同的线索所贯穿,但是整个主题依然建立在断裂式语言运用的基础上。这也是该书中所涉及的革命性作家所追求的对既有秩序的打破之因。在文本细读、作品细查与审慎行文的过程中,作者在这部具有承上启下的诗学著述中对以下四个方面的话题作出了独到而中肯的评论:(1)基于统一性与连贯性上狭隘的抒情诗与普遍意义上诗歌的分类标准是值得发问与重新思考的;(2)当研读中心转向庞德、未来主义、拼贴等条目上时,昔日那狭隘、保守的现代主义的专断性需要从本质上进行批判;(3)对现代主义与当代实验诗歌创作的理解不能局限于某一时期、某一类作家,雕塑、绘画、音乐、表现艺术、印刷设计等类型创作都应该纳入研读范围;(4)对当代实验主义文本的阅读应该包括凯奇、安廷、贝科特、史密森和语言诗派等不确定诗学和先锋派。

对于西方诗学批评界长期存在的对未来主义的粗俗化、简单化倾向,帕洛夫以事实为依据进行了成功的逆袭,从而使惯熟这段历史的人重新意识到未来主义与意大利法西斯主义趋同的陈词滥调是多么的幼稚与苍白。借由对桑德拉斯、庞德、毕加索和马里内蒂等试验先锋派的细致入微的解读,帕洛夫将人们的注意力引到“既有题材和诗歌形式的断裂上”。对于那些惯常的思维行加排斥和恣意贬低的实验作品,读者应该更多地去关注他们为何以及如何以那种奇妙的方式呈现出来的。

从《不确定诗学》到《未来主义》,从对当代美国诗歌的纠偏式解读到对颇受忽视的先锋美学和前卫艺术诗歌的大胆探察,帕洛夫诗学研究的整体性、艺术性与延续性不但得到了很好地维护和展示,而且为90年代开辟新的诗学研究领域奠定了扎实的基础。

中编　20世纪90年代

第五章　后现代主义诗歌及其批评方式:《诗的破格:现代主义和后现代主义抒情诗论文集》

第一节　引言

20 世纪 70 年代伊始帕洛夫便对语言诗,以及语言、诗歌、文化和自我的关系进行了广泛深入的探讨。80 年代早期帕洛夫的诗学批评开始变得宏达而绵延起来。在探讨完现代主义的"其他传统"、高度现代主义的呈递与被革新之后,帕洛夫便开始高度关注另类现代主义传统的几个关键历史时段,以及它在欧美各国以不同形式——意大利和俄国的未来主义、立体主义、漩涡主义——所出现的突破性发展。在完成音乐、文化、前卫艺术等与诗歌的关系研究之后,帕洛夫在 90 年代伊始便将批评矛头对准了后现代主义语境下诗歌的发展及解读。并不像多数其他批评家那样,对所谓的后现代解构风潮一味摒弃,也不是全然接受诸多"后"、"新"、"反"、"超"理论与学说,帕洛夫的 90 年代的诗学批评沿袭了自己一贯的独立、自我和开放的姿态,在兼容并蓄和审慎思考的基础上提出大胆而颇具洞察意义的观点。在这种国际背景与个人观念发生碰撞之时,《诗的破格:现代主义和后现代主义抒情诗论文集》(以下简称《破格》),这部被视为作者最具突破性诗学批评的鸿篇巨制便如约而至,并为读者再次打开一扇通向领悟和解读后现代主义诗歌的大门。该书是由专致现代主义诗歌的 15 篇论文所组成,它们"分别写于 1984 至 1989 年间","其中多数已发表"。[①]《破格》虽是本论文集,然就主题而言,却也能独立成篇:15 篇论文都涉及一个主题,即诗的破格,也就是论文集的主标题了。在这部率先各个击破继而统合为一的对现代主

① Marjorie Perloff, *Poetic License: Essays on Modernist and Postmodernist Lyric*, Evanston, Illinois: Northwestern University Press, 1990, p. 2.

义诗人的全面论述中，帕洛夫分别研究了从庞德到斯泰因，从默温到朱科夫斯基，从金斯伯格到普拉思（Sylvia Plath），从麦卡弗里到豪等在内的主流与非主流现代主义诗人。虽然是部对英美诗人的专论，但帕洛夫一如既往地穿越了语言学界限，而抵达了更为宏观的创作背景，并将赫列勃尼科夫和美国诗歌的法语版本也一并纳入考察范围。《破格》所涉及批评术语不可谓不新鲜时髦，但帕洛夫的高明之处就在于她非常巧妙而专业地将重复陈词滥调的危险降到了最低。所以《破格》对现当代诗学研究的价值与示范作用是不可替代的。

《朗文当代英语辞典》（*Longman Contemporary English Dictionary*）对"poetic license"的解释是："诗人或其他艺术家所拥有的自由，借此可以改变真实性、无视语法规则等等，因为他们所做的是诗歌或艺术创作。"而艾布拉姆斯（M. H. Abrams）的《文学术语词典》（*A Glossary of Literary Terms*）对它的解释更具体：他先引出德莱顿下的定义，然后从一般意义和广泛意义上进行解释：

> 17世纪晚期，约翰·德莱顿给诗的破格下的定义是："在所有的时代里，诗人赋予自己的那种不受散文的严谨限制、用韵文表达意思的自由。"在其最一般的意义上，这个术语仅用于措辞，指的是诗人在句法、词序、使用古词或新近杜撰词，以及使用传统视觉韵（如 wind-bind, daughter-laughter）等方面，有权背离标准的口语或书面散文的语言规则和惯例。诗人运用这种语言的自由程度和类别，随着每个时代文学规范的变迁而异。但是，在任何情况下，这种自由的正当性都取决于其运用效果成功与否……
>
> 在其较为广泛的意义上，"诗的破格"不仅指语言，还用来表示诗人和其他文学作家为了取得特殊的效果，拥有从各方面违反日常话语的一般规范和文字、历史上的真实性的自由，这也包括韵律和韵脚的使用，以及求助于文学惯例和再现虚构人物和事件的自由。①

在《破格》中，帕洛夫虽然没有直接引用上述解释，但在"导言"里，她却一开始就从词源上探讨了"license"的意义，并指出"license"一词既有"许可证、允许"之义，又含"蔑视权威"之义。接着她便提到，"近来人们大谈*开拓经典*，大谈需要将非经典作品引入课堂，需要修订诸如《诺顿文学选集》

① M. H. 艾布拉姆斯：《文学术语词典》，吴松江等编译，北京大学出版社2009年版，第461页。

(*The Norton Anthology of Literature*)这样的教科书,需要破除精英与通俗之分,等等。但在实践中,开拓并非仅仅意味以 Y 来代替 X,以托尼·莫里森(Toni Morrison)的《宠儿》(*Beloved*, 1987)来代替劳伦斯的(D. H. Laurence)《恋爱中的女人》(*Women in Love*, 1920),以米歇尔·福柯(Michel Foucault)来代替弗莱,而是意味在这样的'代替疗法'的过程中,一套新的'许可'会给签发,新的规矩将会确立"。① 这就是"破格"了。

"导言"中,帕洛夫直言:

> 我没有回避争论,尤其是涉及当今的诗歌和诗学的两大主张。第一个主张认为,诗歌本质上是没有时间分别的、普遍适用的,因此没有理由认为为什么 20 世纪 80 年代的诗歌结构应当不同于早些世纪的诗歌结构。正是这一见解使得多数诗歌评论(尤其是书评里和杂志上的)有了勃勃生机。因为这个缘故,评判诗人依据的是其"敏感性"和"技艺",主题吸引力和情感区域。第二个主张理论上自我意识更大,这一主张认为,(与一定文化和时期的其他话语一样)诗歌话语的界定,依据的主要是统治阶级所主张的话语,认为的确没有诸如"内在的"诗学价值这样的东西,诗歌的生产总是文化的具体行为,为意识形态所决定。如此,我们作为批评家的作用,首先是描绘统治话语的特征,其次是反过来阅读被它排除的、边缘化的作品,借此重新界定经典,以便关注迄今被压制的作品。②

帕洛夫进一步指出:"想一想金斯伯格的《嚎叫》(*Howl*),此诗的根扎在 50 年代末的冷战时期,诗是口语式的、夸张式的,有浓厚的抒情意味,然而时常不失有趣,因此我认为,没有人,甚至金斯伯格本人,能在 80 年代末写出这首诗。当然,《嚎叫》能够(并已经)主要被视为文化和历史的制造物:它告诉我们,在 20 世纪中叶,我们是谁,我们如何生活;尤为具体的,是它编入了反文化价值和焦虑,具体说来,就是体验着新泽西城市生活和二战后哥伦比亚大学风景的同性恋者、犹太人和低中产阶级的焦虑。"③帕洛夫的这些话意在说明,"诗的破格"(这也涉及经典的形成),是与其所处的历史和文化分不开的。

---

① Marjorie Perloff, *Poetic License: Essays on Modernist and Postmodernist Lyric*, pp. 1～2.

② Ibid, p. 2.

③ Ibid, p. 3.

《破格》的15篇文章虽围绕“破格”而作，然细分下来，用帕洛夫自己的话来说，则可分为三大类。① 第一类涉及经典形成问题，如“新的新批评”如何继续将“旧的”新批评标准运用于诗歌，故而忽略何为真正边缘化和“不同”的问题（见第1篇《我们右边的经典（大炮），我们左边的经典（大炮）：祈求差异》）。又如“妇女诗歌”这一概念如何遮掩了真正诗人间的重大差异（见第2篇《经典和上了膛的枪：女性主义诗学和先锋派》）。再如法国人理解美国当代诗歌和美国人自己理解有何不同（见第3篇《翻译美国人：“美国新诗”的法国表述》）。第二类重读或重新思考叶芝、斯泰因和贝科特。如叶芝的数字历史理论对立于赫列勃尼科夫的《命运表》（*The Table of Fate*）（见第4篇《探索数字：叶芝、克莱布尼科夫和现代主义数学》），斯泰因的晦涩文本与“直白”作品的关系（见第7篇《一种好的新现实主义：斯泰因寻求读者的六种风格》），贝科特文本从法文译为英文时主题和风格的转变（见第8篇《一种我的声音：法文/英文贝科特和法文/英文读者》）。第三类探讨当代诗歌与诗学问题。如塔德·休斯（Ted Hughes）如何篡改普拉思意欲发表的《爱丽尔》（*Ariel*）的目录和诗歌之序列（见第9篇《两个〈爱丽尔〉版本：（重新）编撰普拉思的经典》）。又如60年代重要诗人布莱科本如何震惊后女性主义的80年代的读者（见第12篇《那边的风景：论保尔·布莱科本的诗选》）。再如，豪如何重新创造庞德称作“包含历史的诗歌”（见第15篇《与历史的碰撞或共谋：苏珊·豪言说时间的声音形态》）。

就帕洛夫所分的三类，我们似可作如是观：第一类（即第1～3篇）涉及文集的主标题——《诗歌的破格》，讨论的是“破格”问题，也就是讨论“一套新的‘许可’会给签发，新的规矩将会确立”的问题，而这样的讨论，当然也涉及经典的形成问题。第二、三类涉及文集的副标题——《现代主义和后现代主义抒情诗论文集》，其中第二类（即第4～8篇）讨论的是现代主义抒情诗，所论对象有叶芝、劳伦斯、庞德、斯泰因和贝科特这些经典现代派，而第三类（即第9～15篇）讨论的是后现代主义抒情诗②，所论对象有女性主义诗人普拉思，“垮掉一代”诗人金斯伯格，超现实主义诗人默温，黑山派诗人布莱克本，纽约派诗人阿什贝利，语言派诗人麦卡弗里以及豪。将这三类文章合在一起，《破格》仿佛在说：经典的形成关乎“破格”，即拿到新的“许可”，而倘若后现代主义抒情诗对于现代主义抒情诗来说是种“破格”的话，那么它的

① Marjorie Perloff, *Poetic License: Essays on Modernist and Postmodernist Lyric*, p. 4.

② 帕洛夫自己指称“第三类探讨当代诗歌和诗学问题”(4)，但她的所谓“当代”实际就是后现代，这一点第9～15篇文章的内容反映得清清楚楚。

“破格”见于何处呢?也就是说它从哪里弄来那“许可证”?就此,帕洛夫的回答是:源于庞德、威廉姆斯、斯泰因这样的经典现代派。实际上,整个文集想传达的主题就是:“现代派和后现代派之间存有深层联系和共鸣”。① 最后,帕洛夫以这样的话来结束“导言”:

> 毕竟,没有人“拥有”诗歌,没有人拥有“许可证”来控制诗歌的接受。诗歌的接受,在任何情况下,有如约翰·凯奇所说的,不为拥有权所决定,而是为使用所决定。如果有人,就像我这样,相信后现代主义“诗歌”和“理论”——比如约翰·阿什贝利和罗兰·巴尔特的著作——是同一更大话语的一部分,二者间没有严格、明晰的区分,相反,今日有些最有趣的诗歌,将其特定的见解理论化,即使是理论如今常常以其强烈的诗歌形态回到我们身边时也是如此,那么,我们或许可以称作为“诗歌理论”(poe(t)heory)的工程,就变成了令人愉快的行为。令人愉快的,但同样也是困难的。因为,正如维特根斯坦(Wittgenstein)所说的,“在实际使用表达时,我们绕道而行,我们走边路。我们看到了我们前面的直道,但是我们当然不使用它,因为它被永远封闭了。”②

第二节　宽阔视野中的现代主义和后现代主义

身为美国艺术与科学学院院士、美国现代语言协会主席的帕洛夫,因其学术素养的深厚,掌握语言的多样,加上批评方法的灵活,使其批评视野达到了令人难以企及的精深与宽阔。如前面提到的,就考察对象而言,帕洛夫在《破格》中不仅评论叶芝、劳伦斯、庞德、斯泰因和贝科特这等经典现代派作家,而且还评论黑山派、纽约派和语言派等当代诗人,如布莱克本、阿什贝利、麦卡弗里和豪,以及英美之外的诗人和批评家,如赫列勃尼科夫和巴尔特 。正如库克赛(T. L. Cooksey)所言:“帕洛夫在聚焦于英美诗歌的同时,还跨越语言界限,考察更大的语境,包括赫列勃尼科夫和法国人对美国诗人的翻译。”③就内容而言,亦如前面提到的,《破格》不仅运用新的视角重

① Peter Barry,“Biography and Influence of Marjorie Perloff”, *The Encyclopedia of Literary Critics and Criticism*, ed. Chris Murray, London: Fitzroy Dearborn, 1999, p. 218.

② Marjorie Perloff, *Poetic License: Essays on Modernist and Postmodernist Lyric*, p. 5.

③ T. L. Cooksey, *Library Journal*, April 15, 1999.

读现代派大诗人，如叶芝（第4篇）、劳伦斯（第5篇）、庞德（第6篇）、斯泰因（第7篇）和贝科特（第8篇）——他们构成了评论现代主义抒情诗的内容，而且还探讨了女性主义（第9篇）、垮掉一代（第10篇）、超现实主义（第11篇）、黑山派（第12篇）、纽约派（第13篇）、语言派（第14、15篇）的诗歌创新——这些又构成了评论后现代主义抒情诗的内容，此外还阐述了文学经典与非经典问题（第1、2、3篇）。在这些视野宽阔的讨论中，我们可以看到帕洛夫对待现代主义和后现代主义的态度。这种态度，尽管她未在本论文集中明确陈述，但她将现代主义抒情诗和后现代主义抒情诗作并置式的考察，却是有其用心的。从本文集和她的其他著述来看，如1981年的《不确定诗学》，1985年的《智慧之舞》，1986年的《未来主义》，2002年的《新诗学》，经常落入帕洛夫笔端的，不仅有20世纪上半叶的经典现代派，如庞德、斯泰因等，更有20世纪下半叶的后现代派，如黑山派、纽约派、超现实主义、语言派的诗人[①]。就现代派和后现代派，帕洛夫不仅认为先前的许多对二者的区分“似乎不再有效”，而且认为“现代派和后现代派之间存有深层联系和共鸣”。

比如，在《破格》的第11篇文章《后来的启示：W. S. 默温[②]和文学史的悲哀》，帕洛夫提到20世纪六七十年代初，现代派和后现代派诗歌之论争（即“封闭的”诗歌对立于“开放的”诗歌，或作为“产品”的诗歌对立于作为“过程”的诗歌）。这场论争涉及两个问题：诗歌形态（“格律式的”对立于“自由式的”）的问题和“超越”对立于“内在”或“出场”的问题。帕洛夫举的例子是默温的《磨炼之醉》（*The Drunk of Furnace*，1960）。默温在该诗的最后部分，摆脱传统韵律和诗节，改用多变的自由诗形式。詹姆斯·迪基（James Dickey）称此变化为“默温早期作品纯然死灰中骤然起飞的凤凰”。在批评家认为默温的这种变化使他成了“新诗歌的创造者”时，帕洛夫却清醒地意识到“此时有两件事给忽视掉了”。第一，默温的自由诗，对照于50年代的形式主义，比如理查德·威尔伯或艾伦·塔特（Allen Tate）或霍华德·内默罗夫（Howard Nemerov）的模式，创新可能是大大的，但此爆炸性

---

① 帕洛夫对美国后现代主义诗歌是有很大贡献的。依据巴里（Peter Barry）的看法，“美国当代先锋诗歌学术和商业上的成功，部分是因为她（指帕洛夫——引者注）在1980年代以来撰写了一系列鲜活、明快、启迪心智的专著和文章。相比之下，英国因为一直没有出现‘英国帕洛夫’这等批评景色，其相对的‘实验性’诗歌命中注定还得不为人知”。

② 默温为“超现实主义诗人”，“尽管他一生中诗歌风格的多种变化很难用一个特定的词来概括”。他早年“多采用传统的诗歌形式。60年代以后，他接受了超现实主义诗歌的影响，形成了简朴、开放，但富有沉思性、梦幻色彩浓重的风格”。参见：王守仁：《新编美国文学史》第四卷，上海外语教育出版社2002年版，第32页。

是绝然超不出庞德和威廉姆斯在1916年时创作的自由诗;他们创造的自由诗模式,在30年代由朱可夫斯基和奥本、40年代和50年代由查尔斯·奥尔森继承下来。第二,这等貌似爆炸性的诗歌,竟然发表在《纽约客》、《诗歌》等刊物,倒是当令批评家颇感意外的。① 这里,帕洛夫的意思是:如果默温的诗歌具有爆炸性,那么其爆炸性不会超过庞德和威廉姆斯;若说默温的诗歌具有爆炸性,然而却刊登于传统刊物,那么令人感到意外的,当是那些批评家而不是默温的诗歌。这也就是说,默温的诗歌所具有的爆炸性实则是源于庞德和威廉姆斯这样的著名现代派诗人。

不仅在超实现主义诗人默温身上,而且在黑山派诗人布莱克本那里,我们也能见到现代主义与后现代主义之间的"深层联系和共鸣"。在《破格》的第12篇文章,帕洛夫讨论布莱克本的诗歌。她说,"布莱克本是我自己感觉应该敬佩的诗人,他继承了庞德-威廉姆斯传统,这一传统就我看来,是后现代主义的中心传统"。② 请注意,这里,帕洛夫将布莱克本诗歌的后现代性,同样视为根源于庞德-威廉姆斯传统。

在她的另一专著《新诗学》中,帕洛夫的"现代派和后现代派之间存有深层联系和共鸣"的主张就更显突出了。书中,"帕洛夫批评了就后现代主义诗歌所做的最为常见的设想,这些设想被她证实为仓促的,矛盾的,有违于历史的。关于后现代主义诗歌,两大最为通俗的见解是:(1)当代美国诗人(在20世纪60年代)反对精英现代主义诗歌的富于典故的宏大'高贵'情调,并突破更为平淡、易于被接受的'更自由的'诗歌;或者,(2)新的写作浪潮——如《艾伦文集》(*Allen Anthology*)中的新的美国诗人创作的作品,或者如黑山派诗人、纽约派诗人、语言派诗人创作的作品——构成了与现代主义指导原则相违背的最后决裂。帕洛夫批驳了这两种见解"。③ 帕洛夫认为奥哈拉、阿什贝利、克雷利、罗伯特·邓肯(Robert Duncan)、金斯伯格、艾米里·巴拉卡(Amiri Baraka)和杰克·斯派塞(Jack Spicer)这样的诗人,"的确具有新鲜气息,但是从21世纪的尺度来看,他们的传说中的'领域开拓',与其说是一场革命不如说是一种复古:以一种多少有些稀释的形式来继承立于早期现代派中心的先锋工程"。④ 她说,"长长的20世纪最终离我

① Marjorie Perloff, *Poetic License: Essays on Modernist and Postmodernist Lyric*, p. 238.

② Ibid, p. 252.

③ Hank Lazer, "Learning the Lessons of Early Modernism", *The Virginia Quarterly Review* (79) 2003, pp. 182～188.

④ Marjorie Perloff, *21st-Century Modernism: The "New" Poetics*, Malden, Massa Chusetts: Blackwell Publishers, 2002, pp. 2～3.

们而去，或许我们可以用新的目光回头看看这一胚胎阶段。早期现代派的美学远非不相关和被废弃，而是提供了物体诗学(materialist poetic)的种子，这种诗学如今越来越是我们的了”。[①]《新诗学》一书除了“前言”共分五章，第 1～4 章分别讨论艾略特、斯泰因、杜尚和赫列勃尼科夫。按照帕洛夫的说法，他们是“早期现代派诗人，或称先锋派”，“其创新改变了诗歌的道路”。[②] 第 5 章讨论“新千年的‘现代主义’”，包含了豪、伯恩斯坦、何吉尼安、麦卡弗里这样的当代诗人，但这些诗人却预展着“现代派的第二次浪潮的巨大力量”。[③] 她说，“就在我们进入 21 世纪时，现代/后现代之分显示出来的与其说是真实的不如说是表面的”。[④] 这些话表明，帕洛夫视后现代主义根源于现代主义，是“现代派的第二次浪潮”。[⑤]

就帕洛夫的这一见解，提莫西(Materer Timothy)在 2004 年评论《新诗学》时说道：“只有少数批评家于我们理解当代美国诗歌是必不可少的，而玛乔瑞·帕洛夫便是其中之一。没有她，我们不可能那么清晰地将其根源追溯到 20 世纪的现代主义，或者从模仿的诗人中区分创新。”[⑥]在这篇评论中，提莫西还特别提到书的副标题和最后一章标题中的引号，认为这些引号的使用有暗示作用：“我们现在可以看到，正如她这本书的副标题中的引号——《新诗学》(*The* “*New*” *Poetics*)——所暗示的，现代主义的发展先是受阻于两次世界大战，然后又受阻于冷战。实验现代主义的挑战由伯恩斯坦、豪、何吉尼安和麦卡弗里这样的先锋派诗人接受下来，而不是正统派诗人，正统派诗人只模仿现代主义风格，但无创新精神”；[⑦]而“在最后一章‘千禧时代的现代主义’(“Modernism at the Millennium”)，标题中的引号，又一次暗示了帕洛夫怀疑我们对‘现代主义’和‘后现代主义’的理解是否正确”。[⑧] 提莫西的分析是很有道理的。的确，帕洛夫是在借用这些引号来传达这样的一层意思：所谓的 21 世纪的“新的”诗学，其根源就在 20 世纪初的现代派那里，在庞德、威廉姆斯、斯泰因那里，而所谓的新千年的“现代主

---

① Marjorie Perloff, *21st-Century Modernism*: *The* “*New*” *Poetics* , p. 3.

② Ibid, p. 5.

③ Ibid.

④ Ibid, p. 164.

⑤ Ibid, p. 5.

⑥ Materer Timothy. *Review of Twenty-First-Century Modernism*: *The* “*New*” *Poetics*. *Modern Language Quarterly* (65) 2004, pp. 628～631.

⑦ Ibid, pp. 628～631.

⑧ Ibid.

义”,却原来根系于旧的、刚刚过去的千年中的现代主义①。

帕洛夫的这层意思,在《破格》、《新诗学》以及其他的著述里都有,然而就现代主义和后现代主义的关系,她在一次接受中国学者的采访时说得最为直白。采访中,帕洛夫明确表示:“从 21 世纪的视角看,就现代主义和后现代主义,我们中许多对二者的区分,似乎不再有效。显然,自 20 世纪初以来,世界发生了很大的变化,而我也渐渐地相信,就艺术而言,真正的革命是发生于一战前的混乱年代”。② 这无疑是说,“除非重新评价现代主义,否则我们就不能理解后现代主义”。③

第三节　在比较中辨析

《破格》的 15 篇文章几乎篇篇都是比较式的研究。

第 1 篇《我们右边的经典(大炮),我们左边的经典(大炮):祈求差异》,连标题都显现出比较模式,祈求的是“差异”。文中,帕洛夫称她是从丁尼生(Alfred Tennyson)的著名诗歌《轻骑兵冲锋》(*The Charge of the Light Brigade*)④获得灵感而如此命名这篇文章的。该诗的第三节有这样的诗句(并在第五节重复):“右边的炮火山摇,/左边的炮火地动,/前面的炮火更猛,/有如惊雷敌人万炮齐轰”(Cannon to right of them,/Cannon to left of

---

① 2004 年,在其讨论后现代主义长诗的著作中,就帕洛夫的这一见解,著名的美国批评家布赖恩·麦克黑尔也作出了自己的评论。他承认,“帕洛夫说的话很多都对,”但他认为“她思考现代主义和后现代主义的方式,很难说本质上与评论后现代主义的话语有甚不同;相反,种种类似于帕洛夫见解的文学史叙述,早已在后现代主义研究中流传了……。最经典的公式是利奥塔德(Lyotard)的:‘后现代主义……不是现代主义的终端,而是现代主义的初生阶段,而这个阶段是一再重复的’”。参见:Brain McHale, *The Obligation toward the Difficult Whole: Postmodernist Long Poems* (Tuscaloosa and London: The University of Alabama Press, 2004), X。这里,麦氏似乎在说,帕洛夫在《21 世纪的现代主义:新诗学》一书中表达的这一见解,并没有什么新意,可追溯到利奥塔德。但是帕洛夫的这一见解不是仅仅见于 2002 年的《21 世纪的现代主义:新诗学》,而是早先就有,至少如我们见到的,在《破格》中就有,也就是说,至少在 20 世纪 80 年代就有。所以,历史地看,这一见解在当时来说,是难能可贵的,不失为一洞见。

② Luo Lianggong, “Poetics, Poetry, Language Poetry: An Interview with Professor Marjorie Perloff”, pp. 1～8.

③ Peter Barry, “Biography and Influence of Marjorie Perloff”, *The Encyclopedia of Literary Critics and Criticism*, ed. Chris Murray, London: Fitzroy Dearborn, 1999, p. 175

④ 据说丁尼生是在从伦敦的《时代》报纸上读到克里米亚战争英国轻骑兵战败的消息时而写的。时在 1854 年 10 月 25 日,600 余名英国轻骑兵在指挥官的错误指令下,虽明知生还机会渺茫,却毅然向俄国炮兵阵地发起正面冲锋,结果惨败,伤亡众多。这本是个悲剧,但丁尼生的诗却表现并歌颂了英国轻骑兵悲壮中的无畏精神。

them,/Cannon in front of them /Volley'd and thunder'd)。英文中,"经典"和"大炮",即"canon"和"cannon"相差仅一个字母,发音完全相同(而诗歌是需要朗诵的),帕洛夫借此玩了个"pun"(双关语)游戏,同时二者也是个隐喻。何谓右边的经典(大炮)? 何谓左边的经典(大炮)? 帕洛夫在评论诗集《抒情诗:超越新批评》(*Lyric Poetry: Beyond the New Criticism*)①时解释道:

> [《抒情诗:超越新批评》]声称是后结构主义的"新的新批评"(new new criticism)作出的反应——我们可以称它为"我们左边的经典"(canon to the left of us),松散地集结着解结构(此处的代表为保罗·德·曼[Paul de Man]、辛西娅·蔡斯[Cynthia Chase]、乔尔·法因曼[Joel Fineman]和巴巴拉·约翰逊[Barbara Johnson])、读者反应理论(代表为斯坦利·菲什[Stanley Fish])、女性主义(代表为玛丽·雅各布斯[Mary Jacobus]和玛丽·尼奎斯特[Mary Nyquist])、马克思主义(代表为弗雷德里克·詹明信[Fredric Jameson]和约翰·布伦克曼[John Brenkman])以及上述的各种混合物。这一反应针对的是"我们右边的经典"(canon to the right of us)……,即(旧的)新批评(the [old] New Criticism)。②

帕洛夫赞成《抒情诗:超越新批评》编者之一帕特里夏·帕克(Patricia Parker)的观点,也认为(旧的)新批评的明显缺陷,是它"把文学文本当作孤立的制造物或客体,解除了对作者意图和读者反应的关注"。③ 而"新的新批评",或者说"我们左边的经典",却主张诗歌话语是由文化构成的。帕洛

---

① 《抒情诗:超越新批评》这一诗集由康奈尔大学于1985年出版,是在多伦多大学研讨会基础上编成的,编者为卡维瓦·霍瑟克(Chaviva Hosek)和帕特里夏·帕克。编者称,"此书旨在吸引学生、批评家和诗歌教师,还有乐于将文学理论运用于数个历史时期之文本研究的人。"但帕洛夫评论说:"这里有两个含义存有问题。第一,此书不是给诗人读的……。第二,说'文学理论'是用于'文本研究'的东西,换言之,这就是说第二话语被用于第一话语,且无论如何都与之分离。我们应该立刻注意到:(1)这种分离重复了新批评对诗歌和关于诗歌的写作的区分;(2)具有讽刺意味的是,新批评家对待这一分离,反倒没有他们的新的挑战者那样认真,因为新批评家中的很多人——像艾伦·塔特、罗伯特·佩恩·沃伦(Robert P. Warren)、兰达尔·贾雷尔和R. P. 布莱克默(Blackmur)——自己就是诗人,因此很可能不会建议说,一本关于抒情诗的书是'旨在吸引学生、批评家和诗歌教师'。的确,诚如爱德华·萨义德(Edward said)所说的,'新批评的杰出之处,是它的意图莫名地平民主义',其目的,更多的是给所有受教育的读者一些工具,让读者借助这些工具能够理解文学作品。"参见 Marjorie Perloff, *Poetic License: Essays on Modernist and Postmodernist Lyric*, p. 15.

② Marjorie Perloff, *Poetic License: Essays on Modernist and Postmodernist Lyric*, pp. 14～15.

③ Ibid, p. 15.

夫说,"如果诗歌话语,一如'我们左边的经典'所主张的,是由文化构成的,那么我们最好看看该文化"。① 于是,她便举了一个例子——丁尼生的《轻骑兵冲锋》,分析了"这一著名诗歌的状况":

> "右边的炮火山摇,/左边的炮火地动,/前面的炮火更猛,/有如惊雷敌人万炮齐轰"——曾几何时,这些诗句每一个上学儿童都能背诵,然在近些年,充其量只有微弱的回音而已。我斗胆猜测,40岁以下的读者的确不可能知道它们出于何处了,……
>
> 丁尼生用三音步表达的鼓声,还有那急切的韵脚和迷人的重复,对战场上突然死亡的戏剧性叙述,在我们二战后的人看来,是令人尴尬的,因为我们不相信好斗的爱国主义和维多利亚时期对军事成就的推崇。但是,我们今日对这等抒情诗的贬低,正如杰罗姆·麦克甘(Jerome J. McGann)在一篇重要文章里指出的,本身也有时代和文化上的局限,有如我们今日喜爱华莱士·斯蒂文斯(Wallace Stevens)的温和节奏和微妙的委婉。的确,要理解《轻骑兵冲锋》就得"揭示维多利亚中期的意识形态,它讲述了坦尼森这首诗的每一个部分",以此来"批评式地界定诗中人性的特定形态和特定品质"。……麦克甘研究的是坦尼森这首诗的真实的历史和政治语境,它的生产和接受模式。②

显然,在这篇文章里,我们看到帕洛夫在告诫我们要注意"我们左边的经典"的主张,万万不可忘记文字和形式背后的文化。她甚至用罗伯特·克雷利的著名训令来结束这篇文章:"形式从不超出文化的范围。"③

在首篇文章里,帕洛夫对系列已被其他知名理论家视为将抒情诗歌研读新方法进行过开拓的诸种批评再次进行一番剖析。她的精彩论述并不是经由枯燥的理论化而出手的,而是基于对文学的真正解读与阐释立场对批评方式的一种发问。在谈到当代批评对文化的忽视与对传统经典的过度阐释的时候,帕洛夫指出整个20世纪所产生的对当代文学所提出诸多问题与挑战的俨然忽略现象。针对既有评论的脆弱与一叶障目现象,帕洛夫非常明确地指出,那些功成名就的理论家们宣称自己对历史已经足够重视了,但是他们却对抒情主义中的那些关键的历史时刻的转换视而不见。因此他们

---

① Marjorie Perloff, *Poetic License: Essays on Modernist and Postmodernist Lyric*, pp. 23～24.

② Ibid, p. 25.

③ Ibid, p. 29.

对语言而非结构中的抒情思想的定位也就缺乏足够的时代敏锐性，于是乎抒情语言便不再被看做是世俗世界的一个出走者了。

《破格》的第2篇文章《经典与上膛的枪：女性主义诗学与先锋派》，从标题看，同样也显示着比较式的：将女性主义诗学与先锋派做比较式的探讨。文章一开始，帕洛夫就提到艾丽西亚·奥斯特里克（Alicia Ostriker）发表在《纽约时报书评》（*The New York Times · Book Review*）（1986年3月9日）的文章。文中，奥斯特里克谈论了妇女诗歌以及在80年代被广为接受的经典。她认为，至少在60年代中期之前，诗歌是由男人统治的。她说："我当学生时，浪漫主义时期只讲六位诗人：第一代中有布莱克、华兹华斯和柯勒律治，第二代中有拜伦、雪莱和济慈。接下来就是维多利亚时期，主要是丁尼生、布朗宁和马修·阿诺德（Matthew Arnold）。再接下来，就可能是读哈代了，当然少不了霍普金斯（Hopkins）……。最后是现代派的超新星：叶芝、艾略特、弗罗斯特、斯蒂文斯、庞德和威廉姆斯。这就是我的教授教的文学史。"[①]就奥斯特里克说的这番话，帕洛夫的评论是：

> 但是这不是我们的教授教的文学史，至少50年代中期在奥柏林学院不是这样。在奥斯特里克去布兰迪大学读书前几年，我在那里读浪漫派诗人时有切斯特·谢弗（Chester Shaver），读现代派时有安德鲁·胡佛（Andrew Hoover）。除了谢弗，出于种种实际理由，浪漫派只有四位诗人：布莱克因被认为太怪而不能收入（他被尊为圣只是60年代的事），雪莱因说教太直白、太抽象而不能收入，缺少济慈诗中那种给人以美的享受的东西。至于何谓"现代派诗歌"，我们当前对二元对立的嗜好，此处具体为男诗人和女诗人的对立，不应该使我们看不见论及当前的文学时经典的形成所带来的困难。为此，先让我来说一些数据。[②]

接着帕洛夫列出了一系列数据。比如，（1）50年代，在她还是个本科生时，研究现代派诗歌的经典之作是克林斯·布鲁克斯（Cleanth Brooks）1939年编写的《现代诗歌及其传统》（*Modern Poetry and the Tradition*）。布鲁克斯以长长的篇幅来讨论叶芝以及艾略特的《荒原》，他也探讨沃伦、兰塞姆（Ransom）、塔特、弗罗斯特和早期的奥登。但布鲁克斯1965年修订这本书时，却遗憾地发现缺少了斯蒂文斯。对于奥斯特里克罗列的其他的"超新星"，如威廉姆斯和庞德，布鲁克斯的评价是威廉姆斯仅仅是《红色手推

---

① Marjorie Perloff, *Poetic License: Essays on Modernist and Postmodernist Lyric*, p. 32.

② Ibid.

车》(*The Red Wheelbarrow*)这样的小诗的作者,至于庞德,虽然布鲁克斯不情愿地承认这位诗人在批评的革命中占有中心位置,值得去关注,因为他与艾略特和叶芝的关系密切,但就庞德的诗歌,布鲁克斯却保持沉默。庞德和威廉姆斯一直被排除在经典之外,至少在70年代初之前是这样的。(2)70年代末,大学课堂上用的主要的诗歌选集,如《英美重要现代诗人》(*Chief Modern Poets of Britain and America*),却没有收入金斯伯格、克雷利、阿什贝利、奥哈拉、朱科夫斯基和奥本这样的诗人。即使是在被认为激进的60年代和70年代初,在英语文学课程里,这些诗人也是看不见的。(3)现在的情景又如何呢? 一方面,我们看见先锋派杂志和文学选集对凯奇、朱科夫斯基,尤其是斯泰因这样的诗人"有着浓厚的兴趣";另一方面,出版于1985年的《诺顿美国文学选集》(*The Norton Anthology of American Literature*)第二卷,却"继续忽视这些诗人的存在(斯泰因虽然被收入了,但主要是她的晚期讲学)"。①

在罗列了这些数据之后,帕洛夫不无感慨地说:"因此,在我们转而讨论'妇女新诗歌'时,我们应该记住,经典性几乎总是先锋派的死敌。历史告诉我们,真正新的、革命的诗歌,很难迅速进入学院派的殿堂。""开拓经典"须有纳新或说包含(inclusiveness),然而"包含这一神话却与无意识地排斥他者之冲动携手而进,"这在帕洛夫看来,是对"当今开拓经典之冲动的十足讽刺。毕竟不是每个人都受邀参加宴会,尤其是如果有人不具有实实在在的'宴会'凭证时"。② 她认为《诺顿妇女文学选集》(*The Norton Anthology of Women Literature*)这一经典标志没有选收豪和洛林·尼德克(Lorine Niedecker)的作品就是一个很好的例证。

这里所展示的关于正统诗学文化的最大脆弱性:对现当代女性诗歌创作中最负盛名女诗人语言的无力提供。当代经典重构的实践与标准都再次印证了帕洛夫的这个洞见。当先锋思想创作被纳入视野时,读者们就更容易发现20世纪经典建构中的一个明显偏见:经典的形成与其说是基于性别偏见之上,还不如说是基于对某些诗歌主张的偏见之上的,尤其是对那些来源于庞德和斯泰因的诗歌主张的偏见。当摩尔(Marianne Moore)、普拉斯和里奇曾长期在男性把持的文学圣殿里享受顶礼膜拜的礼遇时,而豪、尼德克、朱科夫斯基和奥本那样的女诗人却被各类文学"选集"所抛弃。因此帕洛夫对那种所谓的"合理归化他者"的理论化之路进行了一针见血的讽喻,

① Marjorie Perloff, *Poetic License: Essays on Modernist and Postmodernist Lyric*, p. 33.

② Ibid, p. 36.

并指出其实质不过是在意欲归化的同时压碎了“他者”和异质性而已。

《破格》的第3篇《翻译美国人:“美国新诗”的法国表述》探讨的是“美国新诗”,然而切入角度却是放在了法国——从法国人怎么看美国新诗的角度来探讨美国新诗。文章一开头帕洛夫就指出,“法美诗歌之关系潮,似乎已然转向。完全可以说,如今没有哪一位美国诗人可以像庞德于1913年那样宣称:‘实际上,整个英语诗歌艺术的发展,是从法国人那里偷来的’。”①帕洛夫自己觉得如今真正的分界,存于一种美国诗歌与一种“自制的”(home-made)诗歌,前者“继续向英国寻求其形态、方式、习俗甚至主题”,后者则向欧洲尤其是向法国和德国寻求其理论基础,而且在这两种纽带中,法国的纽带“变得重要了”。②

文中,帕洛夫分析了洛威尔1973年的《哈里特》(*Harriet*)和马克·斯特兰德(Mark Strand)1980年的《一个早晨》(*A Morning*)这两首诗。她认为两首诗中都有到华兹华斯的影子:“的确,《哈里特》和《一个早晨》中创作的符号都是华兹华斯的符号。”③这也就是说,华兹华斯这样的浪漫主义诗人的东西,由洛威尔和斯特兰德这样的当代诗人继承了下来。“洛威尔的诗是首无韵十四行诗,其从容的五步抑扬格——‘bronzed by decay,by many,many suns’;或者‘already ripened for the night on stage’——让我们立即想起华兹华斯的‘It is a beauteous evening,calm and free’或者‘The world is too much with us,late and soon.’。”“尽管《哈里特》的最后三行句法旋绕,有时出现时态转换和句子不完整,其修辞虽然形式稀释,却是重复了华兹华斯十四行诗的修辞”。而在斯特兰德的《一个早晨》中,“与华兹华斯的联系就更加明显了”。然而“在法国,情景截然相反,理想阶段的浪漫主义(拉马廷[Lamartine]、威格尼[Vigny]、马塞特[Musset]尤其是雨果),在20世纪并未发挥英国浪漫派诗人继续为我们发挥的那等重要作用”。④ 帕洛夫认为,享有这等荣誉的是象征派,它始于波德莱尔,而主持当代法国诗人神位的是马拉美。帕洛夫说,“我们现在可以更好地理解为何1988年在法国见不到一本罗伯特·弗罗斯特的诗出版,而庞德的却有10本,威廉姆斯的有7本,而斯泰因的有17本。对也罢,错也罢,当代的法国话语推崇俄国形式主义诗人称作文字(word)的东西,并由此而延伸为句法领域的东西。

① Marjorie Perloff,*Poetic License: Essays on Modernist and Postmodernist Lyric*,pp. 53～54.

② Ibid,p. 60.

③ Ibid,p. 62.

④ Ibid,p. 64.

的确,法国诗学与法国后结构理论是一致的,而这一致的方式绝然不是美国诗学的。"①在这篇文章的最后,帕洛夫引用法国人德尼克·罗奇(Denic Roche)的话来解释这一现象:"我尽力像一个努力将自己译成法文的美国人那样写诗。"帕洛夫同时指出,这样写诗也就"做成了我们或许可以称作美国怪圈(American loop)的东西……这大概应了一句老生常谈:绕道反而近,捷径常误人"。②

《破格》的第4篇《探索数字:叶芝、赫列勃尼科夫和现代主义数学》探讨叶芝的诗学,将俄国人赫列勃尼科夫作为一个参照系。赫氏是俄国先锋派诗人,与叶芝"绝无交往,但却像叶芝那样,在与叶芝的相同岁月里发展了精心做成的数学公式,以图解历史事件"。③ 借用泰勒斯·米勒的话来说,绝对是"异床同梦的叶芝与赫列勃尼科夫却都有兴趣从数字来理解历史"。④

《破格》的第6篇《我们子孙的同代人:庞德与影响问题》,顾名思义,讨论的是庞德的影响问题。文章开篇就引用四个人关于庞德的贡献与影响的话,其中垮掉派诗人金斯伯格的话给人印象最深。有人问金斯伯格:"如果将一奖品奖给某个具有庞德所具有的所有地位的人,你怎么看?" 金斯伯格回答说:"这是哪儿跟哪儿的事。如果这奖品有幸找到他,那么上帝应该祝福这奖品。这奖品需要他,他不需要这奖品。当然,应该将所有的奖品都奖给他。可惜他没有得到诺贝尔文学奖,也没有得到所有其他的奖品——他是他时代的最伟大的诗人!"帕洛夫评论说,金斯伯格说的"最伟大的"可用"最有影响的"来代替,"而且没人会反对,理由是在英国和美国,二战后有哪一位诗人是不学习庞德的?"⑤她认为,"说到庞德传统,通常画的家谱结构是经由威廉姆斯,再至黑山派、客观派(the Objectivists)、自由派。庞德和奥尔森、庞德和朱科夫斯基、庞德和洛威尔——所有这些连带已经明显不过了,用不着我在这里再试演一番。……我在这里想讨论的是一个大问题:庞德的作品中,究竟是什么东西在20世纪下半叶产生如此大的影响。"⑥就此,帕洛夫指出了庞德的"遗产"在三方面:(1)追求准确、独特、即时性;

① Marjorie Perloff, *Poetic License*: *Essays on Modernist and Postmodernist Lyric*, p. 66.

② Ibid, p. 69.

③ Ibid, p. 72.

④ Tyrus Miller, "Poetry Matters: Introducing the Criticism of Marjorie Perloff", *Textual Practice* (18) 2004, pp. 153～169.

⑤ Marjorie Perloff, *Poetic License*: *Essays on Modernist and Postmodernist Lyric*, p. 120.

⑥ Ibid, p. 123.

(2)打破五音步诗行而推崇具有音乐感的自由诗行;(3)将翻译用为创作。

《破格》的第7篇《一种好的新现实主义:斯泰因寻求读者的六种风格》比较了斯泰因的所谓的"易读"作品和"难读"作品。前者指"大众化的、容易理解的、透明的"、比较"直白的"作品,如小说《艾丽丝自传》(*Autobiograph of Alice*),或如著名的评论文章如《画像和重复》(*Pictures and Repetition*)。后者指"不透明的、个人化的、困难的"作品,如《软纽扣》和《雷诺兹夫人》(*Mrs. Raynolds*)。经过分析,帕洛夫总结出了斯泰因的六种不同风格:(1)貌似"直白的"报道;(2)自传式叙述借用表现一个虚构的讲故事的人来实施讽刺;(3)用变更短语重复来实施叙述,每一字或短语的再次出现给人以新的视野;(4)字和音素的"抽象"重复;(5)提喻式的晦涩诗歌;(6)声音诗歌(sound poetry)。[①] 帕洛夫说,"斯泰因本人意识到她的写作可能带来的种种可能性。它既非一个写得'简单'时就人人都懂、写得'晦涩'时则没人能懂的问题,也非现在常说的主要是肢解'父权'话语的事……,斯泰因的写作向读者展示的最大困难,是她的写作不囿于一个东西——既非典型的'女性主义的',也非典型的'女同性恋的',或典型的'侨居国外的',或'犹太人的',或'立体派的',或'美国人的',甚至也非典型的'前后现代的',尽管我个人认为最诱人的是斯泰因的后现代方面。"[②]

《破格》的第8篇《"一种我的声音":法文/英文贝科特和法文/英文读者》比较了用法语和用英语创作的贝科特,而且是从以法语读者和英语读者的角度来讨论的。贝科特曾对人说:"用法语更容易进行无风格创作。"帕洛夫将此"无风格"(without style)读作"没有,或者干脆说,外在于他的伟大的英格兰和爱尔兰前辈的风格。前辈中最明显的例子就是乔伊斯,但推而广之,贝科特想'无'的'风格'也是密尔顿或柯勒律治、济慈和斯温伯恩的风格"。[③] 也就是说,贝科特想摆脱自己的传统而追求一种"无风格"的法语写作。他也是这么实践的。他的很多作品是先用法语创作。然而传统能说摆脱就给摆脱掉吗?不能。英格兰、爱尔兰的文学之过去,当然是不可能给擦除的。……在他晚年的无韵文作品里,作者年轻时的英格兰、爱尔兰教堂的东西越来越多地从后门进来,即从翻译之门进来,而且,英文版要求的读法与法文版要求的完全不同。法语读者有法语读者的读法,英语读者有英语读者的读法。如读《莫洛伊》(*Molloy*),法国读者莫里斯·纳杜(Maurice

---

① Marjorie Perloff, *Poetic License: Essays on Modernist and Postmodernist Lyric*, p. 158.

② Ibid, p. 159.

③ Ibid, p. 162.

Nadeau)是如此评说的:“贝科特的语言刚刚建立则立即消解于虚无之中,立即消除其微弱的痕迹”。[①] 而英国读者唐纳德·戴维(Donald Davie)却认为,贝科特的句法有滑稽模仿的功能,虽然语言可能背叛乔伊斯式的双关语(……)中的说者,但对贝科特来说,更多的背叛是通过句法的过分优雅来完成的。帕洛夫认为,这种差异“当然不能仅仅依据法、英版本的不同来解释。……欲理解这差异,我们不得不学习比较战后巴黎和战后英美文化的形成”。[②] 请注意,这里,帕洛夫再次强调了读诗须研究诗背后的文化。

《破格》的第 9 篇比较了普拉斯的诗集《爱丽尔》的两个版本,一本是普拉斯自己选定的诗歌,另一本是她的丈夫休斯选定的。帕洛夫称前者为《爱丽尔 1》,后者为《爱丽尔 2》。她说,“二者都有一个情节,但两个情节如此不同,以至于我们无法不想知道依据事实来重新建构一个诗歌顺序意味着什么。”[③]

原来在《爱丽尔 1》中,普拉斯选定的 41 首诗,有 11 首被休斯删掉了,未收入他选编的《爱丽尔 2》,这当中有 8 首写于 1962 年 10～11 月。与此同时,休斯另选了 9 首诗,编入《爱丽尔 2》。这 9 首诗都是普拉斯在她生命的最后六周写成的。“事实说明,普拉斯自己欲将出版的《爱丽尔》诗集中的诗歌,‘是作了非常细心的序列安排的’,一切都计划精密,包括诗集开始和结束的诗句。”[④]帕洛夫觉得普拉斯的《爱丽尔 1》“有一特别叙述结构”:它始于女儿弗里达[⑤]的出生(因此收入了早期的一首诗《晨歌》[*Morning Song*]),中途历经普拉斯 1962 年 4 月发现自己丈夫有外遇的绝望,然后是对休斯同年 9 月中旬抛弃普拉斯的愤怒和厌婚(《帏幔》〔*Purdah*〕一诗将她的愤怒表达至极致,但未被收入《爱丽尔 2》)。帕洛夫认为,休斯这样的安排,“意味着普拉斯的自杀是不可避免的(……),不是因了她的真

---

① Marjorie Perloff, *Poetic License: Essays on Modernist and Postmodernist Lyric*, p. 170.

② Ibid, p. 172.

③ Ibid, p. 178.

④ Ibid.

⑤ 弗里达(Frieda)是普拉斯的第一个孩子。普拉斯生下第二个孩子尼古拉斯(Nicholas)三个月后,即 1962 年 4 月,发现自己的丈夫有外遇。(此事在她的《捕兔者》[*The Rabbit Catcher*]和《偶然在电话里听到的消息》[*Words Heard, by Accident, over the Phone*]二诗歌中有所反映。前者她收入《爱丽尔 1》,后者她选择不收入,尽管就外遇一事此诗说得更明白。)当时弗里达只有两岁,尼古拉斯还不足四个月大,可以想象普拉斯承受了多大的压力。此后俩人一度想和好。但 9 月 11 日休斯离开孩子去了爱尔兰,并在那里告诉普拉斯他要离开她。说了这话的第二天,休斯便回到伦敦,着手办理离婚手续。1962 年 8、9 月是危机时期,未见普拉斯在此期间写有诗歌。10 月她写的诗都很悲凄,话也说得直白,但都未被收入休斯选编的《爱丽尔 2》。这里,我们看到的是父权制对女性的迫害。

实环境，而是因了她实际上患了似乎无法治疗的精神分裂症”。[1] 帕洛夫经过细心比较《爱丽尔1》和《爱丽尔2》，发现塔德·休斯有意篡改了普拉斯的诗选，也就篡改了普拉斯的初衷：“普拉斯对诗选的安排，强调的不是死亡，而是意识到心爱的人原来是个叛徒之后的奋争、复仇和愤怒。”[2]

《破格》的第13篇比较了巴尔特和阿什贝利。巴尔特是著名的法国文论家，而阿什贝利是著名的美国后现代诗人。帕洛夫之所以将他俩放在一块比较，乃是因为二人的共同点：文类的零度。这是此文的标题——《巴尔特、阿什贝利和文类的零度》(*Barthes, Ashbery and the Zero Degree of Genre*)——告诉我们的。帕洛夫认为，“巴尔特式的矛盾——而且我们可以在阿什贝利的作品里见到相似的东西——是有如非虚构叙述可以比小说更具‘小说模样’(novelistic)，无韵散文就具有比诗歌更具‘诗歌模样’(poetic)的能力。……换言之，以其现代的形式，诗歌‘意欲成为一种反语言’(anti-language)，而‘普通的’无韵散文，比如说《她》(*Elle*)杂志上讨论时尚的文章，或如雪铁龙车型的一则广告，就可以给想象的读者提供种种‘诗歌模样’的可能。”[3]在帕洛夫看来，巴尔特自己创作的抒情诗之外的‘诗歌模样’、小说之外的‘小说模样’的东西，无疑就是《罗兰·巴尔特写罗兰·巴尔特》(*Roland Barthes par Roland Barthes*, 1975)[4]。“但这部‘小说’始于一本家庭照片剪贴，为一系列童年时期的形象，而这些形象，如作者告诉我们的，既是我们非常熟悉的又似乎描绘一个陌生的他者……因此即刻引出的是巴尔特称作的‘主体上的裂缝’。”[5]巴尔特的这本书中有一片断，名为“On le sait”，理查德·霍华德(Richard Howard)将此标题译为“As we know”(《如我们所知》)。阿什贝利在巴尔特出版此书四年后，出版了一本诗集，就叫“*As We Know*”，集中有一标题诗“As we know”。帕洛夫说，“阿什贝利的‘As we know’就是巴尔特的‘On le sait’”，二者都具有碎片、断裂的形态，人称代词不牢靠，“作者有时将自己表达为‘我’，有时为‘他’，有时

---

① Marjorie Perloff, *Poetic License: Essays on Modernist and Postmodernist Lyric*, p. 182.

② Ibid, p. 269.

③ Ibid, pp. 1～2.

④ 此书也有人译作《罗兰·巴尔特论罗兰·巴尔特》(如在台湾)，或《罗兰·巴尔特自述》(中国人民大学出版社即是)，还有人将它译为《罗兰·巴尔特论罗兰·巴尔特：影像自述》。虽然后者的译名似乎与书之内容最为相符，这里我们还是将它直译为《罗兰·巴尔特写罗兰·巴尔特》。此书为巴尔特为法国色伊(Seuil)出版社“永恒的作家”丛书写的一部有关他自己的作品，可视作一部自传，但绝非传统意义上的自传。书中有很多巴尔特自己年幼及年长的珍贵照片和绘画，并采用片断式的书写方式，时间错位，事件凌乱，无逻辑可言，充斥其中的是语言的随意性，很难说它是部自传还是部小说，抑或它根本就是一部文类为零度的作品。

⑤ Marjorie Perloff, *Poetic License: Essays on Modernist and Postmodernist Lyric*, p. 271.

为‘你’”。[①] 显然,帕洛夫这样的比较使我们更能看清巴尔特和阿什贝利的共性:二者都打破了文类的界限。

从上面的讨论中,我们可以看到,帕洛夫的这种比较式的研究至少有两大好处:(1)它可以突出所讨论的问题;(2)它在讨论中有个明确的参照系,在人们不易理解和解释什么是什么的时候,可以借用什么不是什么来理解和解释什么是什么。实际上,整个论文集可以看做是以现代主义抒情诗作为参照系来探讨后现代主义抒情诗,以展示“诗歌破格”的过程。在这种比较式的探讨中,我们更容易看清现代派和后现代派之间存有“深层联系和共鸣”。

第四节　清丽的声音:形式主义+文化批评

帕洛夫是1965年获得博士学位的,这便意味她读书期间接受的文学批评训练是新批评那一套。就此,她本人并不否认,并自称为文本细读派。然而在博士毕业之后,她也毕竟进入了美国的后结构主义时期。1966年德里达发表《结构、符号与人文科学话语中的嬉戏》(“Structure,Sign,and Play in the Discourse of the Human Sciences”)一文,催发了美国的解构之风,至70年代“耶鲁学派”形成,他们于1979年发表的《解构与评论》,“被理解为这个学派的宣言书”。[②]

帕洛夫的早期批评实践,方法上主要还是形式主义的。正如米勒所观察到的那样,1970年的《叶芝诗歌中的韵律与意义》,“的确从文体学上细细地研究了叶芝的诗歌,将描述语言学与细心的形式阅读结合起来,展示了叶芝诗中韵和义的复杂交合。她的第二部著作《罗伯特·洛威尔的诗歌艺术》,虽然不像研究叶芝那般地细究诗歌的技巧方面,但也很是关注洛威尔诗中形态模式与意象的复杂交合。读了她后期的著作后再回头读她的这些著作,令人难忘的是她常常用来分析诗歌格律和形态的同一工具,也用于分析更为激进、不合规矩的先锋派文本。比如,她曾在几处仔细地考察了贝科特的散文文本的音之结构”。[③]

但到1977年《画家中的诗人》发表时,情况则有所变化(——或许是解

① Marjorie Perloff, *Poetic License: Essays on Modernist and Postmodernist Lyric*, p. 280.

② 高桥哲哉:《德里达:解构》,王欣译,河北教育出版社2001年版,第29页。

③ Tyrus Miller, “Poetry Matters: Introducing the Criticism of Marjorie Perloff”, *Textual Practice* 18 (2), pp. 153~166.

构之风劲吹的缘故)。书中,帕洛夫就将奥哈拉的作品读作"相关文化和艺术活动矩阵的一部分"。"将诗歌放在文化的延续统一体内,这一方法很快就成了帕洛夫的主要批评方法。她不是读'纸上的文字',而是(如她自己说的)读纸外的文字,将文字读进创新诗歌的必定发源地——甚为活跃的城市和技术文化"。[①] 然而,为什么文化研究之前须有细读(形式主义批评)? 我们知道,文化批评是后来出现的新的批评方式,在八九十年代甚为流行。从事文化批评的人,对细读(形式主义批评)通常持不屑一顾的态度。可帕洛夫另有见解。她说:"当下时髦的文化研究方式坚持认为'细读'已成往事,变得不相干了。但是没有细读、对比和比较,就无法理解诗歌"。[②] 不过,帕洛夫并不想成为布鲁克斯、沃伦、兰塞姆这样的细读派。毕竟,帕洛夫所处的时代是德里达和"耶鲁学派"的时代,而身处这等文化氛围,不能不受到后结构主义、文化批评的影响。

但是对解结构派和后结构派的东西,帕洛夫还是持谨慎、甚至反对的态度。比如在本文集的第2篇文章中,她说道:"解结构之后,人们可能认为不再需要重复语言能指并不等于其所指这一不言而喻的道理。但是当前的以意识形态为目的的批评潮流却引进了一种古怪的倒退形式。当我们一方面谈论理论时,我们继续谈论'差异'和'抹除'、'去中心'和'互补'。当我们从另一方面从事批评实践时,无论是诗歌的还是散文的,我们依然认为将文本读成语言的方法才是抵达真理的唯一通道。X这首诗'说的是'发现人的性本体,Y这首诗'说的是'强奸的恐惧,Z这首诗'说的是'交换价值或商品崇拜,等等等等。"[③]这里,帕洛夫似乎在告诫我们:尽管我们读诗时可以在理论上大谈"能指的滑动",但最终还是要说到所指,要研究这首诗"说的是"什么。

就自己是个什么样的批评家,帕洛夫曾经有这样的描述:"我愿意将自己描述为一个形式主义者,一位文学历史学家,一位评论和比较文学的批评家。我坚信,重要的诗歌或小说,一向有其自己的动向,在可感觉的程度上说,诗的形式、结构、韵律乃至主题的选择,都是由诗人的文化和历史处境决定的。同时,我也相信,诗人个人又可超越(我知道'超越'这一动词很是含蓄)其文化,创造出伟大的作品,这作品不仅可以用来诠释其文化,而且还可

---

① Peter Barry, "Biography and Influence of Marjorie Perloff", *The Encyclopedia of Literary Critics and Criticism*, ed. Chris Murray. London: Fitzroy Dearborn, 1999, p. 158.

② Luo Lianggong, "Poetics, Poetry, Language Poetry: An Interview with Professor Marjorie Perloff", pp. 1～8.

③ Marjorie Perloff, *Poetic License: Essays on Modernist and Postmodernist Lyric*, p. 51.

以用来诊断和批评其文化”。[①] 帕洛夫的这番话是2007年接受中国学者罗良功采访时说的。同年五月,在接受海伦·阿吉(Hélène Aji)和安东尼·卡泽(Antoine Cazé)的访谈时,帕洛夫也解释了她是一个怎样的形式主义者:

> 真的,从俄国形式主义的含义上说,在我心里,我是个形式主义者……
>
> 但同样,在我心里,我又是个现代主义者。比如,我与多数美国学者的相同之处甚少,因为我不想研究18、19世纪美国文学,这些文学说教太多,道德的东西太明显,与我的情趣不合。我这么说多少有些乱开玩笑——当然我喜欢麦尔维尔、狄更斯和惠特曼——但是较之美国研究,我更喜爱研究欧洲现代主义,无论是德国的,法国的,还是东欧的。而且,虽然我写了很多关于“后现代主义”的东西,我却已经认识到,真正的艺术革命是始于20世纪初,且发源于欧洲。第一次世界大战时期是我喜爱的时期。我认为我是位现代主义者,因为我的确相信艺术有些超然,我关心艺术的形式价值并且崇尚艰难。[②]

显然,从她的这些话里,也从她的批评实践中,我们清楚地看到,帕洛夫的批评方法就是形式主义批评+文化批评。

其实,我们阅读帕洛夫的《破格》,所得的印象正好印证了她的这一自我评价。《破格》中,帕洛夫分析诗歌的手法是新批评式的或曰形式主义的,但绝不囿于形式主义。她的确评论诗的形式、结构、韵律和主题,但绝不像传统的新批评派那样就此收笔;她还解读诗所折射的文化和诗人所处的历史处境。为此,她的批评方式是多样的,除了形式主义的之外还有其他的。可以说,为了批评有道,她可以运用一切能为批评服务的理论。她自己说,“就我而言,我在任何情况下都是采用信仰调和论者的姿态。比如,我也借用特里·伊格尔顿(Terry Eagleton)的马克思主义批评,借用巴尔特的后结构主义见解……诗歌对巴尔特和伊格尔顿以及雅克布森来说,不可能只从主题上——这首诗说的是什么——来理解,音之作用,视觉模式,句法以及文类,于我们的理解是更为核心的东西”。[③] 但是,帕洛夫并不赞成功利性的

---

① Luo Lianggong,“Poetics,Poetry,Language Poetry: An Interview with Professor Marjorie Perloff”,pp. 1～8.

② Hélène Aji and Antoine Cazé,“A Conversation with Marjorie Perloff”. *Source*. Autumn 2008,pp. 27～34.

③ Luo Lianggong,“Poetics,Poetry,Language Poetry: An Interview with Professor Marjorie Perloff”,pp. 1～8.

阅读，她认为"因为解结构主义批评可以发现某一特定文本澄清和揭示其真正操作的隐蔽之处，我们就训练学生运用这一批评，比如保罗·德·曼的最神秘的主张，来考察和理解文本。或者，我们用马克思理论来教导他们如何确立莎士比亚喜剧中隐藏的权力关系，或者来界定艾米莉·狄金森（Emily Dickinson）诗歌中的交换价值作用。这种情形实则是功利性阅读（reading for），而不是阅读"。[1]

为探究竟，我们不妨来看看下面这个例子，看看帕洛夫是如何运用她的形式主义批评＋文化批评。此例是帕洛夫讨论斯泰因的第六种风格——声音诗——时分析的一首叫《让·科克多》（*Jean Cocteau*）[2]之诗的篇首部分。具体如下：

Needs be needs be needs be near.
Needs be needs be needs be.
This is where they have their land astray.
                    Two say.
This is where they have their land astray
Two say.
Needs be needs be needs be
Needs be needs be needs be near.
                    Second time.

试译如下：

需要需要需要靠近。
需要需要需要。
这是他们的领土进入歧途之处。
            二人说道。

---

① Marjorie Perloff, *Poetic License*: *Essays on Modernist and Postmodernist Lyric*, p. 229.

② 让·科克多（1889～1963），法国多才多艺的先锋派，在20世纪的现代主义和先锋艺术史中，几乎每个领域都绕不开这位身形瘦高、举止优雅的法国人的影子。他兼诗人、小说家、剧作家、文学评论家、画家、编剧、电影导演于一身，几乎涉及所有的现代艺术领域，但他称自己的全部创作为诗：诗歌之诗、小说之诗、戏剧之诗、绘画之诗、评论之诗。他的生活有点波德莱尔式，双性恋。他的创作多用超现实的手法。他最著名的一句话是："一个艺术家不能谈论自己的艺术，犹如一棵植物不能讨论园艺学。"

这是他们的领土进入歧途之处
二人说道。
需要需要需要
需要需要需要靠近。
　　　再来一遍。

帕洛夫首先指出,"无疑,这是'最胡言乱语的'、最不透明的斯泰因。我们既不知道'needs be'(需要)的主语,也不知道它的宾语,我们还不能肯定这一动词是陈述的还是条件的('if need be …'[如果需要])。同样,我们不能确立双关语'Two say' (to say)的含义或韵'say'/'astray'的效果,不能确定第 5 行'their land astray'的指涉物。""但是,"帕洛夫接着说,"大声朗读的话,就能感受这首诗有一独特的节奏,尤其是具有民谣的节奏……。因此《让·科克多》的首行,'Needs be needs be needs be near,'引入的音像儿童做循环游戏(circle games)唱歌时发出的声音;的确,迭句'Second time'(再来一遍)暗示应该重复与咒语相关的身体移动(蹦? 跳? 拍掌?)。"[①]

然而帕洛夫认为,"《让·科克多》是滑稽模仿儿童诗歌或跳绳曲,因为'needs be'也是一双关语,对应于'kneads bee'(揉捏蜜蜂),而'This is where they have their land astray'(这是他们的领土进入歧途之处)指涉的是成人世界,而不是儿童世界。而且,如果我们知道斯泰因羡慕年轻的科克多,知道此君赞扬过斯泰因的作品,但似乎没空参加她的沙龙,成为她的密友之一,那么'land astray'和'needs be'就开始有意义了。斯泰因视自己的文学环境为科克多'需要接近'('needs be near')的环境,因为他常常赞赏她、鼓励她。但是,他们的书信之交没有想象的那么真实,科克多不能为斯泰因分出时间,而斯泰因将自己和这个异乡的年轻法国作家(Two say)表现为两个志同道合的艺术家,他们的'领土'(land)或说共同的艺术财产进入了'歧途'(astray),然而需要继续存在,如她在上述最后一行诗说的,'应该比两人说的走得更近'(It may be nearer than two say.)。也就是说,'我们'(We)具有的共同点比我们认为的还多"。[②]

这就是帕洛夫的"形式主义批评+文化批评"。她首先分析诗中的音,然而分析此诗背后的文化背景——斯泰因与让·科克多的交往/友情,最后分析此诗"说的是"什么。

---

① Marjorie Perloff, *Poetic License: Essays on Modernist and Postmodernist Lyric*, p. 157.

② Ibid, pp. 157～158.

第五节 结语

虽然《破格》中的文章绝大多数属于"偶然"之作，但是，"多年一直读她著述的人知道，这些'偶然'的批评和评论于她结成丰厚的著作有多么重要"。[①] 虽然这些文章都是帕洛夫上世纪80年代写的，但她在那时就提醒我们注意，诗歌的破格和经典的形成都受制于其所处的时代和文化，同时她还告诫我们，"现代派和后现代派之间存有深层联系和共鸣"，这在当时是一件多么不容易的事。虽然上世纪80年代的英美学界，一如洛奇的校园小说所描述的[②]，受推崇的是结构主义和后结构主义，依然运用新批评方法的甚少，但"作为批评家和理论家，帕洛夫的长处之一，是在她生涯达到顶峰时，在美国结构主义独霸天下之际，她却岿然独存，不被解构结构席卷而去。""在(由亚里士多德开创的)文学批评理论进入第三个千年时，我们更加需要她的这一与众不同的声音"。[③]

是的，读者需要这种独特的批评方法或说清丽的声音，因为它既看到了诗歌的形态，又看到了诗歌所折射出的文化。帕洛夫的"破格"式探讨还告诫人们尽量远离功利式和获取式的阅读。当读者每每困惑于"理论之后"的当下时，不是更应记住帕洛夫的话吗："没有细读、对比和比较，就无法理解诗歌"。

纵观全书，帕洛夫对"破格"的探讨、对诗歌经典生成的见解都建立在她自己对诗歌概观的基本考量上。这当中，作者的历史观和文学价值模式尤为重要，而她对历史主义和严谨学风所持有的客观唯物的态度，以及基于事实、有理有节的辩论更增加其立论的可信度与思想触发，而历史主义的介入反过来又加深了"破格"诗学的方向感。在帕洛夫看来，诗歌发展到20世纪

---

① Tyrus Miller, "Poetry Matters: Introducing the Criticism of Marjorie Perloff", *Textual Practice* 18 (2), 153～166.

② 如他的《小世界》(1984)，讲的是1979年前后的事。小说中的扎普教授是(后)结构主义的狂热鼓吹者，博士研究生安杰莉卡是(后)结构主义的狂热追求者，而学术会议上，听众听到"结构主义"一词，就会兴奋起来："然而突然间，听众里出现了兴奋的迹象。发言人(就是扎普教授——引者注)正开始总结，提到了叫做'结构主义'的什么东西"。但扎普发言的内容，更多的是后结构主义的东西。比如他说，"语言的含义不断从一个能指转移到另一个能指，永远不可能将其绝对掌握"。而扎普本人也解释说，"我不会称自己为结构主义者，也许是后结构主义者"。安杰莉卡在小说的开头，只称"对结构主义非常感兴趣"，但在小说的末尾，我们看到她在学术会上大谈德里达了："雅克·德里达造了'invagination'这个词，……"。参见：戴维·洛奇，《小世界》，王家湘译，上海译文出版社2007年版，第18、36、40、459页。

③ Peter Barry, "Biography and Influence of Marjorie Perloff", p. 158.

中后期,历史感的必然加入必将使诗学话语与科技化世界中的媒介凸显新的意义。在论及诗学价值时,帕洛夫的诸多事实清楚、论据充盈的"功能型"阐释已然是本书的特色之一。述说豪的主体性建构的章节更显示了帕洛夫在文化诗学、语言学和哲学之间游刃有余的批评能力,而关于语言作为自我建构和检验真实世界手段的语言运用的论断也令读者耳目一新。《破格》的出类拔萃还得益于作者严肃严谨的初衷:既展示细读本身的重要性,又要使这种阅读能在当下文化构成和文学创作的特殊模式中发挥关键作用。帕洛夫的批评似乎被一种教导式的热情与迫切所引领着,而读者对作者心仪女诗人的解读也多了一份真切的理解和欲加深就的冲动。该书为读者所提供的 20 世纪最佳作者的建议已经为大多数读者所接受。从贝科特话语的转变、庞德诗句的复杂,到劳伦斯与金斯堡在表现层面上奇怪的亲和;从豪作品的错综复杂的情感纠葛,到斯泰因的六种不同句法模式,……,所有这一切都使谙熟或初入现当代诗学领域的读者暗自啧啧赞叹。当斯泰因、豪、普拉斯的阅读与解读呈现在读者面前时,以前诸多关于女性获得身份与追求的神话都被一一化解。

第六章　当代传媒诗学:《激进的策略:传媒时代的诗歌创作》

第一节　引言

截至20世纪90年代,帕洛夫所作的诗学批评研究都与她自己所言的"诗的破格"密切相关,也就是使自己全身心投入到"一部20世纪诗学的修正史"的撰写上。① 20世纪70年代中期,帕洛夫的诗学批评重心主要在阿什贝利、贝科特、庞德和斯泰因等核心现代主义诗人身上。同时像兰波、凯奇、威廉姆斯也都被帕洛夫纳入探究范围,并在类证精于创作、攻于实验的诗歌优于外指、参照诗歌方面给出了许多心得。80年代的三部重量级诗学批评《智慧之舞》、《未来主义》和《破格》将帕洛夫的关于诗歌发展的不确定性,以及与时俱进的先锋传统等思想展现在读者面前。而对伯恩斯坦、德里达和麦卡弗里等作家的评论,再次将帕洛夫的诗学批评视野与启示性进行了深化。

帕洛夫的"破格"诗学研究始于诗歌语言的"透明性",即立足于可见、可感、可闻,甚至是可谈的诗歌的自然天性,而最终定位于能够自我前景化的诗歌语言的灵动和技巧性。这种诗学创作和诗歌语言的转变常常存在于令帕洛夫钦佩的现当代大师的作品里,因为他们可以在艺术与大众媒介话语之间写作。"破格"的偶然性源于作者诗学批评精神与理念,以及开放独立研究态度的必然性,并由此而激发了作者对诗歌创作中"激进的策略"的探寻与解析,从而迎来了她诗学批评上又一个鲜活主题的诞生,那就是在传媒时代诗歌是如何创作的。

大众传媒开始对人类文明产生重大影响始于20世纪下半叶。半个世纪以来,它猛烈冲击着人类的视觉,进而也在很大程度上丰富着大众文化的

① Marjorie Perloff, *Poetic License: Essays on Modernist and Postmodernist Lyric*, p. 2.

内涵。在文学领域里,后现代文学也在侵蚀着传统文学的核心地位;自然,诗歌的变革同样也在悄然进行着。也就是说,诗歌已由过去那种以纯文字表达个人思想观点的形式转变成了结构上去中心化,词语上晦涩化,形式上视觉化的新新诗歌。它以全新的形式出现在受众面前,并深刻影响着传统文学,从而使诗歌在听觉、视觉、形式方面完美结合,这就是当代独具特色的激进派诗歌,这就是帕洛夫在《激进的策略:传媒时代的诗歌创作》(以下简称《激进的策略》)一书中所论述的主题。

帕洛夫的这部论题更广、探究更深的诗学批评,其标题灵感来源于理查德·兰海姆(Richard Lanham)关于当前先锋派诗学创作主旨的陈述。兰海姆认为,现在的先锋派诗学主要是在反对华兹华斯式的"真实语言"神话与新形式主义典雅的过程中成长起来的。而这后二者所谓的"策略"只不过是一种附庸风雅的炫耀,他们视为诗歌或表现的文本只是"一种现成的东西,阅读也只是对读者的塑造而已"。[①] 在帕洛夫的诗学批评策略里,"艺术偏离"理论——新的文化产品都是对同类介质的偏离而形成——无疑是非常重要的一个。所有艺术品都是基于他们与其他文艺产品的偏离性或他样性(alterity)而定义的。在与新颖的文化进行互动的过程中,艺术常常将新的他样性进行实例化呈现,从这个意义上来讲,艺术都是"激进"的。而传媒时代的"强有力的意象,已经对诗学话语带来了极大的挑战。"[②]除了"艺术偏离"理论之外,帕洛夫在全书中行之始终的另一个原则就是亚里士多德式的艺术功能说,即艺术的功能是用转换生成的方式再现包括人类文化在内的环境,而不是柏拉图式的完全作为"复制的再现"。《激进的策略》起笔于20世纪60年代的先锋运动,从流行文化的众多模式出发,将电子传媒对当代诗歌的影响进行了史无前例的探究。

在《激进的策略》里,帕洛夫分别从以下几个重要方面论述了传媒对诗歌创作的影响:(1)大众传媒影响下所出现的新形式主义诗歌引发了艺术发展是"先锋"还是"终结"的讨论;(2)传媒化的语言,打破了传统诗歌的语言形式和地位,对现代诗歌写作产生了历史性的剧变,呈现出百家争鸣的新景象;(3)现代语言诗歌中,刻意追求意象效果的写作意识已经淡漠,取而代之的是自然意象的真实再现,求助于语言直述和艺术技巧来表情述意;(4)现代广告牌动感形象的视觉效果与现代诗歌致力于语言与事物的质感、图感,有异曲同工之妙。力求突破传统、追求视效的现代诗歌正是从广告领域中

---

① Marjorie Perloff, *Radical Artifice: Writing Poetry in the Age of Media*, p. 27.

② Ibid, p. 92.

寻找灵感的;(5)现代诗歌创作中,诗人受到计算机运行程序的启发,像制作游戏一样,运用数字设定诗歌的整体形式和结构进行创作,使得现代诗歌的意义表达别出心裁,匠心独运;(6)美国语言诗的繁荣是上个世纪末诗歌“激进技巧”的真实再现,从中,我们能找到媒体社会对其主题、语言和技巧影响的痕迹;(7)充当艺术前卫的“先锋派”,在艺术领域追求独创性、反叛性,使得作品神秘莫测,晦涩难懂;这其中以美国学者凯奇和其作品为先锋派的典型和代表。在帕洛夫看来,将诗学研究扩大到当今的信息社会中,并结合大众传媒对新时期的诗学特征进行剖析,已成为新的历史维度下社会发展的必然。当代诗学研究应突破传统,勇于创新,才能在传媒社会经久不衰地延续下去。

《激进的策略》并未完全有别于作者以往的诗学批评,它仍然是对“激进诗歌”传统的再探索,只不过是这次的背景和文化因素——信息科技与电子媒介时代的诗学——更加现代而具有实际意义。当帕洛夫不再局限于诗句、词语或诗节的细微区别时,她便越过严格的边界规范而将取材于后分析理论哲学家们思想中与语言和交流相关的思想进行了整合,从而高屋建瓴地对传媒时代的诗歌创作进行了恰如其分地评析。全书七个方面的论述主要围绕的是两个中心要义:(1)因为具有将人们接受和创造书写文本的渠道进行转化的功能,信息科技对诗歌修辞研究来说有着举足轻重的作用,尤其是对像意象主义那样能将语言融进通透的闪亮视觉领域的诗学研究来说,更加具有创新意义。(2)“激进策略”的诗学本身具有一种通信话语(tele-discourse)所无法涵盖的模糊性与歧义性。在《激进的策略》中,帕洛夫一如既往地对边缘诗学倾注了充盈的热情,并不失时机地运用了当下蔚为批评界所关注的新历史主义的方法。随着帕洛夫关于当代美国诗歌研究的力作陆续面世,我们能够看出,帕洛夫无论在对奥哈拉等当代诗人的研究领域,还是在诸如《不确定诗学》等对当代诗歌的批评领域,她的观点无不给人以深刻的思考和启迪。一言以蔽之,帕洛夫对当代诗坛的研究做出了突出贡献,也对当代诗歌评论界学术思想的形成和发展起到了举足轻重的作用。

帕洛夫研讨现代主义诗人凯奇、阿什贝利、语言诗派和欧里普团体(Oulipo group)的作品及其诗学主张,目的就在对旧的意象诗歌以及“后欧尔森”(Post-Olison)诗歌中的“声音”进行扬弃,以便将传媒时代的机器技术、杂音、干预等新因素融于新诗的创作中去。为了能与缺乏时代感和适应后现代潮流的诗歌形式与技巧相抗衡,那些被帕洛夫誉为在诗歌创作中带有“激进的策略”的诗人们经常采用与传媒和“个人业务”相关的手段,如MTV,CD-Rom等也等进入到新诗诗行之中。凯奇就严格地将现存文本进行电脑重排,伯恩斯坦创作的则是转换话语的多渠道诗歌。帕洛夫对解读文本的选择并不是率性而为的,而是严格依照规则进行的。她对文本的掌控,以及应用到细致入微的细读规则之中的能力,是本书为人称道的特色之一。帕洛夫的“激进的策略”既具有通俗意义上的娱乐色彩,更不乏学术上的教化本色,真可谓寓教于乐。

第二节　先锋还是终结?

当代诗歌具有标新立异的特点,各种先锋派诗歌也在历史的召唤下展现着独特的魅力,那么这些诗歌的发展趋势到底归结于先锋派(Avant-Garde)还是终结派(Endgame)呢?

众所周知,媒介正在改变世界,以电脑和信息技术为主要支持的网络革命,正影响着人类当代文化的形成和发展。网络为人们提供了比传统媒介更加丰富的信息,也提供了更加快捷方便的信息采集、传递和处理方式。可以说,网络是社会进步的推动器,是左右大众思维的主导。帕洛夫发现,通过网络传媒获得新生的诗歌也必然与这伟大的时代遥相呼应,不管从诗歌的内容、形式还是精气与神韵,都发生了全方位的变化。新生诗歌打破了传统诗歌的形态和美学趣味,产生了新的美学和文体革命。比如,著名的《网络咨询》(*CompuServe Magazine*)杂志的卷首语“Computing Services Credo”(“计算服务信条”)一诗是这样的:

为了那些疾呼进步的人士,
提供答案,甚至些许友谊。
在惴惴不安的电脑世界里。
我们抛给你网络的绳索
链接着主干。没有人
自成一座孤岛。在此
“G-控”之钟为你而鸣。①

全诗音步的结构曲折辗转;三行为一组的诗句遵循“四音步-四音步-五音步”的规则,而尾行则以三音步居中出现。如此巧妙的安排给读者凸显主题的感觉,颇有现代广告词的浓厚气息。此外,该诗多处使用模仿,经典文

① Computing Services Credo, *CompuServe Magazine*, October 1990, p. 22.

学的气韵一览无余。末句仿照了约翰·邓恩(John Donne)《紧急时刻的祷告》(*Devotions upon Emergent Occasion*,1624)中的诗句"耳边传来教堂的钟声,别人的葬礼也时常敲响着我的丧钟"。值得关注的是,尾行计算机专业术语"Control-G"的出现才真正体现了计算机时代网络传媒对传统文学的冲击。

帕洛夫指出,无论现代诗人、作家还是画家都有意识或无意识地借用大众媒介,通过作品蕴涵的思想,将其渗透到普通民众语言、视觉和听觉的三维空间中去。然而,多数人因受传统诗歌的惯性影响,对这种诗歌持否定态度。比如,20 世纪 70 年代的美国出现了新形式主义诗歌(New Formalism),它是对美国过去自由体诗歌(free verse)的否定和挑战。一方面,它反对现代派自由体诗散文化的表述和隐晦词语的运用;另一方面,它强烈呼吁诗歌应采用传统的诗歌韵律、诗体形式和叙事功能。毫无疑问,新旧诗歌兴衰的交替势必引发新形式主义诗歌对自由体诗歌的抵触。新形式主义诗歌"关注细致入微的洞察力、敏锐的反应力、对自然的无限回念之情和依赖于自然语言和呼吸韵律的停顿与节奏。"①然而,事实上,新形式主义诗歌虽然不喜欢现代自由体诗歌,但它们彼此的写作方式还是十分相像的。

那么,现代先锋派诗歌如若仍以"先锋派"的名称存活下去,它又该走向何方呢?帕洛夫认为,当代诗坛和批评领域,普遍持有先锋派诗歌已消亡的观点。德国先锋派理论家彼得·伯格(Peter Burger)在其著作《先锋派理论》(*Theory of the Avant-Garde*,1974)中断言,先锋派理论是 20 世纪文学发展的理论形式,处于停滞不前的状态,它已定格成为一种特定的形式了。伯格假想,如果那些曾经标新立异的作品进入展览馆,就会失去它原本的挑衅意味,而转向相反的方向了。在帕洛夫看来,新先锋派是先锋派的再次登场,它代表着与传统的决裂而成为一种感觉空洞并允许假定任何意义的表征。当代先锋派仅仅是对达达派反叛的重现,是对原传统理念的颠覆,不具有任何政治动机。这些特征也同样是后现代主义所具有的。安德里亚斯·胡伊森(Andreas Huyssen)注意到:"美国后现代主义先锋派,作为一种真正批判的对抗性文化,不仅意味着先锋派理论的终结,而且也代表着先锋派本身的分裂和颓废。"②尽管先锋派退出历史舞台是不可避免的事,但它却旨在发展一种大众文化和高雅文化可以互换的关系,从而消除或缩小高雅

---

① Marjorie Perloff, *Radical Artifice: Writing Poetry in the Age of Media*, p. 3.

② Andreas Huyssen, *After the Great Divide: Modernism, Mass Culture, Postmodernism*, Bloomington and Indianapolis: Indian University Press, 1986, p. 170.

艺术和大众文化之间的大鸿沟。

美国人类学家詹姆斯·克利弗德(James Clifford)认为,激进艺术就是对原浪漫主义情怀的叛变,对文化帝国主义和第一世界的挑战。在他看来,少数人的边缘化文学和官方建构的机制性文学在美国文学中存在着对立。当今的艺术实践对“终结”解读的探讨更是百家争鸣。帕洛夫研究表明,古希腊柏拉图时期,人们就提出了“艺术之终结”,而后西方哲学的集大成者——黑格尔的“艺术终结论”也是对“终结”理论的延续。美国当代著名批评家阿瑟·丹托(Arthur C. Danto)在其著作《哲学对艺术的剥夺》(*The Philosophical Disenfranchisement of Art*,1986)中断言:后工业化时代也许能够见证艺术之终结。对此,帕洛夫表示赞同,并补充道,丹托所说的艺术终结(end of the art)并非是艺术的结束(stopping of the art),他指的是艺术随着它阐述的哲学产生而自然地退出中心。

那么,随着艺术的终结,文艺批评和哲学会如何发展呢?帕洛夫发现,在后资本主义社会,艺术正逐渐商品化。随之产生的文艺批评不会也不可能超越现实,因为它也将亦步亦趋地逐步商品化。因此,顺应传媒时代潮流,将电子视频、计算机、终端机等电子传媒都纳入影响诗歌发展和演化的思考范畴是最明智的选择。

帕洛夫的研究还表明,不同字体形式会产生不同阅读效果,这可称之为一种噪音。米歇尔·史瑞斯(Michel Serres)对噪音(noise)做出了精辟的论述。他提出“噪音一方面会对人们的交际造成阻碍或干扰;另一方面它又是人们交际中不可或缺的成分(这里所指的噪音并非只是声音,它还包括一切对人们言语交际、视频交际、书面交际等造成影响、干扰或产生歧义的其他因素)。”①由此看来,如今纷繁复杂的传媒交流模式中,噪音同样扮演着极为重要的角色。它以各种不同的形式出现在人们面前,使得发出的信息与接收的信息不一致,甚至在某种意义上,将信息扩大化了。在兰海姆看来,个人电脑及显示器就是一种对人们日常书面交流中的字符和图形激进重组的展现。人们阅读传统印刷书籍不会感到字符的视觉美感,只能感受文字表达的思想美感;而现代传媒图文本身就传达着一种美感、思想和视觉的强烈冲击。正如兰海姆所述:“对于西方文明来说,这种自然的突显特征,明了的思想已经成为一种风格,或者说一种文化,一种观念。最好的风格就是不为他人注意的风格;最好的方式同样是不引人注目的方式。”②

---

① Marjorie Perloff, *Radical Artifice: Writing Poetry in the Age of Media*, p.15.

② Richard A. Lanham, “The Electronic Word”, *New Literary History* (1) 2007, pp. 265～289.

帕洛夫进一步指出，显示器通过像素呈现图文，引起了人们对特性突显风格的思索。因为对于电子排版，作者可以操纵，同时读者也可以操纵。人们可以自如地修改、增减相关字符或改变字形、颜色甚至文体风格，以期产生一种特定效果。这样，人们就彻底打破传统诗歌与散文，作者与批评者之间的界限了。兰海姆相信："这种数码式的相当对等意味着我们不再追求对文学本身进行研究，从本质上讲，其他艺术将成为文学研究的一部分。实际上，个人电脑构成了艺术的最终后现代主义作品。它采用并关注所有由未来主义和其后各种思想形态提出的修辞主题……。"①毫无疑问，兰海姆对计算机及文学的发展持一种积极的、乐观的态度。帕洛夫认为，计算机的文本性改变了人们接受和创作物质文本的方法，对修辞学更大范围的研究具有重要意义。这与兰海姆所讲的人们从关注诗歌内容到关注诗歌形式和理论是一脉相承的。

从以上诸论我们可以感受到现代诗歌与信息技术息息相关。计算机技术、声效技术等相关的电子传媒技术都将诗歌商品化、具体化了。但现代诗歌与广告和电视传媒语言又不完全等同，只不过二者之间存在一定的相互作用。帕洛夫举了美国学者凯奇的《关于天气的讲座》(*Lecture on the Weather*，1975)的例子，以找出现代诗歌演化发展趋势的基本特征。

凯奇的《关于天气的讲座》不是传统意义上的诗歌作品，而是把现代先进音响、光色系统与经典文本完美结合在一起的现代化诗歌式艺术。凯奇在作品序言中这样描述道：

> 现场观众随着开始时虫鸣鸟叫的轻松自如，逐渐进入雷声轰鸣和闪电霹雳的惊悚紧张中，并渐渐聚集在一起，似乎想共同摆脱这恐怖的天气；而后，随着暴风雨的停止，太阳光的暖熏及大自然和谐之音的重现，一切都恢复平静，人们也渐渐放松下来，彼此相依在一起，感受这种暴雨过后的平静……。②

可以说，单凭诗歌语言是无法完全承载那种永恒现在时的现场体验的。这一作品从传统视角来看不是关于天气，但它本身确确实实是天气的生动再现。正是在特定的场所，这种话语、声响、视觉的完美结合才能产生如此

---

① Richard A. Lanham，"The Electronic Word"，pp. 265～289.

② John Cage，"Preface to Lecture on the Weather"，*Empty Words*：*Writing*，pp. 73～78，Middleton，CT：Wesleyan University Press，1979，pp. 3～5.

情景交融的效果。

这部融视觉、听觉、影视、意象效果为一体的作品,毫无疑问地受到了70年代传媒文化的影响,并展现了对传统作品及创作风格的挑战,也是激进派创造手法进一步发展的例证。对此现象,帕洛夫作出这样的阐述:

> 如果说一件现成品仅是普通的工业品,那么《关于天气的讲座》是一部人工编作-模仿自然的作品。如果这件现成品从一件有实用价值的物品转而成为一个非个性的艺术品,那么这部《关于天气的讲座》却将人工造作之物转变成为像真实发生过一样。如果说那件现成品正好与现代主义运动相符而成为艺术品,那么类似《关于天气的讲座》的作品如若与我们现在思潮不相适,它也就什么都不是了。①

其实,这部作品对真实性的模仿正是现代艺术的一个突出特点。20世纪的现代主义诗歌无论从哪个层面上讲都是对这一特效的追求。而现在的先锋派作品同样也是追求这种真实自然,只不过是以一种激进的方式。这种方式不仅仅是在真实、自然方面,更重要的是,它意识到作品是现成实物,而阅读是需要读者建构的。由此,我们就不难回答现代诗歌是先锋还是终结的问题了。

激进的诗学对那个人们所读所写均已存在的科技世界的文化话语提出了公然的挑战。帕洛夫在这里将文本视为历史环境中的"文化构成物",对结构主义者和马克思主义者所践行的外在的无历史性的形式主义方法进行了批驳。无论是凯奇的创意还是麦克甘对丁尼生的解读,都体现了一种"新历史主义"批评的时代感。

第三节　日常交流的变革:会话体诗歌、脱口秀和写作场景

在论及诗歌的载体——语言时,帕洛夫认为,诗歌作为人类史上最精练、最空灵,最神韵的动人音符,承载着人类语言的精华和思想的广博。纵观文学史,诸子百家对诗歌语言的论述可谓众说纷纭。但不无否认的是:每一代诗歌语言都是对前一代的摒弃与发扬。现代诗歌语言亦是如此,它以势不可当之态,开辟着诗歌领域全新的景象。

---

① Marjorie Perloff, *Radical Artifice: Writing Poetry in the Age of Media*, p. 21.

回眸历史,美国现代诗歌兴起于五六十年代现代主义诗歌的巅峰时期,最杰出的诗人当属艾略特,他对当时的诗歌及其语言有着独特并极具价值的见解。在其著名讲座《诗歌音韵》(*The Music of Poetry*,1961)中,他宣称,"诗歌语言决不可偏离人们日常生活运用的语言,这是诗歌写作中的一条至上准则。"①显而易见,在艾略特看来,诗歌语言就是对自然语言的模仿,是来自大众的语言,而非专属于某一个阶层。帕洛夫特别提及,艾略特所说的大众语言是涵盖所有阶层,对所有人适用的一种普遍语言。

与现代主义自然大众语言相对,并为现代主义称之为天敌的是写作技巧或手法。当时,现代主义诗人和评论家对"写作技巧或手法"的说法颇有微词。艾略特更是认为写作技巧是个贬义词,一定程度上会造成词语与现实事物的分离。他评述法国哲理诗人保罗·瓦里雷(Paul Varely)的诗时说道,瓦里雷的诗作之美在于它的词语,而非表述的事物;事物与词语已完全分裂,不再协调,意义完全依附于意义本身,而非外在之物。

帕洛夫则表示,学术界对词与物(名与实)分裂的担心也由来已久。华兹华斯笔下自然淳朴的诗歌语言已然不在,取而代之的是工业化洗礼下,虚伪浮躁环境中的靡靡之音。正如他本人所感叹的那样,"造成人们批评力、鉴别力下降的原因很多,其中最重要的是频繁发生的国家大事,城市中日益增长的工业人口数量,职业单调造成的对奇异事件发生的渴求,信息快速交流所产生的瞬间满足。"②帕洛夫表示赞同,并以美国著名语言派诗人伯恩斯坦的诗歌《第斯拉夫》(*Dysraphism*)作为论证:

林荫道使人眩晕,旁边的物体
让人心感拥堵。拱门,或让人蹙眉。于是有了瓶子,
静默的管理者,插图例证的癖性,宣传鼓吹,
上行的基准。郁闷,麻木。③

在帕洛夫看来,此诗无意识地流露出现代诗歌的现状:现代诗歌已失去华兹华斯追求的自然性,而充满了意义隐晦、措辞造作及过分矫情的人工语言。20 世纪初的美国诗人之所以能保持诗歌语言自然性的特点,是因为他

---

① T. S. Eliot, *On Poetry and Poets*, New York: Noonday Press, 1961, p. 21.

② William Wordsworth, "Preface to *Lyrical Ballads*, with Pastoral and Other Poems" (1802), *The Poems*. Ed. John O. Hayden, vol. 1, New Haven and London: Yale University Press, 1977, p. 872.

③ Charles Bernstein, *The Sophist*, Los Angeles: Sun & Moon Press, 1987, p. 329.

们切身体验了乡村生活,从劳动大众中收集生活素材,并用大众的自然语言创作出广为人知的杰作。然而,随着五六十年代新一轮诗歌革命的开始,他们便致力于打破传统诗歌的格律和学院派诗歌的束缚,让诗歌重新回归自然语言,即让诗歌在现代大众的语言中重生。他们提出诗歌的语言就是一种与人们呼吸节奏相合拍的展现,一种诗人内在力量的展现。

究其原因,帕洛夫认为,"自由体诗歌和会话体诗歌盛极一时,但现在对这些诗体提出更为激进、新颖的要求。这就证实了人们对自然风格的焦虑一直在不断增长,因为在我们生存的这个世界,自然越来越从属于时代无时不在的各式'平静'革命,特别是信息技术革命。"①然而,也有诗人对此表示怀疑,认为诗歌中的每个字词都体现了诗人的写作意图,不存在自然天性。

出现上述现象,可谓原因众多。帕洛夫分析,这不仅包括社会历史的更迭、语言的变化还包括普通大众在其中所扮演的角色以及思想流派发展的影响。大众传媒的飞速发展使得由过去社会阶层和信息闭塞造成的大众语言分化现象逐渐消失。原来"普通大众语言"经电子传媒处理,成为普通大众喜闻乐见的自然语言。"脱口秀"节目的出现就是一个典型。它既涵盖了言语行为,又包括了表演技术,使普通聊天、讲话变成了一种令人叹为观止的语言艺术表演。显然,这种大众自然语言必然对现代诗歌写作产生影响,也必然会改变原诗歌语言的形式和表述方式。

帕洛夫研究还表明,风靡 20 世纪 60 年代的解构主义(Destructuralism)对语言这一问题探讨细致,其代表人物德里达在解析西方逻各斯中心主义(logocentrism)时作如是阐述:书面写作绝不可以使人们口语表述自然重现;书面语对口语而言,绝不是一种次要的或辅助性的手段,它绝不是为了再现口语。这样就进一步动摇了诗歌语言的自然性之说。而后,结构主义者们对自然言语的批评,很大程度上与现代言语交流手段发生的变化相一致。对此,20 世纪法国著名后现代文化理论学家米歇尔·德塞都(Michel de Certeau)发现,"……我们的正统观念由对现在发生的所有事件的叙述构成。从早到晚,我们四周无一处不是充斥着叙述。它教导、规范着我们的行为,确定我们的存在。……我们的社会已成为一个被描写的社会——通过外界叙述、引述及无休止的重述,社会被定义……。"②

毫无疑问,这里的叙述、引述及重述是大众言语交流产生重大影响的主

---

① Marjorie Perloff, *Radical Artifice: Writing Poetry in the Age of Media*, p. 34.

② Michel De Certeau, "The Jabbering of Social Life", *On Signs*, ed. Marshall Blonsky. Baltimore and London: Johns Hopkins University Press, 1985, pp. 151～152.

力军。帕洛夫还是例举脱口秀说明。她相信,无论这一节目的主持人如何变更,讨论的内容如何变化,人们对其形式和表演方式总是可以猜测到的。在节目中,嘉宾们以一种风趣或有点俗气的方式讲述他/她们的人生经历,而现场观众则以“我想”、“我认为”等方式来表述他/她们的观点。这种表述就是一种总结、归纳,可谓殊途同归。虽然表面上不同,但最终都会归结到一致的主题和中心词上。那么,人们听到或看到的是怎样一种真实的言语呢?

法国思想家让·波德里亚(Jean Baudrillard)有这样的论述:“交流就是一种信息互换,一种言语与反应的相互作用,一种责任。而电视传媒阻挡了这种反应,其原因在于传媒本身就是一种意识形态的调节器。”①因此,一旦在某一特定场合意识形态受制于大众传媒,人们想抵制受控就徒劳了。除非人们可以打破大众传媒这种话语的垄断权。但事实上,大众传媒十分巧妙地将这种垄断权均分给参与者。美国语言诗派诗人、评论家麦卡弗里这样写道:“脱口秀节目中,大众成为一种模糊、非社会性的抽象体(家庭电视的‘个人主义’模仿个性,接收与成千上万家庭相同的内容),由此,媒体叙述吸收作为典范的通信进入它的电路系统。”②的确,传媒叙述将交流以一种特定形式纳入其中,这使得观众对人、物的反应也就抽象、含糊了。分析到此,帕洛夫这样总结:现代社会中,真实言语不再是过去非传媒时代的那种言语,而是一种非具体特性的抽象所指,是一种内化抽象的形式。

对现代诗人而言,这种抽象、空洞的大众言语会产生怎样的影响呢?路易斯·辛普森(Louis Simpson)认为,“诗人们应力图重现情感的首要性,确信诗歌不是一种文字游戏,而是一种最真实的自然情感和现实生活的再现。”③在辛普森看来,诗人就是敏感的他者,要用大众言语真实再现生活和情感。这种“真实性”在20世纪70年代发生了流变,旨在产生一种亲和性、随意性及现场性。而这些也不无巧合地与现代传媒和画面相对应。由此看来,如若诗歌一味地要求其真实的一面,似乎会分散人们的关注点,干涉诗人和读者间的直接交流。

---

① Jean Baudrillard,“Requiem for the Media”(1972). *For a Critique of the Political Economy of the Sign*, trans. Charles Levin, St. Louis, MO: Telos Press, 1981, p. 169.

② Steve McCaffery, *North of Intention: Critical Writings, 1973～1986*, New York: Roof Books, 1986, pp. 40～41.

③ Louis Simpson,“The Character of the Poet”, *What Is a Poet? Essays from the Eleventh Alabama Symposium on English and American Literature*, ed. Hank Lazer, Tuscaloosa and London: University of Alabama Press, 1987, p. 15.

帕洛夫指出,20世纪60年代末,更为激进的诗歌开始崭露头角。它们重新建构出诗歌的开放性领域。在技巧上,完全与传统诗歌背道而驰。伯恩斯坦表示,"写作技巧是对诗歌晦涩难懂的度量,是诗歌写作手法和主题题材的综合。"[1]美国70年代的语言诗歌正是以此而闻名。因此,在现代传媒时代,大众媒介打破了传统语言的表达形式。

尽管现代诗歌受其影响,但在某种程度上,却也保持了独特自我。伯恩斯坦在一则评论中提到,现代诗歌强调其语言的可控性、规则约束性以及句法、词汇的可选择性等等。这一评论无疑为70年代的现代语言诗歌立了法。它强调诗词的作用和意义,而非其所形成的意象和所代表的人物。这是对传统诗歌大众言语表述规则提出的巨大挑战。诗人的诗风也在这样的跌宕起伏中更迭。黑山派诗人克雷利在50年代沿用大众言语的风格,而六七十年代后,他一改过去的风格,强调诗歌的写作技巧。此处,帕洛夫列举克雷利的《再次》(*Again*)一诗为例,指出这是一首很明显令读者失去耐心的诗篇。在阅读中,读者不可能获得传统诗歌那种自然美及其意义;相反,它的句法、词语无时无刻不在挑战传统合法的惯势,不在破坏传统意义上诗歌的完整性。通过前韵、后韵、内韵以及诗歌词汇的结构变化,诗歌建构出一种图示效果,所有表达的意义都在其中得以实现。

麦卡弗里宣称,这种类似图示的效果是语言逃离所有会话的一个方面。随着20世纪下半叶交流手段的多样化,诸如对讲机、手机等交流工具的蜂拥而至,诗歌被视为一种代替性语言系统的产物。如此一来,语言派诗歌这一名词可谓实至名归,它会像各种各样的"主义"一样有其产生、发展、繁荣和终结的完美过程。一言以蔽之,在新旧诗派交替之际,语言派诗歌兴起与繁荣正印证了现代诗歌呈现出的百家争鸣、缤纷多彩的新景象。

第四节　透视的背离:从溢彩的丛意象到单一的词意象

如果说诗歌语言是诗歌的主旋律,那么诗歌意象就是衬托旋律的小调。帕洛夫继探讨诗歌语言的流变及现代诗歌语言之后,又将笔锋转向对诗歌意象形式和其地位更迭的论述了。主旋律与小调搭配和谐,才能奏出完美乐章。诗歌语言与诗歌意象只有彼此相互作用、影响,才能共同构建诗歌的整体性。帕洛夫选取如下两首诗歌,用以说明语言和意象的变化如

---

① Charles Bernstein, *Artifice of Absorption*, Philadelphia: Paper Air, 1987, p. 6.

何彼此依存：

第一首选自庞德的《诗章》

巨大物体，成堆的典籍宝藏；
埃克巴塔那，滴答着的时间，逝者如斯
新娘等待着上帝的临幸；埃克巴塔那，
街道齐整的都城；又是一番景象：
武装的，熙攘的人群，
奔向繁杂的事务，
凭栏瞰去：
北边是埃及，
　　　　天上的尼罗河，深蓝，深蓝，
　　　　横穿过低洼的荒原，
老人和骆驼
　　　　在把水车旋转…①

第二首选自克拉克·柯立芝(Clark Coolidge)的《在埃及》(*At Egypt*, 1988)的开篇诗行：

我来这里。不知道你在这里。
我说了。我失去了。
在门口栽植。倚靠失去的高度。
见到你，你总神采奕奕。而没人在那里。
这儿是太阳。那儿是月亮。
漆黑的黑色，确实确信。几乎不敢肯定。
曾是临降，曾经临降。②

她对比两首诗后得出结论：庞德的诗歌用电影蒙太奇手法细致入微地平行排列出一系列名词，取得一件件事物依次在读者眼前展现开来的效果。特定的句法运用，精致的词语挑选等都从整体上构建了诗歌的特定意象。本诗中古老而年轻的埃及给人们的总体印象，通过"巨大物体，成堆的典籍

① Ezra Pound, *The Cantos of Ezra Pound* New York: New Directions, 1972, p. 17.

② Clark Coolidge, *At Egypt Great Barrington*, MA: Figures, 1988, p. 9.

宝藏”(Great bulk,huge mass,thesaurus)意象形容的叠加来统领,也在“老人和骆驼/在把水车旋转”(Old men and camels/working the waterwheels)的细微生活片段中得以体现。

而在柯立芝的诗中,庞德所强调的那种意象效果荡然无存。相反,诗人通过稀松平常的用词和普通句式破坏了诗歌可能产生的意象效果。诗歌标题 *At Egypt* 从一开始就给人模糊不明、歧义丛生的感觉。帕洛夫从传统语法角度分析,认为标题由介词短语构成的表达方式欠妥,读者意会诗歌含义时,需要想象。诗人特意省略某些主语、谓语等成分是独具匠心的。此外,作为诗篇的开端,诗行的突兀、指示词的不定、意义的模糊等都使得读者对诗歌有多种解读,留给他们一种不定、焦虑和无序的错觉。结果,诗歌的中心不再是由诗歌可能建构的整体意象得出,而由词语本身所产生的意象所决定:即本末倒置了。

那么,现代诗歌(如柯立芝的诗歌)为什么不借助意象效果来表达呢?为什么不再视客观物为完美的象征标记呢?帕洛夫的研究给了我们理想的答案。她提到,罗伯特·勃莱(Robert Bly)曾记述,“(对于 50 年代和 60 年代早期诗歌而言,)一切都是通过意象表述意义,没有任何东西是直接表述的。诗歌就是意象,意象触发所有的感觉,将三界连为一体。”①不论意象以何种形式显现开来,它一般被视为诗歌的基要。帕洛夫在此引述意象的重要性,为其后真正表述当前激进派诗歌对意象语言的怀疑、文化中意象的真实生成与传播的密切关系埋下伏笔。

帕洛夫从美国著名诗人乔治·奥本的诗集《材质》(*The Materials*,1962)以及威廉姆斯的诗集《勃鲁盖尔的静物画》(*Pictures from Brueghel*,1962)出发,指引我们洞悉美国诗歌在 60 年代早期的发展变化。

这是一首选自威廉姆斯 30 年代的诗歌作品《南塔基特》(*Nantucket*):

透窗的花朵
淡紫而又泛黄

任凭白色的窗帘变换——
净洁的气息——

傍晚的阳光——

① Robert Bly,“The Work of Robert Greeley”,*Fifties* (2) 1959,pp. 14～27.

在玻璃盘上

大玻璃杯，大酒杯
倒放，旁边

放着一把钥匙——和
那张洁白的床①

威廉姆斯早期诗歌作品使用简单的句法，如名词词组并列叠加，前景化诗歌意象。诗人在诗中既没有直接的主观评述，也没有精细入微的描写，所有的感觉意象都是诗歌本身自然形成的。诗人完全像摄像机，“涉猎”所见之物，并将自然意象真实再现于诗歌中。而从他稍晚期的作品中，我们能从布局别致精巧的诗行中，看出作者不再刻意追求意象效果，而求助于语言直述的特点。

下面这一首选自威廉姆斯晚年的作品：

日光兰，那淡绿的花朵
　　犹如一株毛茛球
　　　　长在枝茎上——
它竟然绿得有些木呆——
　　我来了，我的甜甜，
　　　　我为你歌唱。
我们一起
　　共度一生吧
　　　　如果你愿意，
和花朵相拥。于是
　　我欢呼雀跃，
　　　　当我初次得知
地狱里也有
　　鲜花。
　　　　今天

① William Carlos Williams, *The Collected Poems of William Carlos Williams* (2 vols.), vol. 2, ed. Christopher McGowan, New York: New Directions, 1988, p. 372.

我沉浸在那些花儿的逝去记忆里
　　那是我俩的钟爱…①

帕洛夫继续分析到,这首诗是作者写作风格突变的分水岭。诗人与原来的作品分道扬镳,诀别了30年代客体派诗歌和40年代散文体诗的特点,转而进入一个新的发展阶段——超越意象主义和超越客观主义阶段。诗歌以简单直白的方式表述诗歌中心。事实上,包含这首诗在内的诗集《爱之旅》(*Journey to Love*,1955)代表了现代诗歌运动的一个轨迹:意象在现代诗歌中退化,时代因素使其不再具有生命力了。"这种简约风格的诗歌在某种程度上是对50年代晚期和60年代早期语言/视觉世界的'现实压力'(pressure of reality)的一种回应。"②

对艺术领域的视觉意象,帕洛夫解释,同一艺术品,既是主观创作物的意象,又是被销售商品的意象,两者之间的相互转换在视觉艺术领域有着举足轻重的地位。在文学领域亦是如此(这里讨论的中心在于诗歌对于文化传媒行为的反应方式,而非消费主义主题的诗歌)。"(这种反应)绝不仅仅是敏感诗人对传媒庸俗一面的反应,而是脚本本身的敏感就由传媒创造。"③诗人的写作灵感可能因看到一些照片受到强烈视觉冲击后而获得。这种意象绝非源于他本人的直接观察,而是来自传媒公布的、被改写和操纵的意象。勃莱写作《驶向言湖河》(*Driving toward the Lac Qui Parle River*,1962)就是一个实例。诗中,勃莱描绘的乡村傍晚的生活景致实际上是人工调整的虚假的杂志意象。帕洛夫表示,现在许多所谓"诗歌"都以这种方式包装处理。与原来诗歌依赖真实意象和韵律不同,这些诗歌将一种严肃而又机巧的趣闻写入其中,使读者有兴趣欣赏。它们主要有三条途径:(1)意象从各个具体、特定方面继续前景化;(2)作为指称现实世界事物的意象为意象性词语所取代,这与词汇构成的视觉性效果相关;(3)作为主要方面,意象让位于句法。"陌生化"仅发生在短语、句法层面,而非意象群层面。如此看来,注重意象的传媒语言无法吸纳诗歌语言。这也是激进派诗歌所追求的。

帕洛夫的研究还表明,奥本的诗集《材质》中,意象不再是他关注的中心。奥本眼中的庞德意象有如下诠释:"意象可以分为两类:一类源于人的

---

① William Carlos Williams, *The Collected Poems of William Carlos Williams* (2 vols.), vol. 1, 1909～1939, ed. A. Walton Litz and Christopher MacGowan, New York: New Directions, 1986, pp. 310～311.

② Marjorie Perloff, *Radical Artifice: Writing Poetry in the Age of Media*, p. 61.

③ Ibid, p. 74.

内心世界，称之为主观意象，它可能是外界因素对内心世界的影响而产生的。它进入人的内心世界，与其交融产生出一种与其本身不同的意象；另一类称之为客观意象，它通过外界的情景或行为获得情感，并完好无损地进入内心世界，当其经过进一步剔除，仅留下最为基本的核心部分时，它就像外界的渊源之物而浮现。”①

在帕洛夫看来，庞德所指“经剔除的意象”是外界相似源的替代，是现代主义诗人对意象的忠实信条。在他的许多诗歌中，庞德着意于语言的技巧和词语的丰富含义而非某种意象本身。帕洛夫接着列举奥本诗集中一首名为《山冈》(*The Hills*)的小诗来论证。这首诗是写他流放多年后，重归家园追忆他与妻子回归相爱之地，重温那辛酸与甘甜、爱恋与困顿相交织的生活情景：

这就是我，
不是我的，它把我惊醒
到眼前
太阳普照的地方，或许到爱
或许到信念
的空气里。

　　　　至于
我们将会是谁。那时，我已知晓。
你进了
那辆旧车，紧挨着坐下
如此之近，我转头便瞧见了你的眼睛，一个女人的
眼睛。执照
插在车窗上
绵延的丘陵，不管是谁的
反正也是我们的。②

当读者看到诗的标题，潜意识中渴望描述群山的意象在诗中出现，但在阅读中却发现，诗中全无群山的意象。零乱的句法变化远远超过了意象和隐喻对此诗的作用，使读者感到十分困惑。诗行“这就是我”(That this is

① Marjorie Perloff, *Radical Artifice*: *Writing Poetry in the Age of Media*, p. 83.
② George Oppen, *The Collected Poems*, New York: New Directions, 1975, p. 54.

I)由四个重读音节组成,有击鼓之感,它几乎是强迫读者倾听,再迅速退回到"不是我的"(Not mine)之感。这种突兀与矛盾暗示着话语者正处于一个陌生的地方,失去了自我感知。而后重复出现的"现在的"(present)则是强调光线是每天司空见惯的那种刺眼光线。当然,并非所有意象都是确定的,在第四、五、六诗行中,空气中弥漫的爱意就是不确定的。第七诗行开启了第二个视觉场面,显得更让人难以捉摸。它似乎在回忆年轻时与妻子初恋时的情景,这一情景在电视、电影里也屡见不鲜——一对恋人开着车,相互对视,穿梭于群山之中。当读者迷醉于这一切时,诗中的不和谐之音开始显露。诗人通过词语错位,将"女人的/眼睛"(woman's/eyes)与"执照/插在车窗上"(the patent/Latches on the windows)相互对照,通过奇特连接来表达记忆中那份无法抹去的忧伤。诗歌结束时,流放回归的喜悦之情并未言明。在奥本诗歌中,表露出"人们现在所拥有的,至少现在所拥有的,是别致细节的繁复之物。"①

随着影视传媒的快速发展,意象在其中扮演着一个重要的角色。广告中,图像的意象越来越多,而语言却越来越少。因此,文本文字的多少与意象的复杂程度相对。而传媒广告中,这种强烈的意象视觉效果不断挑衅着诗歌语言,即诗歌语言不断去破坏这种意象。这种意象也引出一种恒进,一种在意象与他者间而非意象与真实事物间不可或缺的辩证,即现代主义早期词语与意象的辩证。

第五节　为了悬念的符号:作为诗歌空间的广告牌

20 世纪下半叶的广告文化,是人类社会史上新兴的文化革命。神奇的广告牌拥有变幻多彩的文字花样以及种类繁多的信息容量。那无疑吸引着众人的眼球,对人们的视觉产生强烈冲击。广告牌中,最让人惊叹的是那些表达简洁清晰却又含有最大信息的作品。这一点与现代意象派诗歌在某些方面有着共通之处,这正是帕洛夫《激进的策略》第四章里探讨的主要问题。

随着 1972 年《向拉斯维加斯学习》(*Learning from Las Vegas*)一书的出版,越来越多的广告牌、广告海报出现在公众视野里。其广告文本从原来的简单渐变精致,诸如香烟广告。广告撰稿人摒弃了单纯向观众发布信息

---

① Marjorie Perloff, *Radical Artifice*: *Writing Poetry in the Age of Media*, p. 87.

的传统手法，转而巧妙地采用各种言语修辞，尽可能以最少的词语表达最多的信息，并配上各种各样备受瞩目的背景图（如著名歌星、影星的照片，或让人产生无限遐想的图景），给观众或读者一种别样的效果。同时，广告撰稿人在广告的画面图景中不自觉地融入广告商宣传、推销商品的意识，这样，广告商期待的效果也达到了。于是，帕洛夫就此发问：这些特征对现代诗歌有何影响呢？

她的回答是肯定的。帕洛夫认为艺术和其所传递的信息间没有直接关联，但其传递的信息与传播媒介是密不可分的。比利时先锋派作家马歇尔·布达埃尔（Marcel Broodthaers）的《工业诗歌》（*Industrial Poems*，1968）便是个很好的实例。这部作品由三十个形状怪异、真空式样的塑料浮雕组成，形状似特大号的车牌。布达埃尔自我评述时认为，这组画谜的主题构建出于两个来源，一是阅读、理解遭遇困难所引起的猜测；二是阅读文本意象时，诗歌特征控制所形成的理解阻碍。在此作品中，文本和意象的特点是由其本身的塑料技术决定的，导致人们对其进行"双重解读"，即作品解读的唯一性消失了。由此，帕洛夫得出推论，"写作策略的规则是处理这些作品的关键所在，只有遵守这些规则，才能完全实现防止清晰信息传递的目的。"①帕洛夫还举了麦卡弗里1989年《黑色债务》（*The Black Debt*）的例子来说明。此作品由两大部分组成，前一部分共计119页，称之为"落后"（Lag），由较大的粗体字写成，其间没有段落停顿；后一部分共计80页，称之为"玻璃纸的效果"（An Effect of Cellophane）。作品通篇都由短语组成，其中有表示简单否定、陈述的，有表示定义、动名词式的，还有时间、原因状语的小句式等等。此外，这部作品的字体和连续印刷形式会让人自然联想到广告牌、电子邮件等，所以使得我们不能以正常方式去阅读它。"当然这一文本既非诗歌也非散文，而是一个'量'（measure），即每一部分，句子长短是绝对相等的。虽然在每部分中，单个短语和句子通常都是合乎语法规则的，但它们之间不存在任何逻辑上的联系。"②作品从一开始就有意阻止读者将作品的独个篇幅连贯成文，阻止作品表述某种整一的叙述意义。帕洛夫指出，作者的写作意图暗含在此："每一短语都起到限制短语连接成篇的作用，使关注点仅限于谜语式短语本身的处理。"③由于此文本效果的不可译，仅摘录原文本如下：

---

① Marjorie Perloff, *Radical Artifice: Writing Poetry in the Age of Media*, p. 102.

② Ibid, p. 105.

③ Ibid.

SENTENCE NOT SENTENCE,
A
RED envelope, the rain stood up,
t　　　h　　　e
prolonged cosseting or a
s　i　l　h　o　u　e　t　t　e
the customer knows, dead drunks
arriving at a gate, these enormous
movements of soap intact and
c　a　l　l　e　d
a breakdown on the road, winter-
thorn but a floating crow in flight,
……①

读者阅读选取段落,发现逗号间的短语与短语不存在任何语意上的连接,而且随着阅读的深入,也发觉其语意的荒谬、混乱。然而,帕洛夫分析到:(1)文本一开始的"SENTENCE NOT SENTENCE"就表明了作者的美学观:虽然读者正在阅读,但以句子形式呈现的阅读内容并非读者习常所读的句子。(2)"the rain stood up"这句看似矛盾,不符合"雨不能站立,只会降落"的现实。但若大雨倾盆,那雨滴就好像站立在地面上一样。(3)在诗行"the prolonged cosseting or a silhouette the customer knows"中,单词"cosseting"在现代文学中已过时。这符合麦卡弗里喜用生僻、怪异词语的写作习惯等等。诸如此类的语言游戏使她想起了维特根斯坦在《哲学研究》上的陈述:"除非人们可以明确分辨所说的不同之处,否则当人们说语言中某个词语指代某种事物时,他们根本没有说任何东西。"②帕洛夫也受维特根斯坦思想的影响,思考了广告语言中的"使用"对象。她认为,广告"使用"对象必定是那些潜在的消费对象,而非那些已消费过的对象。这是广告语言的技巧所在,也是麦卡弗里在其作品"落后"部分中所滑稽模仿的对象。因此,在帕洛夫看来,那种似乎表达清晰明了的,未必是最佳表达方式,而那些似乎表达隐晦的,或许就是最佳表达方式。

① Steve McCaffery, *The Black Debt*, Toronto: Nightwood Editions, 1989, p. 11.

② Ludwig Wittgenstein, *Philosophical Investigations*, 3d ed. Trans. G. E. M. Anscombe, Oxford: Blackwell, 1953, p. 7.

此外，诗篇“落后”中双关语、回复、复位词以及数字序列与人们大脑中呈现世界的短语轮流交替。短语与短语间互不相关，彼此产生不了清晰的意象，使得文本不能相互承接。作品中最简单的表达形式，也会使读者产生无限联想，出现理解的偏颇和荒诞。尽管作品文本从表面看，显得冷淡客观，但绝非没有情感。事实上，作品无论如何都客观展现了诗人的观察和知识，融入了他的意识和情感。而诗歌的结尾以否定结束，并紧随一个逗号和空白。通过使用这些特殊标点，诗人将诗中“黑色债务将继续得以偿还”的情感中心表达出来。这一作品中，视域也扮演着一个重要的角色。它奇特的印刷形式无时无刻不在突显单词和短语的地位，给人以强烈视觉冲击。

帕洛夫还发现，诗人麦卡弗里早期的作品深受图像派诗歌运动(Concrete Movement)的影响，追寻制图式的句法结构。同时，受到哲学、语言学等其他理论的激发，麦卡弗里创造出早期的视觉诗学，这一点与他的导师伊恩·汉密尔顿·芬利(Ian Hamilton Finlay)的观点明显不同。芬利的著作《波浪岩》(*Wave-rock*，1966)的文本完全由标题中两个单词的字母排列构成，其状如沙粒喷洒在一块蓝色玻璃内一般，它置于光线能够照射的地方。所有这一切如同波浪撞到岩石上所见的情形一样。作为专为特定地点而设计的雕塑，芬利的“大玻璃”特别引人注意。对此，玛丽·埃伦·索特(Marry Ellen Solt)作出了这样的解释：

> 这一作品的文本从形态角度看，是由单词“wave”、“rock”的单个字母组成波浪和岩石的形状，而且“wave”的字母是向着“rock”移去。之所以产生这种动感的效果，完全取决于普通人的阅读习惯(从左向右)。字母排列疏落有间的整体形态造成一种空间上波浪的文本质感。诗歌真正出现在两个单词的字母对撞间，而字母并没有出现杂乱无章的形态，相反，依然从整体上保持着岩石的形状。这种相撞是由阅读中视线的正常移动和强烈的非正常的反方向阅读的渴求造成的。当读者关注字母间的相撞后，就会发觉单词“rock”中字母“o”的不稳固。它似乎漂浮于两种阅读动势之间。①

芬利也诠释道，这两个单词的对撞产生了第三个单词“wrack”(冲上岸之海草)，这一增多字母的单词从视觉角度表达出海藻岩的意象。因此，这

① Mary Ellen Solt，*Concrete Poetry*：*A World View*，Bloomington and London：University of Indiana Press，1971，pp. 44～45.

种均衡状态下展现出的两种相对力量在这一诗歌的语境中得以平衡。

由此,帕洛夫宣言:"为适于文本的材质结构,这类言语、视觉和听觉相混成的诗歌能够清除诗歌的主观性——即现在人们称之为的'作者之功用'。"①这些观点在尤金·贡林格(Eugen Gomringer)的作品《无声无息》(*Silencio*,1954)和《风》(*Wind*,1953)中得以再现。读者越是对这些作品产生联想,就越觉得作品意义丰富。它排除了语言的隐含意义,以客观的符号形式表述诗歌中心。而作品之所以能产生如此效果,是由于作品的文本倾向于元符号方面(metasign)。事实上,元符号本身没有任何绝对的地位,但它具有历史性和互文性。只要读者多次关注作品,就渐渐将其与日常生活中的广告联系在一起,作品期待出现的效果和意象也就产生了。

帕洛夫最后指出,"对语言隐含特征的否定与图像派诗歌诗学对有关广告、传媒相关的诗学所展现出的矛盾影形相随,并行不悖……。贡林格的诗学也认为,视觉诗歌和商业艺术的重新弥合看起来不仅可能而且众望所至。"②这样,图像派诗歌建立了当今世界的科学技术观,展现了未来综合的理性世界,并构成了对现代广告传媒的批判。解读图像派诗歌,读者表面上似乎可从不同方面去假设,但事实上,诗歌意义的建构一直受到作者写作原则的限制。总而言之,图像派诗歌特别关注语言和视觉的符号系统,在发展中逐渐与工业设计和为个人或社会创作某种引人注目的客体联系在一起,所以,越来越具有标示牌的特征了。

第六节 (数字)压抑的回归:从自由体到程序游戏

众所周知,著名诗人惠特曼开创了美国自由体诗歌创作的先河。自由体诗歌反对诗歌创作受到种种社会文化及写作规则的限制,意图打破传统格律诗一成不变的束缚,提倡自由奔放地表述诗人情感,展现诗歌生机勃勃的活力。诗歌史的自由发展,使得原先金科玉律的传统被贬斥为反动和落后。20 世纪 60 年代,美国诗坛又掀起了一场"新形式主义"诗歌运动。它呼吁诗歌创作重返韵律诗歌,这种韵律几乎全是五音步抑扬格。与传统诗歌韵律不同,它要求一种突破和创新:诗歌创作中的韵律不应受文化、意识形态等制约,而要追求诗人的自我感觉,语言的口语化和诗歌创作的时间空

---

① Marjorie Perloff, *Radical Artifice: Writing Poetry in the Age of Media*, p. 115.

② Ibid, p. 139.

间效果。

帕洛夫就此提出了下列观点：后现代主义时期的诗歌创作是怎样的呢？受新形式主义诗派影响，现代诗歌创作对韵律的处理上大致有两种方式：(1)滑稽模仿已存在的诗歌韵律（这是最为常见的一种）；(2)保持诗歌的韵律。但是它并非通过传统意义上的重读、韵步、音长和音节等方式实现，而是采取其他诸如使用数字计算的新形式。后者是帕洛夫在《激进的策略》第五章讨论的重点。她认为，“一直以来所说的限制（constraint）和程式性（procedurality）与传统格律诗学中的规则不是同一个概念……。程式性诗学（procedural poetics）既适用于散文也适用于诗歌。它首先指一种程式性：限制决定的并非文本业已固有的特征，而是作者将如何展开他的作品。”[①]法国著名的小说家、散文家乔治·佩雷克（Georges Perec）作品再现“漏字文”（lipogram）的写作方法就是一个很好的例证。如其名字所示，它就是要有意避开某几个字母。佩雷克对此评述道：“这种词汇方面的忽略或有意避开，一直以来饱受不公的批评。文学史上的各家一直专注于‘首字母应大写’的规范，似乎有意忽视写作作为一种实践，一种工作以及一种游戏的态度。系统性的策略、正式的独特风格都被贬为文学疯子的专属。”[②]

佩雷克此处的“系统性策略”不仅仅是玩耍游戏而已。如若文本依照某种限制创作而成，那文本本身一定要表述明这种限制。同理，如果文本依旧某种数学化的限制写成，那文本必须含有它所要阐明的数学理论。与通常的文学创作手法相比，这种限制迫使系统远离其常规功能，并展现出它的潜隐信息。与传统诗歌创作规则造成诗歌创作的静态之势相比，这种限制会让一个文本产生多重意义，并促使作家让潜隐的语素和张力浮于表面，生成它们自身的状态。这样看来，作品的饱和并不在于真实情感或其他，而是由语言引起的共振所形成的。

帕洛夫利用限制理论，对佩雷克的作品《人生拼图版》（*La Vie mode d'emploi*，1978）进行探究。她认为，佩雷克以细致入微的笔触，详细描述了作品中的每个细节，却不让作品形成一种现实感。小说中的每个故事或相互穿插或互相分离，小说中的人物及其生平经历都在附录中出现；与此同时，小说里还含有十几位其他作家的作品文本。然而，这部作品真正吸引人

---

① Marjorie Perloff, *Radical Artifice: Writing Poetry in the Age of Media*, p. 139.

② Georges Perec, *Oulipo: A Primer of Potential Literature*, ed. and trans. Warren F. Motte, Jr, Lincoln and London: University of Nebraska Press, 1986, p. 98.

的地方,在于读者根本无法完全了解其中的人物和他们的生活,更无法以正常方式将它们连为一个整体。佩雷克的这种写作手法,破坏了小说所依赖现实效果下的前景和背景的平衡,它使得整部作品如同一个拼贴图字谜一样。总之,这部作品本身就是一个谜,无论作品内部还是外部,都如同棋盘上移动的棋子,受到彼此间的限制。就此,帕洛夫提出她的"棋盘理论":其一,假定棋盘上共有100个格,每一章占一个格,但这部小说只有99章,所以就留有一个空格;其二,从第65章移动到第66章,其中必须经过这一空格。由此,佩雷克自称的"有意识地不完美"便产生了。帕洛夫总结得出:"数字规则和它的偏离,掌控了佩雷克的小说里复杂又令人惊异的结构……虽然小说中还有其他数字游戏,但佩雷克的目的不禁让我们对他的奇特手法和写作技巧惊叹。"①

运用数字的方案对先锋派小说产生了重大影响,也逐渐感染了现代诗歌的写作。朱科夫斯基曾就他的作品《80朵花》(*80 Flowers*,1978)写过这么一个大纲:

> 计划,从七十岁开始到八十岁生日结束,(写成)一本名为《80朵花》(*80 Flowers*)的诗歌集。
>
> 主旨,仅是那些我所真切目睹的花朵和在这十年间我熟知的植物……
>
> 形式,(每首诗)由8行构成,每行5个单词;每首诗歌的40个单词都浓缩和源自我之前的作品……
>
> 至于"40个单词"比照《旧约全书》:"十点三角"(tetraktys)……整数相加4+0=4,8行=2×4,每年八首8行的诗歌=8^2=64,整数再次相加=10(年);8×10=80……②

数字方案在朱科夫斯基这里发挥着重要作用。作者运用特定的、具有神圣意义的数字勾勒出整首诗的概貌。帕洛夫研究如下:首先在《旧约全书》中,"40"作为人的年龄数字,具有特别重要的价值,而神圣的"十点三角"则是毕达哥拉斯派(Pythagorean School)关于神的图标。这个神圣三角的建构是基于事实,即数字"10"是前四位整数的相加结果,而三角棱柱是以全

---

① Marjorie Perloff, *Radical Artifice: Writing Poetry in the Age of Media*, p. 145.

② Louis Zukofsky, *Complete Short Poetry*, Baltimore and London: Johns Hopkins University Press, 1991, pp. 325~351.

能数“1”为中心而形成的。其次，单词“tetraktys”也是表示上帝之名的四个字母的符号根基。因此，这个单词给朱科夫斯基既提供了数字“10”又提供了数字“4”；而 4×2 或 8 是毕达哥拉斯派关于爱的数字，也是关于无穷的标志。数字“10”可以被分为“2”和“5”，其中数字“5”可表示神圣的五角图标。最后，每一首诗歌都由 8×5 构成，即每首诗歌都含有 40 个字母。现实中，朱科夫斯基的诗描绘的就是一系列花卉主题，并以 8×5 格的形式和毕达哥拉斯派体系为整体模式写成。因此，帕洛夫发现，如若读者认为每一首诗是一个 40 格的组合，那么他们可以任意选取从左向右或从上向下等读法顺序去解读这部作品，以此产生各不相同的诗意理解效果。句法在这部作品中变得微乎其微，它本身所具有的作用让位于声音系统，成了这部作品的前景化特征。可以说，这部诗作完全打破了传统诗歌的写作方式，如摒弃了韵律诗歌和自由体诗歌的创作方法，也间接影响了对其进行评论和分析的策略。它创新地应用数字策略建构诗歌，使这首原本主题平淡无奇的诗歌成为了精辟词句和完美技巧的荟萃。

凯奇的作品《罗拉托里奥：芬尼根守灵夜的爱尔兰马戏团》(*Roaratorio: An Irish Circus on Finnegans Wake*, 1979)也是对自由体诗歌的传统诗学美学观提出挑战。凯奇诗歌文本写作的原则是：作品中的单词，任意选取后，放置在一起，词语、字母不分高低贵贱。后来，凯奇辅助以计算机程序，由此，程序设定中的数字就决定了词语、思想以及意识形态的选择了。在作品“*I*—*VI*”中，作者用了中间文体法规则(mesostic rule)的写作手法，其特点是两个依次相连的大写字母是任意选取的，没有高低之分。凯奇谈起《罗拉托里奥：芬尼根守灵夜的爱尔兰马戏团》的写作时说道：

> 选取作者或书名为主题，从第一页开始到最后一页结束，全部写成中间文体文本(mesositics)。在这一语境中，首先在指定书中，如詹姆斯·乔伊斯的《为芬尼根守灵夜》，选取中间文体词(mesostic)。此词要包含这一列词中的第一个字母，并且不允许含有这一列词的第二个字母紧随其后。这一列词的第二个字母属于第二诗行，它应在第二个单词中发现，并且不允许含有这一列词的第三个字母紧随其后等等，以此类推，诗歌得以写成……且左右两侧各有四十三个字母空格。[①]

---

① John Cage, *Roaratorio: An Irish Circus on Finnegans Wake*, *Sound and Text*, ed. Klaus Schoening, Koeningstein: Atheneum Verlag, 1982, p. 173.

帕洛夫选取部分诗节，示例说明：

worth with twone nathandJoe
A
Malt
jhEm
Shen

pftJschute
sOlid man
that the humptYhillhead of hunself
is at the knoCk out
in thE park①

她分析说，文本内的中间文体正是詹姆斯·乔伊斯的名字(JAMES JOYCE)，全诗以此连接成篇，匠心独运。从中我们不难看出，作者以此为写作线路，生成声音和意义的双层文本，使其与原文本的复杂性相呼应。由于乔伊斯的原文本是一个循环(cycle)，凯奇也将其作品设计成一个循环(circus)。但诗人并未让其任意成篇，而是通过诗节：5×2(诗节)来限制诗歌的整体形式。诗歌的垂直线性为：JAMESJOYCE，恰巧使得诗歌可以采用每一小诗节五行，两小节为一大节的形式。"JAMESJOYCE"在文本中如纵栏一样，从上而下将文本连接起来。不可否认，这种做法使得传统的韵律消失了，也对文本的句法性提出了挑战。这也印证了凯奇的诗学观：诗行不是传统意义上的句子。他的诗学是反传统语法逻辑的，它将诗中的每一单词设定为每一个特定的诗格，而且每一个都只关注其本身，忽略其间的相连。这种浓缩效果下产生的文本，否定了文本的线性阅读，并且其中各种"悦耳"的声音也将每个单词和词组陌生化了。凯奇作品中地点与指称相关的声音和真实的悦耳声经由一系列数字运算结合在一起，彼此在声音系统中相互关联却又不失独立性。

帕洛夫指出，这部作品备受关注的原因在于，一方面，凯奇的程式性是一种极端的形式主义，以其精细的次序系统为显著特征；另一方面，凯奇程式性的精妙使得作品无限的长度压缩进了有限的空间，并且由线性生成的文本与依照诗歌写作规则生成的文本鲜有相同之处。

---

① John Cage, *Roaratorio: An Irish Circus on Finnegans Wake*, *Sound and Text*, p. 29.

程式性在继朱科夫斯基、凯奇后得到继承和发展，许多作家都采用这种数学程式来构思和写作诗歌。数学理论的应用，彻底突破传统诗歌格律的桎梏，使原来落后的自由体诗歌形式重获新生。它用更为丰富的诗歌形式、语言和语法展现出现代诗歌新的活力，它使原来由语言韵律所控的诗歌成为了由真实、自然声音所限定的诗歌，是诗歌史上重大的历史性变革。

第七节　意义的运作：在媒体社会制造诗意

众所周知，玩弄异字同音是语言诗的艺术手段之一，正如英国评论家罗德·孟罕(Rod Mengham)的评述，语言诗总是在不容置疑中寻求庇护，它的晦涩难懂体现在其潜在意义及内在困难上。由于语言诗的语序和章法不遵循常理，使得读者理解时，要时刻准备去发掘语言诗的潜在意义，将这些诗句转换成让人理解的正常语句。

布鲁克斯在散文《诠释的悖论》(*The Heresy of Paraphrase*，1947)中认为，诗歌点评传统的二元性规则——或正确或错误具有局限性。"评论家评价诗歌应从诗歌政治的、科学的或是哲学的价值出发，或从外部感知及从人类经验分离出来的形式而进行。"①帕洛夫认为，布鲁克斯对结构的重视给当下评论界解读和评价文本背后的意识流提供了参考。

关于语言诗的评论异议可从各优秀评论家的言论中窥见一斑。伯恩斯坦诗作虽得到英国文学家孟罕的支持，但引来的非议更多。何吉尼安和布鲁斯·安德鲁斯(Bruce Andrews)否认语言诗传情和表意的功能；艾略特·温伯格(Eliot Weinberger)觉得语言诗是一串无止境的浅度意象及空洞语音的组合，它的意义不固定，随时都会被取消。美国著名学者罗伯特·冯·哈尔伯格(Robert von Hallberg)则从语境出发，指出语言诗的浅薄在于它们剥夺了情节、特征和论据，需要以读者各自理解建构意义。

帕洛夫补充道，伯恩斯坦语言诗的无指示性是最具特征的。至于如何处理诗歌传情和表意的问题，最理智的做法是抛开任何与特殊运动(语言学派)或特殊诗歌("语言为中心的写作"、"语言诗歌")相关的美学和意识形态的争议。于是，她选取伯恩斯坦《商务安全方法》(*Safe Methods of Business*)和阿什贝利《个人业务》(*Business Personal*)进行对比分析。阿什贝利"Business Personal"的标题中，反讽意味不言而喻："商业"产品是模仿"个人风

① Cleanth Brooks, *The Well Wrought Urn*, New York: Harcourt Brace, 1947, p. 196.

格”要求而设计,能够适应市场需求。她指出,这首诗震撼读者的是一种后现代的模仿。因为诗中能找到英国诗人济慈的文体面具,雷克汉姆(Rackham)的童话影子和“黄色九十年代”(the Yellow Nineties)的风格。正如詹明信所言,模仿作品一般“是对一种带有奇特或显著特征的风格模仿,带着那种文体面具,却使用过时语言……但是,它(指阿什贝利的)走的是这种模仿的中间之路,没有……讽刺的冲动,没有笑声,没有依然潜在的情感,没有存在与被模仿构成对比的正常些的东西,那是相当有趣的。”①帕洛夫指出,诗人难以捉摸的零碎叙述,他不明所以的人称代词和指称,他对引用语、暗示和讽刺的灵活应用,都不是对浪漫主题空洞模仿所能够实现的。

诚然,诗歌存在的争议不在于一个文本是“原版”的还是由引经据典组成,而在于“引用”的诗学过程如何发生。阿什贝利诗歌的晦涩难懂在于“他有目的地用伪造的引证去驳倒‘真实的’,并使用听起来常见或熟悉的短语,即使它们在过去的文学史中闻所未闻。”②他喜欢随意转换实际并不存在的词性,这在伯恩斯坦的抒情诗中也有体现。我们都因他们诗歌中高度特殊化的语言感到困惑,对于出现诸如“Worn signs of privilege”,“Wrinkled by the wind”之类不合常规的词语感到费解。

对比阿什贝利的诗,帕洛夫发现,伯恩斯坦更难理解,原因如下:首先,言语使用晦涩。他使用来自保险(如:actuarial)或哲学(如:apodictic)方面的专业术语,或者融入来自维多利亚小说、古老歌谣集里,但在现在看来已经过时的古语。其次,词性转换随性。诗句的含义因为这些奇怪构词显得模糊,而且是不存在的。如“lamberstwhile”和“bowdlerized”与前后的词语搭配存在语法、句法和规范上的错误。这些神秘晦涩的特殊词汇似乎能在本世纪中叶的美国诗学里找到影子。那时候的诗学强调自然的言语,直接的情感传递等等。

关于何谓世纪末诗歌“激进的技巧”,帕洛夫指出,理解技巧需要放置于后现代信息系统的语境中理解。孟罕评价说,“伯恩斯坦诗歌中‘语言的社会违法’使得他的诗歌‘拒绝给我们熟悉或能摸清方向的信息’,他猜测,‘这种拒绝受到一种信念的启发,语言参照是与商品拜物教联系在一起的’。”③他由此得出,即便诗歌是由信息语言组成的,也不能用于提供信息的语言游戏中。现代社会中,计算机信息扩张了人类信息域,也给了读者新的挑战,

① Marjorie Perloff, *Radical Artifice: Writing Poetry in the Age of Media*, p. 182.

② Ibid, p. 185.

③ Ibid, p. 187.

由文字处理程序、激光打印机、调制解调器等构成的计算机网络开始创造出一个全新语义世界，并深深影响了个别诗人的选择。伯恩斯坦认为，计算机的一元性使得计算机处理看起来似乎否认所有暂时性和可变性：关于查找文件，“要么想起，要么忘记”，没有折衷。正如哈特·克莱恩（Hart Crane）描述的“我们居住在一个电脑时代，在那里，控制板式的系统对于我们来说是无法企及的，那些控制板又决定着我们每天的生活。”①

为了讨论诗歌的奥妙，帕洛夫又进一步分析了伯恩斯坦诗歌《商务安全方法》中的玄机。首先，她认为，这首诗充满戏仿的修辞手法，诗行规整的音步排列严格遵循了押头韵的韵律规则（如“Surreptitiously apodictic，impedes”），多音节的有序采用更彰显了诗行严谨的韵律结构，这样的结构算不上离奇，是有章可循的。此外，诗歌多处运用了矛盾修辞法。即使表面上看起来毫无理据的搭配，但其实蕴涵着坚不可摧的逻辑联系；并且这种说法不会使读者产生歧义，也不会被其他语言的先见模式干扰思维，它是一种“安全”的语言处理的方法。其次，作者在诗句中旁征博引，解释了每个典故的缘由。譬如，帕洛夫认为诗文中用斜体标示出，最神秘莫测的短语是“选择是溪流”（For choice is rivulets）。“选择是溪流”这句话在惠特曼看来当然是表达他对于生与死、主观与客观、理想与现实等宏大概念的划分。但伯恩斯坦的“选择”却意不于此，而是为了说明每个人都有选择的权利，都能为了更有意义的可能做出选择。这就是伯恩斯坦引经据典又改变经典的完美体现。

这首名为《商务安全方法》的诗歌展现出一个不能采取安全方法的世界。帕洛夫举出阿什贝利的例子，说明人不会被某一种特定的言语所固定，而会跳脱经典的潜在模式，产生新的理解。在如今充满言语刺激的社会里，新闻标题、竞选宣言、信息检索等多种媒体模式无不为人们提供语义的选择。就此说来，伯恩斯坦的诗可看做一台具有讽刺意味的视频扫描仪。它把所有不相关的数据都扫描进来，再把它们置于庞大的文化数据库，转化为联系紧密的数据信息。而这些转化都是通过个人的联想、对陈词滥调的新解释等方法实现的。这首诗的前半段喜欢旁征博引、引经据典，而后半段开始则呈现自己的“私人”谈话。

这种表面的交代只是一种群体代表的特征，看似公开的信息也只是必要的“伪公开”，为读者打开了一道门缝，而门里面无限大的意义延伸我们不

① Hart Crane, *The Complete Poems and Selected Letters and Prose*, ed. Brom Weber, New York: Doubleday Anchor, 1966, p. 237.

得而知。看清这一实质,伯恩斯坦自己也一语中的地指出:清晰的写作不再是毫无争议的美德。即使诗人不引经据典、暗藏玄机,写出一首语义清晰的作品,但其语义也未必能完全准确地送达。因为在媒体社会里,任何相关的因素都能对语言造成一定的影响,而把“安全”的语义引入歧途。准确的语义也未必能达到其预期的目的。帕洛夫评论到此也揭示了语言诗所谓“安全”的法则似乎并不受用。

同样,伯恩斯坦在诗中也暗示我们对这种法则的寻求似乎无止境。所以诗歌结尾借用了这样的事实:80 年代的曼哈顿,所有人都不渴望社群生活而希望独处。因为社群生活不代表与家人同处或与朋友共聚,而是意味着公务缠身。但是这一种生活方式又是矛盾的,没有繁忙的公务来养家糊口也无法换来与家人或朋友相处的机会。尽管不愿意时时被公务所牵制,但是摆在眼前的钞票也不甘心让它白白溜走。这种矛盾的状况与“安全”和“不安全”的法则一样,相依而生却又相互排斥。纵观帕洛夫对全诗的分析不难看出,伯恩斯坦这首名为《商务安全法则》的诗歌其实给我们带来的却是处处都“不安全”的诗意表述。尤其置于被媒体所触及的社会各个角落中时,语言的“安全”或“准确”与否从来就没有安全而言。

帕洛夫最后总结,伯恩斯坦诗歌中使用特殊的词汇和短语,毫无疑问,彰显出孟罕曾评价的“语言的不良行为”(social delinquency of the language)的特点。倒不是说,这样的引经据典让诗歌无法理解。如果深入研究诗歌以及相关引用文本,并将之放入社会语境中,还是可以理解诗歌意义是怎样生成和表达的。在伯恩斯坦的诗歌中,谜语的碎片通常都被“污染”,带上媒介话语(包括法律术语、华尔街金融术语、国民问讯上的八卦等等)的痕迹。换言之,媒介正通过各种各样的方式影响着人们的日常生活以及语言,其中也包括诗歌语言。媒介幻象对现实生活中的日常运作施加越来越多的影响,而诗歌正与这些媒介幻象共同竞技。

第八节　牢笼、机遇、变革

先锋派是一个开放而动态的概念,指前卫的文学艺术。它的独创性、反叛性创造了零散片断拼贴后的空无一物,营造了一种间离效果,并在作品多层次的结构中齐头并进,使得先锋派作品晦涩神秘,难于理解。它的戏剧作品往往通过戏剧家夸张或隐喻等修辞手法把真实的实在展现给观众或读者。20 世纪德国最具影响力的戏剧家贝托尔特·布莱希特(Bertolt Brecht)

及爱尔兰剧作家贝科特的代表作《等待戈多》(*Waiting for Godot*,1953)就是最好的实证。

19世纪以来,先锋派在经历一种同化,原先被谴责为意义模糊、令人费解,甚至它的拥护者们也将其特征定义为古怪、荒诞、抽象的作品,现在也逐渐非常真实又贴近生活了。那样的过程可称作先锋派的"实现",但是它的程度与货币商品化及晚期资本市场私有化等远远不对等。先锋派在力图保持高雅艺术的基础上,求取标新立异和开拓创新,反对迎合大众甚至献媚大众的文化;但事实上,先锋派在资本主义商品社会的大背景下生存,无法避免受到文化产业和大众文化的冲击。这导致先锋派一方面对形式推崇备至,一方面又对形式竭尽毁灭之能事,表现出一种悖论性的特征。

20世纪先锋派运动(如达达主义、超现实主义)的失败在于"它企图转换艺术本身的资本主义制度,去创作以影响社会和政治,改变美学观念,制造'新的震撼'的新场景"。[①] 这种乌托邦式的理想,通过来源于现实生活的艺术作品战胜资本主义的现实世界是矛盾的。帕洛夫指出,学术界高雅艺术和大众文化的纷争由来已久。尽管资本社会中,高雅艺术和大众文化间存在必然且不可逾越的"大分裂",现代主义将大众文化形塑为他者,并加以排斥,借此建构自我,但后现代主义则尝试在高雅艺术的形式与大众文化的范畴间进行协商。拉塞尔 A. 贝尔曼(Russell A. Berman)评价阿诺多的现代美学理论时指出,"他的理论通过一个多平面的文化结构转换,窃取了它们与同时代相关联的大多数东西:技巧的反叛,艺术品的加速商品化,机构语篇的不稳定性和艺术品目标性上信仰的缺失。高雅艺术在作品中及传播机制上,都迅速地与文化产业形式融合。"[②]现代艺术在资本主义商业活动下,防止低俗品位、拙劣作品的侵入,保护了媒体、通俗和传统的本质。

回归现实,高雅艺术和大众文化的结合无论如何都不那么稳固。"大众文化"指的是"大众传播或大批量生产的文化",最具工业化特征;"高雅艺术",顾名思义,是高尚而雅趣的艺术,"高"可以指"曲高",自然"和寡";"雅"则高尚美好,也颇为脱俗。两者从意义和性质上看,都是不相容的。然而,不可否认的是,文化总是干预和影响着一种特殊时期的历史背景,并为时代作品所反映。比如,歌德和海涅的爱情诗就反映了普鲁士时代,传统而专制

---

① Marjorie Perloff, *Radical Artifice: Writing Poetry in the Age of Media*, p. 200.

② Russell A. Berman, *Modern Culture and Critical Theory: Art, Politics, and the Legacy of the Frankfurt School*, Madison: University of Wisconsin Press, 1989, p. 89.

的法国大革命。面对下里巴人的事件,诗人会求助于一种技巧方式去打动或唤醒读者。让·瑞托拉克(Joan Retallack)曾说过,"感觉的需要就是去发掘不同的焦点范围,例如,我们更倾向于接受一些多元融合的视角或观点而不是'个人'有偏见的深切感触视角。"相应地,在美国和加拿大的激进杂志上出现了类似诗学作品的文本。这些文本里,我们可以听到互相渗透干预的矛盾话语,不管是"融化的汉堡馅儿饼",还是"倦怠的液体","带酸豆或酸辣酱的奶油干酪",还是字典里"'悲伤'和'海'的关系"。[①] 无论那些意象怎样联系,都提供给我们一种信息:语言可以戏弄真实的实在,各种意象不是随意的拼接,而是整体的一部分,反映着彼此之间的关系及与整体的连接。

有些诗文在韵律上精心组织,在乐感上也匠心独运,比如安德鲁文本中对偶的交叉使用和帕尔默抒情诗里微妙的元音组合等等,伯恩斯坦把它们称作"官方韵体文化"(offical verse culture),并声称这些意象之所以晦涩难懂,不是因为意义不被展现给能接受的受众,而是因为文化本身的一种偏见,使得受众有种先见,刻意暗示意象怎样连接或黏合。我们也可从凯奇的作品中找到例证。反对派爱德华·洛特斯坦(Edward Rothstein)认为凯奇的演讲就像是原子之间的随意碰撞、组合;赞成派则夸赞,这是他们听到的最直接、最具震撼力的政治音乐。在约翰·罗克韦尔(John Rockwell)看来,凯奇的演讲具有催眠效果,从开始的说教形式到晦涩难懂的地步,将说教式的散文转换成了难以捉摸的诗歌。

凯奇的演讲围绕什么是诗歌和是否称为好诗两方面展开。他从早期诗歌理论谈到现代主义学者,并充满来自各处的多个引用和并置的中间文体。他的演讲内容是一种拼接,那样的引用使得整个内容就是一种已有文本的再创造。每场演讲之后附着听讲者的随机问题和辩论。对此,凯奇都很耐心地给予回复。有人就"偶然操纵,有意图和没意图的工作关系"提出质疑。关于凯奇"偶然操纵"的问题,发问者指出,这种偶然当中必然包含意图。因为每个人都是偶然间有意图地做某事,所以不能称作是完全的偶然,这就导致了选择和偶然的矛盾。

这些激怒的问题(有时或许只是评论)在发话过程中,能够自我解构。"'发问者'宣称:(1)每件事情都是偶然实施的问题,但是也会有意识地转变;(2)每件事都是有意图的;(3)每件事既是偶然也是意欲。"[②]凯奇解释,

---

① Joan Retallack,"Letter to the Author",*Boston Review* (29) November 1990,pp. 105～112.

② Marjorie Perloff,*Radical Artifice: Writing Poetry in the Age of Media*,p. 210.

他的偶然不是绝对的偶然，运用到诗学里，就是要提倡自然诗本身不像散文，它能够以一种形式或另一种形式展现，但又可不拘泥于固定的模式。因此，诗歌和评述的最大不同在于所体现的现实原则。特别在信息世界里，信息接收者接收到的信息并不完全等同于信息来源者发出的信息。事实上，听者或读者的意识受他的重复压制（“偶然操纵”或“偶然”在以上评论中出现 11 次），以至于最后什么都没有听到。

凯奇的诗可谓自然诗或改编诗，是“思想”被“源文本冲刷”的结果。而这种“冲刷”势必给读者带来一丝厌倦和无聊，以至于无法找到凯奇拼接这些零散的词语或句子的来源。但是，这种融合和拼接的意义在于它们仿佛是一部原始和纯粹的作品，无任何雕饰或粉饰。示例如下，这首诗的文本中线（mesostic string）是“Method”：

Much of our'
Of borEdom
Toward talks in
It misled Him'
diplOmatic skill to
place to place'but Does it look
at present Most'
fivE iranian fishermen'
cuTabacks would not
wHat I have' but
pOssibilities
I frequently haD to look up at the opening between
the rule'My
thE
iT'
migHt
lOng time what'
of metal Driven'
the rule My
thE'
cuTbacks would not
it misled Him'

lOng time what'
place to place'but Does it look①

这首诗的诗行很短,有时或许只是个虚词,唯一的完整句子"fivE iranian fisherman"是从8月9日《基督教科学箴言报》(*Christian Science Monitor*)中的文章里摘来的。还有句"Much of our"和"Of borEdom"可能来自凯奇自己或维特根斯坦的作品。他使用这些例子都谨小慎微,让创作无论看起来还是听起来都天衣无缝。

在演讲中,凯奇为了使文本听起来行云流水,无矫揉造作之感,运用了引用资源的交感和"虚词"。麦克卢汉、维特根斯坦、梭罗和爱默生的思想,军事行动、火灾等国际新闻的主题在他的诗歌中交织缠绕。虚词的运用就构成一种逍遥效果,让读者遐想翩翩。比如"Much of our",虽然只有四个短短的呼吸单元加个类似省略的符号,但暗指的含义却由"我们厚颜无耻的脸"加上短暂的停顿来表达。看似没有任何意义,但通过停顿和上下文语境的结合,确实给人浮想联翩的感觉。

第九节　结语

《纽约时报》评论说"读凯奇的演讲,要用一种放松的状态阅读,但是跟它的复杂性相矛盾。可能因为演讲不会强行灌输既定的结构或理念给观众,而是让观众参与其整个未完成的过程,运用自己的个人意识、情感偏好去再构。"②这就要求我们个人对其不要全盘接受而要有选择地进行反映或回应,从而渗透和创造出不同或异延的效果。

有人抱怨凯奇的音乐拒绝感情,或不充分表达感情。对此,凯奇精彩地回答道,感情在每个人的生活中处于中心地位,所以我们要学会驾驭情感。运用在诗学概念里"这种方法就是运用你所拥有的方式或实物进行创造;在Ⅰ-Ⅵ里,就是使用已有的源文本,标语词,中间文本规则和个人演讲名气,与那些字母、词语和数字'战斗',而在这场战斗中,感情是驱动力。这种方式对读者来说,是个巨大挑战,需要他们再创造已经生成的文本。"③还有人

① Marjorie Perloff,*Radical Artifice*: *Writing Poetry in the Age of Media*,p. 213.

② Ibid,p. 215.

③ Ibid,p. 216.

诽谤Ⅰ-Ⅵ演讲滑稽可笑，但当他们对此进行仔细分析后便觉得那些演讲并非不可读；相反，它是经由仔细设计、具有情节的作品，晦涩难懂只是超越了我们传统的阅读习惯罢了。文本结构的目的性，如优美结构及超大号的页码纸，让我们（读者）以一种轻松愉悦的方式阅读，去创造而不是盲目吸收。“打开每页你喜欢的地方，跟随每一条你感兴趣的小径。这条‘小径’可能在听觉上给予你美感，可能在视觉上赋予你愉悦，可能在方法论上给予你智慧，也可能在语义上给予你享受。”①《激进的策略》其实并不激进，而是沿袭作者惯用的以理服人、以据论证的策略。帕洛夫在全书中纵论“自由诗体”、“后线性诗歌”与“后主体性诗歌”的同时，又引入新的“程序游戏”概念与解读，使读者在领悟大众媒介时代的诗歌创作时，又获得全新的“异样”阅读之感。

《激进的策略》并不是包容万象的现代主义新诗学的大熔炉，帕洛夫“寓教于乐”的广博题材与纷呈复杂的文本都在向外界指出一个基本类似的话题：当今世界是一个高科技频出、信息渠道叠加的世界，权力话语掌控、甚至扭曲着主题，被斥为“噪音”的东西或可以成为“信息”而接纳。从阅读的效率上来说，读者可以发现直接进入帕洛夫的信息充足、解读明确、阅读轻松的诗学讨论甚至比阅读长篇累牍的语言诗歌或凯奇的长卷要事半功倍得多。在热度不减的讨论当代美国诗学阵营——尤其是新形式主义和语言诗派——的时候，《激进的策略》可视为一次有益的大胆尝试。正如作者所言，诗歌创作与批评的“激进的策略”已经成了当下的一个普遍现象，而本书中的许多资料和讨论都与美国诗学密切相关。当然，这并不意味着《激进的策略》只是一部分析具有实验精神的杰出美国诗人的作品。实际上这更是一部文化叙事史，一部价值连城、兴味十足的西方诗学批评宏巨。她在书中所提供的是关于国际诗学审美领域自20世纪60年代以来的信息及智力批评导向，并再次以翔实的史料、令人信服的论证和读上去并不枯燥的行文向世人展示了过去一代美国诗学上所发生的一切。

---

① Marjorie Perloff, *Radical Artifice: Writing Poetry in the Age of Media*, p. 216.

第七章　日常语言与西方当代诗学:《维特根斯坦的梯子:诗歌语言和日常语言的奇特》

第一节　引言

帕洛夫在整个90年代所作的诗学批评具有整体连续性和重点突出性。继深入探讨了后现代主义诗歌的批评方式和大众传媒时代的诗学批评后,她又将目光盯在人们比较好奇的诗学评论的所谓"哲学基础"上。但是她的诗学-哲学之思并不像人们想象的那样言必称希腊,从远古宏远而空洞的哲学谈起,而是将研究重点放在与现当代诗学研究有密切关系——尤其是与诗歌语言、形式和表述——的哲学上。不仅如此,帕洛夫的现当代主义诗学批评观依然建立在现代主义诗学实践基础之上的,既是对诗歌、小说等文学写作以及艺术创造等观察、思考和分析的结果,又是对现代主义诗学重要特征的总结。

在西方文化史上有一个现象一直以来都被认为是毋庸置疑的:作为哲学家的路德维希·维特根斯坦的大名已经是人尽皆知,并广为传颂。但是其哲学宏论在文学批评领域内的接受与践行却是极为罕见的。不过这一现象在1996年得到了很大的改观。是年帕洛夫推出了其在20世纪末的又一部现代主义诗学批评著作《维特根斯坦的梯子:诗歌语言和日常语言的奇特》(以下简称《维特根斯坦的梯子》),彻底将维特根斯坦抽象哲学与文学批评具象联系起来,形成了一部以维特根斯坦的语言哲学暨诗学观为基础和核心而对先锋派文学进行全面细致研究的典范,并被视为世纪之交美国四大研究维特根斯坦哲学的最佳范本。① 此后,维特根斯坦的作品——尤其

---

① 其余三部分别是:David Edmond and John Eidinow, *Wittgenstein's Poker: The Story of a Ten-Minute Argument Between Two Great Philosophers*, London: Faber and Faber Limited, 2001. Martin Cohen, *Wittgenstein's Beetle and Other Classic Thought Experiments*, New Jersey: Wiley-Blackwell, 2004. Susan G. Sterret, *Wittgenstein Flies a Kite: A Story of Models of Wings and Models of the World*, New York: Penguin Group, 2005.

是语言哲学著作——对当代小说家、视觉艺术家和诗人更是产生了普遍而广泛的影响，并给他们带来了许多创作上的启发与灵感。在不同场合谈到自己的主要诗学理论时，帕洛夫总是会提到一个现代哲学史上响当当的名字：路德维希·维特根斯坦。她曾经回顾道："正是维特根斯坦关于语言能力的激进怀疑主义促成我自己的[诗学]思想中连贯而有意义的部分产生。"[①]据作者所言，她发现了维特根斯坦语言哲学观与现代主义诗学之间的密切联系，并以此作为一把钥匙，开启现代主义诗学之门，揭示一些重要作家的本质特征。在前言里帕洛夫将该书描述为一次诗学批评与人生认知上的重大转折，"一次经由斯泰因、贝科特，经由美国激进诗学、20世纪后期概念艺术而实现的向我童年时期的维也纳的转变——在较大程度上这也是维特根斯坦的维也纳"。[②]

帕洛夫的现代主义诗学并不以系统的理论阐释见长，而是融进了对维特根斯坦哲学诗学观点的阐释和对为数众多的作家作品的分析之中，是一种基于艺术实践上的诗学批评。帕洛夫现代主义诗学的精髓主要集中在她对语言的全面理解和实际运用上。她敏锐地发现，维特根斯坦哲学中有关日常语言的使用、语言游戏等思想对揭示现代主义诗歌暨文学和艺术特征、构建现代主义诗学的重要意义，从维特根斯坦语言哲学观切入，对20世纪现代主义一些有代表性的诗人、小说家和艺术家的作品进行分析，在充分的、不断重复的、逐步加强和深入的论证中揭示现代主义诗歌本质和诗学观。帕洛夫的20世纪诗学文本的"维特根斯坦式"解读，是承接在系列以诗歌形式为身份的维特根斯坦哲学作品的先期分析之后的。而后者的《逻辑哲学论》(*Tractatus Logico-Philosophicus*，1922)完全"可以视为与杜尚和斯泰因的语言游戏具有内在亲和性的先锋文本来解读"。帕洛夫还发现，维特根斯坦在《哲学研究》(*Philosophical Investigations*，1953)所创设的如许反讽已经将他自己树立成了现代主义作家中最为激进者之一了。[③]

帕洛夫的现代主义诗学观是维特根斯坦语言哲学思想与现代主义诗歌、小说和艺术等相结合的产物。这种诗学批评以维特根斯坦语言哲学观为经，以作家艺术家的作品为纬，而以交织的经纬的来呈现现代主义文学艺术的绚丽画面，从而构成了帕洛夫现代主义诗学的丰富内涵，揭示了日常语

① Luo Lianggong, "Poetics, Poetry, Language Poetry: An Interview with Professor Marjorie Perloff", pp. 1～8.

② Marjorie Perloff, *Wittgenstein's Ladder*: *Poetic Language And The Strangeness of The Ordinary*, Chicago and London: The University of Chicago Press, 1996, p. 11.

③ Ibid, p. 66.

言和其他日常媒介使用的新颖性、独创性、丰富性和现代主义诗歌的活力。在这部融文学、哲学、语言学于一体的诗学批评中,帕洛夫高屋建瓴地展示了维特根斯坦关于语言-哲学的系列洞察:语言之阈意即世界之限,基于层层叠加式的问题探究模式,维氏形而上学与精神思维的大势,以及维氏哲学中的伦理学因素。在帕洛夫的诗学批评里,这些看似抽象、高度哲学化的命题,都与20世纪的文学和文化研究密切相关,所以《维特根斯坦的梯子》对现当代诗学的现实指导意义无疑是巨大且具有前瞻性的。在深奥而广博的维氏哲学领域漫无目的的游走往往是件吃力而不讨好的事,结果只能是事倍功半。帕洛夫对维特根斯坦的关注则是站立在一部步步有根基、节节都攀升的梯子之上,并且围绕维氏哲学的四大基本概念而展开。这四个支撑维特根斯坦哲学的基座是:惯常中的奇特,知识与语言的隐性局限,作为文化建构的自我,绝对价值观的虚无。在谈到维特根斯坦哲学与贝科特、克雷利、伯恩哈德、西利曼、沃多普(Rosmarie Waldrop)、何吉尼安等人的创作关系时,帕洛夫指出其主要目的即是:"细查存在于维特根斯坦哲学中的所有矛盾性,严厉的自我修正与批评,神秘的顿悟与范式等相关的研究模式对当今时代具有重大意义的日常语言诗学的关系。"①在接下来的系列论述章节里,帕洛夫便呈现了维特根斯坦与众多现代作家之间有关的系列错综复杂的亲和性。

第二节　维特根斯坦的语言哲学观

维特根斯坦生于奥地利,后入英国籍,是著名的哲学家、数理逻辑学家,语言学派哲学的奠基人,20世纪最有影响的哲学家之一。他主张哲学的本质就是语言,而他宣称哲学的本质只能在语言中寻找,并试图揭示人们交流表达思想时到底发生了什么。其主要著作《逻辑哲学论》和《哲学研究》体现了他对语言问题的关注:"凡是能够说的事情,都能够说清楚,而凡是不能说的事情,就应该沉默。"②生生不息的日常生活语言是哲学的基础和源泉,哲学的本质存在于日常生活的语言游戏中。

① Marjorie Perloff, *Wittgenstein's Ladder: Poetic Language And The Strangeness of The Ordinary*, p. 11.

② Ludwig Wittgenstein, *Philosophical Investigations*, 3d ed. Trans. G. E. M. Anscombe, Oxford: Blackwell, 1953, p. 65.

帕洛夫独具慧眼，发现维特根斯坦的《逻辑哲学论》结尾的那个著名的梯子隐喻对理解其语言哲学思想的重要意义，是进入其语言诗学观的重要途径："我的命题可以阐释如下：最终理解我的人看出它们毫无疑义，当他一步踏着它们攀登上去。（如同登上顶端后他必须抛弃梯子）。"①

帕洛夫对该隐喻所包含的哲学和语言诗学的精髓作了精辟阐释，认为它包含三方面的意义。(1)日常性（比如它不像但丁的炼狱之梯或叶芝的古代回旋之梯，而是普通梯子），此外还包含其目的地和起始点；(2)梯子向上移动与斯泰因所说"一次又一次开始"相吻合，这种在横木上的攀爬永不停止。这表现了维特根斯坦对概括推论、元语言及理论本身对实践施加的强权的怀疑和否定；(3)尤为重要的是，人们不能两次攀爬同一部梯子。这意味着，每个哲学命题总有一些相异的符号，即使相同的词语以同样的顺序重复亦如此。重复总包含使用和上下文的改变。换言之，对维特根斯坦和他的读者而言，没有视野（vision），只有重现（或修订）（revision），在登梯过程中，语言之梯的一根根横木展现了其固有的新颖，这就是我们使用的语言的新颖——维特根斯坦自己的语言，已经登其梯子横木的诗人和艺术家的语言——这就是我的论题。②

帕洛夫进一步对该隐喻所包含的维特根斯坦的语言诗学观作了阐释，指出了维氏重要语言哲学概念"语言游戏"的内涵意义。她认为，维特根斯坦证明了：(1)日常语言与文学语言没有实质上的区别；(2)语言使用千变万化，词和句子出现在新的语境中会显得陌生。她认为，可以从四个方面讨论维氏《逻辑哲学论》的核心概念"语言游戏"：(1)强调日常语言的陌生性和谜一般的特征；(2)意识到语言的局限性是自己世界的局限性，每个人用头撞击语言樊笼之墙试图理解自己的世界；(3)认识到自我是社会的构建和文化构建；主体性总是依赖一种语言，该语言在属于我很久之前就属于一种文化；(4)发现没有具有绝对价值的命题。③ 在这些对"诗人"维特根斯坦的深刻领悟的基础上，帕洛夫甚至提出了具有"维特根斯坦式诗学"所必须具备的三个基本要素：一是对日常现象的专注；二是对模糊过程的侧重；三是对每一个经验独特性的认可。具备这些要素的诗学之梯不仅可以通向相互认同与亲和之地，并且时刻提醒那个攀登的人，绝不两次登上同一部梯子。所

---

① Marjorie Perloff, *Wittgenstein's Ladder: Poetic Language And The Strangeness of The Ordinary*, p. 11.

② Ibid, p. 48.

③ Ibid, p. 20.

以在语言诗学领域内,奇特性与庸常性是不可分割的,而"维特根斯坦诗学"之要素就会对现代诗学审美的深化起到指导作用。

帕洛夫对《逻辑哲学论》所包含的诗学观作了深入的探讨。该书写于一战期间。尽管维特根斯坦在意识层面不赞成先锋艺术对暴力和革命的推崇,但在本能上却把战争看做对真实的追求和自我完善,是面临死亡时对个人英勇气概的考验。这本研究同义反复和矛盾的有关逻辑的书是由一系列编号的命题、格言警句或者至多有一个段落长度的话语构成,其编号方式颇为独特,可以随意地对一个思想进行补充或评论,不受限制。比如:n.1 是对 n 的评论,n.11 是对 n.1 的评论,以此类推。我们认为,战争的经历是造成维特根斯坦这种片段式语言风格的重要原因。这在一定程度上打破了严谨的理论话语体系,使语言更趋日常口语化,并产生了诗学特征。

帕洛夫考察了《逻辑哲学论》的文本,从其中各命题之间相同词语的位移和置换看语言的使用暨语言游戏。如其中编号#6.43的命题:

> 似乎人们可以说的仅仅是"幸福地生活!"
> 幸福之人的世界不同于不幸之人的世界
> 幸福之人的世界是一个幸福的世界。
> 那么,是否有一个既非幸福又非不幸的世界?①

帕洛夫认为,以上命题中的"幸福"(happy)一词的置换使人想起斯泰因对毕加索的描绘,其中充满了"charming","working"和"following"等词的重复,每一次其意义都稍有改变。"happy 一词的位置置换不但没有使……意义更加清晰,反而产生了谜一般的感觉……这种对句法差异的突出更接近前卫艺术写作"。此外,《逻辑哲学论》还有一个独特之处:两种行动之间突然中断,缺乏连接,留下空白。如从#6.375"一个粒子不可能同时有两个速度",突然到#6.4的"所有的命题具有相等的值",再到#6.41的"世界感必须处在世界之外。"帕洛夫认为,其中包含的那种"无可奈何的口吻"和"神秘性"使《逻辑哲学论》更接近"华莱士·斯蒂文斯的沉思性的诗"。② 尽管维特根斯坦后来承认,该书未能"表达'命题之间的内在联系'"。但帕洛夫认为,"从另一个角度看,这种缺陷是其独特力量和诗学魅

---

① Marjorie Perloff, *Wittgenstein's Ladder: Poetic Language And The Strangeness of The Ordinary*, p. 43.

② Ibid, p. 45.

力的源泉。"[1]这就是说,维特根斯坦的《逻辑哲学论》所缺失的理论的刻板在诗性上得到了弥补。而帕洛夫所说的"诗性魅力"存在于其中深切的情感体验,在于作者历经死亡和绝望之际对生命的深切感悟。

维特根斯坦认为,"哲学真的只应该写成一种形式的诗"。帕洛夫围绕维特根斯坦的日常语言的使用和语言游戏这个诗学核心,并探讨《哲学研究》的语言诗学观。她首先回顾20世纪初有关文学语言的观点,指出俄国形式主义、英美新批评对日常语言与诗歌自足语言的区分是现代主义诗学的信条之一,二战后各种结构主义也认为日常与文学话语之间存在基本区别。有批评家把文学性从文本移向读者,提出文学阐释群体与普通读者群的区分,指出文学并非语言形式特征,而是一种态度。帕洛夫指出维特根斯坦的日常语言的特征:

> 维特根斯坦的"日常的"最好可以简单地理解为我们相互交际时实际使用的语言。在这个意义上,日常的并非一定是字面的、指示的、命题的、中性的、所指的,或者是等同于日常的与文学的之间二元对立的别的形容词。恰恰相反,我们实际的语言很有可能是寓意的、隐喻性的、想象的,问题可以很简单地归结为人们在何种场合使用这种语言。[2]

帕洛夫接着引用维特根斯坦《哲学研究》中的例证来说明这个问题。句子"我想和你谈谈"和"我害怕狮子"非常普通,但"如果狮子会说话,我们不能理解"这句话就显得有些独特,因为在日常的交际中很少出现。这说明重要的是语言的使用或使用的场合,而不是语言本身。比如"not"、"is" 等词在不同的句子中的实际含义是不一样的,因此说词具有内在的意义没有意义,维特根斯坦说,语言"在造桥以及做类似的事情上才有重要性"。此外,维特根斯坦在该书中也表现对语法的关注,即在特定的语境中用词和短语构建实际的句子。他认为,"语法中没有间隙,语法总是完整的"。其完整在于"我们在一个空间只能有不完整"。[3]

1932年在牛津大学的一次演讲中,维特根斯坦首次使用了"语言游戏"这一概念。在讲到语言受规则支配的特征时,维特根斯坦将其与游戏相比:"当我们研究语言时,我们会把它想象成一种有固定规则的游戏。我们将它

---

① Marjorie Perloff, *Wittgenstein's Ladder*: *Poetic Language And The Strangeness of The Ordinary*, p. 47.

② Ibid, p. 57.

③ Ibid, p. 58.

比作为使某个游戏是这种而不是那种的限度。"①这个概念非常成功,可以用在不同的重要场合。帕洛夫指出,这个概念"并非一种文类,也不是一种特定形式的话语,而是一种范式,一组从我们实际使用的语言中挑选出来的句子,用来描绘在特定场合意义如何交流。"她进一步引用维特根斯坦的《蓝皮书》(*Blue Book*)中的论述加以说明:

> 这些是比我们使用高度复杂的日常语言符号的场合使用符号的更简单的方式。语言游戏是儿童开始使用词语的语言形式。研究语言游戏就是研究语言的原始形式或原始语言……。当我们看重这些语言的简单形式时,似乎萦绕在我们心头有关日常语言使用的迷雾消失了。我们看见明确清晰的活动、反应。但另一方面,我们在这些简单的过程中看见各种形式的语言并没有从我们的更加复杂的活动中截然分开。②

这个游戏规则在文类上是比较含混的,而且其边界性也并不是十分明晰的,这一点维特根斯坦曾经有过说明:"游戏的概念如何来界定呢?什么才是一个游戏,而什么又不再是游戏?你能给出一个边界吗?不能。你可以划一个边界,不过至今还没有一个被划出。"③

游戏的概念强调语言的使用,可以避免对语言进行定义的困难。正如帕洛夫所说,尽管我们"很自信地称事物'美'",但却无法列举美的"共同特征"。④ 因此维特根斯坦说,"美学是描述性的,它所要做的就是把人们的注意力吸引到某些特征上,把事物并置在一起,以便显示这些特征。"此外,这种游戏也是文化构建的,就是维特根斯坦所说的"属于一种语言游戏的是整个文化"。⑤ 在实际运用中的语言游戏可以用来作比较有益的客体,并在实际运用中对语言的进程作客体展示和说明,在这种性质下,语言就变成了语言游戏的聚结。这是维特根斯坦关于"语言游戏"不是"言说游戏"观的中心,也是他所说的"我也将把由语言和行动(即是与语言交织在一起的那些

---

① Ludwig Wittgenstein, *Philosophical Grammar*. Ed. Rush Rhess, trans. Anthony Kenny, Oxford: Blackwell, 1974, p, 77.

② Marjorie Perloff, *Wittgenstein's Ladder: Poetic Language And The Strangeness of The Ordinary*, pp. 60～61.

③ Ludwig Wittgenstein, *Philosophical Investigations*, p. 108.

④ Marjorie Perloff, *Wittgenstein's Ladder: Poetic Language And The Strangeness of The Ordinary*, p. 61.

⑤ 维特根斯坦:《逻辑哲学论》,黄敏泽,华东师范大学出版社 2010 年版,第 74 页。

行动)所组成的整体叫做'语言游戏'"。①

语言游戏的另一个含义是语言使用的即兴性。《哲学研究》不是系统的理论阐释,而是片段式、即兴式思想,作者一遍又一遍使用相同或相似的例子,无法写作一本完整的书。他说,如果"要违反自然倾向,迫使其思想向唯一方向进展,[他的]思想会致残"。帕洛夫就此指出:

> 维特根斯坦自己懂得,他的"研究"方式不可能有开始、中间和结尾,不可能有有机的统一,不可能有因果关系的、逻辑的或序列的结构,或者有内在的主题或统一的结构。"突然改变,从一个话题跳到另一个话题"是该书的生命。正如斯泰因所说的"一次又一次开始"。②

帕洛夫进一步指出维特根斯坦的优势和文体特征:

> 他[维特根斯坦]自己就是最激进的现代主义作家,对于这样一位作家,任何统一的结构必须总是让位于"从宽广的思想田野向四面八方纵横穿越"。只有这种"纵横穿越"才能推进我们的思想。因此,维特根斯坦的文本体现为逸事式、格言警句式、重复和断裂、说教和诙谐滑稽、自负和自抑。③

语言游戏的概念中还隐含着重复的内涵。帕洛夫指出,"并非一种统一的理论,而只是一种'继续下去'的方法,这就是使《哲学研究》……成为交互式文本的原因。因为在这种总是被重新表叙、重构或者充满隐喻和例证的语言中,这就是对我们自己的最莫测最棘手,然而又是最普通的语言用法的解构"。帕洛夫接着引用伊格尔顿的评论:"《逻辑哲学论》闪耀着意象主义诗歌或至上主义画派的单纯之光,但《哲学研究》读起来更像反讽寓言或小说断片的拼贴,或者像某些小说的断片。这些小说的语言貌似明晰,但思想却挑逗性地令人费解……。"④

一种诗学实际上是一种表达方式或观察的方式,维特根斯坦诗学亦如此。帕洛夫认为,"使这种'观察的方式'对读者具有挑战性的原因是,维特

---

① Ludwig Wittgenstein, *Philosophical Investigations*, p. 42.

② Marjorie Perloff, *Wittgenstein's Ladder: Poetic Language And The Strangeness of The Ordinary*, p. 65.

③ Ibid, p. 66.

④ Ibid, p. 67.

根斯坦的并列结构并非以换喻方式组合,比如说庞德《诗章》中的抒情诗序列……《哲学研究》恰恰相反,其并列结构是一种反向序列化。'二加二等于四'和'玫瑰是红的'都是句子,但两句间没有关联,如果将它们放在一起,就会产生赫尔曼·兰帕波特(Herman Rapaport)所说的"强迫连接",即"尽管看起来相邻,它们其实相互异陌"。①

帕洛夫指出,维特根斯坦看似简单平常的语言游戏中包含着新奇。比如他使用日常的隐喻,把语言比作"工具箱",其中有"锤子、钳子、锯子、螺丝刀、尺子、胶水瓶、钉子和螺丝","词的功能跟这些东西一样多样化。"②他又将语言比作"古城",其中有"迷宫般街道和广场,新旧房屋,房屋带有各个历史时期遗留下来的附属物"。这种日常语言和隐喻的使用具有生动性和新颖性。同时,这种简单和平常中还包含着对概括化和抽象化的质疑。对于维特根斯坦,只有语言的使用,没有元语言,"我们所做的是让词从形而上回到日常使用"。③

实际上,看似普通平常的日常生活中包含着陌生性、新鲜性。帕洛夫认为,"不管如何解释其本质,日常性中总是具有陌生性"。④ 她十分赞同维特根斯坦在《哲学研究》中指出的在日常生活中发现的诗意:

> 他的思想充满了戏剧性,我们看见它在面前不断展现:"一只狗相信他的主人站在门口。但它也相信主人后天会来吗?——在这里它不能做什么?——我怎么做这事?——我应该怎样回答?"⑤

相似的例子还有:"为什么狗无法假装疼痛?它太诚实了吗?","为什么我的左手无法给我右手钱"。以及维特根斯坦的名言:"如果狮子会说话,我们不会理解。"这些孩童般质朴的日常语言,闪烁着哲理和诗性的光芒。有时,稍稍变换视角,就会有新的发现;日常语言稍作变化,就会产生诗意。帕洛夫说,"有一秒钟他感到剧痛",为什么说"有一秒钟他感到深深悲伤"听起来奇怪?仅仅因为它很少发生吗?这很像品特(Harold Pinter)和贝科特的对话。"日常的"因而变成"审美的"。正如维特根斯坦所说,重要的是发现

---

① Marjorie Perloff, *Wittgenstein's Ladder: Poetic Language And The Strangeness of The Ordinary*, p. 67.

② Ibid, p. 68.

③ Ibid, p. 71.

④ Ibid, p. 79.

⑤ Ibid, p. 76.

“看事物的新方式”。①

此外，帕洛夫反复强调维特根斯坦的“我的语言局限即我世界的局限”的观点，就是为了强调语言与现实的紧密联系。她很有洞见地指出维特根斯坦的“语言流亡”特征与其诗学的关系：在英国剑桥大学的环境中用母语德语写作，然后将德语译为英语，其语言带有双重特征，增加了日常语言使用的陌生性暨新鲜的活力。

> “我语言的局限”因此具有讽刺性地包含了通过作为被翻译的作者构建的维特根斯坦强加在“我的世界”上的局限，这个作者部分是由那些传播其著作的剑桥的哲学家群体创造的。确实，《哲学研究》存在于一个奇妙的中间或流放地带，其表达方式既非完全“德国式”，亦非完全“英国式”。流放的经历对维特根斯坦自己的语言是至关重要的，它从未对自己很确信，因而更加关注“充分”揭示的不可能，更不可能充分理解。②

这一番说辞又让我们可以循着维特根斯坦诗学之梯，对帕洛夫现代主义诗学作进一步的探讨。在最具有解析说服力的维特根斯坦概念中，语言游戏是帕洛夫尤为关注并用来拆解横亘在“普通语言”与“文学语言”之间的对立隔膜的工具。如同维特根斯坦的语言游戏观，帕洛夫同样认为即使是最为普通的语言也是可以变得奇特的，而普通和寻常依然能够作为审美之客体而入观战者的法眼。对维特根斯坦普通语言的定义是不需要现代主义以降的“二元对立”或“非此即彼”的观点涉入的，它只需简单描绘出自身即可。

帕洛夫还发现，维特根斯坦的美学概念都只是对对象的纯粹描述而已，这也印证了亘古不变的审美定律：趣味总是相对的，绝对一致的标准根本就不存在。维特根斯坦相对性的语言观认为，场景总是相对的，庸常亦可视为唯美的，并且是可以被不同的“观察者”所描述的。维特根斯坦的“看实物的新方式”从根本上拒绝任何建立一统天下、一劳永逸的范式的努力。不管是《逻辑哲学论》还是《哲学研究》都包含有维特根斯坦意欲摧毁语言权威的初衷。帕洛夫认为维特根斯坦的这个大胆先锋之举是分两步进行的。首先他将大写的第一人称代词“I”降格到一个不起眼的语法构造单位的地步，从而

---

① Marjorie Perloff, *Wittgenstein's Ladder: Poetic Language And The Strangeness of The Ordinary*, p. 78.

② Ibid, p. 76.

将抒情诗歌中的这个传统人格面具给彻底撕毁了。自此,"自我"(the self)也就失去了作为终极存在的身份,化身为一个简单的社会构造分子。其次,维特根斯坦将注意力基本上都转移到了帕洛夫谓之的"语言游戏"范式之上,转移到了基于现实运用而产生的语词意义上。这也就是帕洛夫所谓的句子本身并不具有诗意,而是在他们被运用的过程中产生了诗意的本源。

第三节　使用的语法:斯泰因的语言试验

斯泰因是美国诗歌中具有独创精神的诗人,她的诗歌语言试验在现当代诗歌史上独树一帜,具有重要意义。她善于打破日常语言的常规即语法规则,在语言的使用上显示了高度的独创性,显示了诗歌语言拓展的巨大空间和无限的潜力。帕洛夫从语言使用中对常规语法的突破或变形的角度,对斯泰因的语言试验作了透彻的分析,指出斯泰因的语言试验与维特根斯坦语言哲学观暨诗学观的高度一致。而维特根斯坦对普通语言的奇特性的强调与对语言局限性的持久测试都对斯泰因提供了关键性的创作启示。这些观点不但从历时与共时的角度印证了帕洛夫在《不确定诗学》中对斯泰因的定位,而且以更加具体细微的证据进一步强化了斯泰因的语言实验的形成与特色。[①] 这也正是帕洛夫诗学研究连续性、层递性和革新性的体现之一。

维特根斯坦在《哲学研究》中说,"语法仅描述,而绝不解释符号的使用。"[②]他通过实例阐释语法在语言实际运用中的情况。比如"Bring me sugar"(给我拿糖来)和"Bring me milk"(给我拿牛奶来)都有意义,但"Milk me sugar"虽然不合常规语法,但也有效果:听话人会瞪大眼睛。[③] 帕洛夫发现,早于维特根斯坦这些例句二十年,在1914年出版的《软纽扣》中斯泰因写出了以下十分相近的句子:

Roast potatoes for.
Loud and no cataract.

---

① 参见本书第一章:"帕洛夫诗学研究之《不确定诗学:从兰波到凯奇》"。

② 维特根斯坦:《哲学研究》,韩林合译,商务印书馆2010年版,第115页。

③ Marjorie Perloff, *Wittgenstein's Ladder: Poetic Language And The Strangeness of The Ordinary*, p. 83.

I wish matches.

Explain whites for eggs.

帕洛夫引用当年《路易斯维尔信使报》(*Louisville Courier Journal*)上的评论:"名为《软纽扣》中的词语是英语词,但按照语法定义,其句子不是英语句子。由标点符号表明的句子没有完整的意义、部分意义及别的意义,而是毫无意义。"①

帕洛夫对以上斯泰因的诗句——这些不合语法的维特根斯坦式的语言游戏——作了非常详尽细致的新批评式的解读,显示了她娴熟的分析技巧和深厚的学术功力。第一句"Roast potatoes for"中的"roast"是形容词还是动词决定句子是指示句还是祈使句,可以有不同的意义。如"我们晚餐吃烤马铃薯",或"请为晚餐烤马铃薯",或"为我烤马铃薯"。她认为,句子的不完整提供了许多有趣的语义可能性。比如,烤马铃薯到底是为什么或者为谁?我们为什么烤马铃薯吃马铃薯?或者马铃薯是个例子:"比如说烤马铃薯"?此外还有一些双关语。比如"for"与"four"(四个(马铃薯))声音双关,"four"还是法语中"炉子"的意思。我们认为,正是这种打破语法的语言游戏的歧义性或多义性产生了诗歌意义的朦胧和丰富。

关注语言与结构之外,帕洛夫还进一步分析了诗歌的声音效果。"roast"词尾的"t"前移,置入"o"和"a"之间:"p-o-t-a",之后又构成丫叉结构"t-o"。此外,"for"包括"roast"中的"r-o",只不过颠倒了顺序。这一句十六个字母中包含了两个"a"和四个"o",好比是"alpha and omega",如同说马铃薯是生活的主食。这个包含十六个字母的短语只有七个音位,声音的"简洁"因此完美地表达了这个含义。

《软纽扣》中还有一首题为《早餐》(*Breakfast*)的诗:

一个改变,一个最终的改变包含了马铃薯。
这不是滥用(abuse)奶酪的权限。
什么语言可以指导任何人。
一个闪亮的早餐,一个早餐闪亮,
没有争论,没有实践,
没有任何东西,什么也没有
突然的一片改变了整盘,改变得如此突然。

---

① Marjorie Perloff, *Wittgenstein's Ladder: Poetic Language And The Strangeness of The Ordinary*, p. 84.

帕洛夫对此所作的别开生面的解读令人耳目一新,真正达到了揭示其诗性特征的效果:

> 人们可以想象早餐盘上一堆捣碎的马铃薯泥紧挨着奶酪煎蛋。但为什么这新增的食物构成了“最终的改变”?语言所给的教益也许就是这样的事实:词语始终难以把握“slippery”:使用(use)奶酪很容易调变为滥用(misuse),“最终的”改变并非真正的最终:“突然的一片改变了整盘”。①

这些看似不合常理、互不连贯的句子经过帕洛夫的阐释,显示了其中包含的奇特的诗美,它来自日常语言使用中打破常规产生的陌生化。

维特根斯坦说,“我语言的限制意即我世界的限制”;斯泰因也一直在进行着语言试验,力图打破语言限制即语言使用常规的“语法”。她曾说:“语法与不喜欢再次看见过去熟知的事物有关。”②这或许可以理解为维特根斯坦在《哲学研究》所说的语言的“肿块”:“哲学的结果是揭示理解把头撞上语言限制中产生的这一个或另一个简单的胡说和肿块。”③帕洛夫认为,这些肿块正是斯泰因在《亚瑟:一种语法》(*Arthur a Grammar*)中关注的对象。维特根斯坦关于意义与其语境和用法密不可分的观点在斯泰因的诗歌、散文里得到了运用上的回应。对于这一点,帕洛夫曾作过精彩论述:“像维特根斯坦一样,对斯泰因来说,遣词造句的方式以及语境中意义的诞生才是至关重要的。”④我们认为,无论是“语法”或“肿块”即新批评所说的陌生化手法,这是抵制语言熟稔化和自动化倾向的诗歌的重要特征,没有它,诗的生命就停止了。语言的限制是世界的限制也体现在诗人的语言使用与个人经历密切相关上。帕洛夫揭示出斯泰因的语言使用与其个人背景和经历之间的关系。像维特根斯坦一样,斯泰因也有性取向和国籍方面双重限制,也在异邦使用母语:维特根斯坦在英国使用德语,斯泰因在法国使用英语。其语言已经距离化,是一种自觉意识很强的语言,因而他们关注对大多数作家认

---

① Marjorie Perloff, *Wittgenstein's Ladder: Poetic Language And The Strangeness of The Ordinary*, p. 86.

② Gertrude Stein, *Selected Writings of Gertrude Stein*, ed. Carl Vechten, New York: Random House, 1946, p. 120.

③ Marjorie Perloff, *Wittgenstein's Ladder: Poetic Language And The Strangeness of The Ordinary*, p. 82.

④ Ibid, p. 112.

为理所当然的语法。“大部分使用母语的作家认为语法理所当然，因而可能更关注意象和隐喻，关注强调、修饰和转换的修辞手法。但对斯泰因和维特根斯坦而言，语法却成了竞逐的场所。”[1]我们认为，正是这种具有很强语法自觉意识的语言产生了独特的诗性特质。

重复是现代主义诗学的重要特征，帕洛夫对此有深刻的洞悉。她赞同维特根斯坦在《哲学研究》中所说“但是相同的东西不是至少相同吗”的观点，并指出，“如果你重复相同的东西，它便不再是相同的东西。这种常识的区分形成了斯泰因重复方式的基础，这毕竟是一种极端形式的拘泥于词句”。[2] 这些对理解和分析斯泰因的重复手法提供了重要的视角。请看斯泰因《亚瑟：一种语法》中的片段：

Right.
Right right right right left.
Right left right left I had a good job and I left.
Right left right left right I had a good job and I left.
Told grammar.
What is it.
Who was it.
Artichokes.
Articles.

帕洛夫对以上的重复从意义和声音效果两方面作了很有洞见的阐释，指出重复产生的诗学效果。我们认为，如同视觉艺术，重复的词句如同实体不断冲击视觉，产生了新的独特的效果。这样便可以迫使读者用新的更直接方法看世界。

此外，帕洛夫还指出斯泰因对小词的偏爱。像马里内蒂一样，斯泰因也赞成“摧毁句法”，讨厌形容词，而偏爱小词：那些使句子流畅开放的连接词，如介词、冠词、连词，尤其喜欢代词。斯泰因说：“代词不像名词那样糟，因为首先它们实际上没有形容词与之相伴。其次……它们当然不是任何事物的名称。”[3]帕洛夫说：“代词似乎是一种摆脱标签和固定名称的束

---

① Marjorie Perloff, *Wittgenstein's Ladder: Poetic Language And The Strangeness of The Ordinary*, p. 87.

② Ibid, p. 89.

③ Gertrude Stein, *Selected Writings of Gertrude Stein*, p. 201.

缚,……开辟了诗歌的各种可能性。”①她接着引用了斯泰因使用代词和介词的句子:

他看起来像一个年轻人变老。
这看起来像一个花园,但他在事故中受了伤。
一条你过去从未拥有的狗叹了一口气。
曾经当他们差不多准备好的时候,
在此之前他们已经令它关闭。

如前面显示的那样,帕洛夫对这些看似奇怪句子提出了可能出现的语境,对其多种含义作了解读,显示了语言游戏或诗歌的多种可能性,颇有启发性。帕洛夫揭示出,代词的不确定性产生了意义的多重性。此外,这些被作者作为“成功的”情感平衡的例证隐含了诗人对自己性取向暗示的刻意掩藏。②

斯泰因的《与南蒂结婚》(*Marry Nettie*,1917)中的语言看上去也是非常奇特无比的,尤其是其中的斯泰因式的语句和为读者提供意义诞生的那些语言游戏之间的断裂性,又使得其中的奇特语言更加醒目。帕洛夫作为斯泰因研究专家的丰富史料,在很大程度上充实了对斯泰因实验语言的论证,从而使《与南蒂结婚》的出现成为了对意大利未来主义略加讽喻之论,再添新意。斯泰因的实验语言不仅是对“普通之惊艳”的强化,而且也从一个侧面展示着“惊艳之普通”的概念,并以适当的语境说明异常语法所产生的怪异性是同样可以被理解的观点。

除了语言的创新之外,诗性的想象是理解这种语言游戏不可或缺的。帕洛夫引用《哲学研究》中的句子:“当然,如果壶中的水开了,蒸汽从中出来;画中的壶中也有画的蒸汽飘出。但是,如果有人坚持说画中的壶中也有东西在沸腾我们该怎么对待呢?”③帕洛夫接着评论道:“像维特根斯坦一样,斯泰因也十分认真对待日常语言,她会欣赏有关图画中的水壶水会开的问题的荒谬(然而却有必要)。”④

---

① Marjorie Perloff, *Wittgenstein's Ladder: Poetic Language And The Strangeness of The Ordinary*, p. 90.

② Ibid, p. 91.

③ 维特根斯坦:《哲学研究》,第 315 页。

④ Marjorie Perloff, *Wittgenstein's Ladder: Poetic Language And The Strangeness of The Ordinary*, p. 112.

第四节 现代小说诗学

帕洛夫的现代主义诗学不但反映了现代主义诗歌的特征，也揭示了现代小说的美学观，因为小说和戏剧同样以语言为媒介。帕洛夫从维特根斯坦语言游戏的视角，着重探讨了三位重要战后作家贝科特、巴赫曼和伯恩哈德作品中日常语言使用的语言游戏。尽管帕洛夫没有对她所称之为维特根斯坦式的小说伯恩哈德的《维特根斯坦的侄儿》(*Wittgenstein's Nephew*，1982)和巴赫曼的《马利纳》(*Malina*，1971)等的基本特点给出明确的定义，但从她的讨论中判断，所谓维式小说即符合维特根斯坦“我语言的限制意味着我世界的限制”的著名命题的小说，是在语言与现实关系的矛盾中打破语言常规进行语言试验的小说。从这个意义上说，本节所讨论的三部小说都属于维式小说。

评论家一般认为，贝科特的早期小说和其早期戏剧一样，其主题往往是主体的失落、存在的虚无以及荒诞和死亡。对他的小说《沃特》(*Watt*，1953)评论家也作如是阐释。帕洛夫坚持维特根斯坦的有关“世界的局限是语言的局限”的观点，认为贝科特创作于第二次世界大战中的小说《沃特》反映了作者的二战经历，小说中多次出现抵抗一词，意指抵抗运动本身。小说的语言也与抵抗运动密切相关。抵抗运动的语言必须是最变异的语言，是只有参与者才理解的语言游戏，帕洛夫称之为“抵抗的语言”或“语言的抵抗”。我们认为，帕洛夫这里说的是一种双关，既指抵抗的语言，即地下工作者复杂的编码游戏，也指一种诗学的语言游戏，是俄国形式主义抵制语言运用中的习惯化、自动化的陌生化手法。帕洛夫认为：

> 《沃特》等作品中人物与其说是他们所处的“人类环境”甚至“异化文化”的受害者，不如说是语言危机的受害者，即当公共和私人话语连接的可能中断时发生的危机，正如第二次世界大战爆发前的年代所发生的那样，《沃特》剧中所有的人物如沃特、山姆、哈克特先生、斯皮罗先生等等均遭受维特根斯坦所说不充分环境的困扰：他们知道词的意义，但不知道在特定的句子中这些词的功能，这些句子看起来非常普通。比如某人像沃特一样被告知诺特先生的剩饭菜应给狗吃，但是屋内没有狗，此人该如何完成指令呢？知道什么是狗，什么是剩饭菜，知道指令“给”的要求，都无法回答问题。维特根斯坦在《哲学研究》中说，“语言是一个有很多路的迷宫。你从一边走近它知道路怎么走；你从另一

边去同样的地方却不知道路怎么走了。”①

帕洛夫还讨论了《沃特》中语言的表达的荒谬问题。比如作品中“He called in his arms and they sat down beside him”看似荒谬,但她指出,既然放下自己的胳膊是自主行为,那么为什么说“撤回(call in)手臂”就愚蠢可笑呢?她引用维特根斯坦的《哲学研究》中对类似语言用法的分析作为例子,说明语言的意义取决于具体的使用。比如有关自主行为不能用“希望”、“等待”等表达,比如不能说“希望(或等待)我的手臂举起来”。但是医生可以让病人“试着举起(或收回)手臂”。再比如“calling in one's arms”如果用在战场上武器方面,则意义十分切合。换言之,这取决于这特定的一组词用在何种语言游戏中。② 这进一步说明语言的意义取决于使用。

帕洛夫还分析了小说《沃特》中人物使用语言困难的原因:儿童都能够充分掌握的语言为什么成人使用却如此困难?1937年贝科克在致德国友人艾克赛尔·考恩(Axel Kaun)的一封信中说,“对我来说写正式的英语正在变得越来越困难、甚至毫无意义。我自己的语言越来越像面纱,必须扯破它才能到达其后面的事物(或者虚无)。”③他断言,当语言最有效错用即最有效使用的时间会到来。他还希望词的表面物资性被溶解,认为斯泰因的质地“有孔”(porous)的词图性语言可以溶解语言表面的物质性,不赞成乔伊斯对词语所有比喻和听觉特征的膜拜。帕洛夫对此阐释道:“占话语主导的官方英语只有被拆除,语言才能被‘有效错用’,‘非词’(unword)(非诗性词、丑词、普通词、日常词短语、句子以及出乎意外的停顿、奇怪的沉默)才能被允许侵入文本,破坏完满的表面。”帕洛夫认为,在斯泰因的“词图”语言中,“多孔的”语法给予看似日常的语言最广泛阐释空间,比如在“Roast potatoes for”中。斯泰因的句子倾向于突出特定的词语即语义,而贝科特的句子突出的是叙述意义问题。④ 帕洛夫在这里所说的叙述意义也就是语境意义。

此外,帕洛夫很有洞见地指出《沃特》的语言诗学特征与作家的人生经

---

① Marjorie Perloff, *Wittgenstein's Ladder: Poetic Language And The Strangeness of The Ordinary*, p. 117.

② Ibid, p. 119.

③ Samuel Beckett, *Samuel Beckett: Playwright & Poet*. Ed. Christopher Murray, New York: Pegasus Books, 2009, p. 195.

④ Marjorie Perloff, *Wittgenstein's Ladder: Poetic Language And The Strangeness of The Ordinary*, p. 121.

历之间的联系。《沃特》写于贝科特参加抵抗运动的五年期间，他参与地下翻译电报，传递情报，躲避追捕，逃亡。写作仅是作为一种精神紧张的释放。传递情报要有口令，传递的信息经过伪装，字母、词的顺序、语法优先于个别词。帕洛夫总结出情报工作如下的启示。首先，对情报的编码须用敌方所能获取的最少的信息建立起我方两个情报人员之间的联系。其次，情报联络员体系由一系列的会面构成。此外，帕洛夫引用有关对1940～1944年间在法国的英国特别行动指挥官的档案研究内容进一步说明情报系统的特征："密码总是很简单，这样容易记住；最简化的情况下在普通谈话中放进几个词，比如'黑石子'。"此外"通过送信人在线人和组织者之间传递的情报用隐晦的语言表达的，这样送信人就不会理解"；这种密码有时"依据一个通常摘自诗歌的短语。"①帕洛夫也对《沃特》的语言的"抵抗"或"抵抗的"语言进行了讨论。该书中有一个常出现山姆与沃特在精神病区花园会面的场景，其中多次出现"抵抗"一词，也许与抵抗运动有关。她认为，"抵抗运动的语言必定是一种极端迂回的语言，实际上是一种语言游戏，只有游戏者能够'理解'，但也许他们也不能理解"。② 事实上，抵抗的语言抵制的是对常规的理解阐释，是陌生化的语言，也是诗学的基本要求。

帕洛夫指出，《沃特》一般被认为是一部探求小说，在非理性的世界寻找意义，是海德格尔式的寻找存在。其人物之间会面但不认识，交流困难，意图不清，有按照计划不断重复的不断到达和离去。作品的叙述涉及一系列错失机会和联系的失败。人物之间"交谈但意图互相矛盾，或者讲述那些与我们实际所给予的完全不同内涵。更糟糕的是：当沃特独处时他自相矛盾地自言自语。这种谈话对贝科特的艺术世界是至关重要的。而情节却无关紧要，一个事件绝没有逻辑联系，常常被插入的诗、歌曲、列单和图表所打断"。这些人物都是"缺陷语境"的牺牲品，他们对孤立的单个语词意义能够掌握准确无误，但是却对它们在具体的普通句式中的作用一无所知。正如前文所论，"知道什么是狗，什么是剩饭菜，知道指令'给'的要求，都无法回答问题"。这些角色都参与了信息的转换过程，却没有产生知识的相互转换。这与帕洛夫所联系到的法国抵抗运动(French Resistance)所采用的方法不无二致，贝科特本人也曾是其成员之一。此外，不完整的故事、无限多的阐释可能性等都构成其解读上的难题。没有传统的人物概念，沃特是小

---

① Marjorie Perloff, *Wittgenstein's Ladder: Poetic Language And The Strangeness of The Ordinary*, p. 124.

② Ibid, p. 137.

说的中心，但其观点与叙述者又无法区分开来。贝科特有一段名言：“没有任何人物、情节、象征不是别有深意的。这是一本有关日常信息传递中语言使用中的问题的书。”[①]维特根斯坦说：“我们不能理解的一个重要原因是我们不能清晰地认识词语的使用。我们的语法缺乏这种清晰。清晰的描述可以产生存在于‘看见联系’的理解。”而“贝科特在《沃特》中试图分析的则是没能看见联系、没能清晰认识日常词汇使用的情况”。[②]

帕洛夫对小说中沃特会见钢琴调音师的著名片段进行了新批评式的解读分析，以此说明语言使用的复杂性和意义的丰富性，其独到的分析令人折服。同时这也是新批评用于小说分析的一个很好例证。保持高度警惕的地下抵抗运动者沃特对自称是父子调琴师的二人的身份和关系感到可疑，对其高度省略的对话的含义作了多种推测。这一事件长久地萦绕在脑际，其含义不断改变，它最后“演变成纯粹可塑的内容”。如贝科特所说：“这种表层意义的脆弱性对沃特产生了不良影响，因为这迫使他寻找其他的意义，按照已经发生的方式的形象寻找已经过去了的事情的意义。”帕洛夫对调琴师二人之间关系和对话的意义作了完全不同于书中人物沃特的阐释，从逻辑语义和修辞文体方面对该对话进行了深入分析，对被沃特当作犯罪分子、二人的对话被视为图谋犯罪作了完全不同的清白无辜的阐释。这就是维特根斯坦所说的语言的“魔力”：“我们所看见的一切也可能有另一面。”帕洛夫认为，书中人物无法穿透“外层意义的脆弱”，因为书中的对话和事件都表明，信息的交换并不能保证任何种类的知识的传递。正是这两者之间的分裂才使《沃特》成为一本非常滑稽、同时也非常痛苦的书。[③]

关于具体的语法规则以及语言游戏的运用上，帕洛夫指出，语篇倒置是《沃特》中一种运用得当、效果奇特的语言游戏实例，它具体有两种展现形式。一是句子中的词语倒置，如沃特与山姆见面时边倒着走边说着一句令人匪夷所思的话：“Wonder I . . . panky-hanky me lend you could，blood away wipe”。它的真正语序与含义应该是“I wonder could you lend me [your] handkerchief(hanky-pankey) [to] wipe way [the] blood”。甚至词语和字母也都有颠倒排列的情况，如“Ot gnut ，trat stews，trat stews”应该是“To tung，tart swets，tart swets”。[④] 这种类似书中情报人员暗号的语言

① Marjorie Perloff，*Wittgenstein's Ladder*：*Poetic Language And The Strangeness of The Ordinary*，p. 126.

② Ibid，p. 128.

③ Ibid，pp. 128～133.

④ Ibid，pp. 139～140.

也能在维特根斯坦著作中找到相似之处。这些就是贝科特的抵抗(抵制)的语言。

帕洛夫将《维特根斯坦的侄儿》称之为“伯恩哈德的维特根斯坦系列小说的最后一部”,认为它“比贝科特或斯泰因的作品对语言的观点都更加绝望。”像对待《沃特》一样,帕洛夫也关注这部小说中语言使用情况,尤其关注它与现实之间的关系。她认为,伯恩哈德没有将“我语言的限制意味着我世界的限制”的著名命题按照常规解读为“人无法独立于语言而进入世界”,而是解读为“有关人的限制”,这些限制将最终导致“失去言说的能力,即沉默。如果想到战后伯恩哈德和巴赫曼等的奥地利有充足的理由对这些限制很敏感,那么这种曲解就并不令人惊奇了”,因为当时标明“边境”字样的警告标示随处可见,它们标明内外的边界。在奥地利被苏联阵营四面包围的情况下,“语言的限制”很容易意味着德国语言的限制,特别是德国优秀抒情诗的语言限制。[①] 我们认为,帕洛夫在这里想表达的意思是,语言的限制通常与现实的限制紧密相连,要冲破世界边界的局限往往必须打破语言边界的局限。诗学中打破语言限制就会产生语言的创新。

贝科特《沃特》的第三章描写了主人公与山姆在似乎是精神病院中的两个亭子之间的“花园”会面。四十年之后奥地利作家伯恩哈德撰写的小说或者说是自传体的回忆录《维特根斯坦的侄儿》中这种场景又出现了。叙述者是肺病区的一个病人,在作为在维也纳郊外的一所医院综合楼的一部分的精神病病区住着他的朋友、哲学家维特根斯坦的侄子保罗·维特根斯坦。这是一个有关托马斯·伯恩哈德和保罗·维特根斯坦之间、肺病病人和精神病人之间的故事,是二战后维也纳相同病态社会的一部分。

《维特根斯坦的侄儿》没有任何情节,没有章节和段落的区分,没有对话等使文本的排列稍稍有些变化,书页上排得满满当当,只有用来突出反讽和加强荒谬的评价的斜体字才带来视觉上的一些变化。叙述者得知老朋友保罗·维特根斯坦住在附近的精神病的路德维希馆,两人一起在赫尔曼馆待了一些时间,但故事大部分倒叙过去两人的第一次和随后的多次会面,顺叙至保罗死亡。叙述常常让位于一些似乎毫无关联的逸事、沉思和评论。

《维特根斯坦的侄儿》的叙述语言似乎很平常,但其中词语多重复,产生了独特的效果。比如,“肺病人、精神病人”,“肺病诊所、精神病诊所”,“肺病人、疯人”,“哲学、癫狂”,“病人、健康人”,“我、保罗”等等。这种用“正如”、

① Marjorie Perloff, *Wittgenstein's Ladder: Poetic Language And The Strangeness of The Ordinary*, p. 146.

"如同"等词连接的似相近实甚远的成分正如书中所说:"我们相似,但完全不同",产生了一种荒谬的效果。这里常用词语的重复超过了限度,因此产生了奇特的效果。

与前两部小说一样,帕洛夫对奥地利作家巴赫曼的《马利纳》的关注的重点,也体现在与现实世界和个体身份紧密相连的语言的使用上。

以抒情诗开始其文学生涯的奥地利作家巴赫曼的《马利纳》情节甚是奇特,描叙的是一桩三角恋爱事件,而最终却以谋杀结束,但它却属于严格意义上的恋爱故事或凶杀故事。主要人物有叙述者、伊万和马利纳。伊万似乎是女叙述者的情人,但马利纳的身份却难以确定。尽管作者明确告知马利纳四十岁,具有特定的职业(博物馆任职),但他的身份最为模糊,如同是叙述者女主人公的影子,抑或是她幻想中的人物,也可能是女主人公的另一自我。马利纳与叙述者住在一起,但不是情人,更像兄妹。具有讽刺意味的是,马利纳是叙述男性他者。我们认为,这是战后身份错位,人格分裂的体现。伊万是匈牙利人,他来自南斯拉夫边境,有一个斯拉夫的名字;叙述者和马利纳有时用斯洛文尼亚方言谈话。似乎只有女叙述者一人是"纯粹的"德奥后裔,但是她饱受战争负疚折磨,经常梦见纳粹军队、集中营,她父亲似乎在其中占据重要地位。该书放弃了权威和总体上是男性叙述声音,第一次发出女性主义诗学观。

该书重要的风格特征之一就是对话,实际上并非真正的对话,而是以删节句子记录的"谈话",由此产生小说的意义。"这是一种在很大程度上归功于维特根斯坦语言游戏观念的形式。"维特根斯坦的思想对巴赫曼非常重要。她多次提到《逻辑哲学论》中的"我语言的限制意味着我世界的限制","对于不能言说的,必须保持沉默"。她认为"因此作家的任务就是删消(unwrite)我们普通日常话语中的那些构建'一切如常'的短语建构(phrasemaking),'预构的'句子,……作家应远离公众领域的大词,如民主、经济、资本主义或社会主义——写作的目的不是讲述(tell),而是描述(present)。"①

该书开篇一章"与伊万快乐相处"与《逻辑哲学论》中"快乐的世界与不快乐世界是不同的"形成反讽。本章开头如下:

再抽烟再喝酒,数香烟、杯子,再为今天节约两根香烟,因为今天和

---

① Marjorie Perloff, *Wittgenstein's Ladder: Poetic Language And The Strangeness of The Ordinary*, p. 165.

星期一之间有三天时间见不到伊万。然而60根香烟之后，伊万回到了维也纳。①

这是叙述者对伊万着迷的开始。二人萍水相逢，但她对他一见钟情。对伊万日常生活的描写：香烟、杯子等等有一种超现实主义的色彩。这些为成为巴赫曼诗学风格特征的电话句式做了准备。所谓电话句子，叙述者说，"难以捉摸(wayward)的句子开头、半句和句子末尾，包围着相互理解的光环"，它们构成意义不连贯的交流形式。比如"哈罗。哈罗？/是我，还有谁？/哦，是的，当然/我怎样？你呢？/我不知道。今晚吗？/我简直不懂你的意思/简直？什么？所以你能/我简直听不见你，你能/什么？有事吗？"尽管语言很普通，但由于句子开头和末尾不明确，句子往往被中断，所以所指不清，因此"误解成了常态"。此外还有香烟句子、下棋句子、骂人句子这种阻碍交流的语言形式产生了陌生性即诗性特征。②

巴赫曼的重复和并置结构与伯恩哈德和贝科特的重复相似，但她的重复又与他们有所不同，因为她的词或短语的重复并不削弱主体"我"的确定性，而是要消除她语言和她对话者之间的区别，因此交流成为不可能。此外，《马利纳》是各种文体的杂合体，有很多转喻性质的联系，采用其他文本，虚拟的采访，神话故事，戏仿莎士比亚有关时间主题的十四行诗、马利纳的对话等等，是超现实的梦幻。此外，巴赫曼早期抒情诗歌中的意象、隐喻和典故在《马利纳》中让位于最小的功能词，如"yes，now ，well，and，but，then，oh"，尤其是"I"和"you"。

巴赫曼的语言游戏预见未来字面意义朴素的诗歌。她认为未来的诗更加直白(literal)更加简单(spare)，总之是使用日常语言的诗。巴赫曼的散文，像伯恩哈德的《维特根斯坦的侄儿》一样，是以诗构建的，虽然所用的修辞手法主要是结构性的，如重复、排比、对偶、照应，而不是比喻性的。《马利纳》中掐头去尾的对话模式，凸显了巴赫曼基于专门性别之上的语言游戏策略。作品中男女之间交流的失败，主要原因在于他们彼此所选用语言的不同假设前提，以及遵从的不同规则。结果就是英奇总是问伊凡一些对她来说无关紧要的问题，她的所谓问题只不过是被禁锢在自己语言游戏中的部

---

① Marjorie Perloff, *Wittgenstein's Ladder*: *Poetic Language And The Strangeness of The Ordinary*, p. 166.

② Ibid, pp. 167～169.

分而已。所以像《马利纳》这样的语言游戏直指人物角色交流的无能,喋喋不休的自说自话已经形成了巴赫曼女性主义诗学的一大特征,这与其早期叙事诗中的男性话语构成了强烈的对比。

第五节 现代实体艺术诗学

艺术也是符号系统,与语言相似,实体艺术与传统艺术一样与文学艺术在本质上是一致的。帕洛夫的诗学中也包含了实体艺术,她认为现当代实体艺术与诗歌小说等文学作品有着相同或相似的特点,因此她用语言使用或语言游戏的观点对概念艺术家约瑟夫·柯舒斯(Joseph Kosuth)的实体艺术进行了阐述,其深刻的洞悉和精辟的见解拓展了现代主义诗学的领域。

柯舒斯1989年在维也纳举办了纪念维特根斯坦百年诞辰的题为《无法言说者的嬉戏》(*The Play of the Unsayable*)的大型展览,其中包括杜尚、贾科莫·巴拉(Giacomo Balla)和曼·雷(Man Ray)等20世纪早期的先锋派艺术家和约翰·巴尔代萨里(John Baldessari)、珍妮·霍尔泽(Jenny Holzer)和布鲁斯·诺曼(Bruce Nauman)等后现代主义艺术家。

在展品目录上柯舒斯写道:

> 艺术品本质上是与艺术意义系统构成的一种游戏。它作为那种游戏而构成,无法与之分开。然而,这也意味着,其构成/表达方式的改变只有在它会影响游戏时才是有意义的。我的观点是,基本理论是游戏的一部分,两者紧密相连。二级理论的评论却达不到。谈论艺术是与创造艺术类似的行为,但是没有"脚"——这是提供没有事件语境的意义,这语境保证主体对意识产生所承担的责任……。我们可以从《哲学研究》中得到的有关艺术的教益之一就是,我相信晚年的维特根斯坦以他的寓言和语言游戏试图构建理论的对象文本(实物文本)(object-texts),它们可以直观显示语言的方方面面。①

帕洛夫认为,柯舒斯可能想到了维氏的"哲学研究与美学研究之间奇妙的相似"或"哲学只能用诗歌形式写成"的观点。柯舒斯的《维特根斯坦

① Quoted in Marjorie Perloff, *Wittgenstein's Ladder*: *Poetic Language And The Strangeness of The Ordinary*, pp. 221～222.

书信集：节选于根特》（以下简称《书信集》）（*Letters From Wittgenstein, abridged in Ghent*）以保罗·恩吉尔曼（Paul Engelmann）的《路德维希·维特根斯坦书信和传记》（*Ludwig Wittgenstein's letters and Biographer*, 1967）的英德双语版为基础，在上面加了十三对街景、建筑的黑白照片，照片似乎粘贴在信件文字的背景上，二者互相印证对照。其纸张厚度犹如羊皮纸，但书页上的墨迹却很淡，难以看清。每一对照片都有相同的标题，只是左边的加了日期1992，全部页面皆是如此。在书的灰色亚光封面的中间有一小幅照片：一座被脚手架包围的旧建筑，很显然正处于翻修的过程中。此外还有库房、公寓楼、老桥和停车场的照片。尤为引人注意的是恩吉尔曼设计、后由维特根斯坦简化的维特根斯坦姐姐的房屋的照片。维氏设计删去了一切装饰，线条、平面和空间均被简化。帕洛夫认为，"对维特根斯坦而言，建筑的要旨"如同他同期的哲学，"简朴为真理的标志"。① 帕洛夫引用保罗·维吉德维尔（Paul Wijdeveld）在其《建筑师路德维希·维特根斯坦》（*Ludwig Wittgenstein, Architect*, 1994）中的例子，说明维特根斯坦的设计理念与另一位设计师阿尔弗雷德·洛欧斯（Alfred Loos）的不同。洛欧斯建筑临街面铺"为了居住者的隐私和安静放弃了维特根斯坦所推崇的几何的纯粹性：小比例窗户对大比例光平面墙。这就是恩吉尔曼所说的'用无装饰的平面的装饰'"。这种设计"缺乏维特根斯坦认为是建筑最根本特质的东西：逻辑和明晰"。② 在坚持自己的设计理念上维特根斯坦显示了毫不妥协的精神。这种对写作和修改的"较真"的执着，在维特根斯坦的著作中比比皆是。

柯舒斯的这部书可以看做与维氏自己艺术意义系统的嬉戏。帕洛夫对书中所有图片做了新批评式的解读，显示了她深厚的功力。她把图片等非文字文本当做一种如同文字的符号、当做视觉语言进行阐释，阐释图片本身、图片中建筑物上的标记、文字、甚至随意的涂鸦、显得整洁或杂乱的房间、显得传统或现代的街道。以下是她对柯舒斯书中第四对照片的解读：

> 两幅照片标为"Fortlaan"，显然是根特的一条街道。左页的图上我们可以看到丑陋的带条纹的仿威尼斯文艺复兴时期建筑，一块标牌上写着"尤利西斯住宅，德·库普·卢克斯寓所"。标牌下写着

① Marjorie Perloff, *Wittgenstein's Ladder: Poetic Language And The Strangeness of The Ordinary*, p. 224.

② Paul Wijdeveld, *Ludwig Wittgenstein, Architect*, London: Thames & Hudson, 1994, p. 189.

"Schande"("耻辱"、"可惜"之意),大门左边有人涂鸦"救命"字样;在一块写着"Scaldimo"(供暖(公寓))标牌的右边,字母"l"改成了"n",变成了"Scandino"一字(可以是名词,表示"热水瓶",或者是分词,表示"装罐的",此处是杜撰词)。右页的图片上是一个现代豪华建筑的仰视特写照片,也许是取代了老建筑的新建尤利西斯住宅。但也有可能是紧邻的建筑。此外,"Schande"(耻辱;可惜)是什么意思仍然不得而知:因为老建筑将要被拆除,还是还有人住在里边,抑或是它本身已经被改建成豪华合作公寓,还是说这是一所廉价旅馆?这两幅照片还有别的不明确的意义:比如,为什么墙上的涂鸦和标牌用了不同的语言——英语、德语、法语、意大利语和佛兰芒语?既然停在老建筑前的小汽车是较近的年代的产品,也许是雷诺轿车?那么从"A"到"B"的时间顺序就不清晰明了。①

帕洛夫认为,这些照片视觉语言的迷人之处在于它有自己的"语法"和"规则",与《哲学研究》的语法一样,"拒绝给出固定意义"。对于图片中的意象如废墟、瓦砾、拆除的房屋和桥梁、停车场和新桥梁、起重机、脚手架、到处都有的汽车等的解读,如同语言一样,其意义在于使用和语境。帕洛夫认为,如果改变图片的顺序,其读出的意义就会改变。柯舒斯书中的图与文互相指涉,有时互相印证,有时呈反讽式对照,同时与维氏的哲学互相指涉,对照印证,演绎出丰富的蕴涵。此外,《书信集》中放在文字文本上的照片如同屏风,阻断了照片下面的文字,反而显出这些词的潜在意义。正如《哲学研究》里所讲,"问题解决不依靠提供新的信息,而是通过安排我们已知的信息"。②

帕洛夫认为,如同使用的语言一样,视觉的"日常语言"也最有意义。图片中的地名、街名等本身没有价值,围绕在漂亮的建筑物以及建筑物照片四周的是维特根斯坦所说的"日常语言":平庸甚至丑陋的环境和大部分被照片覆盖的文字。正是这些"丑陋的"普通的日常生活,才能摒弃维特根斯坦所反对的知识和艺术方面超验的理念。维特根斯坦指出:"美学是描述性的",是"让人注意某些特征,是将事物放在一起以便显示这些特征。"帕洛夫认为,艺术家在本质上与维特根斯坦的思想是相通的,他们用艺术表达了

① Marjorie Perloff, *Wittgenstein's Ladder: Poetic Language And The Strangeness of The Ordinary*, p. 234.

② 维特根斯坦:《哲学研究》,第285页。

这种维特根斯坦式的观点。正如柯舒斯所说:“作为被展示的过程,哲学抵制直接哲学断言的物化。”①

第六节 结语

雅各在去哈兰的路上,夜里枕石而梦,梦见一个梯子立在地上,梯子的头顶着天。在《杜伊诺哀歌》(*Duino Elegies*,1912)里,里尔克(Rainer M. Rilke)的情人们像杂技演员一样,用梯子相互交织缠绕在一起。但丁的《神曲》里有炼狱之梯,叶芝的诗歌中也有古老的旋转楼梯。“梯子”的神秘与奇特常常在哲学家和诗人的大脑里挥之不去。但是帕洛夫对维特根斯坦的梯子最为感兴趣之处是它的“平常性”,它不是别的,仅仅是一部梯子而已。登梯展望,所见无他,唯有“我们实际使用语言的奇特性——维特根斯坦的语言,以及攀爬维氏之梯的诗人、艺术家的语言”。帕洛夫指出,当今那些都市中笔耕不辍的文学耕耘者们所“孜孜以求的正是这种平常的法则而已”。②

我们已经沿着“维特根斯坦之梯”,对帕洛夫视角下20世纪诗学景观作了大致的勾勒。而这个“梯子”隐喻仍然可以用来对帕洛夫现代主义诗学作一小结。第一,梯子是日常生活中普遍使用的工具,这与帕洛夫强调日常语言、强调在语言使用产生新奇的诗学是一致的。第二,梯子的横木相同,但登梯人眼中的景色会改变,帕洛夫的诗学特征之一是重复,在不断的重复中产生新的视域。第三,梯子是攀登的工具,只有在不断前行中才能发挥作用。同样,帕洛夫的诗学是一个相对开放的系统,具有很大的包容性,它以日常语言的使用为基础,通过吸纳现代主义及后现代主义的大量文本,构成一个互文的网络系统,在文本的相互嬉戏中产生意义。帕洛夫诗学在本质上与后现代主义是一致的,它反对元语言,反对理论化,包含了解构中心主义、反对权威的民主精神,也包含了文化伦理批评。此外,从某种意义上来说,梯子两根立柱的平行,也暗示了维特根斯坦的哲学和帕洛夫的诗学之间的对应与相似。

除了起关键作用的语言与修辞之外,帕洛夫对形式与技巧的关注也不

---

① Quoted in Marjorie Perloff, *Wittgenstein's Ladder: Poetic Language And The Strangeness of The Ordinary*, pp. 240~242.

② Marjorie Perloff, *Wittgenstein's Ladder: Poetic Language And The Strangeness of The Ordinary*, p. 80.

容小觑。她不但注意到维氏语言的运用揭示了平常经验和日常话语中的惊异成分,而且观察到了维氏哲学作品中所蕴涵的对诗歌语言所提供的系列诗学灵感。她并不是简单地解释维氏的思想观点,或者仅对自己感兴趣的片段做边角废料般的小史引述,而是将看似高深莫测的哲学范式与诗歌的日常话语相联系,运用到关涉时代主要语言论争的方方面面。在帕洛夫的维特根斯坦式哲学兴趣之中,作为精神挣扎和警策话语的诗歌及诗学形式与哲学的联姻才是最重要的部分。这与维特根斯坦所谓"哲学只能以诗学的方式而书写"的主张非常相近,也是帕洛夫个人"《逻辑哲学论》只有用诗歌的建构的方式方能领悟"[①]的说法极近圆润共舞的地步。阅读维特根斯坦最好的方法就是关注其中意义的诞生方式和用读诗一样的技巧。因为维特根斯坦的方法论与提问术"都是在重新开辟一块块诗意与哲思共存的空间"。[②]

帕洛夫的这种融哲学与诗学一体的批评视角也最终使她能够"充分利用自己在先锋文学艺术方面的优势,以维氏思想为出发点,而在传记、文本与历史讨论中自由穿行"。[③] 基于维氏的语言哲学与现代主义诗学理论,帕洛夫将其单纯的诗歌评论延伸到了更为广泛的哲学与诗学相结合的领域,并就传统艺术所谓的"高"、"底"之争提出了理据更足的"逾越"性语言游戏规则。她经常将诗歌活动与逾越行为相联系,同时又将这些行为植入更为广阔的语言游戏之中,以揭示西方当代诗学发展的语言特征。帕洛夫的"哲学-诗学"批评视角与多数当代忽视公然反对绝对闭合观念作品的文学理论格格不入。帕洛夫也曾注意到,"像阿多诺(Theodor Adorno)一样,利奥塔德(Jean-Francois Lyotard)始终无法接受维特根斯坦式的反闭合模式批判。同样的纠结心态也一度使诸如威廉姆斯(Raymond Williams)、哈维和詹明信等英美批评家长期郁郁寡欢,而这几位基本上是无视维特根斯坦的存在的。"[④]《维特根斯坦的梯子》则在此基础上提倡在诗学研究的核心重新复归审美的重要性。这里的"审美"或"美学标准"并不是简单地对构成"美丽"(beautiful)诸要素的简单描述。它是一个关注相同与差异,并在彼此连接

---

① Marjorie Perloff, *Wittgenstein's Ladder: Poetic Language And The Strangeness of The Ordinary*, p. 45.

② Ibid, p. 23.

③ Andrew Michael Roberts, "Review of Marjorie Perloff's *Wittgenstein's Ladder: Poetic Language And The Strangeness of The Ordinary*", *Textual Practice* (12) 2002, pp. 174～176.

④ Marjorie Perloff, *Wittgenstein's Ladder: Poetic Language And The Strangeness of The Ordinary*, p. 14.

的基础上诞生各种维特根斯坦所谓的"家族相似性"的微妙模型的总和。从这个意义上出发，审美的接近和发现意义与方式的能力就一目了然了。

帕洛夫诗学研究的哲学基础具有自己的独特性与批判性阅读和借鉴维氏理论的科学性。对于维氏艺术无高低、语言是关键的观点，她以事实为依据进行了维护与发扬；对于维氏语言逾越游戏的思想，帕洛夫也反复提到诗歌语言行为的逾越与延伸，并经常使哲学与诗学语言的逾越并行于文本解读之中。在后期的作品《文里文外之诗》中，帕洛夫在描述 20 世纪诗学的演变时，再一次延伸了她的这种观点，指出语言凌越文本和语言游戏的思想性。其他诸如"自由式写作"、"相对自由的形式"和"后现代性"等主题上，本论文集的"文里文外"也都充斥着维氏哲学。① 在后期的其他著作里，帕洛夫也一如既往地以其高度的热情和专业水准，对各种在后现代艺术领域内出现的概念与观点进行了维特根斯坦式的追问。正如维氏对语言的全面考察与游戏式运用一样，帕洛夫在自己的诗学研究中也充分地发挥了作为表演性艺术的诗歌魅力一面。

在帕洛夫看来，维氏的语言哲学观其实不仅局限在狭小的哲学或某些特定的艺术范畴，而是可以适用于任何哲学研究的圭臬，并将这个观点行之其诗学研究的始终。维氏的思维领域广阔，并在不同方向延伸，或以片段、或以整体形式存在于连续性对话与整体性阅读活动中，从而使后来者"免受诸多冥思之苦而成就独立思考之获"。② 在帕洛夫的诗学研究中，读者不难发现诸如分裂、跳跃、对抗终止、片段与碎片等模式与技巧的频繁出现。对维氏哲学的深层解读与创造性运用上，帕氏的主要贡献与独特之处就在于其将当前文学批评的诸多特定阐释之法与维氏哲学——尤其是语言哲学——的许多典型主题进行了完美的契合与演练。维氏建构哲学大厦，就像在为人类建造一台"思想机器"。思想领域范围受限于语言运用范围，换言之就是世界的限制源于语言的限制。从这个意义来讲，《维特根斯坦的梯子》不啻为一部"在更加良好的方面进行的大胆尝试，并对现代主义和后现代主义诗歌提供了流畅、更具远见和技艺更加纯熟的阐释"。③ 帕洛夫站在

---

① 详见：陈小红："从玛乔瑞·帕洛夫的《文里文外之诗》观 20 世纪诗学"，《外国文学研究》2011 年第 4 期，第 29～37 页。

② Marjorie Perloff, *Wittgenstein's Ladder: Poetic Language And The Strangeness of The Ordinary*, p. 59.

③ Garry Hagberg, "Review of Marjorie Perloff's *Wittgenstein's Ladder: Poetic Language And The Strangeness of The Ordinary*", *The Journal of Aesthetics and Art Criticism* (3) 2008, pp. 275～278.

哲学与诗学交互衔接的起点，以一个博学负责的比较批评家的严谨视角，对维特根斯坦的哲学观提出了发人深省的思辨，并对与20世纪诗学诸多中心议题相关的话题提出了系列启发性的洞见。她的关于诗歌阅读和思考的持久性，以及打破规制和禁锢我们视野的边界的必要性等观点，才是引领读者在诗学解读领域步步攀登的梯子。

源于欧陆的维特根斯坦之梯与新大陆的早期真正美国化的诗学传统之间有着核心诉求上的一致性。当爱默生在其诸多散文名篇里号召美国人拥抱低微、普通和下等时，当康科德、阿姆赫斯特的城乡居民所求皆平常之物时，维特根斯坦的语言方式与爱默生"对日常语言力量认知"的呼号之间取得了精神上的一致。这是一种对个人在世界的位置与经由语言获得救赎的联系而构成的一致。维特根斯坦的梯子更容易让人想起艾米丽·狄金森隐退的比拟："厄运是没有门的房子——/ 从太阳之处进入——/ 随后便扔掉了梯子 ,/ 因为逃跑——已经成功——……"①

① 原文为："Doom is the House without the Door— /'Tis entered from the Sun— / And then the Ladder's thrown away,/ Because Escape—is done—."

下编　21世纪以来

第八章　世纪之交美国诗学的新走向：《21 世纪的现代主义：新诗学》

第一节　引言

新世纪、新宣言、新观念，这似乎是应景式明星商业化行为。但对于笔耕不辍、推陈出新的帕洛夫来说，在 21 世纪重新审视史上关于后现代主义诗歌以及与此相呼应的批评已经是迫在眉睫之事了。历经数十年的研究，帕洛夫发现 20 世纪末形成的关于后现代主义诗歌的诸多假设论调中都有模糊不清、自相矛盾和颠倒事实的共性。当多数学者在论及后现代主义诗歌时都会将目光紧盯在人类的两次巨大浩劫上时，帕洛夫更关心的是当代先锋派诗人对现代主义思想观念在审美进化上的汲取与反应。在这种背景下，帕洛夫的新世纪诗学批评著作《21 世纪的现代主义：新诗学》（以下简称《新诗学》）便于 2002 年诞生了。该书也是“布莱克威尔宣言系列”（Blackwell Manifestos Series）出版专著的第四部。如先期作品《不确定诗学》和《未来主义》等一样，在这部新诗论中帕洛夫再次使用了“宣言”一词。① 在这些具有开拓精神的作品里帕洛夫提出，偶像式的再现诗歌业已枯竭，并被一种新的具有自由能指含义的诗歌所代替；在一个诗歌意象被媒介完全挤占的时代而依然坚信意象是诗歌之精髓是一个不折不扣的错误观念。②

诗学现代性以及其后与之相关的概念曾长期处于一种变动、争议之状态中。在过去几十年的论争中，现代主义诗学曾长期被视为当代创作研习

---

① Marjorie Perloff, *21st-Century Modernism*: *The* “*New*” *Poetics*, Malden, Massachusetts: Blackwell Publishers Inc., 2002.

② 关于媒体与诗歌之间的关系，可参阅《21 世纪的现代主义：新诗学》第五章《激进的策略：媒体时代的诗歌创作》。

的理所当然的源泉。“欲取于现代主义之中，却收获于后现代主义之内”，[1]安廷曾经这样评论现代主义与后现代主义的关系。帕洛夫的《新诗学》同样也是重拾这个世纪末叶的诗学话题，同样以现代主义者的视角来回顾与前瞻新世纪现代主义诗学的发展与影响。帕洛夫在新世纪伊始推出的这部诗学批评，与几乎同时期面世的另一部新世纪诗学著作《非凡的对策：非洲中心的现代主义与20世纪的美国诗学》(*Extraordinary Measures: Afrocentric Modernism and Twentieth-century American Poetry*, 2000)在所持观点上有异曲同工之妙：都坚称当下的诗学实践应该与现代主义的诸多创新紧密联系起来解读，或可视为后者不可限量潜力的再次施展。[2]

早在帕洛夫欲以现代主义-后现代主义-新诗学为题进行一场具有创新意义的诗学批评之前，在英美现当代诗学批评领域颇有影响力的加利福尼亚大学教授查尔斯·阿尔特利(Charles Altieri)就曾针对艺术之当代性-后现代性的问题进行了十分翔实的探讨。在他看来，作为一种关键性的理论模式，艺术作品的后现代主义是极有可能实现的，而现代主义对理解当代的实验性创作和实践是完全达不到目的的。[3] 几年后《新诗学》的出现则被众多学者视为是阿尔特利上述关于现代主义和后现代主义的还击，因为在帕洛夫看来，诗歌中的真正的后现代主义完全没有发生过。尽管针对《新诗学》的争议不断、解读重重，但是帕洛夫关于当代北美创新诗歌是对一战以前先锋成就的一次回归和彻底践行的观点却让批评界陷入了深思。所以《新诗学》的价值不止于其中对诸多作品的启发性解读，它所引发的关于当代诗学创作与批评的多维思考亦是不容小觑的。

在这部诗论力作里，帕洛夫尝试以一种全新的视角对现代主义、后现代主义和当代诗歌的发展方向及其研究方法，提出了一系列令人深思的新评价标准和有别传统的解读方法。在理解和评论当代美国诗歌的进程中，《新诗学》起到了非常重要的作用。没有这部话题广泛、研究深入、可读性极强的作品的引导，人们要想在20世纪的现代主义中追溯当代美国诗歌的源泉，区分模仿与创新诗人之巨细几乎是无法企及的。

帕洛夫在《新诗学》的开篇便引用了文学评论家约叔华·柯嘉旭(Josh-

---

① Quoted in Marjorie Perloff, "Modernist Studies", *Redrawing the Boundaries: The Transformation of English and American Literary Studies*, New York: MLA, 1992.

② Lorenzo Thomas, *Extraordinary Measures: Afrocentric Modernism and Twentieth-century American Poetry*, Tuscaloosa and London: University of Alabama Press, 2000.

③ Charles Altieri, *Postmodernisms Now: Essays on Contemporaneity in the Arts*, University Park, PA: Pennsylvania State UP, 1998.

ua Clover)对语言诗的谱系划分。但帕洛夫随后便提到,柯嘉旭的划分不可谓不细、派别指称不可谓不科学,但他致命的缺陷是对始终萦绕在20世纪诗坛上空相互搏击的两只苍鹰——现代主义和后现代主义——未作任何评论。存在于当代诗歌评论界的诸多乱象,促使帕洛夫进行了更深层次上的解读和更广领域里的探索,并在《新诗学》的前言中大胆指出,目前存在于美国诗坛的众多所谓的"新型写作"与其说是一场具有革命性的创举,"不如说是一场复辟,是对现代主义早期先锋计划的延续而已",而那些言之凿凿的似与现代主义彻底决裂的手段无非是"对现代主义在科技和形式上的发明进行有意识的压制"罢了。[①] 为了达到对现代主义重读的自然而合理的结果和对当代诗歌的重新互文化,诗歌读者和批评家们必须首先解剖"桂冠诗歌",这不过是"一种对诗歌的物质性内容不予任何关注的"的流派而已。[②] 人们乐此不疲的所谓当代诗歌在文化中的重要性下降的话题,主要源于人们对桂冠诗歌所给予的极度不合理的关注。桂冠诗歌已经不能点燃人们真正的激情了,我们反复阅读的诗歌都是过去的事情,而"后人文主义"(post-humanist)时代再也没有精英主义的用武之地了。

在帕洛夫眼里,那些关于现代主义和后现代主义的持久纷争所造成的二者间令人疲乏的"二元对立"实际上是一个意义不大的伪命题。在这种断言下便诞生了帕洛夫的新诗学观点:在频繁出现的社会危机和时代思潮的影响下,先锋运动的短命性和被延宕性总是被遗忘于历史一隅,它那激进而理想化的羽翼总是被各种灾难所剪断:先是一战,接着是一系列由极权主义造成的危机,最后是二战。早期的现代主义诗学和美学"绝非互不关联而又老套落伍,它为正日益演变成我们时代实质主义诗学撒播着种子"。[③] 帕洛夫的这种一语中的、提纲挈领式的总结,为理解现代主义和当下实验诗歌的传统与方向提供了新的远景。《新诗学》以艾略特、斯泰因、杜尚和赫列勃尼科夫等几位早期现代主义的关键人物为主,并将犀利的目光投射在了新近出现的备受关注的革新派诗歌上。通过对现代主义早期关键性诗人和随后新晋革新派诗人的研究,该书作者不但清晰地刻画了现代主义第二次浪潮的一些鲜明特色,而且为它勾勒出了一副可资后辈借鉴诵读的蓝图。帕洛夫的解读以对艾略特早期的"不确定性"的重新评价开始,随后讨论了斯泰因的细微句法、杜尚的概念诗学和赫列勃尼科夫的字母派诗歌;并在分析伯

---

① Marjorie Perloff, *21st-Century Modernism*: *The "New" Poetics*, p. 3.

② Ibid, p. 6.

③ Ibid, p. 3.

恩斯坦、豪、何吉尼安和麦卡弗里等诗歌中的诸种现代主义诗学价值中而划上一个完满的句号。这些作家的诗学创新与体验，实际上对传统的抒情模式构成了挑战。前面四大现代主义者的诗学创作与后面的一组当代先锋派诗人们的创作有较大的交集汇合，因此在整体框架构造上也是肌理相连、彼此互证的。在讨论上述诸多现代主义作家时，帕洛夫依然沿用其标志性的合成型现代主义传统，并在《新诗学》的前四章对艾略特、斯泰因、伯恩斯坦、杜尚和赫列勃尼科夫进行浓墨重彩式的书写。当代系列“现代主义者”们虽被浓缩到最后一章里进行展示，但是帕洛夫对他们的“新诗学”特点的勾勒并未显现出任何狗尾续貂之嫌。当然，帕洛夫对不同作者的选择也都印证了他们与先锋思想之间存在的亲和性。

在序言中帕洛夫指出当前有两种关于后现代诗歌的流行假设：一种观点认为，当代美国诗人（主要是60年代早期）视高度现代主义诗歌的晦涩微妙和精英取向风格为鸡肋，并试图新创平白直述、可读性强的自由诗风以示决裂。另一种观点认为，一股新的诗歌浪潮（主要包括新美国派[The New Americans]、黑山派、纽约派、语言派）正在兴起，并决意与现代主义的主要创造原则分道扬镳。一向审慎与严谨的帕洛夫并未盲从上述观点的任何一方，而是高屋建瓴地对他们进行了驳斥。世纪之交的诗学批评通常都不会忽视战争的影响，尤其是两次世界大战。《新诗学》虽有对战争的提及，但并不像其同类作品那样只聚焦于战争对诗学所带来的些许极端后果。当然，第一次世界大战对艾略特、斯泰因、杜尚等人审美体验来说是一个关键性的历史语境。但是帕洛夫尤为关注的仍是现代主义诗学审美的革新和实践是如何对当代先锋诗人产生影响的。因此《新诗学》的历史性、时代性和聚焦性也是众多同类作品所效仿的范本。

第二节　作为先锋派的艾略特

在苦苦思索现代主义本质的同时，帕洛夫开始重新衡量艾略特在整个现代主义发展过程，以及当下流行的轻视现代主义的种种批判性的趋势中所扮演的关键性角色。《新诗学》关于艾略特的论述尽管称不上革命意味浓厚，但却为第一阶段现代主义的历史疆界划分提供了良好的借鉴标准。早在1982年帕洛夫就曾对诗歌的现代主义时期是由华莱士·斯蒂文斯和庞德的诗歌所彪炳的说法提出质疑。而现在她更是将艾略特视为当仁不让的现代主义诗歌的执牛耳者，并指出他的诗歌创新仍需后人进一步探索。到

《枯叟》于1920年发表时艾略特的先锋主义已经结束了,因为《枯叟》虽然可称得上是一首伟大的现代主义诗歌,但却称不上是先锋派诗歌。“《枯叟》对追求知识的强调使其与艾略特早期的诗歌构成了明显的分野。”①《荒原》在艾略特的诗歌创造生涯中并不仅仅是作为一个具有革命性的个体而存在,而是标志着自1911年《J.阿尔弗瑞德·普鲁弗洛克的情歌》(以下简称《情歌》)发表以来艾略特“诗歌革新的辉煌之巅”。② 自《荒原》以降,人们所熟知的现代主义逐渐褪去他那乌托邦色彩,开始变得更加黑暗而现实,他虚幻的脸孔再也不一往如故地朝向世事新的一面了。真正的先锋主义“被艾略特早期诗歌里纯粹的创造性所体现”。③ 这个观点在很大程度上改变了人们对艾略特早期诗歌的评价。

帕洛夫对《情歌》的解读不但是她的主题论断的直接印证,而且对读者理解艾略特早期先锋主义风格颇有启发。《情歌》中频繁出现的视角转换和句法挪移与建构主义(Constructivist)的写作技巧相似,都为读者在阅读过程中自我生成和寻找意义留下了足够的空间。诗歌的视角有如立体主义绘画,总是处于不断变动和频繁更迭之中,呈现在读者面前的是关于主题的多维、杂乱的场景。《情歌》的句法一如其语音结构,这是一种“纤弱从属结构”,④由一系列相互交织的、具有某些从属关系的从句和短语构成,它所产生的透视效果与立体主义和超现实主义如出一辙。《情歌》中出现的“客观对应物”(Objective Correlative)以及艾略特所倡导的艺术与事件间差别的绝对性理论,与当代语言诗歌所提倡的艺术和事件均源于建构的观点是并行不悖的。语言诗派和艾略特的诗歌创造尽管在政治动机上略有差别,但他们的创造声明几乎是相互重叠的。艾略特着意为艺术创造开山辟路,当代先锋派也暗示事件变化的过程对艺术创造带来了不可低估的影响。

艾略特的一些早期诗歌比《荒原》更具有先锋性。创作《情歌》时的艾略特是第一位懂得“福楼拜的‘确切的措辞’(mot juste)主张和马拉美关于‘诗歌就是包含极其丰富意义的语言’概念的英语诗人”。⑤ 在艾略特的早期诗歌创造里,实际上也蕴涵了极尽丰富寓意和多维声音之可能的诗歌语言。自《情歌》以后艾略特的作品中可互换式的代词用法已经很鲜见了,而

---

① Marjorie Perloff, *21st-Century Modernism: The "New" Poetics*, p. 37.

② Ibid, p. 39.

③ Ibid, p. 41.

④ Brain Reed, "Hart Crane's Victoria". *Modernism/Modernity*. (7) 2000, pp. 91～122

⑤ Marjorie Perloff, *21st-Century Modernism: The "New" Poetics*, p. 4.

具有巴赫金式(Bakhtian)的"对话"特色也不复存在了。当艾略特在诸如《枯叟》等诗歌中一味相信那些先验性的成分时，帕洛夫断言他已经不再是一个先锋主义者了，他此时所关注的往往是那些"权威的外在资源"。① 《荒原》中那些断片结构已远离先锋派风格，"情歌"中的"我"(I)因具有敏感而疏离的个人品质，所以在声音言说上要远远超过《荒原》中的那个不停转换的"我"。

在《新诗学》中艾略特的入选似乎是一个巨大的惊喜，尤其是在与斯泰因、杜尚和赫列勃尼科夫等构成四位历史-现代主义者的团体时。帕洛夫笔下的先锋艾略特是《情歌》和其他诗篇的作者，而她对此诗歌的来自于细读所产生的公允评价几近利维斯(F. R. Leavis)对它的溢美之词。《枯叟》与《荒原》对现代新诗学的影响亦是无法抹杀的观点，也凸显了帕洛夫在高度关注现代性的语言和词汇力量所产生的重大贡献。

第三节　斯泰因的细微句法

对斯泰因诗学的分析是《新诗学》简洁明晰风格的又一次体现。作者并不是简单地在艾略特与斯泰因之间建立起相互对立的关系，因为前者曾"礼貌地拒绝出版后者的剑桥讲义'作为阐释的创作'"(Composition as Explanation)，更为突出的是她在二者之间建立起了系列联系。帕洛夫认为，斯泰因和杜尚是实验现实主义作家中不可或缺的两个关键人物。在论及斯泰因与艾略特的关系时，帕洛夫向外界展示了其非凡的对主要理论的鉴别能力，而对斯泰因重要诗学原则的甄别和引用则是她对当代诗歌评论界的一大贡献。斯泰因曾说"身份 (identity)就是认同，你之所以知道自己是谁，原因在于别人和你都记得关于你自己的一切，但当你做任何事情的时候你却不是你自己"。② 这个关于"身份"的论述实际上指出了在艺术创造中自我意识的危害性，也导致了那些与桂冠诗派(The Poets Laureate)和其他不确定诗歌所珍视的不同价值观念的诞生，同时还提供了对简呈直述式风格和身份诗学的绝佳评论标准。尽管 20 世纪以来的评论倾向于认同艾略特与斯泰因之间不同的一面，但帕洛夫却提出了一个十分令人信服的观点，那

---

① Marjorie Perloff, *21st-Century Modernism*: *The "New" Poetics*, p. 38.

② Gertrude Stein, "Stanzas in Meditation", *Writing Volume 2*: *1932～1946*, New York: Library of America, 1998, p. 355.

就是二者的诗学就像一枚硬币的两面,而那枚硬币就是二人共享的现代主义美学。二人的物质创作条件几乎是相同的,都是流放诗人。这使得他们对自己的美式英语的体味更加深刻而微妙。二人都视艺术与生命/事物之间的差别是不言自明的,艾略特认为艺术与事件之间的区别是绝对的,艺术对斯泰因来说则与实物无关。诗歌创造不是关于"什么"(what)的问题而是关于"如何"(how)的问题,这也是二人的共识。

即使是共同存在于现代主义这枚硬币上,但斯泰因与艾略特还是存在一些细微差异的。虽然二人都对法国诗歌尊爱有加,尤其视福楼拜为一生的楷模,并都遵从了福楼拜关于诗歌起源于词语本身而不是寓于词语中的意义的信念,福楼拜的那句"语言越是与思想融合和一致,结果就越好"的名言也是二人创造的导引,但在借鉴和吸收的具体细节上还是有很多不同的地方。艾略特对福楼拜"确切的措辞"主张以及简约诗歌语言和语言与创造者间必要疏离原则都深信不疑。对斯泰因来说,福楼拜并没有提供清晰的视觉意象,也没有提供产生共鸣的名词。这位法国先贤的启发在于,他给斯泰因强调组织布局(composition)而非再现(representation)重要性的依据,所以"福楼拜的存在就如同树立了一个主题"。[①] 但从整体上来看,斯泰因与艾略特的差异主要是认识论上的而不是审美方面的,"艾略特是奥古斯丁式(Augustinian)的,而斯泰因则是维特根斯坦式(Wittgensteinian)的"。[②] 艾略特相信词语的命名功能,斯泰因则认为意义来源于使用。庞德曾将19世纪贬低为"一个相当模糊、混乱的时期,一个十分伤感而又做作的时期"。[③] 这与斯泰因自己对19世纪的英语文学所持的抑贬之态如出一辙。她认为19世纪文学里"词汇不复存在了,短语变成了事物而已",[④]而且这种文学状态依然占据当下文学市场。

斯泰因对20世纪文学坠入"事实"的琐屑深渊的认识,实际上为诗歌艺术指明了一条激进的回转之路,一条从单纯再现和解释功能的文学中抽身离去的新方式。这个被斯泰因所发掘、并最终成为实验派和革新派诗歌创造的主要策略就是对思想和思考的关注。当然,这是一个必须与时俱进的任务,需要每一个时代都带来新的阐释方法的任务,因为思考和意识的整个历程是一个历史现象、一个时间之维。艺术之责归根结底就是存在于当下

---

① Robert Hass, *A Primer for the Gradual Understanding of Gertrude Stein*, Santa Barbara: Black Sparrow Press, 1976, p. 16.

② Marjorie Perloff, *21st-Century Modernism: The "New" Poetics*, 56.

③ Ezra Pound, *The Cantos of Ezra Pound*, New York: New Directions, 1972, p. 11.

④ Marjorie Perloff, *21st-Century Modernism: The "New" Poetics*, p. 52.

实际、一种完全真实的现实，并毫无遗漏地表现这个完全真实的现实。关于现代主义诗学的语言观问题，帕洛夫认为他们所重视的是具体细微的表达，这一点也正被斯泰因的细微句法所证实。从艾略特的“客观对应物”到马瑞林·莫尔（Marianne Moore）的“蟾蜍满地的想象花园”，到庞德的意象主义三原则，再到威廉姆斯的“思想因物而在”，所有表达无不以直观细微为本，以客观意象为体。[1] 除了精准的意象外，现代主义诗学的句法也是具体细微的。“从艾略特、斯泰因到庞德等人，无不关注诗歌中的声音、节奏和韵律的呈现。”[2]

第四节　杜尚的概念诗学

对杜尚的研究不但强化了作者关于现代主义诗歌的论点，而且构成了《新诗学》中最为精彩的部分之一。杜尚是作为一个最具创新精神的符号学家而被帕洛夫慧眼挑出的。他的非凡之处常见于运用视觉与语音语言以生成相互关系，而这些语词与意象之间的关系又总与斯泰因的身份批判密不可分。通过对杜尚的作品——包括早期和非艺术类作品——的研究，帕洛夫指出他关于“延宕”（delay）——通常是以定义诗意语言的品质而出现的、“现成艺术”（readymade）的美学思想和观点，以及再创与重复之间的关系是如何为当代实验诗派、音乐家和艺术家铺平了创新发展之路的。因其不断地对消费主义和机械复制时代的艺术本质发出质疑和进行探索，杜尚一直被认为是先锋主义的带头人。当斯泰因等人依然在“诗歌”与“绘画”、“诗歌”与“摄影”之间进行比较严格的区分时，杜尚却深信他们可以在一件艺术品中和谐共存。杜尚对浪漫主义者视原创性为艺术之圭臬的做法很不以为然。杜尚的早期作品中有很多新诗学的因素，他在改变人们对艺术生成性的问题上功不可没。杜尚在整个创作生涯里曾就创造非艺术性作品的可能性反复发问，而正是这些发问“一直回响在过去的那个世纪里，并不断改变着人们对艺术界限的思考”。[3]

杜尚的早期作品虽然并未受到应有的尊重，但它们却改变了人们对艺

---

① 莫尔的原文是“imaginary gardens with real toads in them”，威廉姆斯的原文是“No ideals but in things”。

② Marjorie Perloff，“Epilogue：Modernism Now”，*A Companion to Modernist Literature and Culture*，ed. David Bradshaw，London：Blackwell Publishing Ltd.，2006，p. 575.

③ Marjorie Perloff，*21st-Century Modernism：The “New” Poetics*，p. 81.

术构成观念的重新思考。杜尚认为艺术的终极问题就是“人能否创造出非艺术品的作品”？这个萦绕他一生的问题不但回响在整个20世纪的上空,而且最终改变了人们对艺术界限的思考。杜尚概念诗学的主要精神在于他的“现成艺术”和“艺术复制/再现”思想。他不但挑战传统观念而且推陈出新,在这个意义上来说他即使不能被称作观念艺术的鼻祖,至少也是观念艺术的重要思想源泉。约瑟夫·柯舒斯曾说过:“自杜尚以后,艺术就在观念的层次上存在着。”[①]至此所谓艺术的新颖性和独特性就被杜尚的“现成艺术”观念给彻底改变了。对他来说,艺术品既非纯粹的话语模式也非纯粹的视觉模式,更不是二者间的中介模式。杜尚的“现成艺术”品虽然是普通物件,而且据他所称“这些现成品的选择无关视觉差异,也不分口味优劣”,[②]但是他创造的这些作品却都被认为是独一无二的,在概念上具有特殊的审美意味。[③] 比如在1913年他曾把自行车的一只车轮装在厨房凳子的顶上,并看着它们转动。1915年,他买了一把铲雪的铁锹,并在上面写上“断臂之前”。1920年他制作了《旋转的饰板》(*Rotating Plague*)。这些都是他的现成艺术品。杜尚认为现成品的选择从来就不依据什么审美原则,有时甚至是违背现存审美原则和标准的。它们是以视觉的“无所反应”为基础的,不讲任何高雅或者粗俗的审美情趣。他说,现成品可以是艺术品,相反,艺术品也可以成为日常用品。

“现成艺术”创作观与艾略特所谓的“诗歌不是感情的放纵,而是感情的脱离”之说十分相似。他的许多绘画和诗歌实践与创新也对凯奇等不确定诗学创造产生过巨大影响。杜尚的现成艺术说迫使读者和观众驻足在他的作品前去思考艺术品的作用何在;常见的现成物品带给观察者的是隐藏未知的新感觉,欣赏者试图进入这些现成艺术品的努力往往无功而返。所以看似平常的这些语言或视觉现成艺术品,几乎很少是无关紧要的东西,他们都是能确切表达创造者思想的物品。他们的“普通性”是经过精密挑选的,那隐藏的声音是可以被听见的,看似平淡无奇的现成作品具有阐释的无限可能性。这是杜尚真实语言或视觉现成作品的一个显著特色。人们一般认为艺术品的最大特点之一是“独创性”,是一种特别的、唯一的东西,但是杜尚却说:“在传统意义上讲,现今存在的几乎每一件现成物体都不

---

① Joseph Kosuth,“Art after Philosophy”,*Art after Philosophy and After: Collected Writings 1966～1990*,Cambridge: MIT Press,1991,p. 35.

② Pierre Cabanne,*Dialogues with Marcel Duchamp*,trans. Ron Padgett,New York: Viking,1971,p. 48.

③ Marjorie Perloff,*21st-Century Modernism: The “New” Poetics*,p. 86.

是原物”。[1] 这也就是杜尚关于艺术复制和重复的理论。

本雅明曾说:“任何一件无论多么完美的艺术复制品都失去了一个基本品质:它在时空中的存在,它在产生之地那独一无二的存在方式”。[2] 杜尚的现成艺术创造观和作品就处于独特艺术品和艺术复制品之间,但是他却有一种使复制品有别于简单重复的方式。重复对他来说处于现代主义大规模生产的最底端,艺术家所要做的是对差异的关注,使一件看上去与他物无异的具体作品具有个体身份,复制也就成了一种延宕方式。当艺术家非常严肃地对自己的往昔作品进行再现时,它的形式也必须修订,观察者也必须重新去审视它。杜尚的重要作品原件很少,几乎所有现成品原件——酒瓶架、小便器(美其名曰“泉”)和其他他称为艺术品的物品——都丢了。为使有些东西能替代它们,杜尚常常对原作进行创造性复制,有时和其他人,比如米兰艺术商家阿图罗·舒瓦茨(Arturo Schwartz)一起精心制作了一些特别的限量版现成品组件。但是再造过程并不轻松。其中最重要的原因之一就是复制品个个都是独一无二的,没有任何两个作品的外表看上去是一模一样的。杜尚在自己的复制作品中经常加上一些注释和心得,而这些注释又可以作为他对“复制时代”诗歌功能的理解。在他看来,诗歌语言就是一种专注于“延迟”的语言,这种语言不但为实验诗歌和不确定诗学带来了新的生命力,而且为现代主义在跨向21世纪时依然保持可资借鉴的活力打下了基础。所以杜尚的意义在于,他对艺术的边界和本质提出了质疑,促使我们以新的眼光和视角来看待整个艺术史和艺术品。而他的现成品艺术也突出了观念在艺术创作中的重要地位。

第五节　赫列勃尼科夫的超理性诗学

赫列勃尼科夫作为一位重要现代诗人的地位曾长期未获肯定,诸多评论倾向于把他归为一个不入主流的另类诗人。《新诗学》认为,赫列勃尼科夫通过自己对语源学的研究与实践以及对诗歌形式的不断实践而建立起了与当代诗学的联系,他是当代诗学连续性和创造性发展历程中一个不可替代的重要角色。赫列勃尼科夫向来注重词语声音与其视觉发源之间的微

---

① Marcel Duchamp, *The Essential Writings of Marcel Duchamp*, London: Thames & Hudson, 1971, p. 109.

② Walter Benjamin, “The Work of Art in the Age of Mechanical Reproduction”, *Illuminations*, ed. Hannah Arendt, New York: Schocken, 1968, p. 221.

妙而独特的关系,并从未间断对"一条通向普遍性超越理性(beyonsense [zaum])语言的诗歌道路"[①]的追寻。他对能自由发挥斯拉夫语特色的五音步诗行的探索,使当代诗人如苏珊·豪等对"美妙节奏和旋律,超理性和魔幻词语"的运用和实践成为可能。赫列勃尼科夫的超越理性写作与庞德所谓的诗歌就是包含极其丰富意义的语言的观点基本一致。对赫列勃尼科夫在当代诗歌中的重要性,帕洛夫主要以俄语句法和声音模式为解读示例,并将俄国的未来主义也纳入了讨论范围。

雅克布森(Roman Jakobson)曾说,在他的一生中只遇到过三个天才人物,第一个就是赫列勃尼科夫,第二个是尼克雷·特鲁贝斯科伊(Nikolay S. Trubetskoy),第三个是克劳德·列维-斯特劳斯(Claude Levi-Strauss)。[②] 作为雅克布森眼里的天才人物第一人,赫列勃尼科夫不但在诗歌形式上开一代风气,而且在诗歌思想内容的革新上更是新意迭出,为新世纪新诗学的到来贡献颇多。在诸如《草蜢》(*The Grasshopper*)等诗歌中,赫列勃尼科夫使用了一种叫做"阈下诗歌语言模式"(subliminal verbal pattern)来创设一种既有直接听觉意象,又有视觉冲击力的特殊诗行。除此之外,他还利用除音位重复之外的词语形态变化来创造超越理性和思维之外的诗歌语言,即他和他的追随者所谓的"超越理性"(zaum)。如此一来,形式主义的"普通事物的奇崛性"就被赫列勃尼科夫置换成了"奇崛事物的普通性",并给"日常对话语言以诗歌般的节奏,使人相信语言才是神话奇迹的创造者"。[③] 在强调"能指"(signifier)的物质性一面的同时,赫列勃尼科夫还特别指出了语言的音位性和绘画性。他眼里的诗歌应该是以十分精确的方式向着人们的灵魂言说。[④] 在创设隐喻和提喻关联性上,赫列勃尼科夫主要采用一种解释性机制;而他的语源学技巧里所蕴涵的意义说明,在诗学话语里没有明确的形式与内容、风格与主题之分。那些不为传统诗学话语所包容的魔幻词汇、异教语言、符咒等都只是一些单纯的音节,所谓的有识之士也视其为语言之鸡肋而已,但在赫列勃尼科夫看来,这些语词却构成了民间话语中的超理性部分。

赫列勃尼科夫曾提出了著名的"去人格化"(depersonalization)理论的诗学原则。"难道诗歌不是从'自我'的逃离吗?……,没有从自我的逃离就

① Marjorie Perloff, *21st-Century Modernism: The "New" Poetics*, p. 124.

② Norman Jakobson, *My Futurist Years*, trans. Stephen Rudy, New York: Marsilio, 1997, p. 19.

③ Anna Lawton, *Russian Futurist through its Manifestos 1912～1928*, New York: Cornell University Press, 1988, p. 54.

④ Marjorie Perloff, *21st-Century Modernism: The "New" Poetics*, p. 128.

没有诗歌的进步空间”。[①] 这种诗歌理论常被他运用到公共艺术以及涉及自然进程和大规模人类活动的诗歌创造中，并产生了新奇的诱人效果。在《饥饿》(*Hunger*)一诗里，人世间的饥饿惨状和人类的堕落都是以一种纪录片式的意象出现。该诗歌的句法直接，意象简单，表面叙事层次向广泛的人群言说。诗歌的叙事者——尤其是言说者“我”——不复存在的事实看上去虽然很陌生化，但传递的信息却是人人皆知：有些人并不比动物好多少。对新词新语的创造也是赫列勃尼科夫诗歌的一个显著特色，而且他精妙的词语运用往往使其他语言的译者们望而却步。他不但像儿童摆弄玩偶一样处理一些具有超理性的词语与修辞结构，而且相信语言中那些声音碎片就像玩偶一样替代了世间万物。说同一种语言的人都是游戏中的选手。他诗歌中的参照性元素、吟唱和一些有节律而无意义的音响都毫无例外地具有广泛的公共联系，从而产生了超越独立个人之外的一种更广阔的声音。为了摆脱后期诗歌中较多的物质与哲学的束缚，赫列勃尼科夫开始意识到，从广袤的语源学中精心构造的新词语已不再是诗歌创造的重要原则之一了。在描绘最令人伤感的角色时，赫列勃尼科夫并没有使用泛滥的感伤主义词汇，而是游离于这个框架之外将重心放在饥饿对人类的影响上，并以声音图景和斯拉夫语的魔幻词汇为世纪之交的诗歌发展带来了新的启发和活力。

第六节　千禧时代的诗学宣言

“千禧时代的现代主义”看上去像是《新诗学》的宣言。该书讨论的几位诗人——伯恩斯坦、豪、何吉尼安和麦卡弗里——在继承和发扬早期现代主义实验精神中贡献巨大。作者还将他们与正统派诗人如戴尔默·舒瓦茨、安东尼·海克特(Anthony Hecht)、爱德华·赫西(Edward Hirsch)等进行了对照性研究，指出后几位诗人的作品中那略带克制性和重复性的创作思维吸引了读者较大的注意力，而“在当代创作的大部分诗歌里，依然沿用着这些基本假设和思维”。[②] 行文至此帕洛夫对《新诗学》所提到的主要诗人进行了一个类比和搭配：伯恩斯坦与艾略特和杜尚，何吉尼安与斯泰因和赫列勃尼科夫，麦卡弗里与杜尚、庞德和赫列勃尼科夫。戴尔默·舒瓦茨、海

---

① Velimir Khlebnikov, *Collected Works of Velimir Khlebnikov*. 3 vols, trans. Paul Schmidt, MA : Harvard University Press, 1987, p. 370.

② Marjorie Perloff, *21st-Century Modernism : The “New” Poetics*, p. 161.

克特和赫西的诗学创作中存在一种频繁出现并对当代诗歌带来巨大影响的衡常模式:"当前多数诗歌写作依然沿用他们的基本假设:一个敏感而有抒情意味的角色沉思和观察着自己的世界,对比今昔,向外界展露尘封的情愫,甚至突获感悟。诗歌语言具体而口语化,讽刺与隐喻杂陈,句法简单明了,节奏低沉。没有现成艺术和语言雕塑的痕迹,没有超理性和斯泰因句法特征。至于艾略特的客观对应物也没了踪影。"① 艾略特与斯泰因在 70 多年前曾指出,诗歌含义的变化进程正在经历一场巨变。但是在舒瓦茨、海克特和赫西等人的诗歌中这种巨变却基本消失了。斯泰因在很久以前就提出,再现诗歌已不合时宜,对艺术家们来说必须找到替代"真实"再现的新方法。在人类刚刚跨入一个新的千禧时代时,重新思考现代主义与后现代主义诗学之间的关系非常必要。

《新诗学》对当代诗人的评价还是以艾略特、斯泰因和杜尚为标准的。正如作者对自己并不喜欢的诗人进行有理有据的批评一样,她对自己比较心仪的诗人的赞扬也是非常具体且证据确凿。帕洛夫认为,伯恩斯坦和何吉尼安的个人天才与探索精神将现代主义传统向前推进了一大步,他们对新世纪诗学的发展做出了巨大的贡献。前者无论在语言运用上还是在意象塑造上几乎都是杜尚式的;而后者则"是全面接受斯泰因诗学挑战的第一人",她的诗歌情感是对"思考的肯定"。② 何吉尼安将诗歌看做一种思维过程的观念,为塑造一批 20 世纪举足轻重的诗人打下了坚实的基础。海克特和赫西的诗歌因为朝着非正式和口语化趋势越来越靠近而落入了一种不变的俗套,因此读上去颇觉乏味。麦卡弗里的视觉诗歌用杜尚式的视角重新构思出一幅幅如庞德诗歌中出现的那种画面,他还在卓越的概念复兴方面将杜尚的诗歌理念发扬光大。帕洛夫并没有对体制派诗歌令人扼腕的境地进行简单地批评和全盘否定,她的目的在于探讨 20 世纪早期和 21 世纪早期诗学发展间的关系。帕洛夫将现代主义与后现代主义定位为延续,甚至是饯行的关系,而不是传统上那种泾渭分明的关系。所论诗歌都经过了仔细解读,所得观点不但具有说服力,而且具有启示性。

第七节　结语

从 20 世纪早期开始,以帕洛夫为代表的批评家们已经意识到离开外部

① Marjorie Perloff, *21st-Century Modernism: The "New" Poetics*, p. 163.

② Ibid, p. 184.

历史环境而探讨现代主义价值的做法简直是南辕北辙。在人类经历迄今为止最大浩劫和最深变故的历史时期，所谓理性与进展的启蒙信仰被一劳永逸地摧毁殆尽。数世纪以来被人们认为是理所当然之规则程序，在现代主义面前彻底出现了新的价值转向。值此时刻涌现的大批诗人所表达的思想与价值取向，概与从前大有不同。而他们所传达的文学创作——尤其是诗歌创作——方面的理论与实践仍然值得新世纪诸家探索与争鸣。在这个意义上说，《新诗学》堪称一本对20～21世纪诗歌评论具有极大贡献的抱负远大的著作，现当代学者们也会为帕洛夫的跨学科美学与诗学研究方法所折服并从中受益。在《新诗学》里帕洛夫沿用了她一贯的严谨、博学、可读和发人深思等研究方法，对所涉猎诗人作品的引用与解读，不仅数量繁多而且充满隽永之语。时常出现在各个章节中的一些结论与主张给人耳目一新之感。作为阅读独立单位诗歌的高手，帕洛夫却在《新诗学》中以对比阅读和集中讨论的方法向读者展现了处于相互联系间诗歌的生命意识，并用何吉尼安的说法作为明证："诗歌应该相互呼应，彼此共鸣。和人类一样它们也是无法独立存在的。"①"新诗学"需要新活力和新源泉，新创作也要立足于诗歌的生命力，以其生机勃勃的相关性和比邻性、以词语的有机生命力为源泉。作者最后断言"早期现代主义的诸多课题，在我们的时代里终于得到了很好的研究"。②

关于历史与现实、现代主义与先锋派的关系，帕洛夫则是非常严谨地持一分为二的态度。在传统的现代主义者与激进的先锋派之间划一条泾渭分明的红线已经不合时宜。晚年的杜尚向艾略特的"传统与个人才能"肃然起敬，金斯伯格的《嚎叫》(*Howl and the Other Poems*，1956)简直就是《诗章》和《佩特森》(*Patersons*，1946)的嫡系子孙，阿什贝利的诗作也可以追溯到艾略特的《四重奏》(*Four Quartets*，1935)。语言派诗人的创作又何尝不从现代主义的传统中汲取营养。从某种意义上来讲，《新诗学》可视为一部及时的为当代诗歌研究正本清源的著作，帕洛夫的研究不但具有示范意义而且具有实际创造上的借鉴意义。整体性与延续性的诗歌认识论、启发性与哲思性的诗歌阅读方法都是该书带给读者的巨大财富。无论是对"情歌"抑扬格和变动的音步的阐释性阅读，还是对杜尚关于一维和二维空间的再生性和重复性所引起的纷繁复杂问题的机智探究；无论是对麦卡弗里诗歌中关

---

① Lyn Hejinian, *The Language of Inquiry*, Berkeley: University of California Press, 2000, p. 296.

② Marjorie Perloff, *21st-Century Modernism: The "New" Poetics*, p. 200.

于视觉与话语文本边界模糊性问题的展开,还是对组合性先锋作家同中存异的解读,……,都使《新诗学》的阅读带给读者愉悦之感和意犹未尽之憾。《新诗学》所投射出的帕洛夫研究的无比辩证性和令人信服感是与她文本细读的典型性不可分割的,她选择的20世纪的现代主义解读事例都是极具代表性的典范,而其解读过程的形式联系更是坊间不可多得的效仿模板。帕洛夫将跨世纪的诗歌批评通过一种巧妙的语境化重构方式而再次凸显自己作为语言诗歌以及其他先锋诗派最佳阐释者的身份。

第九章　拼贴矛盾的文化记忆：《维也纳悖论：回忆录》

第一节　引言

正如从“欧洲化”向“美国化”的转变一样，作为文化学者的帕洛夫对国族身份、个人身份和种族家庭背景等话题的回顾与它们在诗学批评中的意义探讨，也是作者新世纪诗学批评的重要一环。尽管帕洛夫曾说她个人不太喜欢关于“书写自己”的想法，尤其是详尽描述式的自传类作品。但是当伯恩斯坦建议她可以以回忆录的形式写成一部拼贴画模式的“自传”时，帕洛夫便采纳了。相对于“后现代”、“大众媒介”、“语言哲学”和“新诗学”等比较纯粹的诗学批评而言，拼贴画模式的自传似乎与作者专致的学业相距甚远。但是当该自传由思想汇集到最终付梓后，读者才发现原来它不但是帕洛夫新世纪诗学批评中重要的组成部分，而且是一部深入了解作者创作思路、解析历程和诗学观点的文化和批评回忆录。连贯性批评与拼贴画式的线性成长历程构成了帕洛夫回忆录式诗学评论的特色。尽管是在做一种全面性的身份追溯和创作回顾，但是帕洛夫一贯的回忆与展望同步、个人与历史并行的思想并未丢失，这一点从她 20 世纪 70 年代以来的诗学批评中可见一斑。

在 20 世纪 70 年代，当帕洛夫在《不确定诗学》中将欧洲诗歌、艺术、音乐，乃至视觉艺术中的诸多先锋派特色与相应的美国诗人的作品相连时，专业与业余评论更是大呼精彩。而在世纪之交，帕洛夫在延续上述主题研究的同时，又进一步拓展了处于过渡时期的现当代诗学的范围，并将目标直指 21 世纪的美国诗学——乃至整个西方诗学——的最新发展状况，发表于 2002 年的《新诗学》便是这样一作品。继 1999 年在《维特根斯坦的梯子》中以令人称奇的方式将自己的文化血缘与维也纳现代主义建立亲和后，帕洛夫又在其最新力作《维也纳悖论:回忆录》(以下简称《悖论》)中再次论及自己的自然文化上的维也纳血统。从本质上来看,该书是一部十分与众不同的自传作品。正如她在此书的前言中所指出的那样:“这本书不是直白的叙述,而是一幅拼贴画,我把文学文本、历史信息、个人逸事、家庭回忆录和批评性的思考都并置在这里,目的是为了捕捉到那些带给我自身感受的各种矛盾”。①

作为一部回忆录,此书自然具有常规的自传内容:玛乔瑞,原名加布里埃尔·明茨,出身于奥地利维也纳中上层犹太家庭。1938 年纳粹德国吞并奥地利之时,年仅六岁半的她随同家人逃往美国。本书讲述了她的家族历史以及她的个人成长及转变,即从“说德语的加布里埃尔”转变为“说英语的美国女孩玛乔瑞”。与传统的传记作品相似的是,她在这部书中提供了大量的图片资料,使其看起来的确像拼贴画。但是,作为美国当代著名的诗学批评家之一,作为一个研究成果卓著的人文教授,帕洛夫的回忆录中增添了更多新颖的学术味道。关于这一点帕洛夫本人曾有论说:“首先,我只是一个批评家而不是一个传记作家或自传作者,任何个人自述或家庭逸事的观念都是令我始料未及的。”②这个“自白”本身也说明《悖论》的自述、逸事与经纶满腹的睿智批判的有机融合。这里不但有对文学文本的新批评式的分析,更有关于文化、伦理种族、宗教和政治等的批评与思考。她在书中旁征博引,不断与本雅明、维特根斯坦、阿多诺、厄斯特·高姆里奇(Ernst Gombrich)、勋伯格和凯奇等理论家、艺术家碰撞出思想的火花。

《悖论》一书很难被归于某一特定类别。它不但能引起众多不同类型读者的兴趣,而且以其宽泛的跨学科论述和描绘而使阅读目的迥异的读者受益。从德国/奥地利犹太研究到流亡历史,从战后美国流行文化到美国学术和知识界发展历史,所有这些既侍专家学者又奉普通读众的话题,都可以在《悖论》中以一种并不“悖论”的方式找到。这部号称是“作者生活年代的文化、政治和知识进行的非凡而活泼的描述”,③实际上引发了人们对文化传统和身份认同进行新一轮思索,并逐步建立起在流动不居的疆界和变化分离的身份中寻求独立化大众公民的意思。帕洛夫自己把这部作品界定为一幅拼贴画,而拼贴意味着不同种类的混杂并置,甚至是一种互不相容的状态。但是,帕洛夫这样一种特别的安排恰恰就是为了表现那些无法化解的

① Marjorie Perloff, *The Vienna Paradox: A Memoir*, New York: New Directions, 2004, p. 15.

② Ibid, p. 9.

③ Corinna Lothar, "Review of *The Vienna Paradox: A Memoir*", *Washington Times* (27) June, 2004.

矛盾状态。在这部很难界定文类的作品中隐藏的是一条贯彻始终的主线，即维也纳悖论。围绕着维也纳——这一令帕洛夫一生纠结的故乡——的是挥之不去的各种矛盾的文化记忆，帕洛夫将它们都拼贴在这部作品里，构成了一部独特的、充满智性思考与文化批判的回忆录。

典型奥地利流亡回忆录里，除了《悖论》之外人们还会想起克鲁格(Ruth klüger)的《继续活着》(*Weiter Leben*，1994)和斯皮策(Leo Spitzer)的《玻利维亚旅馆》(*Hotel Bolivia*，1999)。而与此二者相比，《悖论》的回忆性与学术文化性显得更加突出一些。从这个角度出发，《悖论》应该是一部具有相对差异性的诗学回忆录了。自1938年的物理位移——举家从维也纳搬迁至美国——到纵贯终生的文化传统转变——从高度中心化的欧洲文化到接受新家园里民主、流行的文化，这一系列丰富而波澜惊骇的洗礼都使《悖论》的可读性、交叉性与学术性凸显出来。

第二节 维也纳——悖论之城

帕洛夫1931年出生于维也纳，1938年逃往美国时还只是个一年级的小学生，她对维也纳的印象还不是那么透彻与深刻，可以说她在维也纳的过去从未真正存在过。但是在帕洛夫的内心深处，维也纳始终是她的家乡，虽然身处美国，她对维也纳的关注却从未间断过，并不断地透过这些点滴的关注来构建自己心中的维也纳。那么，帕洛夫心中的那个维也纳究竟是怎样呢?

在帕洛夫的祖辈与父辈看来，维也纳无疑是个文化艺术之城，它的维也纳国家歌剧院、维也纳艺术史博物馆以及宫廷歌剧院是无与伦比的。定居美国后，对维也纳的怀恋是他们茶余饭后津津乐道的话题，在他们眼里甚至连维也纳的甜点也是美国的甜点绝对无法与之媲美的。在这样的家庭环境熏陶下，帕洛夫用自己细微的感受成就着对维也纳的欣赏，并从一个美国人的视角来观察和了解维也纳，关注维也纳呈现给美国的形象，思考着它们的差异。

透过勋伯格的作品在美国和在维也纳的不同境遇，帕洛夫深切感受到了文化传播的矛盾范式。勋伯格同为受到基督教洗礼的奥地利犹太人，希特勒1933年上台之时，他正在德国柏林的普鲁士研究院任教，之后他逃往美国洛杉矶，并在那里度过余生。勋伯格定居美国后，先后在南加州大学和加州大学洛杉矶分校任教，并影响了包括凯奇在内的一代作曲家。勋伯格去世后，其后代将其艺术遗产捐给了南加州大学，该校于1975年开办了勋伯格研究院,由勋伯格的学生进行管理,并组织一些展览和演出。但是,由于勋伯格的作品在美国的音乐大众看来是"深奥难懂的",音乐会的上座率很低,迫于财政的压力,校方希望增加其他更为吸引观众的曲目。于是,勋伯格的后代决定为其遗产另觅他处,很多大学和研究院尽管表现出些许兴趣,但终因资金和设施匮乏而不了了之。

在勋伯格后代的多方努力下,这笔宝贵的遗产最终于 1998 年回到了他的故乡——维也纳,并得到了它应有的礼遇。奥地利政府斥资 400 万美元将位于维也纳老城区中心占地 6500 平方英尺的凡托宫改造为"勋伯格中心"。中心建有先进的研究所、展厅和音乐厅,奥地利政府还承诺每年给中心 100 万美元的预算经费。这样的一种支持在美国是不可想象的。正是由于维也纳对勋伯格毕生之作的获得和推广,才使得洛杉矶的音乐机构重新看待勋伯格作品的方式。在南加州大学放弃了勋伯格的艺术遗产以及加州大学洛杉矶分校轻率地将勋伯格大厅的命名权卖给了一个流行音乐机构十年后,洛杉矶的音乐团体精心策划了名为"勋伯格多棱镜"(2001～2002)的音乐节,该活动为期 6 个月,举行了音乐会、讲座和研讨会等系列活动,使勋伯格成为了洛杉矶的焦点,甚至连加州大学洛杉矶分校的勋伯格大厅也在全体教员的抗议下恢复了原名。对此,帕洛夫颇为感慨,在美国的文化艺术生活中,外国的官方认可起到了决定性的作用。

除了音乐之外,美国同时也在吸纳来自维也纳的其他艺术形式。2002 年夏季在美国所举行的"维也纳工程"包括了五个博物馆的展览活动,从中帕洛夫感受到了维也纳自身的悖论。展览中呈现出了两个时期的维也纳,一是奥匈帝国时期的维也纳,它具有奢华、绚丽和色欲化的绘画和设计;另一个是希特勒时期的维也纳,那里尽是布满臭虫的劣等住房。同时,从艺术的角度来看,这里既有充满曲线、螺旋和繁复装饰的分离派建筑,也有维根斯坦为其姐姐所设计建造的几乎没有任何装饰的现代主义风格的昆德曼街屋,这样的并置让帕洛夫心中不由得产生出样的疑问:"后者是怎样从前者中产生出来的?二者间的关系是继承还是背离?"①

一次纽约之行让帕洛夫感受到了 19 世纪末的维也纳与现代科技化的维也纳之间的张力。位于纽约第五大道的新美术馆集中体现了世纪末维也纳的风格,馆中收藏了艾贡·席勒(Egon Schiele)、古斯塔夫·克里姆特(Gustav Klimt)等奥地利著名画家的画作,同时也收藏了约瑟夫·霍夫曼(Josef Hoffmann)、奥托·瓦格纳(Otto Wagner)、阿道尔夫·卢斯(Adolf

---

① Marjorie Perloff, *The Vienna Paradox*: *A Memoir*, p. 13.

Loos)设计的精美的维也纳家具和装饰品及其他一些德国表现主义艺术作品。馆中漂亮的铁艺雕花旋转楼梯，克里姆特的画像以及席勒色欲化的绘画都给人一种强烈的感官刺激。然而矛盾的是，这样一种建筑装饰风格对于帕洛夫的父辈来说则是颓废的，毫无现代感可言。

位于美术馆一层的萨巴斯基咖啡馆也是模拟了世纪之交的维也纳咖啡馆而建造。当时的咖啡馆是男人的领地，一些像西格蒙德·弗洛伊德(Sigmund Freud)、阿尔弗雷德·阿德勒(Alfred Adler)这样的名人也时常光顾于此。男人们通常在咖啡馆里品咖啡、看报纸、打牌、下棋以及和朋友聊天。而萨巴斯基咖啡馆的客人更多却是一些游客、艺术界人士，还有一些在外就餐的女士。出于对奥匈帝国时期维也纳浪漫的咖啡馆文化的好奇，帕洛夫经常光顾萨巴斯基咖啡馆，坐在卢斯设计的优雅的弯背木椅(复制品)上，在大理石桌前品尝着地道的维也纳美食，感受其浓郁的19世纪末维也纳风情，总能让帕洛夫产生一种美好的怀旧之情。成年之后的帕洛夫虽曾先后四次回到维也纳，但现实中的维也纳却远不如在萨巴斯基咖啡馆里感受到的维也纳那么美好。

帕洛夫对维也纳的怀旧印象却被另一个代表着现代科技化的维也纳建筑所打破。2002年4月，由奥地利旅美建筑师雷蒙·亚伯拉罕(Raymond Abraham)设计的"奥地利文化广场"在纽约第五大道和麦迪逊大道之间落成。这个由钢筋、混凝土和玻璃组成的造型奇特的建筑正是奥地利政府试图摆脱其现代主义初期形象的一次尝试。"广场"的塔楼是在25英尺宽，80英尺长的一块非常狭小的地块上建成，并几乎是在两侧建筑的夹缝中耸立起来，楼高24层。塔楼由三部分组成：脊椎为楼梯塔，核心为结构塔，表面为玻璃幕墙塔。玻璃幕墙呈陡坡阶梯状向上延伸，幕墙表面还悬挂有盒状的区域，使其看起来像打开的抽屉。塔楼的外观让人遐想联翩：绞刑架、温度计、节拍器、甚至是复活节岛上的图腾，抑或是某种未来的金字塔……。这一前卫又神秘的建筑使它建成伊始就成为纽约曼哈顿的地标式建筑。除了建筑本身的标新立异之外，"广场"的网站的数字化平台也具有一流的艺术水准。正如网站介绍的那样，"奥地利文化广场"意图为奥地利人、美国人以及全世界的人提供一个文化学术交流的场所，更为重要的是能使当代奥地利的艺术成就在美国得到更多的欣赏。

然而，帕洛夫却对"广场"的意义进行了不一样的解读：

> 也许我们可以这样理解"广场"："戴了面具的"塔楼结构，它撕下了上世纪中叶那"卑下可耻的几十年岁月"的面具。它飞入云霄的玻璃外

墙促使观者对这一曼哈顿中的奥地利肃然起敬,因为它也许标志着新的转变。①

帕洛夫更愿意看到的是,就像"广场"塔楼飞入云霄的玻璃外墙那样,奥地利也能穿透二战及之后的政治阴霾,迈向一个新的起点。

现实中的维也纳就是这样一个矛盾的、充满张力的城市,现实与怀旧中的维也纳总是这样一对矛盾,萦绕在帕洛夫心头无法化解。

第三节　文化认同与种族身份的悖论

维也纳悖论也体现在帕洛夫家族对奥地利文化的认同与他们犹太种族身份的矛盾上。帕洛夫的家族属于奥地利中上层,家族成员具有很高的文化修养,而且大部分都是非犹太教徒,很多很早就受到了基督教的洗礼。外祖父理查德·舒勒(Richard Schuller)曾是奥地利总理杜尔菲斯任职期间的外交部部长,并担任过国际联盟的代表,是家族中最为显赫的人物。外祖母热爱文学艺术,能流利地讲法语、英语、意大利语和西班牙语,并能用这些语言进行写作。在她的影响下,帕洛夫的母亲及其他两个姨母均获得了博士学位。帕洛夫父亲这边的家族虽不如母亲的家族显赫,但却更为富有,祖父和父亲皆从事律师行业。

帕洛夫的家族可以说是一个深深同化于奥地利文化的家族。在二战前的维也纳,他们只把自己认同于奥地利人,很少考虑到自己的犹太种族身份,更不要说是犹太教了。在帕洛夫的外祖母看来,犹太教的基本信条是以眼还眼,因而比较"原始"和"暴力",而基督教则与古希腊的思想紧密相连,因而没有那么"粗陋"。② 帕洛夫和哥哥从小就是作为奥地利人被抚养长大,所以在1938年逃亡之时,母亲没有提到他们因为是犹太人而遭到了驱逐,而只是这样对年幼的帕洛夫解释道:"现在我们再也不是奥地利人了。希特勒占领了奥地利。"③他们与奥地利东部那些未同化的犹太人丝毫没有任何认同感,那些说着意第绪语,穿着奇怪服装并去犹太教堂的男男女女对于他们来说几乎就像外国人,他们粗俗,没受过教育,与帕洛夫这样的犹太

① Marjorie Perloff, *The Vienna Paradox*: *A Memoir*, pp. 24～25.

② Ibid, p. 101.

③ Ibid, p. 39.

家族根本就是天壤之别。尽管二战前的奥地利也笼罩在反犹太人的阴影中，帕洛夫的家族对奥地利文化的认同与同化却能使其安然置身其中。在她的家族里，对某人的最高褒奖就是“看起来一点也不像犹太人”。①

然而，像帕洛夫这样的犹太家族对奥地利文化的认同是否反之也能被奥地利文化所认同？帕洛夫对此也进行了严肃的探讨。以保罗·曼德斯-弗劳尔（Paul Mendes-Flohr）与此相关的重要研究《德国犹太人：双重身份》（*German Jews: A Dual Identity*，1988）为起点，帕洛夫得出如下结论：作为德国人，就是要有共同的神话、种族和历史。而构建德国人身份的还有另外一种选择，那就是德国启蒙运动文化的文化民族概念——文化教养这一自由的世界性的民族精神。正如威廉·冯·洪堡（Wilhelm von Humboldt）所指出的那样，文化教养不仅是指文明，而且具有一种独特的精神维度。因此，对文化的崇拜渐渐转化为一种宗教。② 德国（和奥地利）的犹太人自然会选择后一种。因为他们很难同化入国民民族（Volksnation），因为他们并不能分享其种族、历史和基本的神话。例如对本雅明这样的犹太知识分子来说，歌德就是文学的英雄，而康德则是哲学的圣人，对他们的文化认同使自己认同为德国人。但是，同化入文化民族（Kulturnation）也有其问题。曼德斯-弗劳尔很深刻地指出：“犹太人同化了德国的文化价值观念，但却没能同化入德国社会。他们总的来说是与社会相分离的。”③甚至是在知识界，德国的犹太人所树立的文化火焰的看守者的自我形象也不被非犹太白人学者和艺术家所认同，这使得他们成为与这个社会相分离的一个群体。

在二战之前的奥地利，情况也是如此。虽然犹太人在商业、文化/艺术界都取得了成功，但几乎没有人能在行政部门、政府内阁、外交团体或军队任职（帕洛夫的外祖父是唯一的例外）。类似帕洛夫家族这样的犹太中上层家庭对奥地利的认同实际就是一种文化的认同。帕洛夫的父亲麦克西米兰·明茨（McMillan Mintz）在维也纳所受的教育是经典的人文主义教育：八年的拉丁语，五年的希腊语，八年的德国文学，三或四年的法语和英语，以及一年的哲学。德国象征主义诗人斯特凡·乔治（Stefan George）是其青年时期的偶像。成年以后明茨一方面从事法律职业，另一方面又加入了一个主要由犹太知识分子组成的“精神兄弟会”，广泛探讨涉及哲学、文学

---

① Marjorie Perloff, *The Vienna Paradox: A Memoir*, p. 103.

② Paul Mendes-Flohr, *German Jews: A Dual Identity*, New Haven: Yale University Press, 1988, p. 27.

③ Ibid, p. 3.

等领域的艰深的学术问题。和明茨一样，这个团体的成员大都同时拥有实际的职业，白天工作，而晚上则徜徉于歌剧院、音乐厅，或是阅读自己感兴趣的文学或哲学著作。团体里很多人成为知名人物，其中之一就有后来成为著名经济学家的弗里德里克·哈耶克（Friedrich August von Hayek）。诸如"精神兄弟会"这样的犹太中上层知识分子的团体正是通过对文化教养的追求来构建其作为奥地利人的文化民族意识，而对于犹太人的身份，他们是缺乏认同的。

然而，希特勒的到来迫使他们放弃了作为奥地利人的权利，这让帕洛夫家族感到非常震惊，因为他们对奥地利的文化认同并没有使他们成为真正的奥地利人。正如帕洛夫所感受到的那样：

> 不管你对犹太宗教的反应是如何的，不管你在职业的、智性的、国家的或家庭方面的敌对联系有多么强大，你都没办法不做一个犹太人。这是维也纳上层犹太流亡者所不情愿面对的事实：许多人甚至是来到美国之后也仍然坚决否认这个事实。①

帕洛夫深刻地认识到：犹太人的身份是不会被抹去的，从希特勒魔爪下逃脱的犹太人被迫要承认的事实是："在他者的眼里，犹太人永远是犹太人"。②对于帕洛夫的父辈来说，维也纳只能永远是他们精神文化的家园。

第四节　欧洲的精英文化与美国民主之间的悖论

最后，维也纳悖论还体现在二战前欧洲的精英文化与更具包容性的美国民主之间的矛盾。这一矛盾集中体现在帕洛夫身上。帕洛夫年仅六岁就来到了美国，并在美国接受了全部的正规教育，因此她能更为直接和深入地感受美国的民主文化生活，而且也非常积极地融入其中，甚至在13岁时就把自己的名字改为了更为美国化的"玛乔瑞"。同时，她的奥地利犹太中上层家庭的背景又从另一个方面给了她欧洲的精英文化教育。帕洛夫实际上在受着双重的文化教育，这两种教育存在着根本文化理念上的分歧，尽管帕洛夫对其父辈所崇尚的高雅文化观念也心存疑虑，但是来自家庭的影响使

---

① Marjorie Perloff, *The Vienna Paradox: A Memoir*, p. 236.

② Ibid, p. 235.

得她早已将这种观念内化。而帕洛夫在学校所受的美国式的民主教育，则使她怀疑起了高雅文化与低俗文化之间的区分。帕洛夫的父辈所持有的精英文化观念使他们很难认同美国的文化，而帕洛夫则处在游走于这两种文化观念之间的矛盾状态。

帕洛夫从小所受的家庭教育要求她崇尚高雅文化，鄙视媚俗之作。对于什么是媚俗，学者们给出了不同的定义。马泰·卡利奈斯库(Matei Calinescu)认为，“媚俗是一种近期出现在历史上的一种文化现象，它指美的各种形式遵循市场的供求法则参与社会分配。”①阿多诺及其法兰克福学派则把媚俗现象看做是资本主义商品化和文化产业的必然产物。而帕洛夫也精辟地解释了其父辈眼中的媚俗：

> 区别艺术与其媚俗的仿品一贯被看做是有文化的标识：具有真正教育和文化的人可以嗅出媚俗之作，可以辨别出它不是“真正的”艺术。以此来看，媚俗之作并不等同于诸如流行音乐和肥皂剧之类的大众文化形式，后者显然还在媚俗之下；相反，媚俗指的是假装艺术的作品，因此更应受到斥责。②

媚俗就是对“真正”艺术的低劣的模仿，是虚假的艺术，是“文化”的敌人。而在帕洛夫父辈眼中的艺术仅指希腊和罗马建筑和雕塑以及文艺复兴早期到19世纪末期的西方绘画和雕塑。在家中，长辈们总是要求帕洛夫阅读“严肃”的小说和古典的戏剧作品，远离媚俗之作。任何艺术作品一旦被界定为媚俗之作，就要立刻遭到唾弃，而且有文化的人的特征之一就是能分辨真正的艺术和媚俗的作品。

相比之下，美国学生所受的教育却与此大相径庭。根据帕洛夫的了解：

> 他们从小就受到这样的教导：高雅与低俗，艺术与日常生活之间没有区别。除此之外，人的品位也不是一个固定不变的范畴，它会随着时空的变化而发生变化，因此“艺术”最好还是看做是各种政治或社会构成的标志。③

---

① Matei Calinescu, *Five Faces of Modernity. Modernism, Avant-Garde, Decadence, Kitsch, Postmodernism*, Durham: Duke University Press, 1987, p. 229.

② Marjorie Perloff, *The Vienna Paradox: A Memoir*, p. 185.

③ Ibid, p. 141.

因此,在美国的教育体制下,艺术并非是供奉在圣坛之上的神物,而是参与公众生活的。

首先,帕洛夫在美国就读的费德逊学校开设伦理文化课程,其所灌输的文化理念之一就是"人类生活的终极目标是创造一个更为人道的社会"。① 这一理念实际上是基于一种向善论,即教育公民多参与社会,并以构建一个更好的社会为其最终目的。学生们假期要去参加夏令营为贫民窟的孩子作辅导老师或去社会服务所作义工等。其次,美国的文化教育更为倡导思想的多元性,而不是对某些哲学思想的顶礼膜拜。这一教育理念在当时的帕洛夫看来是无法接受的,因为她从小所受的维也纳家庭教育更为强调个人天才和文化知识成就。在这种理念下,某些哲学思想(如康德和黑格尔的唯心主义)从根本上就优于其他思想,而所谓的"思想的多元性"不过是缺乏个性与决心的托词。反思自己当时对此不屑一顾的态度,帕洛夫认为尽管美国伦理文化教育信条过于简单化,但是更让她不能认同的是许多欧洲知识分子对其所持的轻蔑态度。在后者看来,美国的这些向善论式的文化教育形式是非常"幼稚的"。以帕洛夫所就读的费德逊学校来说,虽然其所开设的课程(数学、科学、英文和几门外语)没有其父母在维也纳的学校所开设的课程那么严谨而深刻,但是学校所强调的容忍、社团以及服务等进步理念从某种程度上说却补足了文化知识层面的某些不足。

绝大多数美国人,包括那些最为富有的人在内,都认为从事某种能带来物质收益的工作是不容置疑的事情,而不管你如何界定"成功",它都必然排在所谓的知识文化生活之前。在当代美国,知识分子的作用在下降,而且就算是知识分子的价值也是以其实用性作为衡量的标准。过冥想式的学者生活,追求深奥难懂的知识,在他们看来是奢侈的,因而是遭到怀疑的。不管是在大学或是在公共论坛,人们都认为人文学科最主要的作用是使人得到提高,让他们更为善解人意和关爱他人,成为"更好"的公民。帕洛夫指出,

> 在美国这样的一个民主社会,所有复杂的理论建构或意识形态都是受到怀疑的,它们抽象的阐述很容易与美国人对进步和机会均等的基本信仰相冲突。因此,深受我父辈推崇的康德和黑格尔的唯心主义在美国则让位于杜威的实用主义理论。②

---

① Marjorie Perloff, *The Vienna Paradox: A Memoir*, p. 175.

② Ibid, p. 183.

学生们只关注在学校里的表现，成绩突出才能有竞争力，将来才能上名牌的大学，大学毕业后则迈向成功：成为律师、医生和商人。知识文化生活和个人生活是截然分开的两件事，前者只存在于学校之内，而学校之外的课余生活可以谈谈实在的物质生活，如朋友、运动还有性。

而帕洛夫的父辈在维也纳所受的学校教育培养的是对哲学式的严谨、歌德和席勒的诗歌以及古希腊和罗马的经典著作的热情，这一教育体系强调思想本身的重要性，并不关注这些理论是否能付诸实践。对于他们来说，追求知识本身就是目的。而对知识、思想和高雅艺术的追求渗透在生活的每一个方面。即使在美国，父亲明茨都尽可能的在繁忙的工作之余与维也纳的友人保持着书信联系，继续探讨当时在“精神兄弟会”中所探讨的高深的哲学理论问题。智性的追求是他们生活中至关重要的一部分，甚至它本身就是生活。在帕洛夫看来，把这种对智性生活的孜孜以求称作是“为了艺术而艺术”都是不准确的，应该称作“为了生活而艺术”。[①]

那么维也纳和美国的艺术文化如何在20世纪发生相互作用的？帕洛夫从勋伯格和其美国弟子凯奇的关系中找到这一范式。

勋伯格1874年生于维也纳一个正统的犹太家庭，他9岁之前就能创作小提琴二重奏的曲目，20岁之前就成为乐队指挥。青年时期为了能在维也纳从事严肃的艺术生涯，他皈依了基督教新教，后来应邀到德国柏林任教，之后声名鹊起。纳粹上台之后，再次皈依了犹太教的勋伯格于1933年移民到美国，1941取得了美国国籍，从此定居于此直到逝世。勋伯格在当今被视为西方现代主义音乐的代表人物，20世纪伟大的作曲家。而在帕洛夫的眼中，勋伯格的艺术追求则更为典型地体现了二战前欧洲的精英文化理念。勋伯格年青时代的维也纳，艺术家是受到王宫贵族保护的，属于精英阶层，他们可以作为一个作曲家或教师谋生，无须为生计发愁。因而勋伯格能全身心地投入于音乐，在他的世界里只有音乐，而音乐是高于生活的，并且艺术家的工作也是高人一等的。身居美国多年，勋伯格仍然不能欣赏美国式的民主生活方式，也从不关注其政治公共生活。由此帕洛夫想到，勋伯格的这一特点也正是维也纳犹太人的文化民族观念，他所在的政府与他的生活是没有关系的，他也丝毫不关注公众生活。

凯奇1912年生于美国洛杉矶，可以说是一个地道的美国人，其父是个发明家，由于屡遭失败导致家境贫寒，一家人为生计总是四处奔波，因此凯奇从小就没有那种勋伯格式的精英理念。在师从勋伯格学习音乐之前，他

---

① Marjorie Perloff, *The Vienna Paradox*: *A Memoir*, p. 248.

曾干过园丁、洗碗工等职业。在凯奇看来,只要能挣钱谋生,干什么工作都无所谓,艺术家去做体力工作也不是有失身份的行为。在艺术创作方面,凯奇走的是宽泛、兼收并蓄的音乐道路。他不囿于个人杰作的精英理念,经常与其他作曲家、舞蹈家和艺术家合作进行创作。他的艺术理念更为关注公共艺术,追求人人都能参与的艺术形式。凯奇广为人知的实验性作品《4分33秒》(4′33″,1952)正是这一理念的典型例证,在这部作品中,他最大限度地将生活与艺术之间的距离拉近,甚至抹平。

在凯奇的眼中,勋伯格是一个上帝般的老师,学生们对他都崇拜之至。然而,这位学生从来都没有赢得老师的赞许,因为在勋伯格看来,凯奇与其说是个作曲家,不如说是一个天才的发明家。尽管凯奇的音乐未能达到勋伯格的深度,但是他的广度却弥补了这一不足。他是个作曲家,同时又是一个发明家、思想家、诗人和表演家。在美国这样一种消解中心的多元体制下,艺术文化生活必然与勋伯格的艺术世界有所不同。对此,帕洛夫给出了自己的见解:

> 每当我们叹惜勋伯格式的对艺术的专注与投入已经不再的时候,我们可能要提醒自己:我们自身的地理和生态环境都趋于分散,这种分散使得艺术文化生活更为不同,也更为具有挑战性。①

第五节　维也纳悖论与学术人生

帕洛夫的大学生涯开始于俄亥俄州的奥伯林学院,作为英文专业的学生,她在那里第一次学会进行批评性的阅读。大学四年级时她转到了纽约的伯纳德学院,毕业时,她放弃了就读哥伦比亚大学的博士学位机会,与来自新奥尔良的年轻医生约瑟夫·帕洛夫(Joseph Perloff)于1953年结婚。婚后的帕洛夫在纽约工作了一年。这一年让她对美国的大众文化有了全面的了解。她的第二份工作是为电影配写字幕,其中很多电影都是些当时流行的滑稽闹剧。这样工作了一段时间后,有一天她突然放声大哭,原因是她无法忍受这些粗制滥造的电影和毫无意义的字幕。在那时,尽管还没有读过阿多诺和霍克海默的作品,她却不自觉地像法兰克福学派那样批判文化工业的罪恶。在工作之余,她与老板讨论诸如“生产这些大众电影的意义何

① Marjorie Perloff, *The Vienna Paradox: A Memoir*, p. 249.

在？如果它们能‘更好点’，还会同样流行吗？”这样的问题。① 帕洛夫所受的维也纳精英家庭教育使她感到一辈子阅读和观赏媚俗之作的人生是毫无意义的，人生应该有更高尚的使命。对帕洛夫而言，这一更高尚的使命则是继续在文化知识的海洋里遨游。

纽约的工作结束之后，帕洛夫随丈夫来伦敦访学一年，因为不用工作，她除了参观博物馆外，就是大量地阅读罗马文学、英国文学、德国文学以及艺术类的书籍。与英国文学相比，帕洛夫更为崇尚以歌德为代表的德国文学，这当然是受到其家庭教育的影响。也正是在这一年，她坚定了继续攻读学位的信念。回到美国后，帕洛夫夫妇定居华盛顿，她也进入天主教大学攻读硕士学位。在所读的课程当中，克雷格·拉特利尔(Craig IaDriere)所教授的《文学理论导论》(*An Introduction to Literary Theory*)这一课程使她受益匪浅。在1955年，对理论的强调是很不同寻常的，这一课程使她接触到雅各布森等俄国形式主义者的理论，以及其他修辞家和符号学家的著作，这些理论也成为帕洛夫日后学术道路的理论根基之一。

硕士毕业之后，帕洛夫先后生下两个女儿，并于1961年又回到天主教大学攻读博士学位。这时她的学术兴趣已经从小说(硕士论文研究的是普鲁斯特和吴尔夫(Virginia Woolf)的意识流小说)转向了诗歌和诗学，并辅修美国文学和结构主义语言学，而语言学也成了帕洛夫博士论文《叶芝诗歌中的韵律与意义》的理论背景。在论文中，帕洛夫除了用大量的表格和数据列出了特定诗节中诗人所采用的韵律的种类及其功能，还进一步在重复的类目下研究了韵律的理论，并且归纳了语义韵律的种类。但是博士论文的写作并不是一帆风顺的，导师拉特利尔博士喜欢论文中关于声音和句法的内容，但当帕洛夫表现出自己独特的思考，去深入探究韵律(声音)和比喻(意义)之间的相互关系时，他对此提出质疑，因为这反映出帕洛夫不是天主教大学的忠实信徒。在他看来，帕洛夫只要在论文里反映出天主教大学里所教的内容就可以了，不应该自己开创自己的路。帕洛夫最后不得不按导师的要求重写一遍才使论文得以通过并获得博士学位。

然而，帕洛夫的这种对权威的怀疑和爱思考的特质使她在天主教大学的教学生涯也不能长久。还在撰写博士论文时，帕洛夫就受邀在天主教大学任教，由于同时还很积极地发表学术论文，她很快从一名讲师晋升为副教授。随着地位的提高，帕洛夫更为大胆地在教员会议上发表自己的见解，在课堂上尝试新的东西。这逐渐引起了系方的不满，并集体否决授予她终身

① Marjorie Perloff, *The Vienna Paradox: A Memoir*, p. 217.

教职,幸亏有其他临近系的教师说情,系方才迫于校方高管的压力改变了这一决议。当事后向桑托斯·吉奥瓦尼尼(Santos Giovanni)博士探究其原因的时候,她得到的回答是:“帕洛夫夫人,你一直都太不顺从!”对此,帕洛夫颇为感慨,

> 我也许是第一次意识到,尽管我是个明星研究生,但我毕竟是个思想自由的犹太妇女,我的维也纳文化包含了些许讽刺和与生俱来的对绝对事物本质的怀疑,这与吉奥瓦尼尼博士以及鲁尼神父对教堂权威的顺从格格不入。这与其说是具体宗教信条或实践的问题,不如说是一个态度的问题。多年来我一直扮演着一个支持但又并不完全赞同天主教的教授角色,虽然我也尽职地参加全体教师的静修,努力参与伦理道德及教学法的讨论,这样过去许多年后,我不得不意识到我是谁,我是干什么的。①

那么,身份对于帕洛夫意味着什么?正如帕洛夫在多年后的一次访谈中所提到的那样,

> 我是一个维也纳犹太中上层妇女,一个从希特勒魔爪下逃脱并在美国长大的人,不管我的犹太身份是怎样的,它必然受到我奥地利高雅文化的影响,不管我的女性身份是怎样的,它必然受到我所具有的欧洲气质(不论男女)的影响。所以,我认为身份起着决定性的作用,但是如果想把这些关联起来,你必须了解身份的多个方面:家庭、阶级、民族起源以及种族和性别。②

帕洛夫的身份就是这样一个复杂的综合体,这一身份使她具有了反讽和怀疑的特质,也使她不容于追求同质化和绝对顺从的天主教大学,于是一年后她选择了离开,而这次的离开为帕洛夫打开了更为广阔的学术之门。当今的帕洛夫已然是美国斯坦福大学的人文教授、美国艺术与科学院院士、美国现代语言协会2006届主席,也是美国最重要的现代派诗歌和当代诗歌批评家之一。众多耀眼的头衔无疑说明了其学术生涯的成功。

---

① Marjorie Perloff, *The Vienna Paradox: A Memoir*, p. 234.

② Luo Lianggong, “Poetics, Poetry, Language Poetry: An Interview with Professor Marjorie Perloff”, pp. 1～8.

帕洛夫把自己界定为一个形式主义者、文学史家和注重价值评价的比较文学批评家。帕洛夫学术生涯的早期正是新批评派的全盛时期，尽管她也认为诗歌必须通过细读才能达到理解，但她并不把自己归入到新批评派的行列中去，因为后者“把诗歌看做是自给自足的艺术品，它呈现出一个能折射出诗歌外部现实的隐喻结构”。① 与此相比，帕洛夫更为认同包括雅各布森、什克洛夫斯基以及提尼亚诺夫在内的俄国形式主义者以及布拉格结构主义学派的诗学观。“俄国形式主义者教会了我诗歌永远是‘陌生化’的过程，‘朝向临近的词’，即用语言使常规的感知模式陌生化。”②形式主义的陌生化诗学是一种动态的诗学观，更为符合帕洛夫不断质疑与挑战权威的思想。

除了形式主义之外，在理论上对帕洛夫影响最深的莫过于奥地利哲学家维特根斯坦。帕洛夫指出：

> 正是维特根斯坦对语言是否能创作出有意义又连贯的陈述的极端怀疑启发我形成了自己的思想。维特根斯坦拒绝任何归纳，强调问题而不是答案，强调过程而不是结果，强调持续的实验而不是确定性。我也因此十分怀疑凌驾一切之上的“真理”，不管是关于诗歌、宗教、种族、阶级还是性别。我倾向于差异而不是任何形式的集体主义。③

如前所述，“反讽”和“怀疑”是帕洛夫学术态度的两个关键词，而她也把这归因于自己独特的身份背景。维特根斯坦的学说为她提供了更为系统化和强有力的理论支撑。正是这种不断质疑的态度，使她总能独辟蹊径，找到属于自己的理论轨迹。代表其理论成熟之作《不确定诗学》以及《维特根斯坦的梯子》就是这方面的明证。

帕洛夫身上的双重文化背景也为其提供了文学批评的方法，即比较与对比。通过比较与对比找到差异，从而扬长避短，博采众家之长。这也使帕洛夫的研究视角更加开阔，既有形式主义对诗歌形式、结构、韵律及主题等的本体研究，也有超越文本之上的文化研究。如论者所指出的那样，帕洛夫的批评方式是“形式主义批评＋文化批评”。④ 对文化研究的关注也使得帕

---

① Luo Lianggong，“Poetics，Poetry，Language Poetry：An Interview with Professor Marjorie Perloff”，pp. 1～8.

② Ibid，pp. 1～8.

③ Ibid，pp.

④ 胡全生，《“清丽的声音：形式主义＋文化批评”——评帕洛夫的〈诗歌的破格〉》，载《外国文学研究》2009 年第 4 期，第 163 页。

洛夫不断探索诗歌与其他领域的关联,比如她就非常欣赏凯奇的圈子(凯奇、舞蹈家墨斯·柯尼汉姆和画家贾斯帕·约翰斯(Jasper Johns)),因为他们把诗歌和其他艺术以及诗歌和哲学联系起来了。

第六节　结语

作为一个文学史家,帕洛夫依然保持着维也纳的精英理念。当前的很多批评家倾向于避免进行价值评判,认为批评家不应把自己的品位强加于作品之上,而应该平等对待不同的文学作品,帕洛夫对此持反对态度。她认为"批评家最大的乐趣就是挑出优胜者——来决定当代有哪些诗人会成为非常重要的诗人。"①帕洛夫就曾是最早研究普拉斯的批评家之一,而她的书《画家中的诗人》于 1977 年问世时,《泰晤士报文学评论副刊》(*The Times Literary Supplement*)的评论员认为"奥哈拉不是一个重要诗人",而当今不管是在美国还是在英国,他的作品都得到广泛的出版和研究。这些都给了帕洛夫极大的满足。随家人逃离维也纳的经历对帕洛夫来讲到底是不幸还是幸运,这也许本身就是个悖论。帕洛夫的学术生涯无处不透露出跟维也纳千丝万缕的联系,应该说这一独特的人生阅历为帕洛夫提供了更为复杂与多面的视角来看待和思考问题,也成就了当今在学术界独树一帜的帕洛夫。

《悖论》之中的"悖论"并没有掩盖帕洛夫从欧洲移民变成一个杰出文学批评理论教授的定论。但是她的故事并不仅仅具有典型美国化风格,而是她与跨洲文化进行交流并最终融入其中的启示。从这个意义上来说,帕洛夫是她自己时代的宠儿,总能在"悖论"横行、政治问题漫天的严峻背景下,以一个有良心的知识分子的美学-知识反映来解读矛盾、获得洞察。这或许也是批评界的一种"悖论"。帕洛夫更多的是站在一个普通奥地利知识分子的立场上,用拼贴画的方式来阐发自己对身份变迁、人世巨变的感悟,并最终发现了维也纳文化的最精良成分。《悖论》中所涉及的作为一个移民个人回忆录式的张力与矛盾,曾经给帕洛夫的学术生涯带来诸多有利因素。"生于忧患、长于悖论"之说用在帕洛夫身上也许并不过分。在不同文化的对比中,"她逐渐培养了一种对现代主义文化的对比研究模式,并在不同的

---

① Luo Lianggong,"Poetics,Poetry,Language Poetry: An Interview with Professor Marjorie Perloff",pp. 1～8.

文化背景中探索深意”。①

如果说《悖论》如其名一样很难获得一个一劳永逸的定位或分类的话，作者本人的奥地利犹太人的双重身份则在其中扮演了举足轻重的角色。正是这个身份，帕洛夫后来告诉世界，被长期置于他人可资攻击的前台。而其回忆录的部分也正印证了帕洛夫所说的“过去的经历在一个被种族仇恨所掌控的政府里会产生多么可怕的后果”的切肤之痛。她更发出了这样的警醒：后世关于鞠躬尽瘁于这种国度的强大精英文化可以消除隔阂、建立互信的说法，常常是一场美梦而已。如帕洛夫类似的如许爱国者们曾自诩为文化民族的忠实拥趸，但最终依然在人民民族（Volksnation）面前沦为异类。帕洛夫的这个理论在其对复杂身份的众多公众人物——如本雅明、阿多诺、高姆里和勋伯格——等人的生平和作品回顾里都得到了印证。通过这部谦逊而行、实证而论的“回忆录”，读者约可领略那个视野宽阔、热爱生活的帕洛夫面对尘世与学识生涯时的审慎和批判的态度，而《悖论》的阅读也会变成对一部充满愉悦、信息充足的赋格神曲的传诵。

① Matthias Konzett,“Review of *The Vienna paradox: A Memoir*”,*German Quarterly* (12) 2005, pp. 120～122.

第十章　诗歌批评与细微阅读：《诗歌、诗学和教学辨微》

第一节　引言

作为一名诗学评论家和文化研究者，帕洛夫几乎将所有的精力都投入到了当代诗歌的研究与教学上。纵观她半个多世纪以来的学术研究，读者不难发现其中的连续性与整体性。而且作为一名高校工作者、一位长期从事诗歌教学、比较文学的教师，帕洛夫更时常关注和反思文学研究与教学领域的诸多现象和问题，并连续推出了多篇此方面的讲稿、论文和报告。她在2004年出版的《诗歌、诗学和教学辨微》（以下简称《辨微》）便是这种反思式研究的结晶。这本书由阿拉巴马大学出版社出版，包括十多篇完成于1999年至2003年的讲稿、论文以及关于教学方面的众多新论，不但体现了作者非常前沿的学术水平、展示了作者对现当代诗歌解读的非凡技巧与杰出洞察力，而且显示了她对当下英美比较文学研究领域跨学科研究的重视与预测。正如人们所期待的那样，帕洛夫在此书中展示了她一贯的博学、慎思、严谨与示范精神。她的阅读、引用与研究范围与1981年出版的《不确定诗学》和1990年出版的《诗的破格》难分伯仲。在广泛的题材、多样的文本和复杂的阅读中穿行时，帕洛夫始终保持着对诗学问题研究的连贯性和中心性。关于某个具体诗人或某首诗歌所得的一般泛论，并未冲淡其始终专注的诗学特性化分析。此书与另两部发表于本世纪初的诗学研究一起堪称帕洛夫现当代诗学研究的三部曲。[①]

在文学研究领域日益成为“理论”和“主义”的天下，而文学作品本身被

① 另两部分别是 *21st-Century Modernism*：*The New Poetics*，Malden，Massachusetts：Blackwell Publishers Inc.，2002；*The Vienna Paradox*：*A Memoir*，New York：New Directions，2004。

挤压到边缘地域的时候，帕洛夫则坚持不懈地告诫读者，阅读之实质和领悟之精髓全在字里行间的细读和逐字逐句的品评，是返璞归真式的“回到根本”——从其最原初的含义上将“阅读”与“阐释”用到具体文本的解读过程当中。《辨微》并不是板着脸孔批判人文学科所遭遇的不公待遇，而是对当今社会人文学科的角色进行了不乏热情的仔细考察，并给出了令人信服的结论，以及可资借鉴的除弊赢利的方法。帕洛夫的这部最为当代性的学术著作的确对今天最具挑战性和最能发人深省的诗人进行了令人感动的分析，这也为其建立在展示先锋、实验作品价值之上的辉煌学术生涯平添了重彩的一笔。

本书的“导论”解释了“细微阅读”(differential reading)的内涵。这个从杜尚、吉尔·德勒兹(Gilles Deleuze)和维特根斯坦那里借鉴而来的读解方法，以发现问题与探析文本难度而成就阅读为愉悦兴奋之事为骄傲。在帕洛夫之前，新批评的提倡者早就提出了类似的概念，那就是细读(close reading)。但以前的细读者往往带着某种比较定型的基调去读文学作品，如把某一文本看做张力、象征等的典范。这种方法难以用来分析当代的诗歌，因为无法触及诗歌的丰富性、多样性和开放性。所以她问道：“为什么不能把开放式结尾的诗歌让给开放式的、灵活性大的阅读呢?”[①]她提倡的细微阅读不是从观念出发，而是直接面对色彩斑斓的文本，超越了细读的局限性，更适合于当代诗歌的分析。帕洛夫的“细微诗歌”(Differential Poetry)既是“一种并不只存在于某一单独物质状态的诗歌，又是在不断展示媒介中可以变换的诗歌”。她的方法的另一个优点在于把文本阅读和文化背景的完美结合。以前的细读往往脱离文化、政治、历史等，把这些看做外在于文学的要素；文学本身是自足的文本，研究文学的目的在于找到比喻、象征、反讽等展示文学性的特征。太注重文本(text)，使文学变得单调而枯燥，所以后来转向了反面，导致重视“context”的文化研究流行了起来，细读让步于“远读”(far reading)，使以前研究的焦点——文学性，消失于历史和文化的探讨之中。帕洛夫的细微阅读“活动于细节和更大的文化与历史的决定要素之间”，[②]批判地继承了以前的细读和文化研究的优点。细微阅读的目的不是为了寻找文学所表现的文化事实，也不是为了探讨文本的文学性本质，而是把最为微妙的诗意显示出来。对微妙的诗意的强调，有利于文学研究

---

① Marjorie Perloff, *Differentials: Poetry, Poetics, Pedagogy*, Tuscaloosa: The University of Alabama Press, 2004, p. 2.

② Ibid, p. 33.

回到正道上来,具有重大的学术意义。

这部由14篇演讲稿、文论、散文等组成的著作完全可以视为一部论证充分、情感丰盈的关于21世纪美国大学课堂中诗学研究与人文学科价值的宣言。所有内容并不是一气呵成的新作,其中,有的部分章节已经发表过,有的部分曾被作者三易其稿。据帕洛夫回忆,"每当我重读这14篇作品,我都惊讶地发现它们的确具备一个较大的理论背景,我同时希望它们也能反映些许紧迫性。"全书,帕洛夫以人文学科的危机起笔,以拯救危机的方法为贯穿之主线,推出亚里士多德的《诗学》,"再现与认知的乐趣",展示解析或阐释诗学文本时所寻觅的合适语词,以及提出语言运用、词句节奏安排,和摒弃简单外指与粗线条题材分析等意念……。这些关乎诗歌阅读、教学和创作的见解,都基本围绕着如何实现"细微阅读"之中心议题。本书的最后一章为"诗歌创作和诗歌批评"(Writing Poetry/Writing about Poetry),探讨了创作与研究的关系。帕洛夫与一般的学者有所不同,她不是把自己封闭在学术著作之中,而是积极地和诗歌、诗人打交道。她是一位专业的评论家,并不是诗人,但她更喜欢和诗人打交道,认为诗人是更好的文学鉴赏家和批评家,而学者会经常受某些理论的束缚而偏离诗性本身。她的这种倾向与她所提倡的细微阅读是一致的。

第二节　以细微阅读拯救人文学科的危机

本书的第一章为"人文学科的危机?——重构21世纪的文学研究"(Crisis in the Humanities?: Reconfiguring Literary Study for the Twenty-First Century)。人文学科在历史上扮演过重要角色,是传统教育的核心,但在当代其地位却江河日下,甚至出现了危机。著名学者罗伯特·魏斯布赫(Robert Weisbuch)曾这样描述美国人文学科的处境:

> 我们已经失去了别的领域的同事的尊重,无法吸引有头脑的公众的注意力。活力已经走向他处。我们处在这么一个时代,人们对人文学科的赶时髦的行为——结构主义或马克思主义或如此之类——的愤怒已经显然变为兴趣的缺乏。甚至没有人对我们生气,只是厌倦。①

① Robert Weisbuch,"Six Proposals to Revive the Humanities",*Chronicle of Higher Education* (26) 1999,pp. 4~5.

美国人文学科的危机具体表现在以下几个方面。首先美国人文学科的学生数量在最近三四十年中明显下降。下面这个表格准确地显示了人文学科的学士学位获得者、硕士学位获得者和博士学位获得者的具体变化。

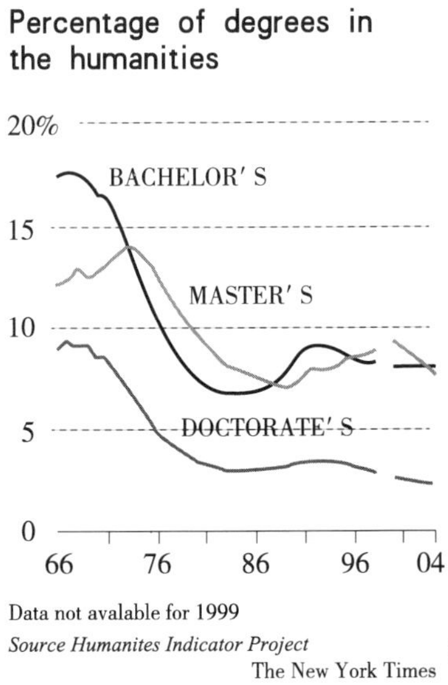

①

在最近 30 多年的时间中人文学科的学位获得者在总人数中的比例下降了一半左右。造成这个局面的原因有两个：人文领域的绝对人数有所减少，其他实用学科的高速发展。人文学科正遭受着绝对衰落和相对衰落的两面夹攻。

除了学生减少之外，文科毕业生的研究经费、薪水和就业率也不容乐观。魏斯布赫在 1999 年曾说："给研究人员的经费有所减少。人文学科全职学者与其他学者的薪水差距已经扩大，越来越多的文科人才作为兼职人员雇佣，工资低到可笑的程度……。"②面对这样的回报，学生减少是很正常的。在就业率方面也很不如意。帕洛夫曾在 2004 年说："现代语言协会最近的调查表明，一半的英语专业博士学位获得者和 38% 的现代语言博士获得者找到了准终身的(tenure-track)职位。"一方面是较低的就业率和不高的薪水，另一方面学生还得付高昂的学费。"……大学教育非常昂贵——对于一流的私立大学来说大概四年 14 万美元。"③面对投入和回报的巨大反

① 原始数据出自 Humanity Indicator Project，此图表出自 *The New York Times*，24 February，2009。

② Robert Weisbuch，"Six Proposals to Revive the Humanities"，pp. 5～20.

③ Andrew Delbanco，"The Decline and Fall of Literature"，http://www.nybooks.com/articles/archives/1999/nov/04/the-decline-and-fall-of-literature/.

差,有人说:“职业管理班做出了一个正确的评价,就未来的利润而言,阅读伟大著作不值得用很多的时间或金钱来投资。人们已经感知到的人文学科的衰落事实上是市场价值在贬值。”①这种看法并不是没有道理。

当然人文精神的危机并非只在当代出现,古代也有。孟子曾说:“仁,人心也;义,人路也。舍其路而弗由,放其心而不知求,哀哉!人有鸡犬放,则知求之;有放心而不知求。学问之道无他,求其放心而已矣。”②人们对于鸡犬的丢失非常在意,而对于主管道德的心的丢失却不在乎。这是典型的人文精神的困境。但在古代,由于生产力低下,人们的物质欲望的满足比较难,不会把太多精力放在物欲之上,就算整天去追求也难以取得理想的效果。在这种情况下,人们反而较为重视精神生活。当然,也有人持相反的观点,认为“仓廪实,则知礼节,衣食足,则知荣辱”③。这种人认为精神追求应当在物质有保障之后。但这个观点比较可疑。当今美国可以说是世界上最为“仓廪实”、“衣食足”的国家,那里的公民享有高科技和良好的政治制度带来的各种好处,非常容易获得物质生活的满足。但这种满足似乎只是让人们更加沉醉于物欲之中,忘却了精神的一面,使人文学科出现了空前的危机,人们不得不好好反思。

也有人对这种危机不以为然。有学者说:

> 有的人文学者对于危机的讨论已经习以为常,以至于他们当中的许多人满足于有一个危机而不是合理性;事实上有时危机似乎就是合理性,有的学者更加乐意处于戏剧性的,有时是自得其乐的自我怀疑的状态之中,而不是给学生展示时代的智慧,艺术的魅力和历史的严峻。④

假如危机感是刺激人文学者不断进取的良药,那就是好事了。但这仅仅是问题的一个方面,人文学科的危机必然会带来一定的负面作用。还有人把人文学科和高校的人文院系区分开来。希尔贝克曾说:

> 毕竟,不是人文学科情况不妙——恰恰相反,研究和出版取得了前

---

① John Guillory, *Cultural Capital: The Problems of Literary Canon Formation*, Chicago: University of Chicago Press, 1993, p. 46.

② 《孟子正义》,载《诸子集成》(第1册),上海书店出版社1996年版,第464页。

③ 《管子》,载《诸子集成》(第5册),上海书店出版社1996年版,第1页。

④ Geoffrey Harpham, "Beneath and Beyond the 'Crisis in the Humanities'", *New Literary History* 1 (2005), pp. 46～57.

> 所未有的成绩——而是经费远远不足和学术职位数量太少。真正的危机在于大学，在于学校制度，在于普遍的社会状况……是一些尊贵学科向各种更实用的专长——不管它们是技术的、自然科学的，还是和社会科学相联系的——的可悲屈服。①

假如人文思想真的没有萎缩，人文院系遭受一点打击并没有什么关系。古希腊人相信“智慧自苦难中得来”。② 中国古代也有这样的诗句：“一生失意之诗，千古得意之句。”③也许人文学者注定了只能在失落之中创造辉煌。让我们拭目以待，看看今天的学者还能不能继续创造奇迹。

帕洛夫没有那么乐观，她把人文学科的危机看做一个很严峻的挑战。作为一个文学批评家，她以非常开阔的视野分析了文学危机的原因。她把文学研究从宏观上分为四类。第一种是把文学看做修辞的研究，关心的是如何说服观众和读者，主要任务在于教诲、愉悦、打动，主要手段在于如何陈述和如何用美妙的文体包装，相对来说不是很重视内容。第二种是视文学为哲学的研究，将文学作为真理和知识的表达方式。这一流派的研究有这么两个极端：以柏拉图为代表的评论家往往批评诗歌表达真理的有限性，以海德格尔为代表的批评家把诗性文本看做真理的最高形式。偏向于柏拉图这一端的学者，在不同的层面上探索了文学所展示的真理。他们有忽视文学本体的嫌疑，容易以哲学代替文学。第三种是将文学当做艺术的研究，认为文学有着特殊的表现形式和结构，目的在于获得审美效果。他们虽然强调文学的美学特征，但他们的论著常常把文学简单化，显得比较枯燥。形式主义者和新批评学者把这种理论推向了极致，把文学研究的核心定位为关于文学性的讨论。第四种是把文学当做文化的研究。文化研究是对形式主义的矫枉过正，完全放弃了文学的特殊的形式，转向了作品的内容，视之为历史事实的产物。

帕洛夫重点探讨了在近二三十年影响最大的文化研究。这种研究虽然曾经给文学批评带来过生机，但过于强调文化，文学的本质特性就会被文化研究淹没。有人曾这么有趣地描述一个文学教师：

---

① 奎纳尔·希尔贝克：《人文学科的危机?》，载《华东师范大学学报》，1998 年第 3 期，第 27～35 页。

② 埃斯库罗斯：《阿伽门农》，载《古希腊悲剧经典》(上册)，罗念生译，作家出版社 1998 年版，第 49 页。

③ 转引自钱锺书《钱锺书论学文选》(第 6 卷)，花城出版社 1991 年版，第 159 页。

> 女性批评理论和基于意象的文化是他的特别的学术兴趣。他把电视情景剧录制起来,介绍到课程中来,取代那些男性中心的、基于象征的文本(书)。他不许学生写作。他们的学期作业是用录像机完成的,以磁带的形式上交。在系里的会议上,只要有人使用男性代词,坎贝尔·卫墨就纠正说话者道:"或者她。"……最近系里每个人都开始把他叫作"或者她"。①

他的教学完全偏离了文学。帕洛夫一针见血地指出了这一现象的本质:"到90年代初,在任何情况下,英语系(以及外语系)都处于奇怪的境地,除了教文学之外,其他什么都教。"②她还说:"在这样的状况下,人文学科研究中心不可避免地发现,从人类学系或者法学院来的申请,比英语专业的申请,或者相关的领域,如音乐学、艺术史的申请,更有吸引力。可以肯定,人文学科不经意中变成了没有统计数据的社会科学。"在她看来,极端的文化研究完全可以离开文学的特殊性,转向别的领域进行研究,"如消费主义的研究,可以只分析商场或者家得宝(Home Depot)的布局;不必研究文学文本。"③她赞同亚里士多德的观点,认为文学关心的是"可能发生的"(what might happen),而历史/文化的研究,关心的完全是"事实上所发生的"(what has happened)。过于关心后者,就违背了文学的特性,容易葬送文学的生命,是导致文学危机的重要原因。传统的文学研究重视的是仔细研读有分量的经典文本,侧重于深刻性、思辨性,文化研究将文科的范围明显扩大了,但原有的特点却慢慢地变得模糊了,甚至失去了。

当然,这并不意味着文学真的没有了市场。帕洛夫以锐利的眼光发现,与文学学科的冷清场面不同的是,网上的各种文学网站很活跃,说明人们对文学并没有真的失去兴趣。目前的问题在于,"过时的课程表和潜在学生的真实兴趣之间的不和谐关系"。④ 在她看来,细微阅读是找回文学性并走出危机的关键。她自己在这本书中尝试着用这种方法研究了十几个现代主义作家和当代作家,给文学研究带来了新意。帕洛夫的方法基本上是让人文学科回归本来的特性。但当代教育的特点在于大众化、普及化、实用化,与精英主义的高高在上的人文教育是相矛盾的。有多少人愿意慢慢地领悟文

---

① Richard Russo, *Straight Man*, New York: Random House, 1997, p. 15.

② Marjorie Perloff, *Differentials: Poetry, Poetics, Pedagogy*, p. 13.

③ Ibid.

④ Ibid, p. 15.

学的微妙、哲学的深奥、历史的复杂呢？帕洛夫的方法能不能有效地拯救文学和人文学科还有待于历史的检验。

第三节　以细微阅读重新评价现代主义经典作品

这本书的第二章至第六章研究的是现代主义经典著作。这些作品已经有许多人研究过，但帕洛夫通过细微地阅读文本看到了很多新的东西。第二章为“诡秘的通道和精心设计的走廊——读艾略特的《枯叟》”（Cunning Passages and Contrived Corridors：Rereading Eliot's *Gerontion*）。艾略特的《枯叟》曾经遭到过较多的批评，其中一个重要问题在于包含了反犹太的主题。以下三行最遭人非议：

而犹太人，那房东，蹲在窗台上，
在安特维普一家小酒馆产下儿子，
在布鲁塞尔长水泡，在伦敦脱皮、贴膏药。①

另外一个经常受到非议的问题是，这部作品缺乏一致性。贝尔贡济（Bernard Bergonzi）曾指出，《枯叟》是“一首这样的诗，其语言构成了读者和诗歌的根本体验之间的一道障碍或烟雾屏……这首诗失败了，因为语言的油滑：企图保持语言的暗示性的最大开放使《枯叟》变为一个回音室，里面噪音很多，但没有可以清楚辨认的东西。”②这首诗的第二部分受到了较多批评，斯彭德（Stephen Spender）曾经说道：“在《枯叟》的很棒的第一部分之后，作品迷失于本身的回廊和黑色的通道之中。”③这就是说，这首诗的语言晦涩难懂，作品缺乏连贯性。

关于犹太人的描写的确很过火，但反犹太的描写只有这么三行，并没有继续下去，不是诗歌的主要内容。有人把缺乏一致性和反犹太主题结合起来研究。迪普莱西（Rachel Blau Duplessi）曾指出，小老头没有任何的信仰，包括上帝、历史、进步，所以反犹太主题也无法成为“组织原理”，这首诗“缺

---

① 托·斯·艾略特：《枯叟》，载《欧美现代主义十大流派诗选》，袁可嘉主编，上海文艺出版社1991年版，第398页。

② Bernard Bergonzi, *T. S. Eliot*, New York: Collier, 1972, p. 55.

③ Stephen Spender, *Eliot*, London: Fontana, 1975, p. 66.

乏一致性”。[1] 他的解释也有一定的道理。

艾略特的辩护者认为,小老头不是艾略特本人,是“欧洲心灵的隐喻,是一个就要垮掉的心灵,艾略特本人对这样的心灵也没有多少同情……(这首诗)的人物,不管是希腊人,基督徒还是犹太人——都存在于小老头的焦虑不安的心灵中,所有的人物,包括他自己,被表现为猥琐的、令人厌恶的残余。”[2]这种观点等于承认了这首诗缺乏一致性、包含反犹太的主题,只是把责任推给这个脑子有问题的小老头,认为他不代表艾略特本人,给艾略特减轻了不少责任。把小老头和艾略特对等起来当然是不对的,但把两者完全分离也不现实,毕竟这是艾略特的作品。

帕洛夫仔细研究了《枯叟》的写作背景,得出了不同的结论。根据她的考证,艾略特的最好朋友简·文德勒(Jean Verdenal)于 1915 年 5 月去世。他同年 6 月份和维文(Vivien)结婚。艾略特和妻子相处得很不好,他妻子还居然和哲学家罗素发生关系。第一次世界大战爆发后,艾略特很想参军,但未能如愿。1918 年 11 月 4 日,艾略特在给父亲的信中说道,他很想加入美国部队,但遗憾的是身体不合格,未能如愿。在移居英国之后,他对于自己作为外国人的身份很不开心。1919 年 7 月 2 日,他在给居住在美国的哥哥亨利写信时说道:

> 总是好像在时装表演——永远不能放松……人们更加注意你,更有批评性,对于你的错误或者愚蠢没有同情心……他们与你为伴,因为总是想从你身上得到一些特别的东西,如果无法得到,他们就抛弃你。他们总是在算计和密谋;你不得不小心。[3]

面对这些打击和痛苦,艾略特当然会通过他的诗歌来宣泄。帕洛夫还指出,这些让他不开心的人都有着纯粹的欧美血统,和犹太人没有关系。当时的艾略特面对的伦敦上层社会是这样的:

> “几乎不是在伦敦脱皮、贴膏药”的“犹太人”的社会;或者带着里摩

① Rachel Blau DuPlessis, *Genders, Races, and Religious Cultures in Modern American Poetry, 1908～1934*, New York: Cambridge University Press, 2001, p. 61.

② Jewel Spears Brooker, “Eliot in the Dock: A Review Essay”, *South Atlantic Review* (62) 1996, pp. 56～78.

③ T. S. Eliot, *The Letters of T. S. Eliot, vol. 1: 1898～1922*, San Diego: Harcourt Brace Jovanovich, 1988, pp. 310～311.

> 日信仰的西尔维罗的社会；或者"一手搭在门上的"冯·库尔普小姐的社会；或者肯定不是那个名字奇怪的弗雷斯卡的社会，这个人好像完全没有姓，陪伴着那个卡墨尔太太，后者的名字听起来似乎是犹太名。①

这里提到的人都是诗歌中出现的比较负面的人物。是不是说，艾略特对这些人都有仇视的倾向呢？当然不是，只是显示了他的绝望和自我憎恨。帕洛夫指出，"他不愿意公开描写那些他无法准确指出的罪恶，创造了想象的客观对应物，建立于犹太人的或'东方人的'或女性的行为之上。"②他以这些人物形象来发泄心里的不快。她还说："我们注意到威胁叙述者的'犹太人'，远远不是成功地从贫穷的枯叟身上榨取利润的地主，他本人只是一个非法占有者，贫穷、痛苦、疾病的牺牲品"。③ 从这个角度来说，他也是一个受害者，不完全是压迫者。帕洛夫的解释，可以使我们更加合理地理解艾略特的心态。当然在这个问题上，我们也不能说艾略特完全清白。

关于这首诗是否具有连贯性，语言是否混乱，帕洛夫的观点也和前人完全不一样。仔细地研究了诗歌的文本之后，她的结论是，在语言和韵律的层面上肯定是非常和谐和连贯的。而且她还从诗歌的主题的角度论述了这个问题。她仔细地解读了这句诗："知道了这种事情，还有何谅宥可言？"④她解释道："开头他有机会认识基督，获得他的血和肉，参加圣餐仪式，但他以某种方式拒绝了。"⑤小老头有机会成为上帝的圣徒，但选择了世俗的生活；他一直在接受信仰还是拒绝信仰之间受煎熬。她认为这句话非常重要，明确地体现了诗歌的主题，诗人始终以此为中心，不是没有连贯性。同时也说明诗歌的核心是宗教问题，不在于攻击犹太人。帕洛夫的细微阅读给《枯叟》研究带来了新的视角和结论。

这本书的第三章名为"寻找'原初词汇'——庞德、杜尚和唯名论思潮"(The Search for'Prime Words'：Pound，Duchamp，and Nominalist Ethos)。在这一章中帕洛夫发现，庞德的诗歌，特别是《诗章》，"充满专有名词，虚构的或者是真实的人名和地名"。⑥ 比如说，庞德的《河商之妻：一封家书》(*The River-Merchant's Wife：A Letter*)有一些很值得研究的专有名词。这首诗

---

① Marjorie Perloff，*Differentials：Poetry，Poetics，Pedagogy*，p. 37.

② Ibid，p. 30.

③ Ibid，pp. 30～31.

④ 托·斯·艾略特：《枯叟》，第400页。

⑤ Marjorie Perloff，*Differentials：Poetry，Poetics，Pedagogy*，p. 35.

⑥ Ibid，p. 41.

在一定程度上是《长干行》(*A Song of Changgan*)的英文翻译。在翻译"相迎不道远,直至长风沙"时,他把"长风沙"这个地名直接译成"Cho-fu-Sa"。而翻译家叶维廉(Wai-Lim Yip)译为"Long Wind Sand",亚瑟·库珀(Arthur Cooper)则译为"the Long Wind Sands"。庞德这样翻译不是偶然的,他认为世界上的事物都是独一无二的,专有名词能够把对象直接呈现给读者,符合意象派所强调的"直接处理事物"的原则,并且能够"促使读者分享诗人的秘密:诗人好像在告诉我们,当然你知道我在说什么。你也到了那里。"①这样做就等于把本来对这个地方一无所知的英语国家的读者当作完全了解这个地方的人,让他们自己去想象这是一个什么样的地方。相比之下,"Long Wind Sand"或者"The Long Wind Sands"是一种意译,不是把读者直接投入到这个唯一的场景中,带有向读者介绍这个地方的特点,没有突出此地的特殊性(specificity)。

有人指出专有名词属于一种具体的意象,所以受到庞德的青睐。但帕洛夫认为专有名词强调的是"此在性"(thisness)。她说:

> 这种"此在性",我们应当注意到,不是必然地属于具体的意象。的确《诗章》的语言,从"可视"或者"描述性"的角度看,几乎不那么"具体"。例如说,庞德的诗歌无法和威廉·卡洛斯的《野胡萝卜》和《小小美国梧桐》的如画的可触摸性或者华莱士·斯蒂文斯的《云层密布的海面》的色彩意象相比并论。②

帕洛夫敏锐地指出,专有名词不一定是直观的。她的研究比意象主义的方法更加准确。

庞德曾说:"自然的对象总是充足的象征"。③ 专有名词属于自然的对象,当然受到庞德的喜欢。但他所描写的不都是自然的对象。帕洛夫仔细研究诗章之后,找到了不少虚构的专有名词。有的专有名词不存在,有的则不在庞德的生活经历之内,但庞德有时"通过高明的手法援用一些和诗人的过去没有联系的专有名词,展现一个和他无关的过去"。④ 诗歌毕竟属于创造的范畴,这些专有名词和那些带有自传性质的专有名词一起构成了庞德

---

① Marjorie Perloff, *Differentials: Poetry, Poetics, Pedagogy*, p. 47.

② Ibid, p. 44.

③ Ezra Pound, *The Literary Essays*, ed. T. S. Eliot London: Faber and Faber, 1954, p. 4.

④ Marjorie Perloff, *Differentials: Poetry, Poetics, Pedagogy*, p. 59.

诗歌的风景线。帕洛夫充分肯定了庞德的手法，她说："自然的对象总是一个充足的象征吗？是的，人为的对象也是这样，假如它被赋予了'正确'的名称——一个只属于它的名字。"①

庞德非常喜欢孔子的著作。他曾经在一本书的开头引用孔子的名言——"名不正，则言不顺；言不顺，则事不成"。他特别指出了"正名"的意义。正名和专有名词的使用当然是有关系的。他还深受中世纪新柏拉图主义的影响。但帕洛夫指出，"我的感觉是，不管庞德多么相信孔子的和新柏拉图主义的教义，具有讽刺意义的是，他的唯名论的倾向成功地充实了他的长诗，程度超乎他自己的想象。"②唯名论是中世纪经院哲学的一个重要概念，认为存在的东西都是唯一的，否认抽象的对象和普遍性的存在。帕洛夫还说："使庞德成为一个唯名论者的原因在于他高度关注特定单词或对象的唯一性，它的此在性，它和所有其他词语或者对象的不同特点。"③从抽象转向活生生的细节正是诗歌的特性之所在，也是庞德的诗歌的重要优点。

庞德作诗的时候还很喜欢用外语单词。《诗章》中的七十八章有这样的诗句："Be welcome, O cricket my grillo, but you must not/ sing after taps."这里的grillo就是意大利语的蟋蟀(cricket)。为什么庞德要重复一遍呢？当时庞德被囚禁在比萨的监狱中，这个意大利单词把我们直接带到了庞德的监牢中，我们好像看到了具体的情景。"grillo"比"cricket"更接近具体的情景，是庞德精心挑选的结果。帕洛夫在研究这个问题的时候发现"外文的文本和专有名词起了相同的作用：超级的具体性留给我们一个开放的意义空间"。④ 在帕洛夫看来庞德对专有名词和外语单词的偏爱都是为了突出事物的唯一性和此在性。

庞德的关于创作的信念与他同时代的艺术家杜尚的观点非常相似。杜尚在他的著作中直接谈论过唯名论。在他看来，每个事物都是唯一的，甚至是无法解释的，他认为"tables不是table的复数，ate和eat没有共同的地方"，因为单数和复数、现在时和过去时完全属于不同的范畴。他否认抽象单词的概念意义，否认普遍性，断定每件事物都有一个独特的名字，不和别的名字相混淆，也不指向任何超越于这个名字之外的普遍概念。他对"原初

---

① Marjorie Perloff, *Differentials: Poetry, Poetics, Pedagogy*, p. 56.

② Ibid, p. 44.

③ Ibid.

④ Ibid, p. 52.

词汇”特别重视。所谓的原初词汇就是那些无法进一步分割的词语,和庞德的专有名词和外语单词相仿,都是独一无二的。为了突出事物的独特性,他希望人们对“差异性”有一种敏感。他专门创造了一个词语 infrathin。这个词语无法言传只可意会,只能用例子来暗示。他举了一些例子,如某人在凳子上留下的温暖、某人抽烟时呼出的烟散发着他嘴巴的味道,两种味道由于 infrathin 而混为一体。

可见庞德、杜尚都有唯名论的倾向,都很喜欢原初词汇,都具有非常敏锐的艺术眼光。但一味强调差异性,艺术作品可能也会显得晦涩难懂。庞德用心良苦的创作,有多少人能够真正明白呢?

该书的第四、第五和第六章分别论述了维特根斯坦的翻译观、尤金·约拉斯(Eugene Jolas)的多语言诗学、贝科特的广播剧。[①] 帕洛夫以独特的眼光得出了有意义的结论。

第四节　以细微阅读探讨当代新诗

从第七章到第十三章,帕洛夫论述的是 20 世纪下半期的当代先锋派诗人,包括西里曼,豪,何吉尼安,哈罗德·冈波斯(Haroldo de Campos),罗兰·约翰逊(Ronald Johnson),汤姆·拉沃斯(Tom Raworth),瑞·阿曼特鲁特(Rae Armantrout)等。帕洛夫对整个 20 世纪的文学艺术都很喜欢,她说:“前半期给了我们如此多的震撼人心的诗人、艺术家、作曲家、建筑家、舞蹈家,后半期,如果没有那么光芒四射,也因为解决了前半期产生的问题而显得有魅力。”[②]帕洛夫对当代诗歌具有锐利的眼光,研究成就非常高。

第七章“语言派诗歌和抒情主体——西利曼的《阿尔巴尼》和苏珊·豪的《布法罗》”(Language Poetry and the Lyric Subject: Ron Silliman's *Albany*, Susan Howe's *Buffalo*)和第八章“语言派诗之后——创新和理论之不足”(After Language Poetry: Innovation and its Theoretical Discontents)主要探讨了语言派诗歌。她还在国内的著名刊物《外国文学研究》上发表了《先锋派群体和个人才华:以语言派诗歌为例》(*Avant-Garde Com-*

---

① 这三章的小标题分别是:“But isn't the Same at Least the Same?: Wittgenstein on Translation”; “Logocinema of the Frontiersman: Eugene Jolas's Multilingual Poetics and its Legacies”; “The Silence that is not Silence: Scoustic Srt in Samuel Beckett's Radio Plays”.

② Marjorie Perloff, *Differentials: Poetry, Poetics, Pedagogy*, p. 259.

munity and the Individual Talent: The Case of Language Poetry)。她曾指出,语言派诗人的观点“必须放在后结构主义对作者和人文主义主体的批判的环境中理解。这种批评在60年代后期成为主流,十年或者稍晚的时候到达美国,这时语言运动正好兴起。”①我们将聚焦于帕洛夫的语言派诗歌的研究,并和后结构主义的观点以及相关理论结合起来进行讨论。

帕洛夫曾经把语言派诗歌的特点概括为4方面:

> (1)诗歌不是“自然”的言语,相反是精心构建出来的;(2)诗歌拒绝“所指谬误”,偏爱所指的游戏,能够引起暗示性和多义性;(3)诗歌作者放弃对文本的控制,展示的是“劳动的公共空间”;(4)诗歌不提供信息直接交流的场所,因为这个地方以商品拜物教为特点。②

帕洛夫所说的第一个特点可以分两方面来讲。首先,诗歌的语言不可能是自然的。伯恩斯坦曾批评这样的观点:“我仅仅是想写——让诗意来吧——与自然的过程相结合——从大脑到笔尖——没有打字机和形式方面的句型的干扰,可以就像语言本身一样——不得不用语言表达——任何用某个版本来表达的行为——都起阻碍作用。”③

从另一方面来说,诗歌既然不可能是自然的,只能是人为创作的结果。“这种诗歌强调的是建构出来的媒介,服从法则,处处都受语法、句法以及所选词汇的限制:设计出来的、受操控的、选择出来的、程序化的、组织过的,所以艺术的作品体现的是艺术的事实”。④ 这就是说,诗歌必须是有意识地创造出来的,否定了那种所谓浑然天成的艺术。就算有一首看起来很自然的诗,肯定以辛苦的汗水作为基础,没有什么自然的艺术,浪漫主义眼中的不加修饰的文学作品根本不存在。但语言派诗人把这种创造性仅仅局限于语言的运用,和现实的世界相隔绝,必然有很大的局限性。

帕洛夫在第二点中提到的“所指谬误”这个概念非常新鲜,值得仔细研究。语言派诗歌的重要人物麦卡弗里指出,那个时代的作家当中出现了“符

---

① Marjorie Perloff, *Differentials: Poetry, Poetics, Pedagogy*, p. 130.

② Marjorie Perloff, “Avant-Garde Community and the Individual Talent: The Case of Language Poetry”, *Foreign Literature Studies* (4) 2006, p. 1～18.

③ Charles Bernstein, “Stray Straws and Straw Men”, *L=A=N=G=U=A=G=E SUPPLEMENT NUMBER ONE*, June, 1980, p. 18～26.

④ Ibid.

号的危机”,他们试图“拆除语言的所指谬误”(referential fallacy)。[①] 所谓的“所指谬误”是和传统的模仿说针锋相对的,主张“语言首先是符号系统,写作必须通过研究和探索的方式强调语言的符号本性,而不是模仿的、工具的意旨。”[②]在麦卡弗里眼里,作为能指的文学符号是一个独立的王国,他说:“语言是物质的、第一性的,所经历的是字母和字母组合之间的张力和关系,既指向意义又拒绝意义。”[③]符号的王国不仅独立于所指的世界,而且是“物质的、第一性的”。这个观点的确很前卫。

关于所指和能指之间的矛盾培根早就注意到了,他说:“人们相信自己的理性管制着文字,但同样真实的是文字亦起反作用于理解力;而正是这一点就使得哲学和科学成为诡辩性的和毫不活跃的。”[④]培根认为语言这种能指不仅仅是被动的形式,还会反作用于作者;作者用于指代此物,结果却可能指向彼物,难以完全控制住。他把这一现象叫作市场假象。他对语言的这一特点持否定的态度,主张不断地使用定义和实证的方法消除语言的歧义,使所指和能指趋于统一。到了形式主义和新批评的时代,学者开始把语言的这种矛盾看做是积极的。维克多·什克洛夫斯基(Victor Shklovsky)曾经说:

> 正是为了恢复对生活的体验,感觉到事物的存在,为了使石头成其为石头,才存在所谓的艺术。艺术的目的是为了把事物提供为一种可观可见之物,而不是可认可知之物。艺术的手法是将事物“奇异化”的手法,是把形式艰深化,从而增加感受的难度和时间的手法,因为在艺术中感受过程本身就是目的,应该使之延长。艺术是对事物的制作进行体验的一种方式,而已制成之物在艺术之中并不重要。[⑤]

艺术作品和普通的符号不一样,不是简单地让你认识某物,而是通过特殊的手法,进行“奇异化”(一般译作陌生化),加大能指和所指之间的张力,有意地增加感受的难度和时间,突出这个感受的过程。形式主义虽然强调艺术

---

① Steve McCaffery,“The Death of the Subject: The Implications of Counter-Communication in Recent Language-Centered Writing”, *L=A=N=G=U=A=G=E SUPPLEMENT NUMBER ONE*, June, 1980, pp. 29~38.

② Ibid.

③ Steve McCaffery,“The Death of the Subject: The Implications of Counter-Communication in Recent Language-Centered Writing”, pp. 29~38.

④ 培根:《新工具》,许宝骙译,商务印书馆 1997 年版,第 30~31 页。

⑤ 什克洛夫斯基:《散文理论》,刘宗次译,百花洲文艺出版社 1997 年版,第 10 页。

形式的重要性，但他们还是肯定了艺术作品作为一种特殊的能指和真实世界中的所指的关系。语言派诗人更加激进，把诗歌几乎完全看做是能指内部的游戏，重视的是“字母和字母组合之间的张力和关系”。语言派诗人西里曼还说：“诗歌实际上不是由意象、声音、人物或者情节组成的，它们在纸上或者口头上出现都只能借助于一种特殊的媒介，即语言本身。”①意象、情节等对于形式主义来说都是非常重视的概念，但语言派诗人全部加以忽视，认为诗的本质仅仅是语言。所以这是语言派诗，也叫“以语言为中心的”(language-centered)诗，或者“非指向的”(non-referential)诗歌。

如果把语言派诗歌理论和解构主义相比也颇能凸显其特点。巴尔特突出文本的地位，但不排斥所指。他说：

> 现在我们知道，一个文本不是由从神学角度上讲可以抽出单一意思(它是作者与上帝之间的“讯息”)的一行字组成的，而是由一个多维空间组成的；在这个空间中，多种写作相互结合，相互争执，但没有一种写作是原始写作：文本是由各种引证组成的编织物，它们来自文化的成千上万个源点。②

他是从评论家的角度说的，指的是欣赏文学的时候，可以不管作者的心中的所指，视之为“文化的成千上万个源点”的结果；他否定的是作为权威的作者心中的所指，但鼓励读者积极地形成自己心中的所指，数量越多越好。但到了语言派诗歌这里，他们把这一观点引向了极端，把各种所指一起加以否定。

能指真的可以完全脱离所指吗？显然所指才是第一性的，先有所指才会有能指，脱离所指谈能指当然是本末倒置的。把这种观点引向极端没有多少意义，语言派诗人西利曼也意识到这个问题，他承认作者和读者的关系“是作为真实个人的诗人带着‘历史、生平和心理’和同样真实的、同样带着这些负担的读者之间的关系。在诗歌中，自我体现了作者和读者的关系，这种关系是(罗曼)雅各布森所谓的接触(即在场的力量)引起的。”③

---

① Ron Silliman, *In the American Tree*, Orono: National Poetry Foundation, 2001, p. 14.

② 罗兰·巴尔特：《作者的死亡》，载《罗兰·巴尔特随笔选》，怀宇译，百花文艺出版社2005年版，第299页。

③ Ron Silliman, “Who Speaks?”, *Close Listening*, ed. Charles Bernstein, New York: Oxford University Press, 1998, p. 373.

帕洛夫总结出来的第三个特征比较复杂,放在最后探讨,我们首先讨论第四个特点。她把语言派诗人反对让诗歌指向现实的重要原因归于“商品拜物教”。语言派诗人也有这方面的论述,如安德鲁斯认为所指的领域被“商品”和“意识形态”所占领①。柏格森曾说:“在狼的眼睛看来,一只小山羊和一只小绵羊大概不会有什么差别:两者同样都是狼所猎取的对象,都易于捕捉,都美味可食。”②实用主义遮蔽了狼的眼睛,意识形态和商品拜物教当然也会挡住人的视线,使人们失去对活生生的现实的感知能力。在这种情况下,假如文学不是积极地进行创造,而是简单模仿社会,不可能有多少意义,甚至会成为陈规陋习的帮凶。西利曼尖锐地批评这样的行为,他说:“社会现实主义的叙述拜物教是商品拜物教的最高形式。”③虽然语言派诗人一方面指出了现实社会的问题,但他们不是直接地对黑暗面进行回应,而是像鸵鸟一样采取逃避的政策:他们躲进了自己构建的符号的帝国之中,拒绝回到现实。但从另一个方面看,语言派诗歌属于激进的先锋派,他们很有批评精神,不可能真的完全不关心现实。实际上他们是在用比较极端的形式来向现实抗议。这又必然地和所指的世界联系了起来。语言派诗人因此不可避免地遇到这样一个悖论:口口声声要离开现实的世界,却最后又把矛头指向现实。

在第三点中,帕洛夫讨论了作者如何放弃控制权的问题。新批评和形式主义在强调作品的自足性的时候,实际上已经把作者放逐了。到了解构主义时代,巴尔特公开宣告了作者的死亡。作者的死亡,首先是指作品一旦完成,就是独立自足的艺术品,与原作者脱离关系,以便留下广阔的阐释空间。麦卡弗里认为语言是第一性的,他把文学作品看做仅仅是语言的游戏,将作品的阐释控制在文本的层面上,并“让符号的线路短路”④。“让符号的线路短路”指的是,不要让符号指向现实,只在文本内部进行解释。在传统的文学研究中,作者是最为重要的所指,人们最经常问的问题是,作者表达了什么意思?语言派诗人既然排斥一切所指,当然也把作者从文学阅读中驱逐了出去。帕洛夫认为,这样可以扩大阐释的自由度,她说:“诗歌拒绝

---

① Bruce Andrews,“Text and Context”,*L＝A＝N＝G＝U＝A＝G＝E SUPPLEMENT NUMBER ONE*,June,1980.

② 柏格森:《笑之研究》,载《西方文论》(下),伍蠡甫等编,上海译文出版社1988年版,第270页。

③ Ron Silliman,“For Open Letter”,*L＝A＝N＝G＝U＝A＝G＝E SUPPLEMENT NUMBER ONE*,June,1980.

④ Steve McCaffery,“The Death of the Subject: The Implications of Counter-Communication in Recent Language-Centered Writing”,pp. 29～38.

'所指谬误',偏爱能指的游戏,能够引起暗示性和多义性"。① 离开了所指,能指的游戏是否能够带来更丰富的意义是可疑的。实际上任何一种意义,都不是纯形式的。

作者既然无法决定已经和他相分离的作品,当然也无法指挥读者。何吉尼安指出,开放的文本"对世界开放,特别是向读者开放。它鼓励参与,拒绝作者对读者的权威,同样的道理,拒绝隐藏在别的领域(社会、经济、文化)的等级关系中的权威。它为生成性的而非指导性的写作服务。作者放弃所有的控制,挑战作为原理的权威和作为动机的控制。"②麦卡弗里曾经"从社会的角度把作者和读者定义为商品轴上的生产极和消费极"。③ 在这种理念中,读者只是消费者,不可能有多大的创造性。在新的阅读理念中,"文本变为劳动的公共空间,由作者发起,由第二作者(读者)延续下去……以前的作者-读者的二元性瓦解,并变为一个复合的功能,两个行动变为参与者的行为中的共时的经验"。④ 这就是说,作者的权力仅仅在于创造文本,至于怎样理解文本,那是读者的事情。从这个角度来说,作者已经淡出,或者说已经死亡。巴尔特早就注意到了这一现象,他认为,读者的诞生应以作者的死亡为代价来换取。作者一旦从圣坛的位置上走下来,读者就有了巨大的阐释空间。但语言派诗人只承认语言层面的意义,他们在拒绝作者这个所指的同时也拒绝了读者这个所指。安德鲁斯曾说:"平面的组织原则,没有勉强的(也就是强加的)深度。秘密的意思不在隐藏的层面,而属于表面的隐含的组织之中。"⑤文本的意思一旦离开了读者这个所指,就成了文字的游戏,就没有深度,但同时也宣告了读者的死亡。离开了有血有肉的作者和读者,作品的意义真的就会丰富起来吗?

作者和作品、读者的关系一旦改变了,批评家和普通读者的关系也不一样了。解放读者,并不是为了把某个读者当作权威,巴尔特曾说:

> 这种概念很适合于文学批评,批评以在作品中发现作者(或其替代用语:社会,历史,心理,自由)为己任:作者一被发现,文本一被"说明",批评家就成功了;因此,从历史上讲,作者的领域也是批评家的领域和

① Marjorie Perloff,"Avant-Garde Community and the Individual Talent",pp. 1～18.

② Lyn Hejinian, *The Language of Poetry*, Berkeley: University of California Press, 2000, p. 43.

③ Steve McCaffery,"The Death of the Subject: The Implications of Counter-Communication in Recent Language-Centered Writing",pp. 83～85.

④ Ibid, pp. 101～103.

⑤ Bruce Andrews,"Text and Context",pp. 68～88.

> 批评(即便是新批评)在今天与作者同时被动摇,也就没有什么大惊小怪的了。①

颠覆了对批评家的迷信,文本的多义性才能显示出来。语言派诗人也持这种观点,在宣布作者的死亡的时候,同时宣布了批评家的死亡。

语言派诗人还从创作的角度谈论了作者的死亡。在传统的诗歌中,诗人常常像华兹华斯那样把自己的强烈感情直接地表现出来。但语言派的作者不再表现自我,他们主张让自己的声音(voice)从作品中淡出。帕洛夫曾说:"美国语言派诗学的……主要原则之一——也许是唯一的原则——就是把作为抒情诗的基本原则的'声音'加以放逐。"②放弃了自己的声音之后,作者就失去了权威的地位。语言派诗人中的重要成员曾经联合宣称:"我们的著作否认个体的作家作为中心……在我们的写作当中,自我作为中心和创作实践的最后因素正受到挑战并且分裂。"③由于作者避免直接表白,在他们的作品中难以找到统一的人格。西利曼曾经高度评价罗伯特·格林尼尔(Robert Grenier)的《我憎恨言说》(*I Hate Speech*),认为他拒绝了"诗歌文本中的简单的自我心理,在这种文本中表现的不是一个人,而是一种人格,作为统一的对象。"④诗人放弃了这些之后变成了能指符号的组织者,"身上便不再有激情、性格、情感、印象,而只有他赖以获得一种永不停歇的写作的一大套词汇"。⑤ 离开了有深度的自我,创作甚至不需要神秘的灵感和天才。巴尔特曾说:

> 作家只能模仿一种总是在前的但又从不是初始的动作;他唯一的能力是混合各种写作,是使一部分与另一部分对立,以便永远不依靠于其中的一种;他也许想表明——但至少他应该明白,他打算"表达"的内在"东西"本身只不过是包罗万象的一种词典,其所有的字都只能借助于其他字来解释,而且如此永无止境……⑥

在巴尔特看来,就算作家想表达"内在'东西'",他还得依赖别的符号,作者

① 罗兰·巴尔特:《作者的死亡》,第300页。

② Marjorie Perloff, *Differentials: Poetry, Poetics, Pedagogy*, p. 129.

③ Ron Silliman, et al., "Aesthetic Tendency and the Politics of Poetry: A Manifesto", *Social Text* (20) 1988, pp. 201～213.

④ Ron Silliman, *In the American Tree*, p. 19.

⑤ 罗兰·巴尔特:《作者的死亡》,第299页。

⑥ 同上书,第296页。

的工作只是一种“混合”，不完全是创造。作为一个游戏者，语言派诗人不再表达自己的感情，不再展现统一的人格，甚至不需要灵感和天赋，我们难以听到诗人的声音。

以前人们基本上从文学批评的角度谈论作者的死亡，主要是为了把作者和作品分开，但语言派诗人更多地从创作的角度探索，并且积极地付诸实践。他们的诗歌的确有这种倾向，但创作实践是综合的活动，不可能完全遵从这一主张。帕洛夫在仔细阅读语言派诗歌之后说：“无法改变这么一个简单的事实：我们可以轻易地区别开伯恩斯坦的诗歌和麦卡弗里的诗歌，区分出拉沃斯的诗行和阿伦·费舍尔(Allen Fisher)的诗行，辨别出玛吉·欧沙利文(Maggie O'sullivan)‘语言可视可听’(verbovisivocal)文本和豪的文本。更为重要的是……所有的艺术作品并非同样有价值”。帕洛夫得出结论：“所不同的并不是表现性或者主体性，更重要的在于作者赋予这个说话声音的权威性”。[①] 这就是说，语言派的诗歌和传统的诗歌相比，不在于作者这个主体是否死亡，而在于说话者的权威性下降了，其声音不再是话语的中心。可见作者不会真的死亡，他必然带着自己的历史、生平和文化来创作，只是表现的形式有所不同罢了。

如果作为权威的作者死了，经典的文本也不会存在，作为权威的批评家也没有了空间。但不管怎么说，人们的创作能力和欣赏能力还是有区别的。所以帕洛夫指出了无深度的理论的不合理的一面：“如果天才理论已经过时，如果没有奇特的或者个别的权威之类的事情，为什么这些名字如此神圣？如果福柯肯定地宣判了作者的死亡，为什么我们总是提起福柯这个作者的名字？”[②]对权威的批评能够给人以更大的自由，但完全没有权威会陷入无序的混乱。

帕洛夫不是一个只谈理论的人，她非常重视具体作品的分析。她对西利曼的《阿尔巴尼》(*Albany*)有很高的评价。下面一段译文是该诗的前20句。

> 如果写作的功能是“表达这个世界”。我父亲保留抚养小孩子的权利，迫使我妈妈和她的父母住，我和我哥哥一起生活在一个小房间中。祖父把他们称为黑鬼。我买不起汽车。在安静的海湾对面远远地矗立着长长的黄色楼群，那是一个监狱。之间的距离是一根分界线。他们环绕海鲜馆，唱着《我们不会动摇》。轮到我烧饭了。难以适应在太阳

---

① Marjorie Perlott, *Ditterentials: Poetry, Poetics, Pedagogy*, p. 152.

② Ibid, p. 133.

上升之后睡觉。事件完全不是报道的那样。我对她无法达到性高潮有多少关心呢？蒙代尔的演讲被起哄的声音淹没。你真可怜。她介绍说，自己是一个强奸案的幸存者。但他的最好的朋友是南美洲人。我决定不往加拿大逃。收入的增加。竞争和大场面，各种药品。如果它显示的是形式，人们不会阅读的。电视把对话统一起来。①

帕洛夫认为这是典型的语言派诗歌，她说："《阿尔巴尼》依靠并列、错位和省略(例如说，第一个句子是一个条件从句，没有结果从句)，以及双关语、语法混乱、声音游戏，以便构成更大的段落单位。"②可见诗人首先把创作看做一种语言的游戏。当然里面的一些微妙的地方在译文中是不容易看出来的。

这首诗还尽量避免表现自我，"作者还通过拒绝展现一个统一的'我'避开了传统的'表现性'，他为此不给相应的句子以明确主语。"③这样的话，作者的声音显得非常微弱。但帕洛夫还是从这些"不经意"的句子中发现了作者，认为他是一个"不动声色的、熟悉都市生活的、主要靠自学成才的男人"。④ 尽管作者尽量把自己隐藏起来，但还是没有真的从作品中消失。

这些文字真的不指向现实吗？帕洛夫说："虽然时间和空间不断地变换，但加利福尼亚的阿尔巴尼仍清晰可辨。"⑤她还指出，作品中的世界不属于富足的海湾地区(Bay Area)，描述的是劳动阶层，而且是白人。如果完全脱离这个所指的世界，恐怕人们难以读懂。

支持作者死亡论的语言派诗人认为，作者的操控(authorial domination)是难以置信的，但帕洛夫反问道："到底是谁在控制我们眼前的文本的具体的语言呢？"⑥不管什么样的诗作，难道不都是诗人的作品吗？西利曼本人在信中甚至告诉帕洛夫说："可以这么说，这首诗总是我的自传。"可见诗人的创作不可能完全超越自己的生活经历。

总的来看，语言派诗人吸收了不少解构主义的观点，还比他们的前辈走得更远，彻底批评了所指的谬误，把作者死亡论推向了极致，将诗歌看做纯粹的语言游戏。他们在给文坛带来新意的同时，也有过于偏执的嫌疑。中

---

① Ron Silliman,"Albany",*ABC*,Berkeley,CA: Tuumba Press,1983,pp. 137～138.

② Marjorie Perloff,*Differentials*:*Poetry*,*Poetics*,*Pedagogy*,p. 138.

③ Ibid.

④ Ibid,p. 140.

⑤ Ibid,p. 138.

⑥ Ibid,p. 139.

国学者北塔曾经这样批评这一流派："语言诗的最大问题是：没有灵魂和血肉，没有肉感和温度……语言诗就犯了这样的忌讳，死在了语言里。"[①]他的批评的确指出了致命的问题，但我们还应当看到，语言派诗歌是创新和问题并存的，不能以偏概全。

第五节　结语

自现代主义以降，关于人文科学研究的争议余温未消。人文学是否有一个恰如其分的定义，是否有足够大的力量与气势而自成一体，这些问题也是帕洛夫在研究现当代诗学时所极力探讨的。正如她在前言中所说，"无须数字统计的帮忙，人文学必将成为一门社会科学，这一点是毫无疑问和不可逆转的"。[②] 关于如何保持文学自己的领地而不至于沦为其他学科的附庸，帕洛夫的建议是回到文本的诗性本身。帕洛夫在《辨微》中向外界所展示的"先锋"精神是持续、开放和面向未来的，并具有其作品所保持的一贯作风：非凡的深度与细微的分析。帕洛夫的"细微阅读"之法从容自如地在形式主义和历史主义方法之间穿梭，但最为关键的是她对讨论内容的具体性聚焦，而不是为了权宜之计而顺手拿来。此书的研究范围涵盖语言、文学和历史等诸多方面的知识，并总是与当前学术界内外流行的重大议题相吻合。就像她在《新诗学》中所坚持的一样，现代主义与后现代主义之间并无泾渭分明的界限，二者同时共存。帕洛夫在《辨微》中所解析的文本都具有兴趣激发性和学术理论性的特点。这也是她一贯主张的成功教学的秘诀所在，即成功的教学策略应该是"永远都不随心所欲、想当然的简单操练"，尤其是当我们在面对诸多课堂教学素材选择和学生写作反馈时，理论运用的技巧与文本解读的甄别起着举足轻重的作用。

帕洛夫的这本书，既有自觉的方法论，又积极地尝试着用自己的方法进行文学批评的优点。她提倡的细微阅读既吸收了细读法和文化研究的长处，又批评了它们的缺点，具有一定的开创性和示范性。在帕洛夫的心中，细微阅读是重评经典的重要途径，是摆脱教条并提出新观点的秘诀，是善于发现新人新作的"伯乐"所必须具备的技能。这本书在一定程度上体现了向传统文学研究的回归，带有精英主义的色彩。在大众文化泛滥的年代，帕洛夫是否能够带领学者收复文学的领地仍然是一个难题。

---

① 北塔：《语言诗——死在语言里的诗？》，《北京日报》，2008年2月18日。

② Marjorie Perloff, *Differentials: Poetry, Poetics, Pedagogy*, p. 13.

结 束 语

学术界对帕洛夫的评价基本认同她作为现当代诗歌的最杰出的美国批评家的身份。她那卷帙浩繁的与现代主义、后现代主义密切关联的实验与先锋诗人研究，在当代美国诗学研究领域长期占据着重要位置。而对数量众多的同事、朋友或学生来说，帕洛夫给他们的第一印象则是一个运筹帷幄的报告者、纯熟的公共演说家、巡回讲学的资深学者。在向专业听众或诗歌爱好者讲述"阳春白雪"似的现当代诗歌时，帕洛夫带给他们的惊喜、娱悦和知识总是令他们意想不到的，帕洛夫所论主题的多样性、适时性和灵活性也是当仁不让地在专业听众与业余欣赏者之中获得称道。课堂上的帕洛夫纵横捭阖，以其充沛的精力与博大的学识感染着听讲者。作为典型批判式比较诗学的代言人，帕洛夫用她招牌式的评估定位和酣畅犀利的品评激励着她的追随者进行客观而带有自我身份标示的诗学阅读。如果说演讲、讲座和教学侧重于技巧与方法的话，那么帕洛夫作为一个诗学批评家在自我身份的建构、学术思想的树立和真实辩证诗学批判觉悟的形成等方面更具有研究和启示意义。她在这些方面数十年的扬弃、承接与革新，贯穿着其不断推出的一卷卷诗学批评著作。帕洛夫的博学与她善学的品质是分不开的。她不仅善于开展自我批评和自我提升，在诗学批评的各个阶段回望检视，从中获得经验教训，而且更善于进行研读先辈与品评同侪，且从不掩饰自己向大众吸取营养的一贯作风。帕洛夫数十年的诗学研究生涯所投射出的激情与慷慨，所传达的客观性与独特性，对文学艺术领域众多同侪或后辈产生了持久的影响，也在当今人文学科前景急滑的趋势中挥笔涂下一抹亮色。

诗学批评起点

在现当代诗学研究领域，帕洛夫之名往往同激进的现代主义和先锋诗学艺术紧密相连。但是她最初的两部诗学研究著作却毫无例外地专致于

20世纪享誉大洋两岸的两位传统诗人——叶芝与洛威尔。上世纪70年代伊始，帕洛夫推出了自己的首部诗学研究专著《叶芝诗歌中的韵律与意义》。作为一部研究叶芝诗歌创作风格的文本细读之作，该著融语言描述与形式阅读于一体，向读者展示了叶芝诗歌创作中节奏、韵律与意义的复杂互动关系，以及深层思想构成策略。在三年后推出的《罗伯特·洛威尔的诗歌艺术》中，帕洛夫同样将研究重点放在了洛威尔诗歌中的意象与形式模型之间的相互关系上。虽然是早期诗歌研究的尝试性作品，帕洛夫的这两部诗学批评的发轫之作依然给潜心研究其中后期创作的学者留下了如下不无惊奇的印象：帕洛夫时常回溯的传统色彩浓厚的形式与韵律分析，在后来更加激进和执拗的先锋诗学文本解读中同样常有出现。细心的读者何曾不见帕洛夫对贝科特文本中那些特殊声音结构的细查，以及她对后者运用内部韵律、谐音结构而制造悬念和连贯性，从而强化主体意义的发现？在《罗伯特·洛威尔的诗歌艺术》的终结章节里，帕洛夫诗学批评生涯里令人惊叹的连续性、呈递性和创新性的思想原则开始崭露头角，后来那些被誉为对激进经典作品和涉及语言与整体形式的"成熟评论"也在这些令人期待、有后续交代的章节里出现。

帕洛夫的诗学批评起点植根于对传统诗歌形式与韵律等客观因素的探索。尽管她本人在此阶段时常为后期研究预先设定出激进诗学转向的规划，但是纵观帕洛夫整个70年代的诗学批评，研究者不难发现一个比较固定的研究层面：经典诗歌作品的语言批判。同样诞生于该时期的另一部著作《画家中的诗人》在承接作者诗学批评的连续性的基础上，又呈现出新作的开拓性特色，并在研究主题上出现了革命性的转换。作为更加激进语言训练的一种不言自明的理据，具有强烈自觉状态的"自我"假设已经不再是至关重要的关注的焦点了，对拼贴和不确定的研习开始走向帕洛夫诗学批评的前沿。从这个层面上来讲，《画家中的诗人》作为帕洛夫诗学批评起点中的晚期著作具有突破性的承上启下的意义。

在面对纽约诗人奥哈拉的作品及其作品所寓居的先锋艺术语境时，帕洛夫以极大的热情和批判性的眼光对其进行了足够严肃的学术关注，并敏锐地捕捉到了奥哈拉在相关文化与艺术活动中所扮演的重要角色。这部作品的革新意义不止于其本身厚实的生产性，更为重要的是其对作者后期作品的"暗示"与"启发"性上。在欧美诗学批评界唯传统经典诗人马首是瞻的批评话语一统天下时，帕洛夫以奥哈拉为例对名声相对隐逸，研究相对不足，地位尚不稳固的小众诗人的关注，为当代诗学批评模式的重新界定带来了契机，并引发了学界深思。当诗歌批评界将奥哈拉并不严肃的诗歌排斥在“真正诗歌”范围之外时，奥哈拉那令外界趣味十足的个人生活与天不佑人的早夭等诗歌之外的因素却在坊间大放异彩。帕洛夫便在艺术活动与文化构成的双重层面对奥哈拉进行了客观解读，以示此类批评的时代感与重评的必要性。在帕洛夫后期的诗学批评中，被其客观公正地重新评价过的作家包括金斯堡、凯奇、史密森、贝科特、何吉尼安和豪等后来被公认的20世纪诗坛精英。

帕洛夫诗学批评起点的后期还以对社会话语的多重功能的关注和对抒情主义的单一逻辑的反思而声动批评界。像奥哈拉那样一个具有传奇色彩的演说家，其诗歌必然带有明显多样性的社会生活痕迹。诸如都市、师友、阅读、工作和就餐等话题都会进入其诗歌创作之维。在帕洛夫看来，社会生活的多重功能性与诗歌创作的文学性之间一定存在紧密的联系，研究现当代诗学势必摆脱偏阈语言或形式的狭小一寓。在论及庞德诗学的初期研究中，帕洛夫即表现出自己对这位20世纪最富争议诗人作品中的拼贴声音、巧妙引用和繁复文献等方法的青睐，并毫不讳言其在力量气势上优于斯蒂文斯和克莱恩等诗人抒情主义的评价。在向伯恩斯坦和豪那种戏剧性自我间隔以及粗粝的文献记录风格致敬时，帕洛夫的诗学批评也在逐渐且无痕迹地向日后文史性渐浓的方向转变。而对贝科特黑色喜剧般的文学幻景、四散的文化碎片和飘荡无依的历史片段倾情关注的同时，帕洛夫对文学社会性的强调也日渐导致其对维特根斯坦哲学的拥抱。这在《维特根斯坦的梯子》中最终达到了高潮。

帕洛夫早期诗学批评中所投射出的另一个可为日后借鉴的经验是她对作家个人的批评理念和艺术鉴赏的真正领会与接纳。就在70年代的三部诗学批评著作里，帕洛夫除了对每部批评的主题诗人进行精读细论之外，还对包括阿波利奈尔在内的法国诗人、超现实主义的审美理念、表现主义的抽象内核和诸多美国诗坛先辈等都进行了意义重大的初探。这种高瞻远瞩的视觉和兼容并包的方法对打破批评界关于帕洛夫唯擅长评析个体诗人的偏见起着不言自明的回应性。当她在评论奥哈拉的质疑简单概括的理论时，有谁会料到在《维特根斯坦的梯子》中还会出现这种批评立场的延续与升级呢？这个绝非个案的事例表明，在任何一个特定时期，帕洛夫的诗学批评观都具有选择性、革新性和承接性。在随后的20世纪80年代的几部力作中，语言学、形式主义和后结构主义等与语言诗学批评和非常先进的艺术理论批评不可分割的方法都会适时出现。宏阔的眼界与微观的叙述和分析视角构成了此后帕洛夫诗学批评的特色。

“不确定性”诗学批评的形成

《画家中的诗人》已经宣告了帕洛夫作为一流诗学批评家身份的建立，也基本建立了她从作为研究目标的艺术家那里所历练形成的孜孜以求的风格，而这些实验派或革新性艺术家也将帕洛夫带进了一个个愈加具有创新批评的诗学研究新领域。《画家中的诗人》之后的 80 年代早期的诗学批评著作分别包括诞生于 1981 年的《不确定诗学》和 1985 年的《智慧之舞》。前者在英美现代主义诗歌批评主流传统之外提出了另外一种新的传统，即具有不确定性的反象征主义传统，它与具有复杂多义性、浓密意义和虚幻景象的象征主义诗学相对。从兰波的不确定性发轫，到斯泰因的广义文本解读，贯穿庞德的《诗章》、贝科特的后期作品、阿什贝利的散文与诗歌和安廷与凯奇的语言艺术等，都在帕洛夫新时代早期的论述中显见新意。《智慧之舞》的诗学主题和诗人及作品的涉及更有新的跟进。具有批评唯物性和元语言色彩的篇篇论文将帕洛夫诗学批评的广阔性与比较特色演绎到了另一个高度。

帕洛夫在这两部作品中指出，众多英美现代主义诗人的创作特色与兰波诗学创作中所显现或蕴涵的“不确定性”和“反象征主义”有着从形式到意义上的类比性。她对法国诗人创作艺术的深度发掘又为当代英美诗学批评增添了一抹不可多得的亮色。在批评方法上，帕洛夫将形式主义分析和细致周到的文本解读等曾被视为“不可靠”或“宽泛无依”的实践再次有效地引入公众的视野。伴随诸多新理论和主义而成长的一代读者会被这两部诗学批评中将相关形式细节运用到复杂文本的解读中而进行意义阐释的方法所感染，并产生理论联系实际的践行冲动。

论及“不确定性”或“反象征主义”传统时，帕洛夫对作者及其相关作品的选择也体现了一个成熟批评家卓越的眼光与鉴赏力。在 80 年代伊始的这两部作品中，帕洛夫的诗学批评理论是基于宏观“不确定性”而展开的，所有代表性作家都是在这方面具有能令人信服的艺术表达，并且都是现代主义主流象征主义诗学的继承与发展者。

先锋与未来主义诗学批评

当《未来主义》、《后现代风格》(*Postmodern Genres*, 1988)和《诗的破格》相继发表后，帕洛夫诗学批评之“另类传统”探寻又有了新的发展。在这三部具有时代接续意义的作品中，帕洛夫从不同视角和在不同层面上对先锋思想和战前未来主义诗学进行了全面深入的研究，并再次在现代主义和后现代主义之间建立起了深层联系甚至是亲和关系。其中关于未经重新评估现代主义就无法真正理解后现代主义的观点曾在诗学批评界引起共鸣。

作为帕洛夫至今最成功和经久不衰的作品之一，《未来主义》不但依然散发着作者在《不确定诗学》里所饱含的创作热情与语言魅力，而且通过对关键主题和战前欧洲先锋派的创作技巧的再现而凸显其诗学批评在世纪之交的扬弃精神与创新意识。这一时段的批评焦点比以前更集中，讨论主题也更深入。文学与历史、地缘政治、艺术宰制等具有鲜明时代感的话题并行不悖地在先锋和未来主义诗学批评中穿行。前期诸如《不确定诗学》等历时性的研究，在《未来主义》等愈加具有“历史性”和“文化性”的研究中渐次让位于“共时性”批评方法。

就时间跨度而言，帕洛夫这一时期的诗学研究相对短小，就主题而言则囊括了与“大战”有关的重大事件：战前帝国联盟的瓦解，布尔什维克革命及其引发的欧洲共产主义运动，新的边境争端等。就是在这样一个并不算太长的风起云涌的历史时刻，艺术领域却产生了一系列跨越界限、充满乌托邦精神的创作想象。从桑德拉斯到庞德再到马雅可夫斯基等先锋作家，在他们粗粝的作品形式和参差不齐的蒙太奇式的素材中，都有一种对高度社会现代性的极其一致的认同感。而战前先锋艺术的几大主题也在这些作家身上有集中的体现：以桑德拉斯为主的国际游历主题，法国立体主义、意大利未来主义和俄国立体-未来主义艺术家的拼贴运用，作为艺术表现极致媒介的宣言的发展，俄国未来主义的意象与文本的相互阐释、激进的连接和杂糅意义的诞生，庞德诗歌散文创作与批评关系的再认知等。在论及先锋艺术和未来主义时，帕洛夫作为一个杰出的诗学批评家的风范是无人能及的。就在这个阶段的“未来主义遗产”部分的讨论中，帕洛夫更是视史密森妙趣横生的作品为新先锋诗歌形式的第一人。

《诗的破格》和《后现代主义风格》也与未来主义和先锋艺术有关。帕洛夫再次将自己消解边界的诗学批评方法有效地用到此处，并进一步使未来主义运动的适用范围扩大到更加广阔的20世纪文学创作领域。《智慧之舞》中业已显现的纲举目张式的文本再次以更加系统和纲要的模式在这些文论中出现。诸如解构主义、女性主义和历史物质主义等当下文学批评方法也在这里时有显现。经典传统诗人的新型批评不乏斯泰因、贝科特和庞德等，当代语言诗派的解读包括麦卡弗里和豪等，修正主义的讨论则涵盖叶芝、赫列勃尼科夫等曾在数字逻辑学的传统阅读中迸发新意的作家。至于对劳伦斯、普拉斯等人的重新阅读更令读者击节赞叹帕洛夫独特的视角和令人信服的结论。虽然本期的最后一部著作是集体智慧的结晶，但是它绝不是一部扯未来主义和后现代主义为大旗而故作声势的“大作”。在帕洛夫等人的精心编排下，所有的奉献者都在朝着一个明确的中心议题奋进。帕洛夫的共时观念包括：后现代主义是后现代时期文学艺术中出现的新生杂糅体裁，具有边界模糊的特性；在对文学艺术生产、接受和阐释等过程进行重组的过程中，后现代主义并没有使文学类型消失，而是使之重生，并重新焕发生机。这也恰恰是帕洛夫在十几年前讨论奥哈拉时所提出的观点。

多维走向的诗学批评

在帕洛夫的诗学批评生涯里，《激进的策略》算得上是一部具有转折意义的作品。尽管冠名为“传媒时代的诗歌”，但是该作依然可视为帕洛夫的更具批判性和警觉性的关于“未来主义之后”的诗学研究。这里带有明显时代标签的“激进”与“传媒”都没有与前期诗学研究重点话题之未来主义和后现代主义分道扬镳，而是对战前未来主义的先锋艺术的“复兴”，并呈现出再现科技和交际传媒与后现代艺术家之间的联系性探索转向的趋势。在后现代文学理论领域内，媒介愈加成为一种稳定的研究主题，并对当下的诗歌生产与解读产生了不可忽视的影响。在这种历史的必然性面前，帕洛夫提出诗歌对新环境的关注转向是顺应潮流的明智和可持续发展之举。

在一个被高度媒介化的社会里，艺术家的创作走向受到了严重挑战，而艺术批评的重心转移也随之产生。当一些后现代批评家们提出，在社会生活被完全媒介化后，艺术家的任务不再是创造新的意象，而是在包围自己的众多意象中清理出一个属于自己的空间时，帕洛夫则适时地指出在打破权威、清理路障的批评过程中，开创属于自己的艺术生产方法的必要性。对后现代主义的艺术家们来说，消音、意象变形、意义模糊、连续性的间断、碎片性和混杂物质的重组等，都应该是用来进行艺术生产的基本手段。和前期作品中所讨论的那些用来形成审美生产性的形式主义手法不同的是，这些“激进的策略”与其身后绵厚的媒介构成了复杂的切分和相互交织的关系。激进的策略的引入和探讨事关传媒时代先锋艺术的存废兴亡。诸如诗歌中“言说”和提问的媒介化，意象的逐渐淡出，诗歌印刷艺术的兴起，后现代创作中的数字和近似数学程序的运用，即席诗学等纷繁复杂的主题都预示着帕洛夫诗学批评走向的多维性和时代性。

维氏语言哲学框架下的诗学批评三部曲

帕洛夫 90 年代中后期的诗学批评是由堪称三部曲的《维特根斯坦的梯子》、《文里文外之诗》和《约翰·凯奇:在美国创作》(*John Cage: Composed in America*,1994)构成。三部诗学批评看似独立无依、彼此不联。第一部是专论维特根斯坦的语言哲学和诗学观,并以此为核心而展开的对先锋艺术全面深入研究的著作。第二部除了对整个 20 世纪诗学的演变进行了综述之外,特别回顾了这个世纪诗学在与宏观历史、文化和社会等共同演进中的正反变化。第三部是作者与查尔斯·姜珂曼(Charles Junkerman)共同编写完成的,是对凯奇在 1992 年寓居斯坦福大学期间的学术生涯的片段批评式再现。但是连续深层阅读和前期知识储备都会使这三部曲的读者们发现一条贯穿其中的主线:维特根斯坦关于"日常语言奇特性"的诗学语言框架。

与上一时期致力于先锋艺术和独具特色的个体诗人如贝科特、凯奇、斯泰因和庞德等相比,帕洛夫在世纪之交对语言哲学,尤其是对奥地利哲学家维特根斯坦的思想和作品的转向,无疑带来了其诗学批评上的又一个转折点。读者从这三部转折时期著作中的新主题和新重点中可以领悟到一股强劲的维特根斯坦语言哲学意蕴。其中的"日常语言奇特性"的红线不仅是帕洛夫的兴趣所在,而且存在于凯奇、何吉尼安和巴赫曼等人的视野里。站在一个视域更加宽广的立场上来看,帕洛夫这一时期的诗学批评几乎就是用维特根斯坦的"日常语言奇特性"的诗学语言框架来代替俄国形式主义"陌生化"(estrangement)的伟大尝试。在她眼里,后现代时期的诗人们在他们重新定义和再现新世界的时候,所谓的诗学独特性已经不再是一个关于个人表达的可靠性问题了,而是一个关于辽阔语言领域的感知性问题。毋宁说这是一个由俄国形式主义的陌生化寓所迈向宽广日常语言奇特性的跨越。作品的形式对于范围更大的语境关系来说只是一个狭小的概念而已,而话语的内在与外在关系,才是帕洛夫诗学批评的重点所在。

即使没有处处挑明或实例证实自己对维特根斯坦语言哲学主张的赞同,甚至是某些程度上的应和,帕洛夫在早期诗学批评中的确运用了一些维特根斯坦的语言哲学观,尤其是他基于非归纳性的"使用"概念而提倡的新型、权威哲学话语理论。而帕洛夫一直是对归纳性文学和文化理论持怀疑态度的,她始终钟情于实际、评品性的文学批评观念。与其说帕洛夫是在运用维特根斯坦的理论,不如说是二人在进行一场关于基于求同存异原则之上的对话。尽管在解决问题的细微方法、写作中如何运用习语等问题上存在分歧，但是帕洛夫对维特根斯坦的实用语言论和关于语言游戏的观点都持积极赞同和学以致用的态度。在论及斯泰因的语言实验、巴赫曼等人的现代小说诗学和柯舒斯的实体艺术时，帕洛夫无时无刻不在向维特根斯坦致敬！

在《文里文外之诗》中，帕洛夫将20世纪诗学的特殊性简洁精当地总结为以下三点：多元共存性、后现代主义特征和语言游戏。而语言游戏之说，以及在此条目下对何吉尼安、麦卡弗里的著述艺术，凯奇的话语文本等的详解，都与《维特根斯坦的梯子》中的主题和方法有无法割裂的联系。在20世纪诗歌发展呈现出百花齐放、百家争鸣的时局下，诗人的创作方式发生了巨大的变化。帕洛夫认为其中的外部转向开启了诗歌创作和诗学批评的新思维的诞生。在其侧重实用性语境的分析中，帕洛夫向外界展示了更加注重外部文本历史和语言游戏的诗学批评原则。写作与语言游戏之间的共存关系，诗歌阅读时的即时感应，在现代性与后现代性共存中侧重20世纪诗学的后现代开放性，以及诗体选择的相对自由性等事关诗学批评的"文里文外"话题，都将帕洛夫90年代中后期的诗学批评提升到了另一个全新的高度。当具有高度国际声誉的都市艺术家凯奇再次进入人们视野时，帕洛夫所坚持的编写原则是基于其寓居美国的那些特殊历史与传记因素。她没有将这样一个具有传奇色彩的艺术家定位在某个狭小的学术领域，而是站在现代与后现代兼容并包的高度，将一个作曲家、视觉艺术家、哲学思想家和文化批评家博大精深的艺术创作和诗学思想进行了文化历史性的解读。关于20世纪的整体诗学与后现代性的关系，帕洛夫的焦点也落在与历史性相连的诸多文学情势发展上。尤其是她关于诗歌的现代原始主义和当代批评的精彩论述、30年代诗歌发展综述、1956年的诗学概貌和越战时期邓肯和列沃托夫(Denise Levertov)的诗学争议等，都是维特根斯坦语言哲学视域中的经典论题。

新世纪的诗学批评：回顾与展望

新世纪到来之时，帕洛夫已近古稀之年。凭着自己对诗学批评的满腔热情和令人惊叹的精力，除了撰写数篇书评和论文外，她还在2002～2004年的三年内先后推出了三部具有诗学生涯回顾与展望的力作：《新诗学》、《悖论》和《辨微》。这是三部各具特色而又兼具共性的著作。21世纪的现代主义就是后现代主义吗？在一个以"宣言"为核心的系列出版物中，"新诗学”到底与世纪之前发生在欧洲的艺术与文学革命有何关系呢？帕洛夫对这些问题的解答足以显示她在新世纪伊始对欧美诗学发展的全面掌握和发人深省的展望。因为“宣言”之回顾与展望的字面意义与“21 世纪”和“现代主义”的言外之意叠加，指出了这种诗学批评的双向性。而“千禧年的现代主义”则更加突出了诗学研究的历史传承和锐意革新的兼容性。在回顾史上被冠以“后现代”之名的诗歌时，帕洛夫所提出的如何处理“先辈”(precursors)与“同侪”(peers)关系的独特视角堪称现当代诗学批评的圭臬之言。这种传统诗学研究范式的转变是基于对经典诗人如艾略特、斯泰因和杜尚等标准现代主义叙事方式的重新审视而得出的。现代主义与后现代主义享有在关于诗歌语言上共同的关注焦点，尤其是在将词汇与客体之间进行联系，或者是将对理解某物与其他系列物体之间的关系上有紧密联系。如果说对经典传统诗人的创作研究大有“回顾”之意的话，那么将他们与新兴先锋诗人何吉尼安、伯恩斯坦、豪和麦卡弗里之间的对比研究，以及对这些重拾实验现代主义精神而使现代主义复兴语言诗人的肯定，则带有明显“展望”的味道。正如帕洛夫所言，只有当早期现代主义的精髓被真正吸收，一个属于 21 世纪的诗学时刻才会到来。

雅俗共赏、适宜多角度阅读的《悖论》在形式和内容上都摆脱了传统意义上自传的诸多专有特质。无论从风格还是从内容上来看，它都是一幅集回顾与展望于一体的“拼贴画”。在回顾个人和家庭辗转流离生活的同时，帕洛夫还展开了一段时间较长的创作经历思考和个人心得体会展望，所以从实质上讲这是一部情感细腻风格雅致的文化诗学回忆录。其中对 20 世纪高端文化和精英主义的反思，以及对新旧大陆文化诗学思想的体悟和吸纳融于美国社会文化生活的感触等，都为最终成为声名显赫的比较文学教授和知名文学批评家打下了不可复制的基础。“悖论”与异化不无关系，但是多元文化的碰撞与冲击，以及文化与象征符号之间的相互展示都是对处于文化交叉地带的成长历程带来不只是回望故乡和昔日美好时刻的东西，它在身份塑造和文化认同上也带来更多的展望未来的机会。当社会对文化的认知还停留在视其为铁板一块的时候，帕洛夫的回顾与展望性文化回忆录则以维特根斯坦、阿多诺、托马斯·曼、伯恩哈德、莫扎特和贝多芬为例，来说明文化诗学之间的传承和革新之要义所在。与以往对故国家园充满感伤，对身份认知充满无限惆怅的自传有所不同是，《悖论》在时间上的回顾与展望同时兼有扎根新土壤、弥合怀旧与畅想的思想和情感上的回顾与展望。

人文学科——尤其是文学——的衰落已经是一个不争的事实。尽管有很多专家学者业已发现这一现象并为之深深地担忧，但鲜有良策以行纠正。

除了回顾昔日人文学科的辉煌美景外，多数批评充斥着无可奈何花落去和唯有妥协别无他法的无奈。早有罗伯特·斯科尔斯（Robert Scholes）的《英语的兴衰：重构英语学科》（*The Rise and Fall of English: Reconstructing the English as a Discipline*，1999），后有弗兰克·法瑞尔（Frank Farrel）的《文学为什么重要？》（*Why Does Literture Matters?*，2004）等两部专论人文学科兴衰变化的著作，都同时谈到当下人文学科正日趋淡出英语研究的中心而成为文化、文学理论和批评理论的附庸的现象。虽然两部书的作者都力荐人文学科的重要性，力主复归人文学科中心地位的中心性，但是都笼罩着一派悲观的情绪。但是帕洛夫在《辨微》中却对改变这一现状持比较乐观的态度。在承认人文学科危机的基础上，她提出了一个复归人文学科重要性的策略，主要是通过改变文学阅读方法而重振研习信心和效率，那就是"细微阅读"。

帕洛夫的"细读法"（Reading Closely）与新批评的文本细读（close reading）有所不同。这是一种通过解析文本而实现对语境、语调、节奏，及其他可以用来完成作品解读因素完美认知的方法。而且在帕洛夫看来，细读并非是新批评或形式主义的专利，曾经的马克思主义细读法也是令人赞叹的。在说明如何实现人文学科的复归和文学解读的有效欣赏时，帕洛夫以解剖并不大众的作品入手而展示自己所持"细读法"或"细微阅读"的基本方法。帕洛夫的这种阅读将所有细节尽收眼底，尤其是每一个语词、每一个音素的刻意选择，韵律与修辞对行文进程的影响等"细微"之处都纳入解读的范围。理论盛行之下的人文学科的式微虽不可避免，但帕洛夫的观点则并不悲观。她指出诗歌与哲学之间不应该存在前者被贬抑而后者被仰视的待遇。当某部作品被看做是一些审美理论、哲学理论或解析理论的事例演绎时，作品本身丰富的异质性往往被忽视了。回顾以往的诗学批评，帕洛夫坚持视诗歌为文化生产的观念，而诗歌的解读定位应该是基于视其为修辞、哲学、艺术和学科门类的分类。在回顾人文学科的自我展示是否出了问题，人文学科的任务是否只是在伦理、审美和知识层面向学生们展示人类经验等话题时，帕洛夫的反思可谓全面而深刻，所引例证丰富多样，所得结论客观可靠。不管帕洛夫的文化诗学研究展示是否能被接受，她的诗歌具有细读价值、解读须站在诗学（poetics）高度的论调还是值得认真对待的。因此帕洛夫在向传统文学研究进行回顾甚至是回归的同时，也为其日后的发展进行了略带精英主义式的展望。

参考文献

中文部分

北塔:《语言诗——死在语言里的诗?》,北京日报,2008年2月18日。

陈小红:《从玛乔瑞·帕洛夫的〈文里文外之诗〉观20世纪诗学》,载《外国文学研究》,2011年第4期。

《管子》,载《诸子集成》(第5册),上海书店出版社1996年版。

胡家峦编著:《英国名诗详注》,外语教学与研究出版社2003年版。

胡全生:《清丽的声音:形式主义+文化批评——评帕洛夫的〈诗歌的破格〉》,载《外国文学研究》,2009年第4期。

《孟子正义》,载《诸子集成》(第1册),上海书店出版社1996年版。

钱锺书:《钱锺书论学文选》(第6卷),花城出版社1991年版。

王守仁:《新编美国文学史》第四卷,上海外语教育出版社2002年版。

王佐良:《英国诗史》,译林出版社1997年版。

张鑫:《论〈不确定诗学:从兰波到凯奇〉中玛乔瑞·帕洛夫的当代美国诗学批评观》,载《外国文学研究》,2010年第5期。

〔俄〕什克洛夫斯基:《散文理论》,刘宗次译,百花洲文艺出版社1997年版。

〔法〕阿尔蒂尔·兰波:《兰波作品全集》,王以培译,作家出版社2012年版。

〔法〕柏格森:《笑之研究》,载《西方文论》(下),伍蠡甫等编,上海译文出版社1988年版。

〔法〕罗兰·巴尔特:《作者的死亡》,载《罗兰·巴尔特随笔选》,怀宇译,百花文艺出版社2005年版。

〔美〕M. H. 艾布拉姆斯:《文学术语词典》,吴松江等编译,北京大学出版社2009年版。

〔美〕约翰·阿什贝利:《约翰·阿什贝利诗选》,马永波译,河北教育出版社2003年版。

〔挪威〕奎纳尔·希尔贝克:《人文学科的危机?》,载《华东师范大学学报》,1998年第3期。

〔日〕高桥哲哉:《德里达:解构》,王欣译,河北教育出版社2001年版。

〔希腊〕埃斯库罗斯:《阿伽门农》,载《古希腊悲剧经典》(上册),罗念生译,作家出版社1998年版。

〔英〕戴维·洛奇:《小世界》,王家湘译,上海译文出版社2007年版。

〔英〕培根:《新工具》,许宝骙译,商务印书馆1997年版。

〔英〕托·斯·艾略特:《枯叟》,载《欧美现代主义十大流派诗选》,袁可嘉主编,上海文艺出版社1991年版。

〔英〕维特根斯坦:《哲学研究》,韩林合译,商务印书馆 2010 年版。
——《逻辑哲学论》,黄敏译,华东师范大学出版社 2010 年版。

英文部分

Aji, Hélène and Cazé, Antoine, "A Conversation with Marjorie Perloff", *Sources*, Autumn 2008.

Allen, Donald, *Standing Still and Walking in New York*, Bolinas: Grey Fox Press, 1975.

—— *The Collected Poems of Frank O'Hara*, Berkeley and Los Angles: University of California Press, 1995.

Altieri, Charles, *Postmodernisms Now: Essays on Contemporaneity in the Arts*, University Park, PA: Pennsylvania State UP, 1998.

Andrews, Bruce, "Text and Context", *L=A=N=G=U=A=G=E SUPPLEMENT NUMBER ONE*, June, 1980.

Antin, David, "Modernism and Postmodernism: Approaching the Present in American Poetry", *Boundary 2* (1) 1972.

—— "Some Questions about Modernism", *Occident* (8) 1974.

—— "What Am I doing Here?", *Talking at the Boundaries*, New York: New Directions, 1976.

——"Wittgenstein among the Poets", *Modernism/Modernity* 5. 1, 1998.

——*Talking*, Illinois: Dalkey Archive Press, 1972.

Ashbery, John. , *Introduction to Frank O'Hara Poet Among Painters*, ed. Donald Allen, New York: Alfred A. Knopf, 1971.

Auden, W. H, "Foreword to Some Tress", *Yale Series of Younger Poets*, New Haven: Yale University Press, 1956.

Balakian, Anna, *Andre Breton*, *Magus of Surrealism*, New York: Praeger, 1971.

Barry, Peter, "Biography and Influence of Marjorie Perloff", *The Encyclopedia of Literary Critics and Criticism*, ed. Chris Murray, London: Fitzroy Dearborn, 1999.

Barthes, Roland, *Critical Essays*. Evanston, IL: Northwestern University Press, 1972.

——*The Grain of the Voice: Interviews 1962～1980*, Jonathan Cape: London, 1985.

——*Writing Degree Zero*, translation from the French by Annette Lavers & Colin Smith, London: Jonathan Cape, Ltd. , 1953.

Baudrillard, Jean, "Requiem for the Media", *For a Critique of the Political Economy of the Sign*, trans. Charles Levin. St. Louis, MO: Telos Press, 1981.

Baudry, Jean-Louis, "The Text of Rimbaud", *Tel Quel* 36, 1969.

Beckett, Samuel, *How It Is*, New York: Grove Press, 1964.

——*Proust*, New York: Grove Press, 1957.

——*Samuel Beckett: Playwright & Poet*, ed. Christopher Murray, New York: Pegasus Books, 2009.

Benjamin, Walter, "The Work of Art in the Age of Mechanical Reproduction", *Illuminations*, ed. Hannah Arendt, New York: Schocken, 1968.

Bergonzi, Bernard, *T. S. Eliot*. New York: Collier, 1972.

Berman, Russell, A. *Modern Culture and Critical Theory: Art, Politics, and the Legacy of the Frankfurt School*, Madison: University of Wisconsin Press, 1989.

Bernstein, Charles, "Stray Straws and Straw Men", *L=A=N=G=U=A=G=E SUPPLEMENT NUMBER ONE*, June, 1980.

——*Artifice of Absorption*, Philadelphia: Paper Air, 1987.

——*The Sophist*, Los Angeles: Sun & Moon Press, 1987.

Bernstein, Michael A., *Foregone Conclusions: Against Apocalyptic History*, California: University of California Press, 1994.

Bly, Robert, "The Work of Robert Greeley", *Fifties* (2) 1959.

Boccioni, Umberto, *Umberto Boccioni Papers: 1899～1916*. California: California University Press, 1954.

Bohn, Willard, "Review of The Futurist Moment: Avant-garde, Avant-guerre, and the Language of Rupture", *Comparative Literature* (12) 2002.

Boyers, Robert. "A Quest without an Object", *Times Literary Supplement*. 1 (1978).

Brooker, Jewel Spears, "Eliot in the Dock: A Review Essay", *South Atlantic Review* (62)1996.

Brooks, Cleanth, *The Well Wrought Urn*, New York: Harcourt Brace, 1947.

Burns, Gerald, *Modern Poetry and the Idea of Language*, New Haven: Yale University Press, 1974.

Cabanne, Pierre, *Dialogues with Marcel Duchamp*, trans. Ron Padgett. New York: Viking, 1971.

Cage, John, "Preface to Lecture on the Weather", *Empty Words: Writing '73～'78*, Middleton, CT: Wesleyan University Press, 1979.

——"Writing through Howl", *John Cage, Writer: Selected Texts*, New York: Cooper Square Press, 2000.

——*A Year from Monday*, *New Lectures and Writings*, Middletown: Conn: Wesleyan University Press, 1967.

——*Roaratorio: An Irish Circus on Finnegans Wake*, *Sound and Text*, ed. Klaus Schoening, Koeningstein: Atheneum Verlag, 1982.

——*Silence: Lectures and Writings*, Ohio: Wesleyan University Press, 1973.

Calinescu, Matei, *Five Faces of Modernity. Modernism, Avant-Garde, Decadence, Kitsch, Postmodernism*, Durham: Duke University Press, 1987.

Cardinal, Roger, "Enigma", *20th Century Studies* 12, 1974.

Cendras, Blaisé, "Simultaneisme-Librettisme", *Les Soirees de Paris* 25(15 June 1914).

——*Blaisé Cendrars: Complete Poems*, trans. Ron Padgett, Berkeley: University of California Press, 1992.

——*Prose of the Trans-Siberian and of Little Jehanne of France*, trans. Ron Padgett, Berkeley: University of California Press, 1992.

Computing Services Credo, *CompuServe Magazine*, October 1990.

Cooksey, T. L., "Truth in Religion: The Plurality of Religions and the Unity of Truth; An Essay on the philosophy of Religion", *Library Journal*, April 15, 1999. 93.

——"Gerontion", *Colleted Poems 1919～1962*, New York: Harcourt Brace, 1970.

——"Introduction to Ezra Pound: Selected Poems", *Ezra Pound: A Critical Anthology*, ed. J. P. Sullivan. Baltimore: Penguin Books, 1970.

——*On Poetry and Poets*, New York: Noonday Press, 1961.

——*The Letters of T. S. Eliot, vol. 1: 1898～1922*, San Diego: Harcourt Brace Jovanovich, 1988.

Coolidge, Clark, *At Egypt*, Great Barrington, MA: Figures, 1988.

Crane, Hart, *The Complete Poems and Selected Letters and Prose*, ed. Brom Weber, New York: Doubleday Anchor, 1966.

Davidson, Michael, *What it Meant to be Avant-garde*, New York: New Directions, 1993.

Davie, Donald, *Ezra Pound: Poet as Sculptor*, New York: Oxford University Press, 1962.

de Bouhelier, Saint-George, *Les Elments d'une Renaissance Francaise*, South Carolina: Bibliolife, 2009.

De Certeau, Michel, "The Jabbering of Social Life", *On Signs*, ed. Marshall Blonsky, Baltimore and London: Johns Hopkins University Press, 1985.

Delbanco, Andrew, "The Decline and Fall of Literature", http://www.nybooks.com/articles/archives/1999/nov/04/the-decline-and-fall-of-literature/.

Dembo, L. S., "George Oppen" (Interview Conducted on 25 April 1968), *Contemporary Literature* 10 (Spring 1969).

Duchamp, Marcel, *The Essential Writings of Marcel Duchamp*. London: Thames & Hudson, 1971.

Du Plessis, Rachel Blau, *Genders, Races, and Religious Cultures in Modern American Poetry, 1908～1934*, New York: Cambridge University Press, 2001.

Flint, F. S., "Contemporary French Poetry", *Poetry Review* (3) 1912. *The New York Times Review of Books*, 13 August 1916.

Frye, Northrop, *Frye on Culture and Literature: a Collection of Review Essays*, ed. and with an introduction by Robert D. Denham. Chicago: Chicago University press, 1978.

——*The Well-Tempered Critic*, Bloomington: Indiana University Press, 1963.

Gass, William, *Fictions and the Figures of Life*, New York: Alfred A. Knopf, 1971.

——*The Geographical History of America*, New York: Vintage, 1973.

Guillory, John, *Cultural Capital: The Problems of Literary Canon Formation*, Chicago: University of Chicago Press, 1993.

Haas, Robert, *A Prime for the Gradual Understanding of Gertrude Stein*, Santa Barbara: Black Sparrow Press, 1976.

Hagberg, Garry, "Review of Marjorie Perloff's *Wittgenstein's Ladder: Poetic Language And The Strangeness of The Ordinary*", *The Journal of Aesthetics and Art Criticism* (3) 2008.

Hall, Donald, ed, *New Poets of Britain and America*, New York: The New York University Press,1957.

——ed. *Professions: Conversations on Future of Literary and Cultural Studies*, Urbana: University of Illinois Press,2001.

Harpham,Geoffrey,"Beneath and Beyond the 'Crisis in the Humanities'", *New Literary History* 1 (2005).

Hartman,Charles O.,*Jazz Text: Voice and Improvisation in Poetry, Jazz, and Song*, New Jersey: Princeton University Press,1991.

Harvey,Lawrence,*Samuel Beckett, Poet & Critic*. N. J. ,Princeton University Press,1970.

Hejinian,Lyn,*The Language of Inquiry*. Berkeley: University of California Press,2000.

——*The Language of Poetry*,Berkeley: University of California Press,2000.

Hubert,Riese,"The Use of Reversals in Rimbaud's Illuminations",*L'Esprit Creareur* 1 (1969).

Huyssen,Andreas,*After the Great Divide: Modernism, Mass Culture, Postmodernism*, Bloomington and Indianapolis: Indian University Press,1986.

Jakobson,Norman,*My Futurist Years*,trans. Stephen Rudy,New York: Marsilio,1997.

Kelley,Richard J.,"Review of Frank O'Hara:Poet Among Painters",*Library Journal* (1)1977.

Khlebnikov, Velimir, *Collected Works of Velimir Khlebnikov*, 3 vols, trans. Paul Schmidt,MA : Harvard University Press,1987.

Konzett,Matthias,"Review of The Vienna Paradox: A Memoir",*German Quarterly* (12) 2005.

Kosuth,Joseph,"Art after Philosophy",*Art after Philosophy and After: Collected Writings 1966～1990*,Cambridge: MIT Press,1991.

Lanham,Richard A.,"The Electronic Word",*New Literary History*(1) 2007.

Lawton,Anna,*Russian Futurist through its Manifestos 1912～1928*,New York: Cornell University Press,1988.

Lazer,Hank,"Learning the Lessons of Early Modernism",*The Virginia Quarterly Review* (79) 2003.

Leavis,F. R.,*New Bearings in English Poetry*,London: Chatto and Windus,1954.

Le Sueur,Joe,*Digressions on Some Poems by Frank O'Hara: A Memoir*,New York: Farrar,Straus & Giroux 2004.

Lodge,David,*The Modes of Modern Writing: Metaphor, Metonymy, and the Typology of Literature*,London: Edward Arnold,1977.

Lothar,Corinna,"Review of The Vienna Paradox: A Memoir",*Washington Times*(27) June,2004.

Luo,Lianggong,"Poetics,Poetry,Language Poetry: An Interview with Professor Marjorie Perloff",*Foreign Literature Studies* 3 (2007).

Mattison,Robert S.,*Grace Hartigan: A Painter's World*. New York: Hudson Hills Press,1990.

McCaffery,Steve,"The Death of the Subject: The Implications of Counter-Communication in Recent Language-Centered Writing", *L=A=N=G=U=A=G=E SUPPLEMENT NUMBER ONE*, June, 1980.

——*North of Intention: Critical Writings, 1973～1986*. New York: Roof Books, 1986.

——*The Black Debt*, Toronto: Nightwood Editions, 1989.

McHale, Brain, *The Obligation toward the Difficult Whole: Postmodernist Long Poems*, Tuscaloosa and London: The University of Alabama Press, 2004.

Mendes-Flohr, Paul. *German Jews: A Dual Identity*, New Haven: Yale University Press, 1988.

Miller, J. Hillis, "Wallace Stevens", *Poets of Reality, Six Twentieth-Century Writers*, New York: Atheneum, 1969.

——"Williams' Spring and All and the Progress of Poetry", *Daedalus* 99, 1970.

Miller, Tyrus, "Poetry Matters: Introducing the Criticism of Marjorie Perloff", *Textual Practice* (18) 2004.

O'Hara, Frank, "Why I Paint As I Do: An Interview with Larry Rivers", *Art Chronicles* 11, 1956.

——*In Memory of My Feelings*, ed. Bill Berkson, New York: The Museum of Modern Art, 1967.

——*Oranges: 12 Pastorals*, New York: Tibor de Nagy Gallery Editions, 1953.

——*The Collected Poems of Frank O'Hara*, ed. Donald Allen with an introduction by John Ashbery, New York: Knopf, 1971.

Olson, Charles, *From Modern to Contemporary*, New York: Grove Press, 1984.

Oppen, George, *The Collected Poems*, New York: New Directions, 1975.

Ouspensky, P. D., *Tertium Organum*, trans. Claude Bragdon, New York: Book Jungle, 1922.

Perec, Georges, *Oulipo: A Primer of Potential Literature*, ed. and trans. Warren F. Motte, Jr. Lincoln and London: University of Nebraska Press, 1986.

Perloff, Marjorie, "Modernist Studies", *Redrawing the Boundaries: The Transformation of English and American Literary Studies*, New York: MLA, 1992.

——"Avant-Garde Community and the Individual Talent: The Case of Language Poetry", *Foreign Literature Studies* (4) 2006.

——"Avant-Garde Tradition and Individual Talent: The Case of Language Poetry", *Revue française d'études américaines*, No. 103 (FÉVRIER 2005).

——"Epilogue: Modernism Now", *A Companion to Modernist Literature and Culture*, ed. David Bradshaw, London: Blackwell Publishing Ltd., 2006.

——"Marjorie Perloff's Interview", *Poetry Salzburg Review*, No. 10, Autumn 2006.

——"The Great War and the European Avant-Garde", In *HFF* September 2004.

——*21st-Century Modernism: The "New" Poetics*, Malden, Massachusetts: Blackwell Publishers, 2002.

——*Differentials: Poetry, Poetics, Pedagogy*, Tuscaloosa: The University of Alabama Press, 2004.

——*Frank O'Hara: Poet Among Painters*, Chicago: The University of Chicago, 1977.

——*Poetic License: Essays on Modernist and Postmodernist Lyric*, Evanston, Illinois: Northwestern University Press, 1990.

——*Poetry: On & Off The Page: Essays for Emergent Occasion*, Illinois: Northwestern UP, 1998.

——*Radical Artifice: Writing Poetry in the Age of Media*, New York: The University of Chicago Press, 1991.

——*Rhyme and Meaning in the Poetry of Yeats*, Paris: Mouton, 1970.

——*The Dance of the Intellect: Studies in the Poetry of the Pound Tradition*, Chicago: Northwestern University Press, 1996.

——*The Futurist Moment: Avant-garde, Avant-guerre, and the Language of Rupture*, Chicago: The University of Chicago, 2003.

——*The Poetic Art of Robert Lowell*, Ithaca: Cornell University Press, 1973.

——*The Poetics of Indeterminacy: Rimbaud to Cage*, Princeton: Princeton University Press, 1981.

——*The Vienna Paradox: A Memoir*, New York: New Directions, 2004.

——*Wittgenstein's Ladder: Poetic Language And The Strangeness of The Ordinary*, Chicago and London: The University of Chicago Press, 1996.

Pound, Ezra, "A Retrospect", in T. S. Eliot *Literary Essays of Ezra Pound*, New York: New Directions Publishing, 1918.

——"Island of Paris", *The Dial* 69 (1920).

——"Preface to Discrete Series", *Paideuma* 10 (Spring 1981): Special Issue.

——"The Approach to Paris", *The New Age* 13 (1913).

——*Ezra Pound and Music: The Complete Criticism*, New York: New Directions, 1977.

——*The Cantos of Ezra Pound*, New York: New Directions, 1972.

——*The Literary Essays*, ed. T. S. Eliot. London: Faber and Faber, 1954.

Reed, Brain, "Hart Crane's Victoria", *Modernism/Modernity* (7) 2000.

Retallack, Joan, "Letter to the Author", *Boston Review* (29) November 1990.

Roberts, Andrew Michael, "Review of Marjorie Perloff's *Wittgenstein's Ladder: Poetic Language And The Strangeness of The Ordinary*", *Textual Practice* (12) 2002.

Russo, Richard, *Straight Man*, New York: Random House, 1997.

Sabatieer, Robert, *Mortal Landscape*, trans. by X. J. Kenne. New York: New York UP, 1966.

Selling, Eric, *The Esthetics of Ambiguity: Reverdy's Use of Syntactic Simultaneity*, Detroit, MI: Wayne State University Press, 1974.

Silliman, Ron, "Albany", ABC. Berkeley, CA: Tuumba Press, 1983.

——"For Open Letter", *L=A=N=G=U=A=G=E SUPPLEMENT NUMBER ONE*, June, 1980.

——"Who Speaks?" *Close Listening*, ed. Charles Bernstein, New York: Oxford University Press, 1998.

——et al., "Aesthetic Tendency and the Politics of Poetry: A Manifesto", *Social Text* (20) 1988.

——*In the American Tree*, Orono: National Poetry Foundation, 2001.

Simpson, Louis, "The Character of the Poet", *What Is a Poet? Essays from the Eleventh Alabama Symposium on English and American Literature*, ed. Hank Lazer, Tuscaloosa and London: University of Alabama Press, 1987.

Sitwell, Edith, *Prose Poems from Illuminations of Arthur Rimbaud*, trans. Helen Roothan, London: Faber and Faber, 1932.

Solt, Mary Ellen, *Concrete Poetry: A World View*, Bloomington and London: University of Indiana Press, 1971.

Spender, Stephen, *Eliot*, London: Fontana, 1975.

Stein, Gertrude, "Stanzas in Meditation", *Writing Vol. 2: 1932～1946*, New York: Library of America, 1998.

——*Selected Writings of Gertrude Stein*, ed. Carl Vechten, New York: Random House, 1946.

——*Tender Buttons. Selected Writings of Gertrude Stein*, New York: The Modern Library, 1962.

——*The Work of Gertrude Stein*, New York: New Directions, 1931.

——*Writing and Lectures 1919～1945*, ed. Patricia Meyerowitz, Baltimore: Penguin Books, 1974.

——*Writings 1932～1946*, New York: Library of America, 1998.

Stevens, Wallace, *Letters of Wallace Stevens*, ed. Holly Stevens New York: New York University Press, 1956.

——*Poems of Our Climate*, New York: Cornell University Press, 1977.

Thomas, Lorenzo, *Extraordinary Measures: Afrocentric Modernism and Twentieth-century American Poetry*, Tuscaloosa and London: University of Alabama Press, 2000.

Tietjens, Eunice, *Inventory of the Eunice Tietjens Papers, 1898～1944*, Chicago: The University of Chicago Press, 2003.

Timothy, Materer, "Review of *Twenty-First-Century Modernism: The "New" Poetics*", *Modern Language Quarterly* (65) 2004.

Todorov, Tzvetan, *Symbolism and Interpretation*, trans. Catherine Porter, Ithaca: Cornell University Press, 1982.

Wees, William, *Vorticism and the English Avant-Garde*, New York: New York University Press, 1972.

Weisbuch, Robert, "Six Proposals to Revive the Humanities", *Chronicle of Higher Education* (26) 1999.

Wijdeveld, Paul, *Ludwig Wittgenstein, Architect*, London: Thames & Hudson, 1994.

Williams, William Carlos, *Selected Essays of William Carlos Williams*, New York: New Directions, 1954.

——*The Collected Poems of William Carlos Williams*, vol. 2. ed. Christopher McGowan New York: New Directions, 1988.

——*The Collected Poems of William Carlos Williams*, vol. 1, 1909～39, ed. A. Walton

Litz and Christopher MacGowan, New York: New Directions, 1986.

Wittgenstein, Ludwig, *Philosophical Grammar*, ed. Rush Rhess, trans. Anthony Kenny. Oxford: Blackwell, 1974.

——*Philosophical Investigations*, 3d ed, trans. G. E. M. Anscombe, Oxford: Blackwell, 1953.

——*Zettel*, California: The University of California, 1967.

Wordsworth, William, "Preface to *Lyrical Ballads*, with Pastoral and Other Poems" (1802), *The Poems*, ed. John O. Hayden, vol. 1, New Haven and London: Yale University Press, 1977.

Yeats, W. B. , W. B. , "Sailing to Byzantium", *The Collected Poems*, New York: Macmillan, 1956.

Zukofsky, Louis, *Complete Short Poetry*, Baltimore and London: Johns Hopkins University Press, 1991.

后　记

本书是国家社科基金后期资助项目“玛乔瑞·帕洛夫诗学批评研究”的最终成果。在此谨向国家社会科学基金的资助表示感谢。

本书从选题到章节任务分配，从内容撰写到终稿审定，都是在《外国文学研究》主编聂珍钊教授的全面统筹和悉心指导下完成的。没有他宽阔的学术视野、科学的研究方法和严谨的学术风范，本书绝不会达到今天这样的水平。

玛乔瑞·帕洛夫教授本人对此课题十分重视，时常关注课题的进展，不远万里来华参加相关国际会议，并竭力为课题的圆满成功而躬身亲为。为此，课题组永远心存感激。

2011 年 9 月 29 日至 30 日在华中师范大学召开的“中美诗歌诗学协会第一届年会”上，主办方开辟了“玛乔瑞·帕洛夫诗学研究”小组讨论专场。与会学者们在帕洛夫教授和聂珍钊教授的亲临指导下，围绕帕洛夫的诗学研究展开了卓有成效的讨论。本书的最终付梓从中受益颇多。

感谢吴笛教授（浙江大学）、殷企平教授（杭州师范大学）和王松林教授（宁波大学）在本课题申请时所做的细致点评和慷慨推荐。

作为一部后期资助课题的结题成果，本书其实是一部集体劳动的结晶，是在以下各位学者的前期工作基础上完成的：鲍秀文（浙江师范大学教授，第八章），方文开（江南大学教授，第四章），何辉斌（浙江大学教授，第十章），胡全生（上海交通大学教授，第五章），林玉鹏（合肥工业大学教授，第七章），刘辉（华北电力大学副教授，第九章），汪小玲（上海外国语大学教授，第一章），张广奎（广东财经大学教授，第六章），他们为本书提供了部分章节的初稿。没有大家的前期努力与集体智慧的碰撞，本研究是难以为继的。

本书蒙商务印书馆接受出版，对此表示感谢。

诚挚的谢意还要送给浙江师范大学外国语学院和社科处，他们对此课题的完成亦多有援手。

再次对所有帮助一并鸣谢。

张鑫